De oplichters

De boeken van John Grisham zijn nu ook verkrijgbaar als e-book

De aanklacht
Achter gesloten deuren
Advocaat van de duivel
De afperser
De bekentenis
De belofte
De beschuldiging
De broederschap
De claim
De cliënt
De deal
Dilemma
Het dossier
Het eiland
De erfgenaam
De erfpachters
In het geding
De getuige
De gevangene
De jury
De klokkenluider
Het laatste jurylid
De ontvoering
De partner
Het proces
Het protest
De rainmaker
De straatvechter
Het testament
De verbanning
De verdediging
Vergiffenis
Verloren seizoen
Het vonnis
De wettelozen
Winterzon

John Grisham

De oplichters

A.W. Bruna Uitgevers

Oorspronkelijke titel
The Rooster Bar
© 2017 by Belfry Holdings, Inc.
Vertaling
Jolanda te Lindert
Auteursfoto
© Daniel Mayer, Agentur Focus
Omslagbeeld
© Elisa Noguera/Trevillion Images
Omslagontwerp
Studio Jan de Boer
© 2017 A.W. Bruna Uitgevers, Amsterdam

ISBN gebonden editie 978 94 005 0913 9
ISBN paperbackeditie 978 94 005 0912 2
ISBN e-bookeditie 978 90 449 7658 8
NUR 332

1

Het was het einde van het jaar, met de gebruikelijke feestdagen, maar er was weinig te vieren in het huis van de Fraziers. Mevrouw Frazier versierde een kleine kerstboom, pakte een paar goedkope cadeautjes in, bakte koekjes die niemand wilde en had zoals altijd *De notenkraker* non-stop aanstaan, terwijl ze dapper in de keuken stond te neuriën alsof het écht een feestelijke tijd was.

Maar dat was dus helemaal niet zo. Meneer Frazier was drie jaar geleden vertrokken, en werd meer veracht dan gemist. Hij was al snel bij zijn jonge secretaresse ingetrokken die, zoals later bleek, toen al zwanger was. Mevrouw Frazier – afgewezen, vernederd, platzak en depressief – had daar nog altijd moeite mee.

Louie, haar jongste zoon, had huisarrest – voorlopig vrij, zou je kunnen zeggen – en had een zwaar jaar voor de boeg nu hij was beschuldigd van drugshandel en zo. Hij deed geen enkele moeite om een cadeautje voor zijn moeder te kopen. Zijn excuus was dat hij het huis niet uit kon doordat hij in opdracht van de rechter een enkelband droeg. Maar zelfs zonder die enkelband verwachtte niemand dat Louie de moeite zou nemen cadeautjes te kopen, want het jaar daarvoor en het jaar dáárvoor droeg hij geen enkelband en had ook toen niet de moeite genomen inkopen te doen.

Mark, de oudste zoon, was even naar huis gekomen tijdens zijn zware rechtenstudie. Hij was weliswaar nog armer dan zijn broer, maar had wel parfum voor zijn moeder gekocht. Hij zou in mei afstuderen, in juli rechtbankexamen doen en in september gaan werken voor een advocatenkantoor in D.C. Dat was toevallig dezelfde maand waarin Louie's proces op de rol stond. Louie's zaak zou echter om twee heel goede redenen niet plaatsvinden. Ten eerste was hij door undercoveragenten betrapt toen hij tien zakjes crack verkocht – dat stond zelfs op video – en ten tweede kon Louie noch zijn moeder een goede advocaat betalen om dat probleem op te lossen. In deze kerstvakantie zinspeelden Louie en mevrouw Frazier er af en toe op dat Mark best kon aanbieden zijn broer te verdedigen: het zou toch zeker geen probleem zijn om de zaak tot later dat jaar uit te stellen, nadat Mark was toegelaten tot de balie; het was immers al bijna zover? En zodra hij zijn vergunning had hoefde hij toch alleen nog maar zo'n formele fout te vinden waar je weleens over leest waardoor de aanklacht zou worden ingetrokken?

Er zaten een paar enorme gaten in deze leuke droom, maar Mark weigerde ze te bespreken. Toen duidelijk werd dat Louie van plan was om op nieuwjaarsdag ten minste tien uur op de bank te blijven liggen om naar zeven bowlingwedstrijden op rij te kijken, verliet Mark stilletjes het huis en ging naar een vriend. Toen hij die avond thuiskwam, nadat hij met drank op in zijn auto was gestapt, besloot hij ervandoor te gaan. Hij wilde terug naar D.C. en de tijd doden in het advocatenkantoor waar hij binnenkort zou gaan werken. De colleges begonnen pas weer over een kleine twee weken, maar nadat hij tien dagen naar Louie had geluisterd die zat te klagen en te zeuren over zijn problemen, om nog maar te zwijgen over het non-stop draaien van *De notenkraker*, had Mark het helemaal gehad en kon hij niet wachten om terug te gaan naar *law school* voor het laatste semester van zijn rechtenstudie.

Voordat hij ging slapen zette hij zijn wekker op acht uur. Terwijl hij koffiedronk met zijn moeder vertelde hij haar dat hij nodig was in D.C. *Sorry dat ik iets eerder weg moet dan je dacht, mama, en sorry dat ik je hier alleen laat met je slechte zoon, mama, maar ik ben weg. Ik hoef hem niet op te voeden. Ik heb mijn eigen problemen.*

Het eerste probleem was zijn auto, een Ford Bronco waar hij al sinds *high school* in reed. De kilometerteller was blijven steken op 301.000 kilometer, en dat was al halverwege college gebeurd. De auto had dringend een nieuwe brandstofpomp nodig, een van de vele 'te vervangen onderdelen' op de urgentielijst. Mark slaagde er met tape en paperclips al twee jaar in om de motor, de versnellingsbak en de remmen provisorisch te laten functioneren, maar dat was hem met de brandstofpomp niet gelukt. Die werkte wel, maar met minder capaciteit dan normaal, zodat de maximumsnelheid van de Bronco op vlak terrein 78 km/uur was. Om te voorkomen dat hij op de snelweg door vrachtwagens werd ingehaald, reed Mark alleen op de provinciale wegen van Delaware en de Oostkust, waardoor de rit van twee uur van Denver naar het centrum van D.C. twee keer zo lang duurde.

Zodoende had hij zelfs nog meer tijd om over zijn andere problemen na te denken. Probleem nummer twee was zijn benauwende studieschuld. Hij had zijn college-opleiding afgerond met een studieschuld van 60.000 dollar, maar zonder baan. Zijn vader, die op dat moment gelukkig getrouwd leek maar ook schulden had, had gezegd dat hij niet verder moest studeren. Hij had gezegd: 'Verdomme, jongen, je hebt vier jaar gestudeerd en hebt al een schuld van 60.000 dollar. Stop met studeren voordat het nog erger wordt.' Mark vond het echter niet verstandig om de financiële adviezen van zijn vader aan te nemen, zodat hij een paar jaar als barkeeper en pizzabezorger werkte en ondertussen steggelde met zijn geldschieters. Achteraf gezien wist hij niet meer waar het idee om rechten te gaan studeren vandaan was gekomen, maar hij wist nog wel dat hij een gesprek had gehoord tussen twee studenten die over belangrijke kwesties praatten en ondertussen stevig dronken. Mark was de barkeeper, het was niet druk in de bar en na de vierde wodka-cranberrysap praatten ze zo luid dat iedereen hen kon verstaan. Van de vele interessante dingen die ze hadden gezegd, had Mark er altijd twee onthouden: 'De grote kantoren in D.C. nemen ongelofelijk veel mensen in dienst.' En: 'Het aanvangssalaris is 150.000 dollar per jaar.'

Niet lang daarna kwam hij een vriend tegen met wie hij op college had gezeten, en die nu eerstejaarsstudent was aan de Foggy Bottom Law School in D.C. De vriend vertelde uitgebreid over zijn plannen om zijn studie binnen tweeënhalf jaar af te ronden en vervolgens voor een dik salaris bij een groot advocatenkantoor te gaan werken. De Feds – de Amerikaanse nationale bank – verstrekte probleemloos studieleningen, iedereen kon zich aanmelden en, ja natuurlijk, als hij klaar was met zijn studie had hij een torenhoge schuld, maar die zou hij binnen vijf jaar hebben afgelost. Zijn vriend vond het in elk geval heel normaal om met deze schuld 'in zichzelf te investeren', omdat hij daarmee zijn toekomstige inkomsten veiligstelde.

Mark hapte in het aas en begon te studeren voor de Law School Admission Test – het toelatingsexamen voor law school. Zijn score was een niet bepaald indrukwekkende 146, maar dat vond de toelatingsinspectie van Foggy Bottom Law School (FBLS) geen probleem. Datzelfde gold voor zijn nogal lage gemiddelde college-eindcijfer van 2,8. FBLS accepteerde hem met open armen. Zijn aanvraag voor een studielening werd snel goedgekeurd, waarna het ministerie van Onderwijs probleemloos elk jaar 65.000 dollar overmaakte naar Foggy Bottom. En nu, met nog één semester te gaan, zag Mark moedeloos de realiteit onder ogen: na zijn afstuderen had hij een studieschuld – voor college en universiteit, plus rente – van in totaal 266.000 dollar.

Een ander probleem was zijn baan. Op dat moment was de banenmarkt minder sterk dan werd beweerd, en ook minder levendig dan FBLS in glanzende brochures en op bijna frauduleuze websites had doen voorkomen. Afgestudeerden van de beste law schools kregen nog altijd een baan met een jaloersmakend salaris. Maar FBLS was bij lange na geen topfaculteit. Mark had een baan bemachtigd bij een middelmatig advocatenkantoor dat zich specialiseerde in 'overheidsrelaties', wat eigenlijk gewoon lobbyen betekende. Zijn aanvangssalaris was nog niet vastgesteld; het managementteam van het kantoor zou namelijk pas begin januari bij elkaar komen om de winst van het vorige jaar te bekijken en pas dan de salarisstructuur vaststellen. Over een paar maanden zou Mark een belangrijk gesprek moeten voeren met zijn 'salarisconsulent' over het aflossen van zijn studieschuld en beginnen met de terugbetaling ervan. Deze consulent had al eerder zijn bezorgdheid uitgesproken over het feit dat Mark niet wist hoeveel hij zou gaan verdienen. Mark maakte zich daar ook zorgen over, vooral omdat hij geen enkel vertrouwen had in de medewerkers van het advocatenkantoor met wie hij had gesproken. Hoe hij ook probeerde zichzelf voor de gek te houden, diep vanbinnen wist hij heel goed dat zijn baan helemaal niet zeker was.

Een ander probleem was zijn rechtbankexamen. Door de grote vraag was de D.C.-versie hiervan een van de zwaarste van het land, en afgestudeerden van FBLS waren daar met alarmerende aantallen voor gezakt. Nogmaals, de beste law schools van de stad scoorden goed. Vorig jaar was het slagingspercentage van Georgetown 91 procent en van George Washington 89 procent, maar voor FBLS een armzalige 56 procent. Om te slagen moest Mark nu, begin januari, meteen in de boeken duiken en de komende zes maanden continu keihard studeren.

Maar daar had hij domweg niet genoeg energie voor, vooral niet in deze koude, sombere, deprimerende winter. Soms drukte zijn schuld als een loden last op hem: lopen ging moeizaam, glimlachen was moeilijk, hij was arm en zijn toekomst, zelfs met die baan, zag er niet goed uit. En dan was hij nog een van de gelukkigen. De meeste studiegenoten hadden wel een lening, maar geen baan. Achteraf gezien had hij het gemopper zelfs in zijn eerste studiejaar al gehoord, en elk semester werd de stemming op school slechter en werden de sombere vermoedens sterker. De banenmarkt verslechterde. Iedereen op FBLS schaamde zich voor de resultaten van het rechtbankexamen. De studieschuld werd steeds hoger. Nu, in zijn derde en laatste jaar, was het niet ongebruikelijk dat de studenten tijdens colleges met de hoogleraren in discussie gingen. De decaan kwam zijn kantoor niet meer uit. Bloggers uitten felle kritiek op de faculteit en stelden keiharde vragen: 'Is dit een grap?' 'Zijn we beetgenomen?' 'Waar is al het geld naartoe gegaan?'

In uiteenlopende mate vond bijna iedereen die Mark kende dat 1) FBLS een kwalitatief slechte law school was die (2) te veel beloofde, (3) te veel geld in rekening bracht, (4) een te hoge studieschuld aanmoedigde, terwijl ze 5) heel veel middelmatige studenten aannamen die niets te zoeken hadden op een law school, en (6) niet goed waren voorbereid op het rechtbankexamen of (7) te dom waren om ervoor te kunnen slagen.

Het gerucht ging dat het aantal aanmeldingen voor FBLS met vijftig procent was gedaald. Omdat FBLS geen overheidssteun kreeg, en geen donaties, zou een dergelijke daling tot allerlei pijnlijke bezuinigingen leiden, waardoor een toch al slechte law school alleen maar nog slechter zou worden. Dat vonden Mark Frazier en zijn vrienden geen probleem; zij zouden de komende vier maanden wel doorkomen, vertrekken en nooit meer terugkomen.

Mark woonde in een flatgebouw van vijf verdiepingen dat tachtig jaar oud was en zichtbaar in verval raakte, maar de huur was laag en dat trok studenten aan van GW (George Washington) en FBLS. In het begin was het gebouw Cooper House genoemd, maar nadat het drie decennia door studenten was uitgeleefd had het gebouw een bijnaam gekregen, de 'Coop' – het kippenhok. Omdat de liften zelden functioneerden, nam Mark de trap naar de tweede verdieping en stapte zijn kleine en schaars gemeubileerde appartement binnen – hij betaalde 800 dollar per maand voor zesenveertig vierkante meter. Om de een of andere reden had hij het appartement schoongemaakt na zijn laatste tentamen voor de vakantie, zodat hij blij was te zien dat alles in orde was. En waarom ook niet? De eigenaar, een huisjesmelker, kwam nooit langs. Terwijl Mark zijn tassen uitpakte, viel hem de stilte op. Normaal, met de vele studenten en de dunne muren, was het er altijd een herrie vanjewelste: stereo-installaties, televisies, discussies, grappen, pokerspelletjes, gevechten, gitaarspelen, zelfs een trombone die werd bespeeld door een nerd op de derde verdieping en waarvan het geluid in het hele gebouw te horen was. Maar vandaag niet, vandaag was iedereen nog thuis en genoot van de vakantie, zodat het griezelig stil was in de gangen.

Na een halfuur verveelde Mark zich en hij verliet het gebouw. Hij liep over de New Hampshire Avenue en terwijl de wind door zijn dunne fleecejas en oude kakibroek waaide besloot hij opeens om 21st Street in te lopen en naar FBLS te gaan om te kijken of die open was. In een stad die vol stond met spuuglelijke moderne gebouwen, zag FBLS er opvallend onopvallend uit. Het was een naoorlogs gebouw van nietszeggende gele baksteen, had acht verdiepingen en asymmetrische vleugels – de poging van een mislukte architect om een statement te maken. Vroeger was het kennelijk een kantoorgebouw geweest, maar inmiddels waren op de onderste vier verdiepingen een heleboel muren weggebroken om kleine collegezalen te creëren. Op de vijfde verdieping was de bibliotheek, een wirwar van grote, vernieuwde vertrekken met boeken die zelden werden aangeraakt en met enkele reproducties van portretten van onbekende rechters en rechtsgeleerden. De kantoren bevonden zich op de zesde en zevende verdieping. En op de achtste verdieping, zo ver mogelijk bij de studenten vandaan, huisden de administratie en de decaan, die zich stevig had verschanst in een hoekkantoor dat hij zelden verliet.

De hoofdingang zat niet op slot, dus liep Mark de verlaten lobby binnen. Hij was blij dat het er warm was, maar vond de ruimte zoals altijd vreselijk deprimerend. Aan een van de muren hing een enorm mededelingenbord met allerlei briefjes, bekendmakingen en verleidingen. Er hingen een paar fraai uitziende posters met wervende teksten voor studies in het buitenland, maar ook de gebruikelijke handgeschreven briefjes waarop van alles te koop werd aangeboden – boeken, fietsen, toegangskaartjes, samenvattingen, bijlessen – en appartementen die te huur waren. Het rechtbankexamen hing als een dreigende wolk boven de hele school, zodat er ook posters hingen waarop bijspijkercursussen werden aangeboden. Als hij maar goed genoeg zocht, vond hij misschien een paar mogelijke banen, maar op FBLS werden die elk jaar minder. In een hoek zag hij dezelfde oude brochures waarin zelfs nog meer studieleningen werden aangeboden. Helemaal achter in de lobby stonden verkoopautomaten en een kleine koffiebar, maar omdat het vakantie was werd daar niets klaargemaakt.

Mark liet zich in een versleten leren stoel vallen en nam de sombere omgeving in zich op. Was dit een echte law school of gewoon een van de vele diplomafabrieken? Het antwoord was wel duidelijk en voor de zoveelste keer wenste hij dat hij dit gebouw als argeloze eerstejaarsstudent nooit was binnengestapt. Nu, bijna drie jaar later, ging hij gebukt onder leningen waarvan hij zich niet kon voorstellen dat hij die ooit zou kunnen afbetalen. Als er al licht was aan het eind van de tunnel, kon hij dat licht niet zien.

En waarom zou iemand een law school Foggy Bottom noemen? Alsof de rechtenstudie op zich niet al vervelend genoeg was, had een intelligente ziel de faculteit een jaar of twintig geleden een naam gegeven die zelfs nog meer vreugdeloosheid uitstraalde. Die man, nu dood, had de faculteit verkocht aan een paar Wall Street-investeerders die volgens zeggen wel leuke winsten boekten, maar weinig juridisch talent hadden.

Hoe koop en verkoop je law schools? Dat was nog altijd een mysterie.

Mark hoorde stemmen en ging snel naar buiten. Hij liep door New Hampshire naar Dupont Circle, waar hij Kramer Books binnenliep voor een kop koffie en om even op te warmen. Hij ging altijd overal lopend naartoe. Zijn Bronco veroorzaakte te veel problemen in de stad, en dus liet hij hem staan op een parkeerplaats achter de Coop, altijd met de sleutel in het contact. Helaas was niemand tot nu toe in de verleiding gekomen hem te stelen.

Weer opgewarmd liep hij snel zes blokken in noordelijke richting over Connecticut Avenue. Advocatenkantoor Ness Skelton nam een paar verdiepingen in beslag van een modern gebouw vlak bij het Hinckley Hilton. Vorig jaar zomer was Mark erin geslaagd zich daar naar binnen te wurmen door een stageplaats te accepteren waarvoor minder dan het minimumloon werd betaald. Belangrijke advocatenkantoren gebruikten de zomerprogramma's om topstudenten te verleiden tot het grootse leven. Er werd weinig werk verwacht, de stagiaires kregen een belachelijk gemakkelijk werkrooster, plus kaartjes voor sportwedstrijden en uitnodigingen voor chique feesten in de fraaie achtertuinen van de welvarende partners. Zodra ze waren verleid, gingen ze een dienstverband aan en werden na hun afstuderen algauw in de 'honderd uur per week'-gehaktmolen gegooid.

Zo niet bij Ness Skelton. Het kantoor had maar vijftig advocaten en was zeker geen toptienkantoor. De cliënten waren gevarieerd: het Sojabonen Forum, Gepensioneerde Postdienst Medewerkers, de Rund- en Lamsvlees Raad, Nationale Asfalt Aannemers, Invalide Spoorweg Technici – en verschillende defensiecontractors die wanhopig op zoek waren naar hun deel van de taart. De knowhow van het kantoor, voor zover aanwezig, was het onderhouden van relaties met het Congres. Het zomerstageprogramma was eerder opgezet om goedkope arbeidskrachten te werven dan om topstudenten aan te trekken. Mark had hard gewerkt en afstompend werk verricht, en aan het eind van de zomer, toen hij een aanbod kreeg dat wel iets op een baan leek maar alleen nadat hij voor het rechtbankexamen was geslaagd, wist hij niet of hij moest lachen of huilen. Toch nam hij het aanbod met beide handen aan – hij had immers niets anders – en werd een van de weinige FBLS-studenten met een toekomst. Dat najaar had hij met zachte drang bij zijn supervisor aangedrongen op meer informatie over de arbeidsvoorwaarden van zijn toekomstige dienstverband, maar tevergeefs. Er was misschien sprake van een fusie, er was misschien sprake van een splitsing, er was misschien sprake van een heleboel dingen, maar niet van een arbeidscontract.

Dus hing hij maar wat rond. 's Avonds, op zaterdagen, op vrije dagen – altijd als hij zich verveelde ging hij even naar het advocatenkantoor, altijd met een geforceerde brede glimlach en altijd bereid een handje te helpen met het saaie werk. Hij had geen idee of hij er iets mee opschoot, maar het kon ook geen kwaad, dacht hij.

Zijn supervisor heette Randall; de man werkte hier al tien jaar, was *associate partner* en stond onder grote druk, want een medewerker van Ness Skelton die er na tien jaar niet in was geslaagd partner te worden werd zonder veel ophef de deur gewezen. Randall was afgestudeerd aan George Washington en dat was, in de pikorde van de stad, een lager niveau dan Georgetown, maar toch verschillende niveaus hoger dan Foggy Bottom. De hiërarchie was duidelijk en star, en de ergsten waren de advocaten van GW: zij baalden ervan dat 'de bende van Georgetown' op hen neerkeek en waren daarom maar al te graag bereid om met zelfs nog meer minachting neer te kijken op de studenten van FBLS. Het hele kantoor stonk naar kliekvorming en snobisme, en Mark vroeg zich vaak af hoe hij hier in vredesnaam was terechtgekomen. Twee associate partners kwamen van FBLS, maar zij hadden het zo druk met hun pogingen zich van hun faculteit te distantiëren dat ze geen tijd hadden Mark een handje te helpen. Sterker nog, het leek alsof zij hem nog meer negeerden dan de anderen. Mark had vaak gemompeld: 'Wat een manier om een advocatenkantoor te runnen,' maar hij nam aan dat er in elk beroep sprake was van verschillende statusniveaus. Hij had het te druk met zich zorgen maken over zichzelf om zich bezig te houden met de vraag waar de anderen rechten hadden gestudeerd. Hij had zijn eigen problemen.

Hij had Randall een mailtje gestuurd en gezegd dat hij zou langskomen voor eventuele geestdodende klussen. Randall begroette hem kortaf met: 'Nu al terug?'

Zeker, Randall, en hoe was jouw vakantie? Fijn je weer te zien. 'Ja, had algauw de balen van alle gedoe met de feestdagen. Hoe is het hier?'

'Twee van de secretaresses hebben de griep,' zei Randall en hij wees naar een dertig centimeter hoge stapel documenten. 'Ik heb daar veertien kopieën van nodig, allemaal geordend en geniet.'

Oké, terug naar de kopieerkamer, dacht Mark. 'Zeker,' zei hij, alsof hij niet kon wachten om aan de slag te gaan. Hij nam de documenten mee naar de kelder, een kerker die vol stond met kopieerapparaten. Waarna hij drie uur lang bezig was met stompzinnig werk waarvoor hij geen cent betaald kreeg.

Hij miste Louie en zijn enkelband bijna.

2

Todd Lucero was, net als Mark, geïnspireerd om advocaat te worden dankzij door drank beïnvloede gesprekken die hij in een bar had gehoord. Hij werkte al drie jaar als barkeeper in de Old Red Cat, een pubachtige kroeg die in trek was bij studenten van GW en Foggy Bottom. Na zijn college-opleiding aan Frostburg State had hij Baltimore verlaten en was hij naar D.C. vertrokken op zoek naar een carrière. Toen hij die niet vond, nam hij een parttimebaantje aan bij de Old Red Cat en ontdekte algauw dat hij het heel leuk vond om biertjes te tappen en sterke cocktails te mixen. Hij was van het publeven gaan houden en had er talent voor om met de zware drinkers te kletsen en de lawaaischoppers te kalmeren. Todd was ieders favoriete barkeeper en sprak honderden van zijn vaste gasten bij hun voornaam aan.

De afgelopen tweeënhalf jaar had hij vaak overwogen om met zijn rechtenstudie te stoppen en zijn droom na te jagen om zijn eigen bar te beginnen. Daar was zijn vader het echter helemaal niet mee eens. Meneer Lucero was politieagent in Baltimore en had zijn zoon altijd gestimuleerd om te studeren. Stimuleren was één ding, maar ervoor betalen iets totaal anders. Dus was Todd in dezelfde val getrapt van gemakkelijk geld lenen en het afgeven aan de hebzuchtige mensen van FBLS.

Hij en Mark Frazier hadden elkaar op de eerste dag tijdens de introductie leren kennen, toen ze allebei net als driehonderdvijftig anderen nog naïef waren en zich inbeeldden dat hun een geweldige juridische carrière met een dik salaris te wachten stond. Na zijn eerste jaar zwoer hij dat hij ermee zou kappen, maar zijn vader schold hem uit. Door zijn toewijding aan de kroeg, had hij nooit de tijd gevonden om in D.C. op zoek te gaan naar een zomerstageplaats. Na zijn tweede jaar zwoer hij dat hij ermee zou kappen, maar zijn studieleningconsulent raadde hem dat ten sterkste af. Zolang hij nog studeerde, hoefde hij niet te voldoen aan een keihard afbetalingsschema, zodat het volstrekt logisch was om nog meer geld te lenen om af te studeren en een van die lucratieve banen te zoeken die, in theorie, uiteindelijk zou zorgen voor afbetaling van alle schulden. Maar met nog maar één semester te gaan, wist hij maar al te goed dat die banen niet bestonden.

Had hij maar 195.000 dollar van een bank geleend om zijn eigen bar te openen. Dan had hij nu meer dan genoeg geld gehad en kon hij van het leven genieten.

Het was net donker geworden toen Mark de Old Red Cat binnenkwam. Hij ging op zijn favoriete plek aan het einde van de bar zitten, gaf Todd een boks en zei: 'Goed je te zien, man.'

'Jij ook,' zei Todd en hij schoof een ijskoud glas licht bier naar hem toe. Doordat Todd hier al zo lang werkte kon hij zoveel drank weggeven als hij maar wilde, en Mark had al jaren niet betaald.

Nu de studenten weg waren, was het rustig in de bar.

Todd leunde op zijn ellebogen en vroeg: 'En, hoe gaat-ie?'

'Nou, ik ben de hele middag bij het goeie ouwe Ness Skelton geweest, in het kopieerhok, en heb documenten gesorteerd die niemand ooit zal lezen. Nog meer dom werk. Zelfs de juridisch assistenten kijken op me neer. Ik haat dat kantoor en ik ben nog niet eens aangenomen!'

'Nog steeds geen contract?'

'Nee, en het plaatje wordt elke dag onduidelijker.'

Snel nam Todd een slok uit zijn beker die onder de bar stond. Zelfs hij mocht onder werktijd niet drinken, maar zijn baas was er niet. Hij vroeg: 'En hoe was kerst in huize Frazier?'

'Ho, ho, ho! Ik heb het tien ellendige dagen volgehouden en ben er toen als een haas vandoor gegaan. En jij?'

'Drie dagen, toen riep de plicht en ben ik weer gaan werken. Hoe gaat het met Louie?'

'Nog steeds serieus in staat van beschuldiging; hij zal echt wel de bak in gaan. Ik zou medelijden met hem moeten hebben, maar het is moeilijk om medelijden te hebben met iemand die de halve dag ligt te slapen en de andere helft van de dag op de bank naar *Judge*

Judy ligt te kijken en zit te zeuren over zijn enkelband. Mijn arme moeder.'

'Je oordeelt keihard over hem.'

'Niet hard genoeg. Dat is zijn probleem, weet je: niemand is ooit hard genoeg geweest voor Louie. Op zijn dertiende werd hij betrapt met hasj en gaf hij de schuld aan een vriendje, en natuurlijk kwamen mijn ouders voor hem op. Hij is nooit ergens verantwoordelijk voor gesteld. Tot nu dan.'

'Balen, man! Ik moet er niet aan denken, een broer in de gevangenis.'

'Ja, dat is shit. Ik wou dat ik hem kon helpen, maar dat kan dus niet.'

'Ik zal maar niet naar je pa vragen.'

'Heb hem niet gezien en niets van hem gehoord. Zelfs geen kaart gekregen. Hij is vijftig en de trotse papa van een kind van drie; zal dus wel voor kerstman hebben gespeeld, een heleboel speelgoed onder de boom hebben gelegd en hebben geglimlacht als een gek toen dat kind gillend beneden kwam. Wat een rotzak.'

Twee studentes kwamen de bar binnen en Todd liep weg om hen te bedienen.

Mark haalde zijn telefoon tevoorschijn en bekeek zijn berichtjes. Toen Todd terugkwam, vroeg hij: 'Heb je al cijfers gezien?'

'Nee, maar wat geeft het ook? We zijn immers allemaal topstudenten.' De cijfers op Foggy Bottom waren te gek voor woorden. Omdat het noodzakelijk was dat de studenten van FBLS met fantastische cijfers afstudeerden, deelden de hoogleraren A's en B's uit alsof het niets kostte. Er was niemand die niet afstudeerde aan FBLS. Dat had er natuurlijk toe geleid dat de studenten nogal lusteloos studeerden en dat had er natuurlijk toe geleid dat elke kans op competitief leren in de kiem werd gesmoord. Een stel middelmatige studenten werd zelfs nog middelmatiger. Geen wonder dat het rechtbankexamen zo zwaar was.

Mark zei: 'En je kunt echt niet verwachten dat een stel overbetaalde hoogleraren tijdens de kerstvakantie examens beoordeelt, toch?'

Todd nam een slok, boog zich zelfs nog dichter naar Mark toe en zei: 'We hebben een groter probleem.'

'Gordy?'

‘Gordy.’

‘Daar was ik al bang voor. Ik heb hem berichtjes gestuurd en geprobeerd hem te bellen, maar zijn telefoon staat uit. Wat is er aan de hand?’

‘Het is erg,’ zei Todd. ‘Hij is voor kerst naar huis gegaan en heeft de hele tijd ruziegemaakt met Brenda. Zij wil een grote bruiloft in de kerk met duizend gasten. Gordy wil niet trouwen. Haar moeder heeft veel in de melk te brokkelen, maar zijn moeder praat niet met haar moeder en de hele zaak loopt in het honderd.’

‘Ze trouwen op 15 mei, Todd. Als ik het me goed herinner, zijn jij en ik bruidsjonker.’

‘Nou, reken daar maar niet op. Hij is alweer in de stad en slikt zijn medicijnen niet. Zola kwam vanmiddag langs en heeft me bijgepraat.’

‘Wat voor medicijnen?’

‘Dat is een lang verhaal.’

‘Wat voor medicijnen?’

‘Hij is manisch-depressief, Mark. Een paar jaar geleden vastgesteld.’

‘Je houdt me voor de gek zeker?’

‘Waarom zou ik daar grapjes over maken? Hij is manisch-depressief en Zola zegt dat-ie z’n medicijnen niet meer slikt.’

‘Waarom heeft hij ons dat niet verteld?’

‘Die vraag kan ik niet beantwoorden.’

Mark nam een grote slok bier en schudde zijn hoofd. Hij vroeg: ‘Zola dus al terug?’

‘Ja, zij en Gordy zijn kennelijk alweer terug om een paar dagen plezier te maken, hoewel ik me afvraag of ze veel plezier zullen hebben. Zij denkt dat hij ongeveer een maand geleden met zijn medicijnen is gestopt, toen we studeerden voor de eindexamens. De ene dag is hij manisch en stuitert tegen de muren omhoog; en de volgende is hij lethargisch nadat hij tequila heeft gedronken en hasj heeft gerookt. Hij kraamt onzin uit, zegt dat-ie wil stoppen met de studie en wil weglopen naar Jamaica, natuurlijk samen met Zola. Ze denkt dat hij misschien iets stoms zal doen en zichzelf iets aandoet.’

‘Gordy is stom. Hij is verloofd met zijn jeugdliefde, een lieve vrouw die toevallig geld heeft, en nu woont hij samen met een Afrikaanse meid wier ouders en broers in dit land zijn zonder het voordeel van die immigratiepapieren waar iedereen het over heeft. Ja, die vent is stom.'

'Gordy zit in de problemen, Mark. Hij is al weken aan het afglijden en heeft onze hulp nodig.'

Mark schoof zijn bier van zich af, maar niet meer dan een paar centimeter, en vouwde zijn handen achter zijn hoofd. 'Alsof we al niet genoeg hebben om ons zorgen over te maken. Hoe zouden we hem dan moeten helpen?'

'Geen idee. Zij probeert een oogje op hem te houden en wil dat we vanavond langskomen.'

Mark schoot in de lach en nam nog een slok.

'Wat is er zo grappig?' vroeg Todd.

'Niets, maar kun je je het schandaal voorstellen in Martinsburg, West Virginia, als bekend wordt dat Gordon Tanner, wiens vader deken is bij de kerk en wiens verloofde de dochter is van een vooraanstaande arts, gek is geworden en is gestopt met zijn rechtenstudie om naar Jamaica te gaan met een Afrikaanse moslima?'

'Daar kan ik de humor bijna van inzien.'

'Nou, dan moet je beter je best doen! Het is een giller.' Maar hij lachte niet meer. 'Luister, Todd, we kunnen hem niet dwingen om zijn medicijnen te slikken. Hij zou ons iets aandoen als we dat zouden proberen.'

'Hij heeft onze hulp nodig, Mark. Ik ben om negen uur vrij, en dan gaan we naar hem toe.'

Een man in een keurig pak ging aan de bar zitten en Todd liep naar hem toe om zijn bestelling op te nemen.

Mark nam kleine slokjes van zijn bier en maakte zich nu zelfs nog meer zorgen.

3

Drie jaar voordat Zola Maal werd geboren, vluchtten haar ouders uit Senegal. Ze vestigden zich met hun twee zoontjes in een sloppenwijk van Johannesburg en vonden ongeschoold werk, zoals vloeren schrobben en greppels graven. Twee jaar later hadden ze genoeg gespaard voor een boottocht. Met behulp van een tussenpersoon/mensenhandelaar betaalden ze voor een ellendige reis naar Miami aan boord van een Libisch vrachtschip, samen met twaalf andere Senegalezen. Nadat ze veilig aan land waren gesmokkeld, haalde een oom hen op. Hij nam hen mee naar zijn huis in Newark, New Jersey, waar ze in een tweekamerappartement woonden in een gebouw vol andere mensen uit Senegal, van wie er niet één een permanente verblijfsvergunning had.

Een jaar na hun aankomst in de vs werd Zola geboren in het Universiteitsziekenhuis van Newark, waardoor zij meteen een Amerikaans staatsburger werd. Terwijl haar ouders twee en drie baantjes hadden, allemaal zwart en voor minder dan het minimumloon, gingen Zola en haar broers naar school en integreerden in de samenleving. Ze waren gelovige moslims en droegen hun religie uit, maar Zola merkte al op jonge leeftijd dat ze zich meer aangetrokken voelde tot de westerse manier van leven. Haar vader was een strenge man die erop stond dat de talen uit hun geboorteland, Wolof en Frans, werden vervangen door Engels. De jongens leerden de nieuwe taal snel en leerden hem thuis aan hun ouders.

Het gezin verhuisde vaak binnen Newark, altijd naar kleine appartementen, die wel steeds iets groter waren dan het vorige, en altijd met andere Senegalezen in de buurt. Ze waren allemaal bang voor uitzetting, maar dachten dat het veiliger was om bij elkaar te blijven. Elke keer als er op de deur werd geklopt, rilden ze van angst. Ze mochten onder geen beding in de problemen komen, zodat Zola en haar broers leerden om niets te doen waardoor ze de verkeerde soort aandacht trokken. Zola had weliswaar de juiste papieren, maar wist dat haar familie in gevaar verkeerde. Ze was altijd doodsbang dat haar ouders en broers zouden worden gearresteerd en teruggestuurd naar Senegal.

Toen ze vijftien was, kreeg ze haar eerste baantje als afwasser in een eethuisje; ze kreeg natuurlijk contant betaald, maar verdiende niet veel. Haar broers werkten ook, en het hele gezin deed zuinig aan en spaarde zo veel mogelijk.

Als Zola niet aan het werk was, studeerde ze. High school rondde ze moeiteloos af met hoge cijfers, en daarna werd ze als deeltijdstudent aangenomen op een *community college*. Dankzij een kleine beurs kon ze voltijdstudent worden en daardoor kreeg ze een baan in de bibliotheek van het college. Maar ze bleef als afwasser werken en ze maakte samen met haar moeder huizen schoon en paste op de kinderen van vrienden van bevriende gezinnen met betere banen. Haar oudste broer trouwde met een Amerikaanse vrouw die geen moslima was, en hoewel dat een gemakkelijker manier was om Amerikaans staatsburger te worden, veroorzaakte dat ernstige problemen met haar ouders. De broer en zijn nieuwe echtgenote verhuisden naar Californië om daar een nieuw leven te beginnen.

Toen Zola twintig was ging ze het huis uit en schreef zich in als eerstejaarsstudente bij de universiteit Montclair State. Ze woonde in een studentenhuis met twee Amerikaanse meisjes, die het ook allebei zuinig aan moesten doen. Ze koos Financiële Administratie als major, omdat ze het leuk vond om met cijfers te werken en aanleg had voor financiën. Ze studeerde hard als ze er tijd voor had, maar het gegoochel met twee en soms drie baantjes maakte studeren vaak moeilijk. Haar huisgenootjes introduceerden haar in de feestscene en ze ontdekte dat ze daar ook aanleg voor had. Hoewel ze vasthield aan het strenge moslimverbod op alcohol en het spul ook niet lekker vond, stond ze meer open voor andere verleidingen, voornamelijk mode en seks. Ze was bijna 1 meter 82 en kreeg vaak te horen hoe goed ze eruitzag in een strakke spijkerbroek. Haar eerste vriendje leerde haar met alle plezier alles over seks. Haar tweede vriendje liet haar kennismaken met *recreational drugs*. Tegen het einde van haar derde jaar beschouwde ze zichzelf stilletjes en uitdagend als nietpraktiserende moslima, ook al hadden haar ouders daar geen idee van.

Haar ouders zouden algauw ernstiger problemen hebben. In de herfst van haar vierde studiejaar werd haar vader gearresteerd en twee weken in de gevangenis gezet voordat er een borg was geregeld. Op dat moment werkte hij voor een schilder, ook een Senegalees zonder de juiste papieren. Zijn baas had voor het binnenschilderwerk van een groot kantoorcomplex in Newark kennelijk een lagere offerte uitgebracht dan een schilder die lid was van de vakbond. Deze vakbondsschilder tipte de ICE (Immigration and Customs Enforcement, de Amerikaanse immigratiedienst) en zei dat er illegalen werden gebruikt. Dat op zich was al erg genoeg, maar er zouden ook kantoorartikelen worden vermist en beschuldigingen zijn geuit. Zola's vader en vier andere illegale arbeiders werden beschuldigd van grootschalige diefstal. Hij kreeg een oproep om te verschijnen bij de immigratierechtbank, en ontving een voorlopige tenlastelegging.

Zola nam een advocaat in de arm die beweerde dat hij zich in dergelijke zaken had gespecialiseerd, en de familie betaalde een voorschot van 9.000 dollar, vrijwel al hun spaargeld. De advocaat had het ontzettend druk en beantwoordde hun telefoontjes bijna nooit. Terwijl Zola's moeder en broer zich in en rond Newark verborgen, was zij degene die met de advocaat aan de slag moest. Ze voelde een enorme afkeer voor de man, een snelle prater die het niet zo nauw nam met de waarheid; zonder dat voorschot zou ze hem hebben ontslagen. Er was geen geld meer om een andere advocaat in te huren. Toen hij niet bij de rechtbank verscheen, haalde de rechter hem van de zaak. Ten slotte kon Zola een pro-Deoadvocaat overhalen om de zaak over te nemen en werd de voorlopige tenlastelegging ingetrokken. Maar de uitzetting was niet van tafel. De zaak sleepte zich voort en nam zoveel van haar tijd en aandacht in beslag dat haar studieresultaten eronder leden. Na verschillende hoorzittingen raakte ze ervan overtuigd dat alle advocaten lui of stom waren, en dat zij het zelf beter zou kunnen.

Ze viel voor de leugen dat iedereen dankzij een gemakkelijke overheidslening rechten kon studeren en zette de eerste stoutmoedige stappen die haar naar Foggy Bottom zouden leiden. Nu, halverwege haar laatste jaar, had ze een hogere schuld dan ze zich kon voorstellen. Haar beide ouders en Bo, haar ongetrouwde broer, liepen nog steeds de kans gedeporteerd te worden, hoewel hun zaken door de enorme achterstand bij de immigratierechtbanken nog ergens in een la lagen.

Ze woonde in 23rd Street in een gebouw dat niet even vervallen was als de Coop, maar in veel opzichten identiek. Het gebouw zat bomvol studenten in kleine, goedkoop ingerichte appartementjes. Aan het begin van het derde jaar had ze Gordon Tanner leren kennen, een knappe, sportieve blonde jongen die tegenover haar in de gang woonde. Van het een kwam het ander, en ze begonnen aan een uitzichtloze affaire. Ze hadden het algauw over samenwonen, om geld te besparen natuurlijk. Gordon verwierp dat idee ten slotte omdat Brenda, zijn knappe verloofde thuis, van de stad hield en vaak op bezoek kwam.

Een relatie met twee vrouwen tegelijk bleek te veel voor Gordy. Hij was al bijna zijn hele leven verloofd met Brenda en wilde nu wanhopig graag een huwelijk voorkomen. Zola veroorzaakte totaal andere problemen, en hij had zichzelf er nog niet van kunnen overtuigen dat hij moedig genoeg was om ervandoor te gaan met een donker meisje en zijn familie en vrienden nooit meer terug te zien. Tel daar de stress van een slechte of eigenlijk niet-bestaande banenmarkt bij op, de verstikkende studieschuld en het vooruitzicht voor het rechtbankexamen te zakken, en Gordy draaide volledig door. Vijf jaar geleden was vastgesteld dat hij manisch-depressief was. Medicatie en psychotherapie hadden een positief effect en op een angstaanjagende gebeurtenis op college na had hij een vrij normaal leven geleid. Dat veranderde rond Thanksgiving tijdens zijn derde jaar op Foggy Bottom toen hij ophield zijn medicijnen te slikken. Zola schrok van zijn stemmingswisselingen en riep hem ten slotte ter verantwoording. Hij vertelde haar van zijn ziekte en nam zijn medicijnen weer in, waardoor hij een paar weken minder extreme ups en downs had.

Na hun examens gingen ze voor de vakantie naar huis, ook al hadden ze daar geen van beiden zin in. Gordy wilde nog een laatste keer ruzie met Brenda maken en het huwelijk definitief afblazen. Zola wilde helemaal niet bij haar familie zijn, want ondanks zijn problemen zou haar vader de behoefte voelen zedepreken en tirades te houden over haar zondige westerse manier van leven.

Een week later waren ze weer in D.C. Gordy was nog steeds verloofd en de huwelijksdatum was nog steeds 15 mei. Maar hij slikte zijn medicijnen niet en was labiel. Twee dagen lang kwam hij zijn slaapkamer niet uit, hij sliep urenlang of zat met zijn kin in zijn handen naar de donkere muren te staren. Zola kwam en ging, en wist niet wat ze moest doen. Toen was hij drie dagen verdwenen en stuurde haar berichtjes dat hij in de trein naar New York zat, om 'een paar mensen te interviewen', omdat hij een enorme samenzwering had ontdekt en heel veel moest doen. Om vier uur 's nachts lag ze in haar appartement te slapen toen hij opeens naar binnen stormde, zijn kleren van zijn lijf trok en seks met haar wilde. Later die dag verdween hij weer, op jacht naar slechteriken en 'op zoek naar negatieve info over iemand'. Toen hij terugkwam was hij nog steeds manisch en was uren met zijn laptop bezig. Hij zei dat ze niet bij hem in zijn appartement mocht komen, omdat hij nog zoveel te doen had.

Bang en uitgeput ging Zola ten slotte naar de Old Red Cat om met Todd te praten.

4

Zola stond hen op te wachten bij de ingang van haar gebouw. Mark en Todd liepen achter haar aan de trap op naar haar appartement op de eerste verdieping. Toen ze binnen waren deed ze de voordeur dicht en bedankte ze hen voor hun komst. Ze was zichtbaar bezorgd, bijna in paniek.

'Waar is hij?' vroeg Mark.

'Aan de overkant,' zei Zola met een knikje naar de gang. 'Hij wil me niet binnenlaten en weigert naar buiten te komen. Volgens mij heeft hij al twee dagen amper geslapen. Hij gaat op en neer, en op dit moment stuitert hij tegen de muren omhoog.'

'En hij gebruikt geen medicijnen?' vroeg Todd.

'Kennelijk niet, in elk geval geen medicijnen die de arts hem heeft voorgeschreven. Ik vermoed dat hij met een soort zelfmedicatie bezig is.'

Ze keken elkaar aan, en wachtten tot een van de anderen iets zou doen.

Ten slotte zei Mark: 'Kom mee.' Ze staken de gang over en Mark klopte op Gordy's deur. 'Gordy, ik ben het, Mark. Ik ben hier met Todd en Zola, en we willen met je praten.'

Stilte. Op de achtergrond hoorden ze heel zacht Bruce Springsteen.

Mark klopte weer en zei hetzelfde. De muziek werd uitgezet. Er werd een stoel of kruk omgeschopt. Nog meer stilte, maar toen klikte de deurknop. Een paar seconden later deed Mark de deur open.

Gordy stond midden in de overvolle kamer, slechts gekleed in een oude gele korte Redskins-trainingsbroek die ze al honderden keren hadden gezien. Hij staarde naar een muur en negeerde hen toen ze de kamer binnenkwamen. De kitchenette links van hen was een grote chaos, er lagen lege bierblikjes en drankflessen in de gootsteen en verspreid over het aanrecht. De vloer lag vol papieren bekertjes, gebruikte servetten en broodjesverpakkingen. De kleine eettafel rechts van hen lag vol met slordige stapels papieren rondom een laptop en printer. De vloer eronder was bezaaid met papieren en mappen en weggegooide tijdschriftartikelen. De bank, de televisie, de leunstoel en de salontafel waren zo dicht mogelijk in een hoek geschoven, alsof Gordy de muur vrij had willen hebben.

De muur was een wirwar van whiteboards en tientallen vellen kopieerpapier, allemaal in een vreemde volgorde en vastgemaakt met gekleurde punaises en plakband. Gordy stelde met zwarte, blauwe en rode markeerstiften een gigantische bedrijfspuzzel samen: het leek een grootse samenzwering die leidde naar de onheilspellende gezichten van een paar mannen bovenaan.

Gordy leek naar de gezichten te kijken. Hij leek bleek, doodmoe en sterk afgevallen, iets wat Mark en Todd twee weken geleden tijdens hun eindexamens niet was opgevallen. Gordy was sportief en hield ervan om naar de sportschool te gaan, maar de opvallende spieren waren verdwenen. Zijn dikke blonde haar, iets waar hij heel trots op was, was slierterig en al dagen niet gewassen. Nu ze naar hem keken, en naar de toestand in zijn appartement, wisten ze meteen dat hun vriend een grens over was: dit was een manische kunstenaar, afgezonderd en verward, en fanatiek aan het werk op een gigantisch doek.

'Wat doen jullie hier?' vroeg Gordy. Hij draaide zich om en keek hen aan. Zijn ogen lagen diep in de kassen, zijn wangen waren hol en zijn baard leek een week oud.

'We moeten praten,' zei Mark.

'Ja, dat klopt,' zei hij, 'maar ik doe het woord, want ik heb heel veel te zeggen. Ik heb het nu allemaal uitgezocht, ik heb die klootzakken betrapt en we moeten snel in actie komen.'

Behoedzaam zei Todd: 'Oké, Gordy. We luisteren, wat is er aan de hand?'

Gordy wees naar de bank en zei rustig: 'Ga alsjeblieft zitten.'

'Ik blijf liever staan, Gordy, als je dat goedvindt,' zei Mark.

'Nee!' brulde hij. 'Dat vind ik niet goed! Doe wat ik zeg, dan is het goed. Ga nu zitten.' Hij snauwde, kwaad opeens, en leek bereid iemand te stompen. Mark en Todd zouden het geen tien seconden uithouden tijdens een vuistgevecht met Gordy. Tijdens hun studie hadden ze dat twee keer meegemaakt, beide keren een snelle ko in een bar, terwijl Gordy nog steeds stond.

Todd en Zola gingen op de bank zitten, en Mark trok een kruk bij de ontbijtbar vandaan. Ze keken vol ongeloof naar de muur: het was een wirwar van grafieken met pijlen die alle kanten op wezen en tientallen bedrijven, firma's, namen en cijfers met elkaar verbonden. Als schoolkinderen die net een standje hadden gekregen zaten ze te wachten en keken aandachtig naar de muur.

Gordy liep naar de eettafel, waar een halflege fles tequila stond. Hij schonk iets in zijn favoriete koffiekopje en nam er een slok van alsof het thee was.

Mark zei: 'Je bent erg afgevallen, Gordy.'

'Was me niet opgevallen; komt er wel weer aan. We zijn hier niet om over mijn gewicht te praten.' Met zijn koffiekopje in de hand, en kennelijk niet van plan zijn vrienden iets te drinken aan te bieden, liep hij naar de muur en wees naar de bovenste foto. 'Dit is de Great Satan, Hinds Rackley, Wall Street-advocaat die investeringsschurk is geworden, bezit slechts vier miljard dollar, waarmee de arme man tegenwoordig amper op de *Forbes*-lijst komt. Geen grote miljardair dus, maar ondanks dat heeft hij alle gebruikelijke speeltjes: een villa aan Fifth Avenue met uitzicht op het park, een enorm stuk grond in de Hamptons, een jacht, een paar vliegtuigen, een *trophy wife*, de gebruikelijke dingen. Rechten gestudeerd op Harvard, daarna een paar jaar bij een groot kantoor gewerkt. Paste daar niet, dus richtte hij met een paar vriendjes zijn eigen kantoor op, en nu is hij eigenaar of grote baas van vier advocatenkantoren. Zoals gebruikelijk bij miljardairs is hij nogal op zichzelf en koestert hij zijn privacy. Opereert achter de dekmantel van een heleboel verschillende bedrijven. Ik heb er maar een paar opgespoord, maar dat was al genoeg.'

Gordy praatte tegen de muur en stond met zijn rug naar zijn publiek. Toen hij zijn kopje naar zijn mond bracht werden de holtes tussen zijn ribben zichtbaar; hij was ontzettend afgevallen. Hij praatte nu rustig, alsof hij feiten opsomde die hij alleen had ontdekt.

'Zijn belangrijkste bedrijf is Shiloh Square Financial, een private investeerder die zich ook bezighoudt met *leveraged buyouts*, risicovolle schulden en alle andere gebruikelijke Wall Street-spelletjes. Shiloh bezit een groot aandeel van Varanda Capital, hoeveel weten we niet omdat alleen een paar basisfeiten bekend zijn en alles aan deze man bedrieglijk is, en Varanda bezit weer een groot aandeel van de Baytrium Group. Zoals jullie misschien weten bezit Baytrium ook een heleboel andere bedrijven, plus onze geliefde Foggy Bottom Law School en drie andere law schools. Wat jullie niet weten is dat Varanda ook eigenaar is van de Lacker Street Trust uit Chicago, en Lacker Street bezit vier andere op winst gerichte law schools. Dat zijn er acht in totaal.'

Aan de rechterkant van de muur, in grote vierkanten, stonden de namen Shiloh Square Financial, Varanda Capital en Baytrium Group. Daaronder stonden in een keurige rij de namen van acht law schools: Foggy Bottom, Midwest, Poseidon, Gulf Coast, Galveston, Bunker Hill, Central Arizona en Staten Island. Onder elke naam stonden getallen en woorden, maar zo klein dat ze aan de andere kant van de kamer niet te lezen waren.

Gordy liep naar de tafel en schonk weer een beetje tequila in. Hij nam een slokje, liep terug naar de muur en keek hen aan. 'Rackley begon een jaar of tien geleden met het verzamelen van deze law schools, maar natuurlijk altijd verborgen achter zijn vele *fronts*. Het is niet illegaal om een op winst gerichte law school of college te bezitten, maar toch doet hij dat liever niet openlijk. Neem aan dat-ie bang is dat iemand zijn smerige spelletje doorziet. Ik heb hem betrapt.' Hij nam nog een slok en keek hen aan, met grote glanzende ogen. 'In 2006 besloten de wijze mensen van het Congres dat iedere Tom, Dick en Harry in staat moest zijn om zijn leven enorm te verbeteren door een hogere opleiding. Dus zeiden deze slimme mensen in feite dat iedereen, ook wij vieren, zoveel geld moest kunnen lenen als maar nodig was om een universitaire graad te behalen: leningen voor iedereen, gemakkelijk geld. Collegegeld, boeken, zelfs de kosten van levensonderhoud, maakt niet uit hoeveel, en natuurlijk allemaal met garantie van de federale overheid.'

Mark zei: 'Dit is allemaal al algemeen bekend, Gordy.'

'O, dank je wel, Mark. Maar hou nu alsjeblieft je mond, want ik ben aan het woord.'

'Ja, meneer.'

'Wat niet algemeen bekend is, is dat zodra Rackley eigenaar was van die law schools, alle acht, ze snel werden uitgebreid. In 2005 had

Foggy Bottom vierhonderd studenten. Toen wij daar begonnen, in 2011, waren er al duizend en dat is nog steeds zo. Datzelfde geldt voor zijn andere scholen, die hebben ook allemaal ongeveer duizend studenten. Deze scholen kochten gebouwen, huurden iedere halfbakken hoogleraar die ze maar konden vinden, betaalden goudgeld aan bestuurders met redelijke referenties en maakten natuurlijk als een gek reclame voor zichzelf. En waarom? Nou, wat niet algemeen bekend is, is de financiële structuur van op winst gerichte law schools.'

Hij nam nog een slok en liep naar een whiteboard dat vol stond met cijfers en berekeningen. Hij zei: 'Een paar law school-berekeningen. Neem Foggy Bottom. Zij berekenen ons 45.000 dollar collegegeld per jaar, en iedereen betaalt. Er zijn geen studiebeurzen of donaties, niets wat echte scholen wel kunnen aanbieden. Dat is ruwweg 45 miljoen. Ze betalen de hoogleraren zo'n 100.000 dollar per jaar, bij lange na niet zoveel als het landelijk gemiddelde van 220.000 dollar bij gerenommeerde scholen, maar nog altijd een vermogen voor een paar van de klojo's die ons lesgeven. Er is een eindeloze voorraad juridische wetenschappers die werk zoeken, dus staan ze in de rij en smeken om een baan omdat zij het natuurlijk heerlijk vinden om met ons studenten te werken. De scholen gaan prat op deze lage student-docentratio, tien op één, alsof we allemaal les krijgen van getalenteerde profs in kleine, gezellige collegezalen, oké? Herinneren jullie je de massacolleges nog in ons eerste semester? Toen zaten we met tweehonderdvijftig man in de collegezaal van Stotterende Steve.'

Todd viel hem in de rede: 'Hoe heb je dat ontdekt, van hun salaris?'

'Ik heb een van hen opgespoord en met hem gesproken. Hij heeft drie jaar bestuursrecht gegeven, maar wij hebben hem nooit gehad. Werd twee jaar geleden ontslagen omdat hij dronk tijdens zijn werk. We hebben samen iets gedronken en toen heeft hij me alles verteld. Ik heb zo mijn bronnen, Todd, en ik weet waar ik het over heb.'

'Oké, oké. Ik was gewoon nieuwsgierig.'

'Maar goed, Foggy Bottom heeft ongeveer honderdvijftig hoogleraren, de grootste onkostenpost, zeg 15 miljoen dollar per jaar.' Hij wees naar een paar cijfers die ze amper konden lezen. 'Dan heb je nog de administratie op de bovenste verdiepingen. Wist je dat onze incompetente decaan 800.000 dollar per jaar verdient? Natuurlijk niet. De decaan van Harvard Law verdient 500.000 dollar per jaar, maar die heeft dan ook niet de leiding over een diplomafabriek waar iemand de winst- en verliescijfers in de gaten houdt. Onze decaan heeft een leuk cv, ziet er op papier goed uit, is een goede spreker als hij zijn mond eens opendoet en heeft bewezen een goede façade te zijn voor deze zwendel. Rackley betaalt al zijn decanen goed en verwacht van hen dat zij "de droom" verkopen. Tel daar nog eens, wat zal ik zeggen, 3 miljoen dollar bij op voor de andere veel te hoge salarissen daarboven, en dan kun je rustig zeggen dat de administratie 4 miljoen per jaar kost. Laten we dik doen en er 5 miljoen dollar van maken, zodat we op een bedrag van 20 miljoen dollar aan kosten komen. Vorig jaar kostte het 4 miljoen dollar om de tent draaiende te houden: het gebouw, het personeel en natuurlijk de marketing. Bijna 2 miljoen daarvan werd besteed aan propaganda om zelfs nog meer misleide zielen te verleiden om zich in te schrijven, te gaan lenen en een glanzende juridische carrière na te streven. Ik weet dit doordat een vriend van me een redelijk goede hacker is. Hij heeft een paar dingen ontdekt en een paar andere dingen niet ontdekt, en was onder de indruk van de beveiliging van de school. Hij zegt dat ze goed werk doen wat het beveiligen van hun dossiers betreft.'

'Dat is 24 miljoen dollar,' zei Mark.

'Jij bent snel. Rond het af op 25 miljoen, en de Great Satan incasseert netto 20 miljoen dollar per jaar van de goeie ouwe Foggy Bottom. Vermenigvuldig dat met acht en je wordt er beroerd van.' Gordy schraapte zijn keel en spuugde tegen de muur. Hij nam nog een slok, slikte langzaam en zette een paar stappen.

'Dus hoe doet Rackley dat?' vroeg hij. 'Hij verkoopt de droom en wij hapten in het aas. Zodra zijn acht scholen in korte tijd waren gegroeid, openden ze hun deuren voor iedereen, ongeacht hun kwalificaties of hun LSAT – het cijfer voor het toelatingsexamen rechten. Het gemiddelde LSAT om aangenomen te worden als eerstejaars op Georgetown, dat zoals we weten een van de beste is, is 165. Voor de Ivies is dat zelfs nog hoger. We kennen het gemiddelde LSAT van Foggy Bottom niet, omdat het een militair geheim is. Het is mijn hacker niet gelukt erin te komen. Maar we kunnen gerust zeggen dat het veel lager is dan 150, waarschijnlijk dichter bij 140. Een grote fout in dit onvolmaakte systeem is dat geen enkele LSAT-score te laag is om toegelaten te worden. Deze waardeloze law schools zullen iedereen aannemen die een federale studielening kan afsluiten, en zoals ik al zei kan iedereen dat dus. De ABA (American Bar Association, de Amerikaanse Orde van Advocaten) zal zelfs een basisschool die zichzelf law school noemt accrediteren. Niemand daar vindt het belangrijk hoe dom een aanvrager misschien is, en dat geldt ook voor het federale studieleningsprogramma. Ik wil niemand hier beledigen, maar we weten allemaal welke score wij hadden. Dat hebben we elkaar met onze dronken kop verteld, met uitzondering van Zola natuurlijk, die van ons vieren toevallig de hoogste score had. Ik zal diplomatiek zijn en zeggen dat het gemiddelde van ons kleine groepje 145 is. De kans dat je met een score van 145 voor het rechtbankexamen slaagt is ongeveer vijftig procent. Niemand heeft ons dit verteld toen we onze aanvraag indienden, omdat ze helemaal geen belangstelling voor ons hadden; ze wilden alleen ons geld. Op het moment dat we met onze studie begonnen, waren we de lul.'

'Je preekt voor mensen die al geloven,' zei Mark.

'En de preek is nog niet afgelopen,' snauwde Gordy. Meteen daarna negeerde hij hen even, terwijl hij zijn muur bestudeerde.

De anderen keken elkaar weer ongerust aan. De preek was interessant, en deprimerend, maar ze maakten zich veel meer zorgen om hun vriend.

Gordy vertelde verder: 'We zitten in deze problemen, doordat we een kans zagen om een droom na te jagen, een droom die we ons niet konden permitteren. Niemand van ons zou rechten mogen studeren, en nu zitten we er tot onze nek in. We horen hier niet thuis, maar ze hebben ons wijsgemaakt dat we geknipt waren voor een lucratieve carrière. Alles draait om marketing en het vooruitzicht op een baan. Banen, banen, banen, belangrijke banen met een geweldig salaris. Maar in werkelijkheid zijn die banen er helemaal niet. Vorig jaar boden de grote kantoren in Wall Street 175.000 dollar aan de afgestudeerden met de hoogste cijfers. Hier in D.C. ongeveer 160.000 dollar. We horen al jaren over deze banen en we hebben onszelf wijsgemaakt dat wij ook zo'n baan kunnen krijgen. Nu kennen we de waarheid, en de waarheid is dat er wel een paar banen zijn met een salaris van zo'n 50.000 dollar, zoiets als jij hebt kunnen bemachtigen, Mark, hoewel je nog steeds niet weet wat je salaris gaat worden. Die banen zijn er bij de kleinere kantoren, waar het werk slopend is en de toekomst onzeker. De grote kantoren betalen 160.000 dollar en meer. En daartussenin is niets. Helemaal niets. We hebben sollicitatiegesprekken gevoerd, overal en nergens gesolliciteerd en op internet gezocht, dus weten we nu hoe slecht de banenmarkt eruitziet.'

Ze knikten, voornamelijk om hem gunstig te stemmen. Gordy nam nog een slok, liep naar de linkerkant van de muur en wees. 'Dit is wat echt kwalijk is, het deel waar jullie niets van weten. Rackley is eigenaar van een New Yorks advocatenkantoor, Quinn & Vyrdoliac; misschien hebben jullie daar weleens van gehoord. Ik in elk geval niet. In het juridische wereldje wordt het kantoor gewoon Quinn genoemd. Kantoren in zes steden, ongeveer vierhonderd advocaten, maar geen top honderd-kantoor. Een klein filiaal hier in D.C. met dertig advocaten.' Hij wees naar een vel briefpapier met in hoofdletters de naam van het kantoor erop. 'Quinn houdt zich vooral bezig met financiële diensten, het rioolputje welteverstaan. Ze behandelen veel executieverkopen, inbeslagnemingen, incasso's, wanbetalingen, faillissementen, bijna alles wat met slechte schulden te maken heeft – ook studieleningen. Quinn betaalt goed, in het begin tenminste.' Hij wees naar een kleurrijke, in drieën gevouwen brochure die opengevouwen op de muur was geprikt. 'Dit zag ik vier jaar geleden, toen ik overwoog naar Foggy Bottom te gaan. Jullie hebben dit waarschijnlijk ook gezien. Daarop staat het glimlachende gezicht van ene Jared Molson, een alumnus die zogenaamd bij Quinn kwam werken met een beginsalaris van 125.000 dollar. Ik weet nog dat ik dacht: hé, als Foggy Bottom jongens aflevert die dat soort banen krijgen, dan meld ik me daar ook aan. Maar ik heb die meneer Molson gevonden en onder het genot van een drankje langdurig met hem gepraat. Hij kreeg een baan aangeboden bij Quinn, maar ondertekende pas een contract nadat hij was geslaagd voor het rechtbankexamen. Nadat hij daar zes jaar had gewerkt nam hij ontslag, omdat hij steeds mínder verdiende. Hij zei dat het management elk jaar de winst-en-verliesrekening bekeek en dan doodleuk besloot dat er bezuinigd moest worden. In zijn laatste jaar daar verdiende hij iets meer dan 100.000 dollar, en toen zei hij dat ze de pot op konden. Hij zei dat hij leefde als een bedelaar, zijn schuld met kleine beetjes afloste, maar nu verkoopt hij vastgoed en rijdt parttime voor Uber. Het kantoor buit zijn mensen uit en hij zegt dat hij is gebruikt door de propagandamachine van Foggy Bottom.'

'En hij is zeker niet de enige?' vroeg Todd.

'O nee! Molson was slechts een van velen. Quinn heeft een fraaie website en ik heb de cv's van alle vierhonderd advocaten gelezen. Dertig procent is afkomstig van law schools van Rackley. Dertig procent! Dus, vrienden, Rackley neemt ze aan met een jaloersmakend salaris, waarna hij hun glimlachende gezichten en geweldige succesverhalen voor zijn propaganda gebruikt.'

Hij zweeg, nam een slok en keek hen met een sluwe glimlach aan, alsof hij applaus verwachtte. Hij liep dichter naar de muur en wees naar een ander gezicht, een zwart-witfoto op kopieerpapier, een van de drie gezichten meteen onder de Great Satan. 'Deze schurk is Alan Grind, een in Seattle werkzame advocaat en een beperkte partner van Varanda. Grind is eigenaar van advocatenkantoor King & Roswell, ook al zo'n minderwaardig kantoor, met tweehonderd advocaten in vijf steden, voornamelijk in het westen.' Hij wees naar links, waar King & Roswell naast Quinn & Vyrdoliac hing. 'Van Grinds tweehonderd advocaten zijn vijfenveertig afkomstig van acht law schools.' Hij nam weer een slok en liep naar de tafel om zijn glas bij te schenken.

'Ga je die hele fles leegdrinken?' vroeg Mark.

'Alleen als ik dat wil.'

'Misschien zou je het wat rustiger aan moeten doen.'

'En misschien moet jij je lekker met jezelf bemoeien. Ik ben niet dronken, alleen net genoeg verdoofd. En wie ben jij wel, dat je mijn drinkgedrag in de gaten moet houden?'

Mark haalde diep adem en ging er niet op in. Gordy praatte duidelijk genoeg, en hij was helder. Ondanks zijn onverzorgde uiterlijk leek hij zichzelf in de hand te hebben, op dit moment tenminste.

Gordy liep weer naar de muur en wees naar de foto's. 'Die vent in het midden hier is Walter Baldwin en hij leidt een advocatenkantoor in Chicago, Spann & Tatta, driehonderd advocaten in zeven steden. Zelfde soort werk, zelfde voorliefde voor afgestudeerden van minderwaardige law schools.' Hij wees naar het derde gezicht onder Rackley. 'En het laatste lid van de bende is Marvin Jockety, senior partner van een advocatenkantoor in Brooklyn, Ratliff & Cosgrove. Zelfde structuur, zelfde businessmodel.' Gordy nam weer een slok en bewonderde zijn werk. Hij draaide zich om en keek naar de drie anderen. 'Ik wil geen open deuren intrappen, maar Rackley heeft dus vier advocatenkantoren met elfhonderd advocaten in zevenentwintig kantoren. In totaal nemen die genoeg van zijn eigen afgestudeerden aan om zijn law schools voldoende reden te geven om op te scheppen, zodat sukkels zoals wij zich daar inschrijven met een heleboel geld dankzij het Congres.' Opeens werd zijn stem luid en trilde. 'Dat is perfect! Dat is geweldig! Dat is een gigantische en risicoloze law school-zwendel. Als wij niet slagen, betalen de belastingbetalers de rekening. Rackley mag de winsten privé incasseren en de verliezen op de samenleving afwentelen.'

Opeens smeet hij zijn koffiekopje tegen de muur. Het stuiterde ongeschonden van de dunne gipsplaat af en rolde over de vloer. Gordy ging met een plof zitten, met zijn rug tegen de muur en zijn benen gestrekt. Zijn voetzolen waren zwart van vuil en vet.

De knal echode nog een paar seconden na, en ondertussen keken ze naar hem. Het bleef heel lang stil. Mark keek naar de muur en nam alles aandachtig in zich op. Er was geen enkele reden om aan Gordy's onderzoek te twijfelen. Todd keek naar de muur alsof de samenzwering hem fascineerde. Zola keek naar Gordy en vroeg zich af wat ze met hem aan moesten.

Ten slotte zei Gordy, bijna fluisterend: 'Mijn totale studieschuld, inclusief dit semester, bedraagt 276.000 dollar. Hoe hoog is die van jou, Mark?'

Er waren geen geheimen; de vier kenden elkaar goed genoeg.

'Inclusief dit semester, 266.000 dollar,' zei Mark.

'Todd?'

'195.000.'

'Zola?'

'191.000.'

Gordy schudde zijn hoofd en lachte, niet omdat hij het leuk vond, maar omdat hij het bijna niet kon geloven. 'Bijna een miljoen. Zou iemand die goed bij zijn hoofd is ons vieren een miljoen dollar lenen?' Op dit moment leek dat absurd, lachwekkend zelfs.

Na een nieuwe lange stilte zei Gordy: 'Er is geen uitweg. We zijn in deze ellendige positie beland doordat we zijn voorgelogen, misleid, bedrogen en beetgenomen. Er is geen uitweg.'

Todd stond langzaam op en liep naar de muur. Hij wees naar het midden en vroeg: 'Wat is Sorvann Lenders?'

Gordy liet weer een niet-gemeende lach horen en zei: 'De rest van het verhaal. Rackley, via een ander bedrijf – en deze man heeft meer façades dan een goedkoop winkelcentrum – is eigenaar van Sorvann, de momenteel op drie na grootste particuliere verstrekker van studieleningen. Als je niet genoeg geld van de overheid kunt krijgen, ga je naar de particuliere markt, waar de rente, verrassing verrassing, hoger is en bij wie de maffia een stelletje padvinders lijkt vergeleken met de lui die deze schulden incasseren. Sorvann leent ook geld aan college-studenten en heeft een portfolio van ongeveer 90 miljoen dollar. Het is een groeiend bedrijf. Kennelijk ruikt Rackley ook bloed aan de private kant.'

Todd vroeg: 'En wat is Passant?'

Weer een gekwelde lach. Gordy stond langzaam op, liep naar de tafel, pakte de fles en nam een grote slok. Hij vertrok zijn gezicht, slikte moeizaam, veegde zijn mond af met zijn onderarm en zei ten slotte: 'Passant is Piss Ant, iemand die denkt dat-ie zo slim is dat niemand het beter weet. Het is het op twee na grootste incassobureau voor studieschulden van het land. Het bedrijf is onder contract bij het ministerie van Onderwijs om studieschulden te "incasseren", zoals zij het noemen. Er staat meer dan een triljoen dollar uit, bij stomkoppen zoals wij. Passant is een stelletje terroristen, ze zijn al een paar keer voor de rechter gedaagd voor gewelddadige inning van studieschulden. Rackley is grootaandeelhouder. Die man is een duivel.'

Gordy liep naar de bank en ging naast Zola zitten. Mark rook dat Gordy ontzettend stonk toen hij langs hem liep. Todd liep naar de kitchenette, stapte om het afval op de grond heen, trok de koelkast open en haalde er twee blikjes bier uit, waarvan hij er een aan Mark gaf; daarna trokken ze allebei hun blikje open. Zola wreef over Gordy's been, kennelijk ongevoelig voor zijn stank.

Mark knikte naar de muur en vroeg: 'Hoe lang ben je hier al mee bezig?'

'Dat is niet belangrijk. Er zit meer achter. Wil je dat horen?'

'Ik heb genoeg gehoord,' zei Mark. 'Voorlopig tenminste. Zullen we naar de hoek lopen en een pizza bestellen? Mario is nog open.'

'Goed idee,' zei Todd, maar niemand verroerde zich.

Ten slotte zei Gordy: 'Mijn ouders staan borg voor 90.000 dollar van mijn schuld, een private schuld, nog van mijn college. Dat geloof je toch niet? Ze stonden er aarzelend tegenover, terecht natuurlijk, maar ik heb er heel erg bij hen op aangedrongen. Wat een stomkop! Mijn pa verdient 50.000 dollar per jaar met de verkoop van boerderijmachines en had, tot ik begon te lenen, geen enkele schuld, alleen een hypotheek. Ma werkt parttime op school. Ik heb hun voorgelogen en verteld dat de meest fantastische banen voor mij voor het oprapen liggen en ik de schulden gemakkelijk zou kunnen terugbetalen. Ik heb ook tegen Brenda gelogen; zij denkt dat we in de grote stad gaan wonen en ik elke dag in een fraai pak naar mijn werk zal gaan, waar ik me suf zal werken om de top te bereiken. Ik zit een beetje in de problemen, jongens, en zie geen enkele uitweg meer.'

'We overleven het wel, Gordy,' zei Mark, niet echt overtuigd.

'We redden het wel,' zei Todd, zonder te specificeren wat het 'het' was waar hij het over had. Hun rechtenstudie? Hun studieschulden? Hun werkloosheid? Gordy's instorting? Op dat moment waren er te veel uitdagingen.

Weer een lange, gespannen stilte. Mark en Todd dronken stilletjes van hun bier.

Gordy zei: 'Hoe kunnen we Rackleys bedrog bekendmaken? Ik heb erover gedacht om met een journalist te gaan praten, iemand die de juridische kwesties verslaat voor *The Post* of misschien *The Journal*. Ik heb zelfs overwogen een collectief geding tegen die schurk aan te spannen. Denk maar aan die duizenden jonge stomkoppen zoals wij, die op hetzelfde zinkende schip zitten en die deze vent, zodra de waarheid bekend is, heel graag zouden willen aanpakken.'

Mark zei: 'Ik zie geen mogelijkheden voor een rechtszaak. Ik bedoel, natuurlijk, hij heeft een heel slim plan opgezet, maar hij heeft niets gedaan waar je iets tegen kunt aanvoeren. Er is geen wet die verbiedt dat je diplomafabrieken bezit, ook al probeert hij dat te verheimelijken. Zijn advocatenkantoren kunnen iedereen in dienst nemen die ze maar willen. Dat is minderwaardig, oneerlijk en achterbaks, maar niet genoeg voor een rechtszaak.'

'Mee eens,' zei Todd. 'Maar ik ben wel voor het idee om een onderzoeksjournalist te helpen deze vent aan de schandpaal te nagelen.'

Zola vroeg: 'In Californië was toch een zaak, waarbij een rechtenstudente haar law school voor de rechter wilde slepen omdat ze geen baan kon krijgen?'

Mark antwoordde: 'Ja, dat is verschillende keren gebeurd, maar die zijn allemaal niet-ontvankelijk verklaard, op die ene in Californië na. Dat is een rechtszaak geworden en de jury oordeelde ten gunste van de law school.'

Gordy zei: 'Ik weiger die rechtszaak nu al te vergeten. Dat is de beste manier om Rackley aan de kaak te stellen. Kun je je voorstellen wat zo'n bekendmaking zou betekenen?'

'Allemaal goed en wel, maar hij is niet dom,' zei Mark. 'Verdomd, hij is eigenaar van vier advocatenkantoren. Denk eens aan de zware wapens die hij zou kunnen inzetten. De eisers zouden de eerstvolgende vijf jaar verzuipen in het papierwerk.'

'Wat weet jij nou van processen?' vroeg Gordy.

'Alles. Ik ben opgeleid aan Foggy Bottom.'

'Dat bedoel ik dus.'

Na deze jammerlijke poging een grapje te maken keek iedereen naar de grond. Ten slotte zei Todd: 'Kom mee, Gordy, we gaan een pizza halen.'

'Ik ga nergens naartoe, maar ik vind wel dat jullie moeten vertrekken.'

'Dan gaan wij ook niet weg,' zei Mark. 'We blijven hier.'

'Waarom? Ik heb geen oppas nodig. Ga weg.'

Todd, die nog steeds stond, liep naar de bank en keek neer op Gordy. 'Laten we het nu even over jou hebben, Gordy, over jou en jouw situatie. Je slaapt niet, je eet niet, en je wast je ook niet. Neem je je medicijnen wel?'

'Welke medicijnen?'

'Kom op, Gordy. We zijn je vrienden en we zijn hier gekomen om je te helpen.'

'Welke medicijnen?' wilde hij weten.

'Kom op, Gordy, we weten wat er aan de hand is,' zei Mark.

Gordy keek Zola aan en gromde: 'Wat heb je hun verteld?'

Zola wilde net antwoord geven toen Todd zei: 'Niets. Zij heeft ons niets verteld, maar we zijn niet blind, Gordy, wij zijn je beste vrienden en je hebt hulp nodig.'

'Ik heb geen medicijnen nodig!' snauwde hij. Hij sprong op en liep snel langs Todd heen naar zijn slaapkamer. Een paar seconden later riep hij: 'Ga weg!' en hij smeet de deur dicht.

Ze haalden diep adem en keken elkaar aan.

Een paar seconden later ging de deur weer open en kwam Gordy naar buiten. Hij pakte de fles tequila en zei: 'Verdwijn! Nu!' en hij verdween weer in zijn slaapkamer.

Een minuut verstreek zonder dat iets werd gehoord. Zola stond op en liep door de woonkamer. Ze drukte haar oor tegen zijn deur en luisterde. Ze stapte achteruit en fluisterde: 'Volgens mij huilt hij.'

'Geweldig,' fluisterde Mark.

Weer een minuut verstreek.

Todd zei zacht: 'We kunnen hem niet alleen laten.'

'Echt niet,' zei Mark. 'Laten we om beurten bij hem blijven. Ik draai de eerste dienst wel, op de bank.'

'Ik ga niet weg,' zei Zola.

Mark keek om zich heen en dronk zijn bier op. Bijna fluisterend zei hij: 'Oké, jij neemt de bank en ik de stoel. Todd, jij slaapt op Zola's bank en dan lossen we elkaar over een paar uur af.'

Todd knikte en zei: 'Oké, dat is wel goed, denk ik.' Hij liep naar de koelkast, pakte nog een blikje bier en vertrok. Mark deed het licht uit en nestelde zich in de versleten leren stoel. Een meter bij hem vandaan vlijde Zola zich op de bank. Hij fluisterde: 'Dit kon weleens een lange nacht worden.'

'We kunnen maar beter niet praten,' zei ze. 'De muren hier zijn dun, dus misschien hoort hij ons wel.'

'Juist.'

De cijfers van de digitale klok op de magnetron gaven een blauwachtig licht dat, hoe meer hun ogen aan het donker wenden, steeds feller leek te worden. Daardoor tekenden de kleine eettafel, de computer en de printer zich scherp af. Hoewel ze nog steeds klaarwakker waren, was het doodstil in de kamer. Er kwam geen enkel geluid uit de slaapkamer. Vanuit de gang drong zachte muziek tot hen door. Na tien minuten haalde Mark zijn telefoon tevoorschijn en controleerde zijn berichtjes en mailtjes. Niets belangrijks. De volgende tien minuten leken wel een uur te duren, en de stoel voelde steeds oncomfortabeler.

Hij keek naar de muur. Hij kon de foto van Hinds Rackley niet zien, maar hij voelde gewoon dat de man met een arrogante blik naar hem keek. Op dat moment maakte Mark zich echter niet druk over Rackley en zijn grootse samenzwering, maar hij maakte zich zorgen om Gordy. Het zou een hele uitdaging worden om hun vriend morgen naar de dokter te krijgen.

5

Om twee uur 's nachts glipte Todd geluidloos Gordy's appartement binnen en zag dat Mark en Zola sliepen. Hij schudde aan Marks arm en fluisterde: 'Mijn beurt.'

Mark stond op, rekte zijn stijve ledematen en spieren, stak de gang over en liet zich op Zola's bank vallen.

Voordat het licht werd stapte Gordy uit bed en trok zijn spijkerbroek, trui, sokken en spijkerjasje aan. Met zijn wandelschoenen in de hand bleef hij bij de deur staan luisteren. Hij wist dat ze in de woonkamer waren en wachtten tot hij iets zou doen. Heel zachtjes opende hij de slaapkamerdeur en luisterde. Hij zette een stap in de woonkamer, zag hun silhouet op de bank en in de stoel, hoorde hun zware ademhaling en liep geluidloos naar de deur. Aan het einde van de gang trok hij zijn wandelschoenen aan en verliet het gebouw.

Bij het eerste ochtendgloren werd Zola wakker en ging rechtop zitten. Toen ze zag dat de slaapkamerdeur openstond, sprong ze op, deed het licht aan en zag dat Gordy ervandoor was gegaan. 'Hij is hier niet!' riep ze tegen Todd. 'Hij is weg!'

Todd stond moeizaam op uit de stoel en liep langs haar heen de slaapkamer in, een klein rechthoekig vertrek waar niemand zich kon verstoppen. Hij keek in de kast en in de badkamer en riep: 'Shit! Wat is er gebeurd?'

'Hij is opgestaan en vertrokken,' zei ze.

Ze keken elkaar vol ongeloof aan, en liepen toen naar de overkant van de gang om Mark het nieuws te vertellen. Daarna liepen ze met z'n drieën de trap af en door de gang op de begane grond naar de achteringang van het gebouw. Er stonden een stuk of tien auto's op de parkeerplaats, maar niet die van Gordy. Zijn kleine Mazda was weg, zoals ze al hadden gevreesd. Zola belde naar Gordy's mobieltje, maar hij nam natuurlijk niet op. Ze gingen terug naar de beide appartementen, deden de deuren op slot en liepen naar een eethuisje drie straten verderop, waar ze in een zitje gingen zitten en met een kop zwarte koffie met elkaar overlegden.

'We kunnen hem onmogelijk vinden in deze stad,' zei Mark.

'Hij wil niet gevonden worden,' zei Todd.

'Moeten we de politie bellen?' vroeg Zola.

'En wat zeggen we dan? Onze vriend is verdwenen en wil zichzelf misschien iets aandoen? Die agenten hebben het al druk zat met alle moorden en verkrachtingen van vannacht.'

Todd vroeg: 'En zijn ouders? Zij hebben waarschijnlijk geen idee hoe hij eraan toe is.'

Mark schudde zijn hoofd. 'Nee hoor, dat zou Gordy ons nooit vergeven. Bovendien, wat zouden zij kunnen doen? Snel naar de grote stad komen en een zoektocht beginnen?'

'Mee eens, maar Gordy moet ergens een arts hebben, hier of thuis. Een arts die hem kent, die hem heeft behandeld, die hem zijn medicijnen heeft voorgeschreven en die eigenlijk zou moeten weten dat hij er slecht aan toe is. Als we dat aan zijn ouders vertellen, kunnen zij die arts tenminste op de hoogte stellen. Wat geeft het als we Gordy kwaad maken zolang hij hulp krijgt?'

'Dat klinkt logisch,' zei Zola. 'En die arts zit hier; Gordy gaat elke maand naar hem toe.'

'Weet je hoe hij heet?'

'Nee. Ik heb het wel geprobeerd te achterhalen, maar tevergeefs.'

Mark zei: 'Oké, later misschien, maar nu moeten we Gordy zoeken.'

Ze dronken koffie en praatten erover dat ze hem onmogelijk zouden kunnen vinden in de stad. Een serveerster kwam vragen of ze wilden ontbijten, maar dat wilden ze niet. Niemand had trek.

'Ideeën?' vroeg Mark aan Zola.

Ze schudde haar hoofd. 'Niet echt. Hij is afgelopen week al twee keer verdwenen. De eerste keer nam hij een trein naar New York en bleef drie dagen weg. Toen hij terugkwam zei hij niet veel, alleen dat hij de Great Satan op het spoor was. Ik denk dat hij daar een paar mensen heeft gesproken. Daarna heeft hij een paar dagen rondgehangen; we waren meestal samen. Hij dronk en sliep heel veel. Toen ik een keer thuiskwam van mijn werk was hij weer verdwenen en heb ik twee dagen niets van hem gehoord. Dat was toen hij die hoogleraar Rechten vond die door Foggy Bottom was ontslagen.'

'Wist je wat hij aan het doen was?' vroeg Todd.

'Nee. Twee dagen geleden sloot hij zichzelf op in zijn appartement en wilde hij me niet zien. Volgens mij heeft hij toen al die meubels verplaatst en is hij begonnen met die muur.'

'Hoeveel weet je over zijn toestand?' vroeg Mark.

Ze haalde diep adem en aarzelde. 'Dit is allemaal vertrouwelijk, jongens, begrepen? Hij heeft me laten zweren het niet verder te vertellen.'

'Kom op, Zola, we maken ons allemaal zorgen,' zei Mark. 'Natuurlijk is dit vertrouwelijk.'

Ze keek om zich heen, als om te kijken of nog meer mensen meeluisterden. 'Vorig jaar september vond ik zijn pillen, dus hebben we erover gepraat. Toen hij op college zat, werd bekend dat hij manisch-depressief was. Dat heeft hij aan niemand verteld, zelfs niet aan Brenda. Hij heeft het haar later pas verteld, dus ze weet het wel. Dankzij therapie en die medicijnen heeft hij zich goed kunnen redden.'

'Dat wist ik niet,' zei Mark.

'Ik ook niet,' zei Todd.

Zola vertelde verder: 'Het is niet ongebruikelijk dat mensen die manisch-depressief zijn op een bepaald moment denken dat ze hun medicijnen niet meer nodig hebben. Ze voelen zich prima en overtuigen zichzelf ervan dat ze heel goed zonder kunnen. Dus slikken ze ze niet meer, maar dan komt alles al snel in een neerwaartse spiraal en beginnen ze vaak zelf met medicijnen te experimenteren. Dat is ook met Gordy gebeurd, hoewel hij ook op allerlei andere manieren onder enorme druk stond: al dat gedoe met zijn rechtenstudie, hij kon geen baan vinden, zijn studieschuld en om alles nog erger te maken had hij het gevoel dat hij tot dat huwelijk werd gedwongen. Met Thanksgiving was hij er slecht aan toe, maar hij heeft erg zijn best gedaan dat te verbergen.'

'Waarom heb je ons dat niet verteld?'

'Omdat hij me dat nooit zou vergeven. Hij was ervan overtuigd dat hij zich wel kon vermannen en zich wel kon redden. Achteraf gezien was hij meestal wel in orde. Maar zijn stemmingswisselingen werden erger, net als zijn drankgebruik.'

'Je had het ons moeten vertellen,' zei Mark.

'Ik wist niet wat ik moest doen. Ik had zoiets nog nooit meegemaakt.'

'Het heeft geen zin om elkaar nu te gaan beschuldigen,' zei Todd tegen Mark.

'Sorry.'

Todd keek naar zijn mobieltje en zei: 'Het is bijna acht uur. Geen bericht van Gordy. Om twaalf uur begint mijn dienst in de bar. Wat gaan jullie vandaag doen?'

Zola zei: 'Ik moet om tien uur een paar uur werken.' Ze werkte als tijdelijke kracht bij een klein accountantskantoor.

Mark zei: 'Nou, ik ben vroeg teruggekomen om maar niet thuis te hoeven zijn en in de hoop dat ik een plan zou kunnen opstellen voor het studeren voor het rechtbankexamen, maar daar heb ik echt geen zin in. Ik denk dat ik maar naar Ness Skelton ga om mijn toekomstige bazen te paaien door te proberen onmisbaar en nuttig te lijken. Onbetaald natuurlijk. Ik weet bijna zeker dat ze hulp nodig hebben in de kopieerkamer.'

'Je moet wel van het recht houden,' zei Todd. 'In de bar krijg ik meer voor elkaar.'

'Bedankt.'

Zola zei: 'Ik neem aan dat we gewoon moeten afwachten.'

Todd betaalde voor de koffie en ze verlieten het eethuisje. Ze hadden net een blok gelopen toen Zola's telefoon zoemde. Ze haalde hem uit haar zak, keek ernaar, bleef staan en zei: 'Dit is Gordy. Hij zit in de Central Jail.'

Om 4.35 uur werd Gordy aangehouden nadat een agent had gezien dat zijn Mazda zwenkend door Connecticut Avenue reed. Hij struikelde tijdens een dronkenschapstest en was uiteindelijk bereid te blazen. Hij scoorde 0,11 op de mobiele monitor, kreeg meteen handboeien om en werd achter in een politieauto gezet. Een sleepwagen bracht zijn auto naar de gemeentestalling. In Central blies hij weer, met hetzelfde resultaat. Zijn vingerafdrukken werden genomen en hij werd gefotografeerd, ingeschreven en in de dronkenmanscel gezet met zes anderen. Om acht uur 's ochtends bracht een bode hem naar een kleine kamer, gaf hem zijn telefoon en vertelde hem dat hij één telefoontje mocht plegen. Gordy belde Zola, waarna de bode zijn telefoon weer in beslag nam en hem terugbracht naar de cel.

Een halfuur later liepen zijn drie vrienden de hoofdingang binnen van Central. Ze moesten door een metaaldetector en werden naar een groot vertrek gestuurd waar familie en vrienden hun geliefden na een slechte nacht kennelijk konden ophalen. Tegen drie muren stonden stoelen en overal lagen tijdschriften en kranten. Achter een groot raam helemaal achterin waren twee geüniformeerde medewerksters bezig met allerlei papieren. Er liepen agenten rond, van wie er een paar met versufte en zenuwachtige mensen kletsten. Er waren een stuk of twaalf mensen – ouders, partners, vrienden – allemaal met dezelfde opgejaagde blik en nerveuze gebaren. Twee mannen in een fout pak en met een versleten aktetas leken zich hier thuis te voelen. Eentje flirtte met een agente die hem goed leek te kennen. De andere zat bij een stel van middelbare leeftijd; de moeder huilde.

Mark, Todd en Zola vonden een zitplaats in een hoek en namen hun omgeving in zich op. Na een paar minuten liep Mark naar het raam, keek met een onnozele glimlach naar een van de medewerksters en zei dat hij zijn vriend Gordon Tanner kwam halen. De medewerkster controleerde een paar documenten, knikte naar de stoelen en zei dat het wel even zou duren. Mark liep terug naar zijn stoel en ging tussen Todd en Zola in zitten.

De advocaat die met de agente flirtte keek aandachtig naar hen en kwam algauw naar hen toe. Zijn driedelig pak was gemaakt van een gladde bronskleurige stof. Zijn schoenen waren zwart en glommen, en hadden lange, spitse neuzen die aan de punt iets omhoogstonden. Zijn overhemd was lichtblauw en zijn grof geknoopte stropdas was lichtgroen en paste nergens anders bij. Om zijn ene pols droeg hij een groot gouden horloge met diamanten en om zijn andere pols twee enorme gouden armbanden. Zijn zwarte haar was met vet achterovergekamd en achter zijn oren gestoken. Zonder te glimlachen stelde hij zijn standaardvraag: 'Hier voor DUI?'

Mark zei: 'Ja.'

De advocaat gaf hun alle drie een visitekaartje: 'Darrell Cromley, advocaat. Gespecialiseerd in DUI' – *driving under the influence,* rijden onder invloed – en vroeg: 'Wie is de gelukkige?'

'Onze vriend,' zei Todd.

'Eerste keer?' vroeg Darrell opgewekt.

'Ja, eerste keer,' antwoordde Mark.

'Spijt me dat te horen. Ik kan helpen. Dat doe ik elke dag, DUI. Ik ken alle agenten, rechters, griffiers, bodes en alle ins en outs van het systeem. Ik ben de beste.'

Mark vroeg, terwijl hij ervoor zorgde zelfs niet een heel klein beetje over te komen alsof hij de man wilde inhuren: 'Oké, wat staat hem te wachten?'

Darrell trok snel een klapstoeltje bij en keek hen aan. Zonder ook maar een seconde te aarzelen, vroeg hij: 'Hoe heet hij?'

'Gordon Tanner.'

'Nou, Tanner scoorde 0,11; er is dus weinig manoeuvreerruimte. Eerst moeten jullie 200 dollar betalen om hem vrij te krijgen, voor een PRB – *personal recognition bond,* persoonlijke borgstelling. Ze dagvaarden hem over ongeveer een uur en dan is hij vrij om te gaan. Kost je nog eens tweehonderd om zijn auto op te halen. Die staat in de gemeentestalling. Duurt een halfuur of zo om die daar weg te krijgen. Hij moet over ongeveer een week voorkomen en dan begint mijn werk. Mijn honorarium bedraagt 1.000 dollar, contant.'

'Houdt hij zijn rijbewijs?' vroeg Todd.

'Zeker, tot hij is veroordeeld, over een maand ongeveer. Dan is hij hem een jaar kwijt en moet hij een boete betalen van 5.000 dollar, maar daar kan ik wel iets af krijgen. Ik ben echt een koopje, weet je? Bovendien moet hij vijf nachten de cel in, maar ook daar kan ik wel iets aan doen: we schrijven hem in voor vrijwilligerswerk en dan hoeft hij niet de bak in. Geloof me, ik ken het klappen van de zweep. Zitten jullie op school of zo?'

Mark zei: 'Ja, we zijn rechtenstudenten.' Hij was niet van plan de man de naam van hun school te geven.

'Georgetown?'

Todd zei snel: 'Nee. Foggy Bottom.'

Cromley glimlachte en zei: 'Dat is mijn school. Twaalf jaar geleden afgestudeerd.'

De deur ging open en twee nieuwe bezorgde ouders kwamen binnen. Cromley keek naar hen als een uitgehongerde hond. Toen hij de drie weer aankeek, zei Todd: 'Nu moeten we dus 400 dollar hebben.'

'Nee, je moet 1.400 dollar hebben: 200 dollar voor de borg, 200 dollar voor de auto, en 1.000 dollar voor mij.'

Zola zei: 'Oké, maar onze vriend had misschien wat geld bij zich. Hoe komen we te weten hoeveel?'

'Dat kan ik wel achterhalen. Als je me nu inhuurt ga ik aan het werk. Jullie vriend heeft bescherming nodig en die kan ik hem geven, anders zal de DUI-tredmolen in deze stad hem verwerken en uitspugen.'

Zola zei: 'Luister, het gaat niet goed met onze vriend. Hij eh... heeft problemen en slikt zijn medicijnen niet meer. We moeten hem naar een dokter brengen.'

Dat vond Darrell geweldig! Hij kneep zijn ogen tot spleetjes terwijl hij dichterbij sloop voor de dodelijke aanval. 'Tuurlijk. Zodra we hem vrij hebben, kan ik een motie indienen voor een versnelde hoorzitting. Nogmaals, ik heb een goede relatie met de rechters en ik kan de boel wel versnellen. Maar het tarief wordt dan natuurlijk wel hoger. Laten we de boel niet vertragen.'

Mark zei: 'Oké, oké, we hebben even tijd nodig om daarover na te denken.'

Cromley sprong op en zei: 'Jullie hebben mijn telefoonnummer.' Hij slenterde weg, vond een andere agente om mee te kletsen, terwijl hij ondertussen naar de mensen keek op zoek naar zijn volgende slachtoffer.

Terwijl ze naar hem keken, fluisterde Mark: 'Over een paar jaar zouden wij dit kunnen zijn.'

'Wat een slijmbal,' zei Todd, niet bepaald zacht.

Zola zei: 'Ik heb 80 dollar. Allemaal bijleggen, jongens.'

Mark fronste en zei: 'Ik heb maar weinig bij me, 30 dollar misschien.'

Todd zei: 'Ik ook, maar er staat genoeg op mijn rekening. Wacht hier maar even, dan ga ik vlug op zoek naar een geldautomaat.'

'Goed plan.'

Terwijl Todd snel wegliep, kwamen er nog meer mensen binnen. Mark en Zola keken naar Cromley en de andere advocaat die de mensen bewerkten. Tussendoor kletste Cromley met een agent of hij nam belangrijke telefoongesprekken aan op zijn mobiele telefoon. Hij verliet het vertrek een paar keer, alsof hij zich elders met belangrijke juridische kwesties moest bezighouden, maar hij kwam altijd terug, en daar was een reden voor.

Mark zei: 'De dingen die ze ons niet hebben geleerd tijdens onze rechtenstudie.'

'Hij heeft waarschijnlijk niet eens een kantoor,' zei Zola.

'Ben je gek? Dít is zijn kantoor.'

Twee uur nadat ze Central waren binnengekomen, vertrokken ze weer, met Gordy. Omdat Zola geen auto had en omdat Marks Bronco niet te vertrouwen was in het verkeer, propten ze zich in Todds Kia en reden naar de gemeentestalling in Anacostia vlak bij de haven. Gordy zat achterin naast Zola met zijn ogen dicht en zei niets. Er werd sowieso weinig gepraat, ook al was er veel te zeggen.

Mark wilde alles bespreken en bedacht openingszinnen als: 'Zeg, Gordy, heb je enig idee wat een veroordeling voor DUI voor gevolgen zal hebben voor je toch al slechte baankansen?' Of: 'Zeg, Gordy, realiseer je je wel dat het, zelfs als we ervan uitgaan dat je voor het rechtbankexamen slaagt, vrijwel onmogelijk zal zijn dat je met een veroordeling voor DUI wordt toegelaten tot de balie?'

Todd wilde hem keihard ondervragen, met een zin als: 'Zeg eens, Gordy, waar ging je om vier uur 's nachts precies naartoe met twee lege tequilaflessen in de auto?'

Zola, die veel meer met hem begaan was, wilde vragen: 'Wie is je arts en hoe vlug kun je naar hem toe?'

Er viel zoveel te zeggen, maar er werd helemaal niets gezegd. Bij de autostalling voerde Mark de onderhandelingen met de medewerker. Hij legde uit dat meneer Tanner ziek was en alles nu niet zelf kon regelen.

Waarschijnlijk nog steeds dronken, dacht de medewerker, wat niet eens ongebruikelijk was.

Nadat Mark 200 dollar had betaald, waarvan de helft afkomstig was uit Gordy's portefeuille, en de noodzakelijke formulieren had ondertekend, vertrokken ze. Todd bracht Zola naar haar werk, en Mark bracht Gordy naar zijn Mazda.

Terwijl ze stapvoets door het stadsverkeer reden, zei Mark: 'Wakker worden, Gordy, en praat met me.'
'Wat wil je?' mompelde hij zonder zijn ogen open te doen. Hij stonk naar drank en zweet.
'Ik wil weten wie je arts is en waar zijn praktijk is. Want daar gaan we nu naartoe.'
'Nee hoor, echt niet. Ik heb geen dokter.'
'Nou, je hebt er verdomme zeker weten eentje nodig. Kom op, Gordy, hou op met liegen. We weten dat je manisch-depressief bent en je een arts of therapeut of zo ziet. Het is overduidelijk dat je je medicijnen niet meer neemt en hulp nodig hebt.'
'Wie heeft je dit verteld?'
'Zola.'
'Die trut.'
'Kom op, Gordy, rustig aan. Als je me nu niet meteen vertelt wie je arts is, bel ik je ouders en Brenda.'
'Dan vermoord ik je.'
'Geweldig, dan stoppen we nu en houden een messengevecht.'
Gordy haalde diep adem en rilde van top tot teen. Hij opende zijn ogen, keek naar buiten en zei: 'Hou alsjeblieft op met tegen me te schreeuwen, Mark. Ik heb een waardeloze nacht achter de rug.'
'Oké, ik zal ophouden met schreeuwen, maar je hebt hulp nodig, Gordy.'
'Breng me alsjeblieft naar huis.'
'Naar Martinsburg. Dat idee bevalt me wel.'
'Verdomme nee, niet daarnaartoe! Ik zou mezelf van kant maken! Wat op dit moment niet eens zo'n slecht idee is.'
'Kappen nu, Gordy. We gaan naar jouw appartement, daar kun je lekker lang douchen en dan misschien even slapen. We halen iets te eten en daarna breng ik je naar de dokter.'
'Dat slapen klinkt goed, de rest niet.'
Even later realiseerde Mark zich dat zijn vriend met de rug van zijn hand tranen van zijn wangen veegde.

6

Gordy liet zich op zijn bed vallen en zei tegen Mark dat-ie weg moest gaan. Mark zei dat dat dus niet ging gebeuren, waarna ze even met elkaar in discussie gingen. Gordy gaf het op, trok een deken over zijn hoofd en viel in slaap. Mark deed de slaapkamerdeur dicht, ging op de bank zitten en keek naar zijn telefoon. Brenda had hem die ochtend twee keer gebeld en was in paniek. Haar verwarde voicemails en berichtjes klonken steeds urgenter. Ze had al twee dagen niets meer van haar verloofde gehoord en stond op het punt naar D.C. te rijden. Mark was bijna blij met haar bemoeienis, ze moest weten wat er speelde. Misschien kon ze het heft in eigen hand nemen en Mark en de anderen van hun taak ontlasten. Waarschijnlijk zou ze zijn ouders erbij betrekken, en die waren op dit moment echt meer dan nodig. Maar ze kon een slechte situatie ook nog slechter maken. Niemand kon voorspellen hoe Gordy zou reageren als ze hier opeens binnen kwam lopen en begon te schelden. Gordy zou Mark zeker vervloeken omdat hij Brenda de waarheid had verteld. Het laatste wat Gordy nu kon gebruiken was nog meer drama.

Mark liep de gang op en belde Brenda. Hij loog en zei dat Gordy in bed lag met een zware, heel besmettelijke griep, heel veel vocht en paracetamol kreeg, dat Mark en Todd nu bij hem waren en hem verzorgden, en dat alles onder controle was. Als er morgen nog geen verbetering was opgetreden, beloofde Mark hem naar de dokter te brengen. Kende ze toevallig de naam van Gordy's dokter? Nee, die kende ze niet. Hij zou haar op de hoogte houden. Toen ze de verbinding verbraken, maakte Brenda zich nog steeds zorgen en zei dat ze nog een dag of wat zou wachten en dan in de auto zou stappen en langs zou komen.

Mark ijsbeerde door de gang, voelde zich ellendig omdat hij had gelogen en wist absoluut niet meer wat hij nu moest doen. Een paar keer belde hij haar bijna terug om haar de waarheid te vertellen. Als hij dat deed, zou ze hier binnen twee uur zijn en kon zij zich druk maken over Gordy. Zij kende hem beter dan wie ook, want ze waren al sinds hun twaalfde een stel, terwijl Mark Gordy nog maar tweeënhalf jaar kende. Wie was hij om zich met hun problemen te bemoeien? Gordy had een dokter nodig, en misschien was zijn verloofde de enige die daarvoor kon zorgen.

Maar als Brenda hier nu opdook, kon de boel weleens behoorlijk uit de hand lopen. Dan zou ze het horen van het DUI. Ze kende Mark en Todd, en zou niet te spreken zijn over het feit dat ze dat geheim hadden willen houden. Misschien kwam ze dan ook de waarheid te weten over Zola, een mogelijkheid die te erg was om over na te denken. Ondanks de chaos zou ze misschien beseffen dat Gordy loog over een leuke baan na zijn afstuderen. De situatie zou zo onvoorspelbaar worden dat iedereen gekwetst kon worden, vooral Gordy. Maar het allerbelangrijkst was dat Gordy Brenda helemaal niet bij zich in de buurt wilde hebben. Hij wilde de bruiloft afblazen, maar had nog niet de moed gevonden het uit te maken.

Hoe langer Mark liep te ijsberen, hoe minder hij wist wat hij moest doen. Uitstel leek een veilige strategie, in elk geval voorlopig, en hij besloot de leugen vol te houden en af te wachten wat er die middag zou gebeuren.

Om twaalf uur sliep Gordy nog steeds alsof hij in coma lag. Zachtjes maakte Mark de keuken schoon en bracht drie zakken afval naar de container. Hij deed de afwas, droogde alles af en borg het allemaal op.

Hij veegde de vloeren en ruimde de troep rondom Gordy's werkplek op de eettafel op. Hij wilde de meubels terug op hun plek zetten, maar dat kon hij niet doen zonder lawaai te maken. Hij zat heel lang naar de muur te staren en probeerde de verbanden te zien tussen de bedrijven, kantoren en spelers in Hinds Rackleys rijk. Het was een indrukwekkende samenzwering, en Gordy had uren besteed aan het ontrafelen ervan. Maar was zijn onderzoek accuraat? Was hij, nu hij zo verward was, wel in staat om helder te denken?

Met zijn mobiele telefoon ging Mark op internet op zoek en las alles wat hij maar kon vinden over een manisch-depressieve stoornis en depressiviteit. Er was heel veel te lezen. Om een uur of drie hoorde Mark geluiden in de slaapkamer en keek even naar binnen. Hij hoorde water stromen in de badkamer; Gordy stond eindelijk onder de douche. Een halfuur later kwam hij de woonkamer binnen, fris gewassen en geschoren, en met zijn dikke blonde haar even knap als anders. Hij droeg een spijkerbroek en een trui, keek Mark aan en zei: 'Ik heb honger.'

'Geweldig,' zei Mark glimlachend.

Ze liepen een paar blokken naar een favoriet eethuisje en bestelden broodjes en koffie. Ze praatten zacht met elkaar, als ze al iets zeiden. Gordy wilde niet praten en Mark liet hem met rust. Gordy zat in zijn broodje bacon, sla en tomaat te prikken, trok het brood er ten slotte af en stopte de bacon met zijn vingers in zijn mond. Ze dronken de koffie even snel op als de serveerster hen kon bijschenken.

Gordy leek op te leven door de cafeïne. Met een mond vol friet zei hij: 'Ik voel me nu beter, Mark, bedankt.'

'Geweldig. Als we klaar zijn, gaan we naar je dokter.'

'Nee, dat is niet nodig, Mark, ik voel me nu goed.'

'De dokter, Gordy, of de therapeut of wie het ook maar is. Jij denkt nu dat je in orde bent, maar dat is maar tijdelijk.'

'Die therapeut is een lulhannes, ik kan hem niet uitstaan.'

De serveerster schonk nog meer koffie in.

Gordy at zijn friet op en duwde zijn bord van zich af. Hij nam slokjes van zijn koffie en vermeed oogcontact.

Ten slotte vroeg Mark: 'Wil je over dat DUI praten?'

'Niet echt. Laten we een stuk gaan lopen. Ik heb behoefte aan frisse lucht.'

'Goed idee.'

Mark betaalde met een creditcard en ze verlieten het eethuisje. Ze liepen door Dupont Circle en daarna in westelijke richting naar M Street. Het was nu warmer en de hemel was helder; geen slechte dag voor een lange wandeling. Ze staken Rock Creek over en liepen Georgetown in, waar ze met een heleboel andere mensen door Wisconsin Avenue liepen, en af en toe bij een etalage bleven staan. Ze stapten een tweedehandsboekwinkel binnen en neusden even bij de afdeling Sportboeken. Gordy had bij Washington football en lacrosse gespeeld, en was een geboren atleet.

Gordy vertelde niet wat hij dacht. Hij leek ontspannen en glimlachte af en toe, maar hij was niet de oude Gordy. Zijn eigenwijsheid en gebruikelijke arrogante opmerkingen waren afwezig. Hij maakte zich zorgen, en terecht natuurlijk.

Mark miste de snelle, grappige en cynische opmerkingen die zo typerend voor hem waren.

Toen het in de loop van de middag harder ging waaien, liepen ze naar een koffieshop voor een latte. Ze zaten aan een klein tafeltje, en Mark probeerde weer om Gordy aan het praten te krijgen, maar Gordy bevond zich in een andere wereld. Toen hij naar het toilet ging, stuurde Mark een berichtje aan Todd en Zola met een update. Hij stuurde ook een berichtje naar Brenda, zei dat het wat beter ging met Gordy maar dat die nu zowel Mark als Todd had aangestoken, dat ze nu alle drie doodziek waren en in Gordy's appartement voor elkaar zorgden. Deze griep was uiterst besmettelijk en heerste in D.C.; ze kon dus maar beter wegblijven.

Toen ze de koffieshop verlieten zei Gordy dat hij een wandeling langs de Potomac wilde maken. Op Wisconsin staken ze M Street over en liepen langs het Georgetown Waterfront, een moderne wijk met chique winkels, restaurants en cafés waarvan de terrassen bij mooi weer bomvol zaten met studenten en toeristen die van de zon genoten. Maar het was midden in de winter en dus waren er weinig voetgangers. Gordy stond op de promenade naast de koude Potomac en leek van het uitzicht te genieten. Rechts van hen was de Key Bridge, die Georgetown met Rosslyn verbond. Links van hen lagen Theodore Roosevelt Island en nog een brug. Niet ver bij hen vandaan stond het Kennedy Center, en in de verte stonden het Lincoln Memorial en andere monumenten. Vlak bij het water was het duidelijk kouder, er dreven grote brokken ijs op de rivier.

Toen Gordy zich omdraaide, glimlachte hij en had een vreedzame, tevreden blik op zijn gezicht.

'Ik heb het ijskoud,' zei Mark.

'Laten we gaan.'

Toen het donker was geworden en Todd en Zola langskwamen, lag Gordy weer te slapen en las Mark een paperback.

Zachtjes bespraken ze de dag en probeerden plannen te maken voor de nacht. Ze vroegen zich af of ze Brenda zouden bellen om haar de waarheid te vertellen, maar daar was niemand klaar voor; vooral Zola niet. Behalve een vluchtige opmerking over dat ze zijn dokter moesten vinden, hadden ze het amper over de volgende dag. Bijna geluidloos verplaatsten ze zijn meubels en ruimden ze de woonkamer op. Mark had de muur het liefst leeggemaakt; hij wilde niet nog langer naar de gezichten van Hinds Rackley en zijn bende kijken. Het was al erg genoeg dat ze betrokken waren bij hun grootse samenzwering, maar het was bijna wreed om hen in de kamer te hebben. Todd en Zola waren daar echter op tegen: Gordy had keihard gewerkt aan zijn meesterwerk, en als ze dat vernietigden, kon hij zomaar weer van slag raken.

Toen de pizza werd gebracht, sloop Zola de slaapkamer in en probeerde haar vriendje wakker te maken. Ze kwam terug, alleen, en zei dat hij amper reageerde en bovendien grof. Ze aten de pizza op, dronken er alleen water bij en doodden de tijd. Mark had Gordy's autosleutels in zijn zak en die zouden daar blijven ook. Ze besloten elkaar die nacht af te lossen, net als eerder. Zola nam de eerste dienst op zich en ging op de bank liggen. Todd ging naar haar appartement aan de overkant van de gang. Mark liep vier blokken naar zijn eigen appartement en ging voor het eerst die dag onder de douche.

Na hun vertrek, toen het donker en stil was in de woonkamer, begon Zola berichtjes te versturen. Om haar ellende van deze ongelofelijk ellendige dag nog eens te verergeren, had haar vader haar gebeld. De immigratierechter had zijn meest recente verzoek afgewezen en nu was er een bevel uitgevaardigd om hem, haar moeder en Bo, haar ongetrouwde broer, het land uit te zetten. Nadat ze zesentwintig jaar in de VS hadden gewoond, zouden ze samen met een heleboel vluchtelingen worden teruggevlogen naar Senegal. Zesentwintig jaar minderwaardige baantjes voor een laag loon. Zesentwintig jaar zuinig zijn, zo veel mogelijk sparen, zich aan elke wet houden en nooit te snel rijden. Zesentwintig jaar waarin ze zichzelf als Amerikanen beschouwden en dankbaar waren voor hun verblijf hier. Nu werden ze gedwongen terug te keren naar een land dat ze niet kenden en waar ze helemaal niet wilden zijn.

Zola was een sterke vrouw die trots was op haar stoerheid, maar gekweld door meer zorgen dan wie dan ook kon dragen maakte Zola de fout om haar ogen te sluiten.

Om 1.42 uur begon haar telefoon, die in de zak van haar spijkerbroek zat, te zoemen en te trillen, en maakte haar ten slotte wakker. Gemiste oproep. Het was Gordy. Het duurde even voordat ze wist waar ze was. Ze sprong op en rende naar zijn slaapkamer. Ze keek in zijn badkamer, ook al wist ze heel goed dat hij daar niet was, en rende naar Todd om hem wakker te maken. Voor de tweede nacht op rij renden ze de trap af naar de begane grond, door de gang en naar de parkeerplaats achter het gebouw. Gordy's Mazda was verdwenen. Todd belde Mark en zei dat ze snel naar hem toe kwamen om hem op te halen. In Todds auto piepte Zola's telefoon omdat er een berichtje binnenkwam.

'Van hem. Hij zegt: "Zola, ik kan dit niet meer. Er is geen uitweg. Het spijt me heel erg."'

'Shit! Bel hem!'

'Hij neemt toch niet op,' zei ze terwijl ze zijn nummer intoetste. Ze kreeg meteen de voicemail. 'Hallo, dit is Gordy. Spreek een berichtje in.'

'Voicemail,' zei ze. 'Ik stuur hem een berichtje: "Gordy, waar ben je? We komen je halen."'

Ze keek naar haar telefoon en wachtte op een antwoord. Daarna stuurde ze hetzelfde berichtje nog een keer. 'Niets,' zei ze.

'Je hebt hem dus niet horen weggaan?'

'Natuurlijk niet! Ik probeerde wakker te blijven. Ik neem aan dat hij nog een autosleutel had.'

'Dat blijkt. Hij gaat zichzelf iets aandoen.'

'Dat mag je niet zeggen.'

Mark kwam rennend zijn gebouw uit, met de telefoon tegen zijn oor gedrukt omdat hij probeerde Gordy te bereiken. Dat lukte niet. Hij sprong achterin en vroeg: 'Wat nu?'

'Heb je zijn autosleutels nog?' vroeg Todd.

'In mijn zak. Wie heeft de reservesleutel van een tien jaar oude auto?'

'Gordy, neem ik aan. Hij gaat iets doms doen, weet je?'

'Dat is heel nuttig nu,' zei Zola. 'Het spijt me, jongens, ik wilde echt niet in slaap vallen.'

Twee nachten achter elkaar, dachten Mark en Todd, maar ze zeiden niets. Haar uitschelden zou niets helpen, en ze voelde zich sowieso al schuldig genoeg. Als Gordy vastbesloten was om weer een stunt uit te halen, zouden ze niets kunnen doen om dat te voorkomen.

'Iemand een idee?' vroeg Todd, nog steeds met zijn handen om het stuur geklemd.

Geen antwoord. De stilte was afschuwelijk, terwijl de motor bleef draaien en de verwarming warme lucht naar binnen blies.

Zola verbrak de stilte met: 'Hij hield ervan om hard te lopen langs Rock Creek.'

Todd zei: 'Ik betwijfel of hij vannacht aan het hardlopen is. Het is zes graden onder nul.'

Mark zei: 'Laten we naar Coney's gaan. Dat is altijd onze favoriete plek geweest om nuchter te worden.'

'Goed idee,' zei Todd en hij zette de auto in de versnelling. 'Blijf hem bellen en berichtjes sturen.'

Coney's was een 24 uurswafelcafé aan 19th Street, geliefd bij zowel zwervers als studenten. Todd stopte op de hoek en Mark rende naar binnen. Een paar seconden later was hij terug en zei: 'Hier is hij niet, maar ik heb een idee: laten we naar de Waterfront in Georgetown gaan. Daar waren we vanmiddag en het leek hem daar te bevallen.'

'Wat bedoel je met: "Het leek hem daar te bevallen"?' vroeg Todd.

'Ik weet het niet. Rij nou maar gewoon.'

Toen ze M Street in reden, ging Marks telefoon. 'O shit! Brenda. Zal ik opnemen?'

'Ja,' snauwde Todd. 'Juist nu moet je dit gesprek aannemen.'

Mark zette de telefoon op de speaker en zei: 'Hallo, Brenda.'

Ze was in paniek. 'Mark, wat is er aan de hand? Ik kreeg net een berichtje van Gordy. Hij zegt dat het hem spijt, dat er geen uitweg meer is en dat hij zo niet kan doorgaan. Wat is er verdomme aan de hand, Mark? Vertel op.'

'Hij rijdt ergens in D.C. rond, Brenda. Todd en ik zitten in de auto en proberen hem te vinden. Hij slikt zijn medicijnen niet en gedraagt zich idioot.'

'Ik dacht dat hij met griep in bed lag, net als jullie.'

'Hij lag ook ziek in bed, oké? We waren bij hem en hij is er stiekem vandoor gegaan. Heb je geprobeerd hem te bellen?'

'Natuurlijk! Waarom heb je me niet verteld dat hij zijn medicijnen niet meer slikt?' Ze gilde bijna.

'Ik wist niet eens dát hij medicijnen gebruikte, Brenda, gisteren pas. Dat heeft hij ons nooit verteld. En jij ook niet.'

'Daar hadden we het nooit over. Vind hem alsjeblieft, Mark!'

'Proberen we.'

'Ik kom zo snel mogelijk.'

'Nee, nog niet. Blijf waar je bent, ik bel je later.'

Bij de Waterfront parkeerden ze langs de stoep en stapten uit. Toen ze naar de rivier renden, werden ze tegengehouden door een bewaker.

Mark zei: 'Meneer, we zijn op zoek naar een vriend. Hij rijdt in een kleine blauwe Mazda en heeft onze hulp nodig. Hebt u hem gezien?'

'Hier is niemand op dit tijdstip,' zei de bewaker.

'Oké. We gaan wel even kijken, oké?'

'Tuurlijk.'

Ze liepen langs de promenade en bleven staan bij de oever van de Potomac, op dezelfde plek als waar Gordy en Mark een paar uur eerder hadden gestaan. Rechts van hen staken een paar auto's via de Key Bridge de Potomac over. En links van hen, achter Roosevelt Island, was een ongeval op de Arlington Memorial Bridge. Ze zagen rode en blauwe zwaailichten.

7

Toen ze daar aankwamen, waren de drie westbanen van de brug geblokkeerd en stond er een file. Todd zette de auto op een met gras begroeide verhoging bij de oprit en rende ernaartoe. Een stuk of zes auto's van de politie van D.C. stonden verspreid op de brug met de portieren open en blauwe zwaailichten aan, en er klonk druk radioverkeer. Er liepen agenten rond. Twee van hen stonden op de stoep naast de leuning en keken naar de donkere rivier onder zich. Een ambulance met gierende sirene probeerde dichterbij te komen en reed voetje voor voetje tussen het stilstaande verkeer door. Toen ze een meter of dertig de brug op waren gelopen, hield een agent hen tegen.

'Ga terug!' gromde hij. 'Waar willen jullie naartoe?'

Ze bleven staan en keken naar de chaos voor hen. Achter de agent en de politieauto's zagen ze Gordy's blauwe Mazda met het licht aan op de middenbaan staan en met het linkerportier open.

'Wat is er gebeurd?' vroeg Mark aan de agent.

'Gaat je niets aan. En nu wegwezen!'

Todd zei: 'Meneer, wij kennen hem, hij is onze vriend. Wat is er met hem gebeurd?'

De agent haalde diep adem en ontspande zich. Hij zei: 'Hij is gesprongen, oké? Hij stopte, stapte uit en sprong.'

Zola gilde en sloeg haar handen voor haar gezicht. Todd pakte haar vast om te voorkomen dat ze viel. Mark kreeg slappe knieën, begon bijna over te geven en zei moeizaam: 'Nee, dat kan niet...'

De agent pakte Mark bij zijn schouders en knikte naar links, waar twee agenten een vrouw van middelbare leeftijd troostten. Hij zei: 'Die vrouw reed achter hem toen hij stopte. Ze heeft gezien dat hij naar de rand rende en sprong. Het spijt me.'

'Dat kan niet,' zei Mark weer en Todd nam Zola mee naar de brede stoep dertig centimeter verderop. Ze liet zich vallen, ging met haar rug tegen de betonnen brugleuning zitten en begon ontroostbaar te huilen.

'Het spijt me,' zei de agent weer. 'We trekken zijn kenteken na. Hij komt uit West Virginia, klopt dat?'

'Ja. Hij heet Gordon Tanner. Wij zijn studenten.'

'Kom mee.'

Mark liep achter hem aan langs de politieauto's en agenten, en bleef achter Gordy's auto staan. Mark keek er vol afschuw naar en schudde zijn hoofd.

'Hiernaartoe,' zei de agent en hij nam Mark mee naar de rand van de brug. Twee agenten met draagbare zoeklichten schenen op het donkere water van de Potomac. Een speedboot met nog meer blauwe zwaailichten scheurde hun richting uit.

De agent zei: 'Hier is hij gesprongen. Daarbeneden drijft ijs. Niemand overleeft het daar langer dan twee minuten.'

Mark keek naar het water en zag dat de speedboot onder de brug door voer. Hij sloeg zijn handen voor zijn ogen en begon te snikken.

Een rechercheur in een regenjas liep naar hen toe en vroeg: 'Wie is dit?'

De agent zei: 'Hij is een vriend, hij kent hem.'

Mark keek naar de rechercheur en probeerde zich te vermannen.

De rechercheur zei: 'Het spijt me, jongen. Wat kun je ons vertellen?'

Mark wreef in zijn ogen en klemde zijn kaken op elkaar. Met een trillende stem zei hij moeizaam: 'Hij is onze vriend en hij heeft de laatste tijd wat problemen. Hij werd gisteren aangehouden voor DUI en we hebben de hele dag een oogje op hem gehouden. We waren bang dat hij iets doms zou doen.'

'Heeft hij psychische problemen?'

'Nee, maar hij slikt zijn medicijnen niet meer.' Zijn stem begaf het en hij wreef weer in zijn ogen. 'Ik kan het niet geloven.'

'Het spijt me, jongen. Ik ben rechercheur Swayze, DCPD. Dit is mijn kaartje met mijn mobiele nummer.'

Mark nam het kaartje aan en zei moeizaam: 'Bedankt.'

'We zijn nu naar hem op zoek en dat zal wel wat tijd kosten, maar we vinden hem zeker. Ken je zijn familie?'

'Ja.'

'Waar komt hij vandaan?'

'Martinsburg, West Virginia.'

'Wil jij hen bellen? Zij willen hier waarschijnlijk naartoe komen.'

Dat was het laatste telefoontje dat Mark wilde voeren, maar hij knikte en zei: 'Tuurlijk. Kunnen wij helpen zoeken, of zo?'

'Sorry, jongen, jullie kunnen hier niets doen, alleen wachten. Stuur me een berichtje met je telefoonnummer en dan bel ik je zodra we hem gevonden hebben.'

'Hoe lang duurt dat?'

De rechercheur haalde zijn schouders op en zei: 'Dat weet je nooit met dit soort dingen. Ik stel voor dat jullie een warme plek zoeken om te wachten. Ik bel je later met een update. Zeg maar tegen de familie dat zij me ook mogen bellen. Luister, we hebben de auto al doorzocht, maar geen briefje gevonden. Weet je waar hij woont?'

'Ja.'

'Oké. Wil je misschien in zijn huis kijken of hij een briefje heeft achtergelaten? Dat doen ze namelijk meestal. Als je iets vindt, moet je me meteen bellen.'

'Doe ik.'

Swayze legde een hand op Marks schouder en zei: 'Het spijt me, jongen.'

'Bedankt.' Mark liep over de stoep.

Op de westbaan kwam nog een ambulance aanrijden, maar daar stond ook een file. Het leek wel of er miljoenen zwaailichten waren. Twee grotere boten met zoeklichten hadden zich bij de eerste gevoegd en nu cirkelden ze om de pilaren van de brug heen.

Mark en Todd hielpen Zola opstaan. Ze waren ijskoud en versuft, maar te geschokt om iets te voelen. Ze droegen haar bijna naar de auto die klem stond in het verkeer. Todd startte de motor en deed de verwarming aan. Zo zaten ze verbijsterd en vol afschuw naar deze nachtmerrie te kijken. Zola, die voorin zat, huilde. Todd zat in elkaar gezakt tegen zijn raampje en was lijkbleek. Mark snikte en probeerde zich te beheersen. Een paar minuten lang trilde zijn telefoon en nadat hij hem eindelijk uit zijn zak had gehaald, zei hij: 'Brenda heeft vier keer gebeld. Iemand moet het haar vertellen.'

Todd zei: 'Die iemand ben jij, Mark. Je hebt geen keus.'

‘Waarom kun jij het haar niet vertellen?’

‘Omdat jij haar beter kent. Ze belt jou, niet mij.’

Mark hield zijn telefoon stevig vast en wachtte. Een sleepwagen met oranje zwaailichten reed stapvoets tussen het stilstaande verkeer door en zigzaggend langs de politieauto’s. Iemand met gezag besloot dat de ambulances niet nodig waren, zodat die vertrokken, net als een paar politieauto’s.

‘Ga je haar bellen?’ vroeg Todd.

‘Ik probeer moed te verzamelen,’ zei Mark.

‘Dit is mijn schuld,’ zei Zola, snikkend.

‘Dit is niemands schuld, en dat weet je best,’ zei Todd, maar niet erg overtuigend.

‘Ik heb dit gedaan,’ zei ze. ‘Ik heb dit gedaan.’

De gele zwaailichten keerden en toen reed de sleepwagen over de oostbaan naar hen toe. Hij reed langs hen heen met Gordy’s auto op de achterwielen. Er kwamen nog meer boten aan, en de boten verspreidden zich al zoekend ten zuiden van de brug. De politie maakte twee westbanen vrij, waarna de file langzaam in beweging kwam.

Mark vroeg: ‘Wat moet ik tegen haar zeggen? Ik kan niet zeggen dat hij dood is, omdat we dat niet zeker weten. Toch?’

Todd zei: ‘Hij is dood, Mark. Zeg maar tegen haar dat hij van een brug in de Potomac is gesprongen en dat ze hem nu zoeken.’

‘Dat kan ik niet.’

‘Je moet wel.’

Mark haalde diep adem, maar belde niet. Hij zei: ‘Ik was bij hem toen hij dit besloot. We stonden bij de Waterfront en Gordy keek naar deze brug. Toen hij zich omdraaide, was hij rustig en glimlachte hij. Op dat moment had hij zijn besluit genomen en had hij daar vrede mee. Het was gewoon dom van me dat ik dat niet snapte.’

‘We geven niemand de schuld, verdomme!’ zei Todd.

‘Nou, je kunt er donder op zeggen dat Brenda dat wel zal doen en naar mij zal wijzen. Ik heb de hele middag tegen haar gelogen. Ik had haar de waarheid moeten vertellen en hem aan haar moeten overlaten.’

‘We hebben gedaan wat we konden. Het is niet jouw schuld dat hij is ingestort.’

‘Het is allemaal míjn schuld!’ piepte Zola. ‘Alles.’

'Hou op, Zola!' snauwde Todd.

Een agent met een zaklamp gebaarde dat ze moesten wegrijden, en Todd reed voorzichtig van het gras de westbaan op. Langzaam reden ze over de brug. Drie politieauto's stonden bumper aan bumper op de buitenste baan. Een groepje agenten zat gehurkt op de stoep, vlak bij de plek waar Gordy was gesprongen.

'Waar gaan we naartoe?' vroeg Mark.

'Geen idee.'

Ze staken de rivier over, reden in zuidelijke richting de GW Parkway op en verlieten die op Columbia Island. Todd zette de auto in een parkeervak bij het LBJ Memorial Grove. Voor hen was een jachthaven waar honderden boten zacht op en neer deinden. Ze zaten naar de duisternis te kijken, met de verwarming hoog.

Marks telefoon begon in zijn zak te trillen.

'Ga je haar bellen?'

Mark keek naar zijn telefoon en zei: 'Dat hoeft niet. Zij belt mij al.' Hij opende het achterportier, stapte uit en liep naar de haven. Hij drukte de telefoon tegen zijn oor en zei: 'Brenda, er is iets vreselijks gebeurd.'

8

Ze brachten Zola naar haar appartement en legden haar op de bank. Mark dekte haar toe met een deken, ging bij haar zitten en nam haar voeten in zijn handen. Todd zette een pot koffie en terwijl hij wachtte tot de koffie klaar was, ging hij op de grond zitten met zijn rug tegen de bank geleund. Zola legde een hand op zijn schouder. Heel lang zei niemand iets; het enige geluid was de koffiepot die pruttelde en siste.

Marks telefoon trilde en hij haalde hem tevoorschijn. 'Brenda's vader weer.' Hij tikte op het scherm, zette het gesprek op de speaker en zei: 'Ja, dokter Karvey.'

'Mark, we komen er nu aan, zijn er over ongeveer een uur. We logeren in het Marriott in Pentagon City. Kun je daar om zeven uur naar ons toe komen?' De stem was kalm en geruststellend.

'Tuurlijk, dokter Karvey. Ik zal er zijn.'

'Bedankt. Ik heb al contact opgenomen met rechercheur Swayze en hij heeft mijn nummer.'

'Goed. Ik zie u om zeven uur.' Mark verbrak de verbinding en zei: 'Daar heb ik dus echt zin in: een hysterische vrouw.'

'Ik ga wel met je mee, maar we laten ons echt niet uitschelden,' zei Todd.

'Natuurlijk worden we uitgescholden. Brenda heeft al twee keer tegen me geschreeuwd. Het is allemaal onze schuld, omdat ik tegen haar heb gelogen, omdat we hem hebben laten vertrekken, omdat we de familie niet hebben gebeld, omdat we hem niet naar de dokter hebben gebracht, om alles.'

'Het is allemaal mijn schuld,' mompelde Zola zonder haar ogen open te doen.

'Het is jouw schuld niet, je naam is niet eens genoemd,' zei Mark, 'en laten we dat ook maar zo houden.'

Todd zei: 'Als ze begint te schreeuwen, ben ik weg. Ik voel me al ellendig genoeg zonder een heleboel drama van Brenda en die families.'

Mark zei: 'Toen we gisteren bij het water vandaan reden, dreigde Gordy me te vermoorden als ik haar belde. Ik bedoel, het was geen serieus dreigement, maar zo was zijn stemming toen. Hij wilde niet dat ze het wist. En hij weigerde om naar de dokter te gaan. Wat hadden we dan moeten doen?'

'We hebben dit al uit-en-te-na besproken, Mark,' zei Todd. Hij stond op en schonk drie koppen koffie in. Het was bijna vier uur in de ochtend en ze waren zowel fysiek als mentaal uitgeput.

Zola ging rechtop zitten, nam haar kopje aan en probeerde te glimlachen. Haar ogen waren rood en gezwollen, ze leek elk moment weer te kunnen instorten. Ze zei: 'Ik ga maar niet met jullie mee, denk ik.'

'Nee, jij moet hier blijven en uitrusten,' zei Mark.

'Goed idee,' zei Todd. 'Je kunt ook maar beter niet bij Brenda in de buurt komen.'

'Ik heb haar één keer ontmoet. Zij denkt dat we allemaal goede vrienden zijn. Gordy zei dat ze het niet weet van ons.'

'Dat weet ik wel zeker, maar toch zou ze jaloers kunnen zijn,' zei Mark. 'Ze vond het helemaal niet prettig dat Gordy zonder haar hier in de grote stad was.'

Weer bleef het lang stil terwijl ze hun koffie opdronken. Mark verbrak de stilte met: 'O ja, we moeten op zoek naar een zelfmoordbriefje. Dat moest van die rechercheur.'

'Dat klinkt geweldig,' zei Todd.

Ze liepen naar Gordy's appartement aan de overkant van de gang en deden het licht aan. Er was niets veranderd sinds ze hier in paniek waren vertrokken. Een eventueel briefje zou in de slaapkamer moeten liggen, maar ze vonden niets.

'Wat een bende is het hier,' zei Mark terwijl hij om zich heen keek. De lakens lagen in een prop, zodat de halve matras te zien was. Er lagen stapels kleren op de grond en er stonden twee lege drankflessen op de ladekast.

'Ik ruim het hier wel op als jullie weg zijn,' zei Zola. 'Ik weet wel zeker dat de familie zijn appartement wil zien.'

Ze gingen terug naar de woonkamer en keken naar Gordy's samenzweringsmuur. 'Ideeën?' vroeg Todd.

Mark zei: 'Laten we deze rommel eraf halen en bewaren. De familie heeft hier toch niets aan.' Zola propte vieze lakens, handdoeken en kleren in een vuilniszak en nam die mee naar de wasruimte in de kelder, terwijl Mark en Todd de whiteboards en vellen papier voorzichtig van de muur haalden. Ze legden de papieren met Rackleys gezicht en die van zijn handlangers op een nette stapel, zodat ze die mee konden nemen. Mark zag naast Gordy's computer twee USB-sticks liggen die hij instinctief en zonder iets te zeggen in zijn zak stopte.

Om zes uur verlieten hij en Todd het gebouw en reden naar Pentagon City. Doordat het niet druk was, waren ze twintig minuten later al in het Marriott. Ze gingen naar het café, bestelden koffie en broodjes, en probeerden moed te verzamelen voor hun afspraak.

'Ze zegt waarschijnlijk de meest afschuwelijke dingen,' zei Todd.

'Dat heeft ze al gedaan.'

'We laten ons niet verrot schelden, Mark.'

'We moeten geduldig zijn, Todd, en meelevend. Die arme meid is net haar verloofde verloren die ze aanbad.'

'Nou, hij aanbad haar niet, niet meer.'

'Dat zal ze nooit weten. Of wel?'

'Wie weet? Volgens Zola hebben hij en Brenda voor kerst heel veel ruziegemaakt. Wie weet wat hij heeft gezegd? Misschien heeft hij de trouwerij wel afgeblazen.'

'Dat zou hij ons hebben verteld. Wij zijn z'n beste vrienden, Todd, in elk geval hier in D.C. Ik durf te wedden dat die trouwerij nog steeds doorging en Brenda droomde van haar grote dag. Nu is haar jeugdliefde dood.'

'Wat hadden we anders moeten doen?' vroeg Todd.

'Dat weet ik niet, maar ik betwijfel of ik Brenda zou hebben gebeld. Dan was Gordy doorgedraaid en was alles nog erger geworden.'

'Het is erger geworden.'

'Dat is waar. We moeten gaan.'

Ze namen de lift naar de tweede verdieping en klopten op de deur. Karvey wachtte al op hen en deed de deur open. Met een zachte stem stelde hij zichzelf voor: stevige handdruk, geforceerde glimlach, wat ze gezien deze omstandigheden opvallend vonden. Hij gebaarde dat ze naar de zitkamer van de suite moesten gaan. Daar bood hij hun koffie aan, maar ze bedankten. Verder was er niemand.

Gordy had verschillende keren over zijn toekomstige schoonvader gepraat. Ze wisten dus dat de familie Karvey rijk was – ze bezaten veel land en een bank. Karvey was cardioloog en werd bijzonder gerespecteerd in Martinsburg. Hij was een jaar of vijftig, had een dikke bos grijs haar en een markante kaak. Hij droeg een colbertje zonder stropdas, en zijn kleren zagen er duur uit. Gordy, die vaak rotopmerkingen over iedereen maakte, had nooit iets negatiefs over zijn schoonvader gezegd.

Ze zaten rondom een klein tafeltje en praatten zacht met elkaar. Brenda was in de slaapkamer met haar moeder. Karvey had haar een verdovend middel gegeven, en ze rustte nu. De politie had de familie op de hoogte gebracht en was net vertrokken. Gordy's ouders waren onderweg en zouden binnen een uur in de stad aankomen.

Karvey zei: 'Vertel me alsjeblieft wat jullie weten.'

Mark knikte naar Todd, die moeizaam slikte en daarna een samenvatting van de afgelopen dagen gaf. Een studievriend die in hetzelfde gebouw woonde maakte zich zorgen over Gordy's gedrag en ging naar de bar waar Todd werkte om hulp te vragen. Ze vonden Gordy in zijn appartement, waar hij zich al een paar dagen had teruggetrokken. Hij was er slecht aan toe, dronk, was afwezig en moest dringend verzorgd worden. Ze durfden hem niet alleen te laten, maar hij glipte weg. Toen Todd vertelde over het DUI vierentwintig uur eerder, vertrok Karvey zijn gezicht en schudde zijn hoofd – zijn eerste zichtbare reactie. Mark nam het verhaal over, en beschreef zijn pogingen om Gordy veilig door de vorige dag te loodsen. Gordy weigerde zijn mentale toestand te bespreken en wilde Mark ook niet vertellen hoe zijn dokter heette. Hij bedreigde Mark als die Brenda of zijn ouders zou bellen. Hij sliep heel veel, hield op met drinken en leek op te knappen. Ook vannacht waren ze bij hem gebleven, maar hij slaagde er weer in ertussenuit te glippen. Toen ze ontdekten dat hij verdwenen was, raakten ze in paniek en gingen naar hem op zoek. Hij beantwoordde zijn telefoontjes niet. Ze reden als een gek door de stad en zagen toen de zwaailichten op de brug.

Toen Mark uitverteld was, keek hij Todd aan, die knikte. Het verhaal was bijna compleet, en voor dit moment genoeg.

Karvey zei: 'Bedankt. Toen Gordy in de vakantie thuis was, hebben Brenda en hij een ernstig gesprek over hun toekomst gehad, zoals elk stel doet. Dat was zeker een lastige periode, maar Brenda dacht dat alles weer goed was. Maar hij vertrok zonder afscheid te nemen en ging terug naar hier.'

'Daar hebben we iets over gehoord,' zei Mark.

Todd vroeg: 'Wist Brenda dat hij zijn medicijnen niet meer innam?'

'Tja, we weten pas een paar maanden dat Gordy manisch-depressief is. Dat was een van de redenen voor hun discussies. Hij probeerde het stil te houden, iets wat niet ongebruikelijk is.'

Mark en Todd schudden vol ongeloof hun hoofd.

Karvey zei: 'Luister, ik weet dat Brenda een paar uur geleden een paar harde uitspraken heeft gedaan, en dat spijt me. Ze is helemaal kapot en gek van verdriet. Wij zijn al even verbijsterd als jullie. Wij kennen Gordy al vanaf dat hij heel jong was en hij was bijna een lid van ons gezin.'

'Het is al goed,' zei Mark.

'We vinden het heel erg, dokter Karvey. We wisten niet wat we moesten doen. We hadden er geen idee van dat hij zoiets zou kunnen doen.'

'Jullie hebben gedaan wat je kon, gezien de omstandigheden,' zei Karvey op zijn geruststellende artsenmanier. Toen Mark en Todd zich voor het eerst sinds ze de suite waren binnengestapt ontspanden overviel Karvey, zelfs nog zachter dan eerst, hen met de vraag: 'Was er een ander meisje?'

Ze krompen in elkaar en keken naar hun handen. Mark had de tegenwoordigheid van geest om te vragen: 'Oké, als het antwoord ja is, vertelt u dat dan aan Brenda?'

'Nee. Dat zou de zaak alleen maar nóg erger maken.'

'Waarom wilt u het dan weten?' vroeg Todd.

Hij dacht even na en zei toen: 'Vergeet het maar.'

'Goed idee.'

Mark en Todd wilden graag weg voordat er iemand uit de slaapkamer kwam, dus namen ze afscheid. Snel verlieten ze de suite en het hotel, en reden vervolgens doelloos langs het Reagan National Airport. Ze maakten zich zorgen om Zola, maar hadden geen zin om terug te gaan naar Gordy's appartement, nog niet tenminste. Ze reden door Alexandria, daarna naar het zuiden en later naar het oosten, staken de rivier over via de Woodrow Wilson Bridge, en stopten in de National Harbor Marina. De Potomac strekte zich voor hen uit, leek wel anderhalve kilometer breed en stroomde naar het zuiden, alsof alles in orde was. Niets wees op een zoekactie. Bij het vliegveld hadden ze twee boten van de kustwacht en de politieboten gezien, maar hier zagen ze niets, helemaal onder de Arlington Memorial Bridge.

Mark vroeg: 'Wat denk je, kunnen ze berekenen hoe ver en hoe snel een lichaam in de rivier kan drijven?'

'Dat vraag je aan mij?' antwoordde Todd.

'Ik dacht dat je dit soort dingen wist. Op high school had je toch een vriend die is verdronken?'

'Klopt, Joey Barnes; hij was vijftien.' Todd trommelde op het stuur en dacht even aan zijn vroegere vriend. 'Verdrinkingsslachtoffers zinken naar de bodem, ongeacht de diepte. Als het water koud is, duurt het langer. Zodra ze op de bodem liggen, ontstaat er een chemische reactie waardoor het lichaam weer omhoogkomt. Dat gebeurt bijna altijd, meestal niet ver van de plaats waar ze in het water terecht zijn gekomen. Het is mogelijk dat hij ergens klem komt te zitten en beneden blijft.'

Hier dachten ze even over na terwijl de verwarming zacht bleef blazen.

Mark vroeg: 'Hij komt wel naar boven, denk je niet?'

'Ze vinden hem wel. We hebben behoefte aan een rouwdienst en een begrafenis en een afsluiting van deze puinhoop. Ik kan me niet voorstellen dat er ooit een rouwdienst zal zijn zonder een lichaam.'

'Ze vinden hem wel. En dan begraven we hem. En dan moeten we terug naar law school voor ons laatste semester.'

'Ik moet er niet aan denken.'

'Law school is de reden dat Gordy dood is, Todd. Als hij nooit naar law school was gegaan, zou er nu niets met hem aan de hand zijn.'

'Dat geldt toch voor ons allemaal?'

'Ik kan er niet weer naartoe.'

‘Daar moeten we het later maar over hebben. Nu moeten we slapen.’

Vroeg die middag belde Karvey Mark en vroeg of hij en Todd Gordy’s auto wilden ophalen en naar het hotel wilden brengen, waar ze meneer en mevrouw Tanner zouden ontmoeten. Ze konden zich niets ergers voorstellen, maar de familie had hen nodig en er was niemand anders beschikbaar. Dus gingen ze voor de tweede keer in twee dagen naar de gemeentestalling om Gordy’s kleine blauwe Mazda op te halen. Een paar seconden voordat Gordy was gesprongen, had hij de motor uitgezet en de reservesleutel in zijn zak gestopt. Gelukkig had Mark zijn sleutels nog. De stad was zo vriendelijk hun de sleep- en stallingskosten kwijt te schelden en hun daarmee 200 dollar te besparen.

De suite van de Karveys was nog erger dan een mortuarium. Brenda zat op een bank tussen haar moeder en mevrouw Tanner; twee vrouwen die kennelijk de pest aan elkaar hadden en ruzie hadden gemaakt over de trouwplannen. Maar nu lag dat achter hen en waren ze allebei ontzettend verdrietig.

Nogmaals vertelden Todd en Mark samen het pijnlijke verhaal van de afgelopen dagen en deden ze hun best zichzelf nergens de schuld van te geven. De vriendelijkheid die dokter Karvey die ochtend had laten zien was verdwenen, ook al probeerde hij de emoties te sussen. Meneer Tanner stelde een heleboel gerichte vragen over wat Mark en Todd wel en niet hadden gedaan. Waarom had Mark gelogen en gezegd dat Gordy griep had? Waarom hadden ze de familie niet gewoon gebeld en om hulp gevraagd? Hoe was het mogelijk dat ze Gordy niet één keer maar twee keer uit zijn appartement hadden laten ontsnappen? Wat hadden ze gedaan om zijn overmatige drankgebruik in de hand te houden? Enzovoort. Brenda zei weinig; of ze staarde naar de vloer en veegde haar ogen droog, of ze keek naar hen alsof zij Gordy zelf van de brug hadden geduwd. Het was een gruwelijke, pijnlijke ontmoeting, en op een bepaald moment was iedereen, ook Mark en Todd, in tranen. Toen de zaak uit de hand liep, hief Mark zijn handen, zei dat het zo wel genoeg was en stormde de suite uit, met Todd op zijn hielen.

Ze reden zwijgend weg, ziek door de wetenschap dat de beide families hen altijd verantwoordelijk zouden houden voor Gordy's dood, maar ook woedend omdát ze daar de schuld van kregen. Het was te gemakkelijk om nu, achteraf, zorgvuldig te ontleden wat ze wel en niet hadden gedaan en om hun besluiten te veroordelen. Maar de waarheid was dat Gordy ziek was en zij hun best hadden gedaan hem te helpen.

Zola's naam was niet genoemd.

9

Het wachten was ondraaglijk. Todd doodde de tijd door een paar uur in de bar te werken. Mark en Zola verlieten het gebouw en gingen naar de bioscoop. Ze krompen in elkaar elke keer als hun telefoon ging, maar er was geen nieuws over de zoekactie. Vrienden van law school belden, wilden een update. Het was druk op social media met nieuws en roddels, en het verhaal stond op de online-editie van *The Post*.

Na zijn werk ging Todd naar Zola's appartement met een sixpack bier. Ze bestelden een pizza. Onder het eten vertelde Zola dat haar ouders en broer die middag naar een detentiecentrum voor immigranten in Pennsylvania waren gebracht. Gewapende agenten van de Amerikaanse immigratiedienst ICE hadden hun een uur de tijd gegeven om zoveel kleren en persoonlijke bezittingen in te pakken als ze maar konden dragen en stopten hen daarna, met handboeien om, samen met vier anderen in een personenbus. Haar vader had haar gebeld vanuit het detentiecentrum, dat hij beschreef als 'iets meer dan een gevangenis'. Hij had geen idee hoe lang ze daar zouden worden vastgehouden voordat ze op het vliegtuig naar Senegal werden gezet.

Mark en Todd waren verbijsterd en kwaad. Vooral de timing was afschuwelijk. Zola was radeloos van verdriet door de zelfmoord van haar vriendje, en nu dit. Ze besloten bij elkaar te blijven en vielen tegen middernacht eindelijk in slaap; Zola in haar bed, Mark op de bank en Todd in een stoel naast hem.

Ze hadden heel diep geslapen. Toen ze de volgende ochtend vroeg een kop koffie dronken om wakker te worden, hoorden ze stemmen en beweging in de gang. Nadat Mark de deur een klein stukje had geopend, luisterden ze.

Dokter Karvey, Brenda en de Tanners waren in Gordy's appartement, dat nu schoon en opgeruimd was: alles was afgewassen en opgeruimd, alle bedorven etenswaren waren uit de koelkast gehaald en er was helemaal geen drank meer in huis. De woonkamer was netjes, de vloeren waren schoon en zijn werkplek op de eettafel was keurig opgeruimd. Zijn bed was netjes opgemaakt. Elk kledingstuk was schoon en opgeborgen. Op zijn ladekast stond een grote ingelijste foto van Brenda, een foto die hij meestal in een la had liggen. De handdoeken in de badkamer waren opgevouwen en op stapeltjes gelegd. De vloer, het kastje, de douche en de wastafel glommen bijna. In zijn medicijnkastje waren zijn pillen niet te vinden.

Ze namen aan dat hij zijn best had gedaan om alles perfect achter te laten, voordat hij zelfmoord had gepleegd. Eén keer stortte Brenda in. Ze zat op de bank te huilen, terwijl haar vader haar knie streelde.

De drie jongelui aan de overkant van de gang luisterden in een angstaanjagende stilte.

De Tanners besloten dat een snelle inspectie op dit moment voldoende was; ze zouden later wel terugkomen om zijn spullen op te halen. Ze sloten het appartement af en vertrokken, samen met Brenda en haar vader.

De drie jongelui stonden voor een raam in de gang op de eerste verdieping, zagen hen wegrijden en hadden diep medelijden met hen.

Het was maandag, 6 januari. De colleges zouden over een week weer beginnen, maar niemand dacht aan law school. Een bezoek aan een detentiecentrum voor immigranten was niet echt hun idee van een opwindend uitstapje, maar ze wilden de stad uit. Zola meldde zich ziek en Todd nam een dag vrij bij de Old Red Cat. Ze verlieten D.C. voor het middaguur en reden naar het noorden. Om de Potomac te vermijden, reed Todd over Connecticut Avenue naar Chevy Chase en Maryland. Het eerste halfuur werd er weinig gezegd. Zola, die voorin zat, was ingetogen en zat naar buiten te kijken. Todd dronk koffie uit een papieren bekertje en speelde met de radio, die hij uiteindelijk op een gouwe-ouwezender zette, maar heel zacht. Achterin bladerde Mark door een paar papieren, pakte een tijdschriftartikel en zei: 'Volgens *The Post* heeft ICE vijftien detentiecentra verspreid door het land, waar op een willekeurige dag 35.000 mensen opgesloten zijn. Vorig jaar heeft ICE meer dan 400.000 arbeiders zonder papieren opgesloten en ongeveer een even groot aantal het land uitgezet, iets wat per persoon meer dan 20.000 dollar kost. Het hele detentiesysteem kost meer dan 2 miljard dollar per jaar. Dit is het grootste immigrantendetentiesysteem ter wereld. Behalve die vijftien ICE-centra heeft de overheid ook nog contracten met honderden countygevangenissen, jeugdgevangenissen en staatsgevangenissen om hun gevangenen op te sluiten, voor een bedrag van 150 dollar per persoon per dag, en 350 dollar voor een gezin. Twee derde van alle centra is eigendom van private ondernemingen. Hoe meer mensen ze hebben, hoe meer geld ze krijgen. De Binnenlandse Veiligheidsdienst, waar ICE onder valt, heeft een quota, vastgesteld door het Congres. Geen enkele andere dienst werkt met een quotasysteem.'

'En de omstandigheden zijn verschrikkelijk,' zei Zola, alsof ze meer wist dan Mark.

'Dat is waar. Doordat er geen onafhankelijk toezicht is, zijn de gevangenen vaak slachtoffer van mishandeling, zoals langdurige eenzame opsluiting, gebrekkige medische verzorging en slecht eten. Ze zijn kwetsbaar voor mishandeling, zelfs verkrachting. Vorig jaar zijn honderdvijftig mensen in gevangenschap overleden. Gevangenen worden vaak opgesloten samen met gewelddadige criminelen. In veel gevallen is er geen sprake van juridische vertegenwoordiging. Op papier heeft ICE wel normen voor deze faciliteiten, maar die zijn niet juridisch afdwingbaar. Er wordt zelden verantwoording afgelegd over de manier waarop de federale gelden worden besteed. De waarheid is dat niemand daarnaar kijkt en dat het niemand iets kan schelen, behalve de gevangenen en hun families. Zij zijn vergeten mensen.'

'Zo is het wel genoeg,' zei Zola.

Todd zei: 'Ja, genoeg, maar waarom hebben we het hier eigenlijk over?'

'Waar wil jij het dan over hebben? Gordy? Brenda? Law school? De colleges beginnen over een week, ik kan niet wachten.'

Daardoor viel het gesprek even stil.

Mark bladerde door nog een paar andere artikelen en neuriede met de radio mee. Ten slotte vroeg hij: 'Zola, kunnen we het over jouw familie hebben?'

'Tuurlijk.'

'Waarom hebben ze Senegal verlaten?'

'Mijn ouders hebben nooit veel over hun land verteld. Ze waren blij dat ze daar weg waren en vastbesloten hier een nieuw leven te beginnen. Ik heb wel vragen gesteld toen ik ouder werd, maar ze gaven meestal ontwijkende antwoorden. Mijn vader werkte in Senegal voor een soort boerencoöperatie en er was een probleem met de regering. Hij maakte een paar vijanden, verloor zijn baan en dacht toen dat hij het land maar beter kon verlaten. Hij was altijd doodsbang dat hij terug moest. Het merendeel van zijn familieleden woont verspreid en er is daar niets voor hem, alleen problemen. Hij is bang dat hij zal worden vervolgd als hij teruggaat.'

'En je broers?'

'Sory, de oudste, is met een Amerikaanse getrouwd en woont nu in Californië. Zijn vrouw is geen moslima, en mijn vader heeft weinig contact met hem. Mijn jongste broer, we noemen hem Bo, is in Senegal geboren, dus heeft hij ook een probleem; hij is nooit getrouwd en erg gelovig.'

Todd zei: 'Ik dacht dat ICE in principe geen gezinnen uit elkaar haalde.'

'Dat staat misschien wel ergens zwart-op-wit,' zei Mark, 'maar daar houden ze zich niet altijd aan. Ik las gisteravond een artikel over een gezin uit Kameroen, ouders met vijf kinderen, die allemaal in een appartement in de Bronx woonden. Op een avond trapte de ICE de voordeur in, pakte de vader op en stuurde hem na verloop van tijd terug naar Afrika. De moeder heeft ook geen papieren, en zij en de kinderen zijn altijd bang dat de ICE haar ook een keer zal komen halen. Moet je je voorstellen hoe het is om zo te leven. De kinderen zijn hier geboren, net als Zola, dus zouden zij van hun ouders gescheiden kunnen worden. Toen de ICE vragen kreeg over die zaak zei de een of andere official iets in de trant van: "De staat New York heeft een uitstekend pleegoudersysteem." Dat geloof je toch niet?'

'Ik praat liever over law school,' zei Zola.

'Ik niet,' zei Mark. 'Ik kan niet terug. Zijn jullie echt van plan om maandag naar college te gaan?'

‘Wat zijn je opties, Mark?’ vroeg Zola. ‘Als je ermee kapt, raak je je baan kwijt. Je kunt niet stoppen met je studie nu je nog maar één semester te gaan hebt.’

‘Ik heb alleen maar een baan als ik slaag voor het rechtbankexamen, wat op dit moment onmogelijk lijkt. Op dit moment ben ik mentaal en emotioneel niet stabiel genoeg om de herhalingslessen te volgen. Jij wel, Todd?’

‘Ik word al misselijk van het idee.’

‘Het is pas over zeven maanden,’ zei Zola.

‘Waarom kunnen we dit semester niet vrij nemen, ons een poosje ontspannen?’ vroeg Todd.

‘Omdat die bloedzuigers die ons geld hebben geleend ons dan helemaal leeg zullen zuigen. Als we niet naar college gaan, moeten we beginnen met afbetalen. Er is misschien een uitweg, maar ik betwijfel of we die kunnen vinden.’

‘Nee, zoveel geluk zullen we wel niet hebben.’

‘Laten we over iets anders praten,’ zei Zola.

‘Oké, maar de onderwerpen zijn bijna uitgeput,’ zei Mark.

Weer was het lang stil.

Toen zei Mark: ‘Oké, ik moet iets bekennen: toen we Gordy’s appartement zaterdag schoonmaakten, zag ik twee USB-sticks naast zijn computer liggen. Ik heb ze gepakt, omdat ik ervan uitging dat Brenda en zijn ouders er niets aan zouden hebben. Ik heb er gisteravond naar gekeken, maar vond niets wat met zijn zelfmoord te maken had. Maar hij was wel iets op het spoor.’

‘Rackley?’

‘Ja, maar er was meer. Hebben jullie het Swift Bank-schandaal een beetje gevolgd?’

‘Ik heb een paar koppen gezien,’ antwoordde Zola.

‘Nee, ik heb zelf al genoeg problemen,’ zei Todd.

‘Swift Bank is nu de op acht na grootste bank van het land. Een paar jaar geleden heeft deze bank alles uit de kast gehaald om zichzelf te laten classificeren als te groot om failliet te kunnen gaan, maar de Feds zeiden nee. Helaas zijn ze niet failliet gegaan en doen ze het sindsdien prima. De bank zat tot aan zijn oren in de risicovolle-hypotheekzwendels en heeft een verleden vol fraude en corruptie. Het is een ontzettend schimmig bedrijf dat betrokken is bij zo ongeveer elke vorm van slechte leningen die je maar kunt bedenken, terwijl ze tegelijkertijd goudgeld uitgeven aan marketing omdat ze ontzettend graag je "wijkbank" willen zijn.'

'We hebben de advertenties gezien,' zei Todd.

'Goed. Nou, Gordy denkt, of dacht, dat Rackley een aandeel heeft in Swift Bank. Hoeveel wist hij niet zeker, omdat Rackley zoals gewoonlijk achter een muur van lege vennootschappen opereert, waarvan de meeste in het buitenland staan ingeschreven. Deze fronts hebben langzaam en stilletjes aandelen Swift Bank gekocht, altijd minder dan vijf procent van het totaal. Sterker nog, ze moeten zich, zoals wij weten, inschrijven bij de SEC, Security and Exchange Commission, de toezichthouder van de verschillende Amerikaanse effectenbeurzen. Gordy was drie afzonderlijke lege vennootschappen op het spoor die hier op het oog niet bij betrokken waren, maar in totaal twaalf procent van de aandelen van Swift Bank bezaten. Huidige waarde ongeveer 4 miljard dollar, waardoor Rackley verreweg de grootste aandeelhouder is, iets wat hij natuurlijk graag geheimhoudt.'

Todd zei: 'Saai! Wat hebben wij daarmee te maken?'

'Ik betwijfel óf we er iets mee te maken hebben, maar het is interessante lectuur. En omdat we het toch niet eens kunnen worden over andere gespreksonderwerpen, vertel ik maar gewoon verder over Swift Bank en Hinds Rackley. Iemand bezwaar? Oké, een maand geleden ongeveer haalde Swift Bank de voorpagina's met een ander schandaal, niets nieuws voor deze schurken, maar nu hebben ze zichzelf misschien overtroffen. Stel dus, Todd, dat jij het Swift Bank-filiaal in jouw wijk binnenstapt en een gewone betaalrekening opent. Je stort 1.000 dollar, krijgt een paar leuke tijdelijke cheques, alles is prima in orde en je vond de knappe accountmanager, die supervriendelijk was, heel aardig. Maar zodra je vertrokken bent, verandert ze in een onbetrouwbare trut en opent nog een paar rekeningen voor je. Een spaarrekening, of twee, een geldmarktrekening, een creditcard, een betaalkaart, misschien zelfs een beleggingsrekening. In plaats van slechts één Swift Bankrekening, heb je er in werkelijkheid zeven. Zij krijgt een bonus en een schouderklopje: "Goed gedaan, meid." Jij weet niets van die andere zes rekeningen, maar de goeie ouwe Swift Bank berekent je elke maand wel een paar extra dollar aan geheimzinnige kosten voor die rekeningen.'

'Wie heeft dit bekendgemaakt?' vroeg Zola.

'Zij. Toen bleek dat accountmanagers van Swift Bank in het hele land op illegale wijze werden opgeleid om mensen rekeningen op te dringen die ze niet wilden of, als ze weigerden, gewoon toch extra rekeningen te openen. Miljoenen rekeningen. Jouw meisje en een paar anderen hebben zich gemeld en dit bekendgemaakt. Ze beweren dat de directie hen enorm onder druk zette om deze rekeningen te openen. De hele bank is in rep en roer, en volgende week begint het Congres met hoorzittingen.'

'Ik hoop dat dit allemaal waar is, voor Rackley tenminste,' zei Todd.

'Wordt het een rechtszaak?' vroeg Zola.

'Natuurlijk. De advocaten van de eisers zijn druk aan het werk: er zijn al twee collectieve gedingen, en er zitten er meer aan te komen. Het is mogelijk dat hier een miljoen klanten bij betrokken zijn.'

'Had ik maar een rekening bij Swift Bank,' zei Todd, 'dan kon ik proberen die klootzak onderuit te halen.'

'Hij heeft ons sowieso al stevig in de tang.'

'Laten we het ergens anders over hebben,' zei Zola.

10

Het Bardtown Federaal Detentiecentrum stond in een afgelegen dal, vijf kilometer van Interstate 99 en dertig kilometer van Altoona. Als er al een stad in de buurt was, was die niet te zien. De toegangsweg was een brede asfaltweg die er nieuw uitzag en heuvelaf liep, waardoor ze bij aankomst een panoramisch uitzicht op het centrum hadden. Voor hen lag een complex van hoekige gebouwen met een plat dak, waardoor ze veel overeenkomst vertoonden met de containerlokalen die je wel bij overvolle scholen ziet staan. Op een met een hoog, dubbel metalen hekwerk omheind terrein stonden rijen gebouwen in een rechthoek. Dikke, glinsterende rollen prikkeldraad lagen boven op het hek, waardoor het hele complex eruitzag als een gevangenis.

Todd ging langzamer rijden en zei: 'Dit ziet eruit als zo'n oude zwart-witfoto van Auschwitz.'

'Dank je wel, Todd,' zei Zola.

Het was een deprimerend gezicht, en Zola kon haar emoties niet langer in bedwang houden. Ze huilde toen Todd op een met grind verharde parkeerplaats stopte. Ze bleven even in de auto zitten en keken naar het voorste gebouw, dat twee verdiepingen had en waar ze zich kennelijk moesten melden. Ook dit gebouw had een plat dak en leek gemaakt van bouwplaten. Alles wat ze zagen zag eruit alsof het in hoog tempo was gebouwd.

Ten slotte zei Zola: 'Kom mee.'

Ze liepen naar de hoofdingang. Op een tijdelijk bord naast de deur stond: BARDTOWN FEDERAAL DETENTIECENTRUM. IMMIGRATIEDIENST. KANTOOR DETENTIE- EN DEPORTATIE-OPERATIES. MINISTERIE VAN BINNENLANDSE VEILIGHEID. DHS, DRO, ICE. ADMINISTRATIEGEBOUW.

Ze keken naar het bord, waarop Todd mompelde: 'Alfabetsoep.'

Waarop Mark antwoordde: 'Maar hopen dat ze de ACLU kennen.' De American Civil Liberties Union is een Amerikaanse, in 1920 opgerichte niet-gouvernementele organisatie die opkomt voor de vrijheden en rechten van Amerikaanse burgers.

Ze liepen naar binnen en kwamen in een ontvangsthal. Er hingen geen borden die hun de weg wezen, dus hield Mark een geüniformeerde jongeman aan. 'Neem me niet kwalijk, meneer, maar waar is de bezoekersruimte?'

'Wat voor bezoekers?'

'Nou, wij willen graag een van jullie gevangenen spreken.'

'Die heten hier gedetineerden.'

'Oké, we willen graag een van jullie gedetineerden spreken.'

Met tegenzin wees de jongeman de gang in en zei: 'Probeer het daar maar.'

'Hartelijk bedankt.'

Ze liepen door de brede gang op zoek naar een bord met aanwijzingen voor bezoek. Omdat het een federale faciliteit was, zagen ze medewerkers in verschillende uniformen. Dikke jongemannen met een pistool aan hun riem en 'ICE' in grote letters op de rug van hun parka; administratief medewerkers in een wit overhemd met stropdas en een goudkleurig embleem op hun zakken; en agenten die niets meer leken te zijn dan hulpsheriffs.

Ze liepen naar een balie, bemand door drie jonge vrouwen. Een van hen was bezig met een paar papieren, terwijl de andere twee hun middagsnack zaten te eten.

Zola zei: 'Neem me niet kwalijk, maar ik ben hier om mijn ouders te zien.'

'Wie zijn uw ouders?' vroeg het meisje met de papieren.

'Maal. Mijn vader heet Abdou, mijn moeder Fanta. Maal. M-A-A-L.'

'Waar komen ze vandaan?'

'Uit New Jersey, maar oorspronkelijk uit Senegal. Ze zijn gisteren opgepakt.'

'O, ze zijn gedetineerd?'

Mark moest zich beheersen om niet te roepen: 'Natuurlijk zijn ze gedetineerd. Waarom zouden we hier anders zijn?' Maar hij keek Todd aan en zei niets.

'Ja, dat zijn ze,' zei Zola beleefd.

'Hebt u een afspraak?'

'Eh nee, maar we hebben net twee uur gereden om hen te zien.'

De vrouw schudde haar hoofd, terwijl een van de anderen haar brownie neerlegde en iets intypte. De tweede, een oudere blanke vrouw, zei: 'Ze zijn nog niet geregistreerd.' Daardoor was een bezoek kennelijk onmogelijk.

'Oké, nou, registreer hen dan maar,' zei Zola.

De eerste zei: 'Daar zorgen we voor, oké? Maar ik ben bang dat u hen niet kunt zien voordat ze zijn geregistreerd.'

'U maakt zeker een grapje,' zei Zola.

'Sorry,' zei ze, zonder ook maar een spoortje medeleven.

'Hoe kunt u hen in vredesnaam vasthouden als ze niet zijn ingeschreven?' vroeg Zola.

Nummer één, een zwarte vrouw van middelbare leeftijd, keek haar minachtend aan alsof ze het heerlijk zou vinden Zola op haar plaats te zetten. 'We hebben zo onze regels,' zei ze gedecideerd.

Mark en Todd stapten dichter naar de balie. Todd droeg een spijkerbroek, sportschoenen en een oud leren jasje. Op dat moment was Mark iets beter gekleed in een kakikleurige broek, wandelschoenen en een gevoerd jasje. Todd knikte naar Mark, die naar voren leunde en met luide stem zei: 'Luister, ik ben haar advocaat, oké? Zij is een Amerikaans staatsburger en zij heeft het recht haar familie te zien. We hebben twee uur gereden voor dit bezoek en u stuurt haar niet zomaar weg. Haar ouders en broer zijn gisteren opgepakt en staan op het punt teruggestuurd te worden naar Afrika. De kans is groot dat ze hen nooit meer terugziet.'

De derde vrouw hield op met eten. De tweede hield op met typen. De eerste krabbelde terug en zei moeizaam: 'Ik vrees dat u met de chef moet praten.'

'Geweldig!' riep Mark. 'Haal hem dan maar!'

De ophef trok de aandacht en twee mannen van de ICE kwamen naar hen toe. Een van hen, Gibson, vroeg: 'Is er een probleem?'

'En of we een probleem hebben!' snauwde Mark tegen hem. 'Mijn cliënte is hier net naartoe gereden vanuit Washington D.C., om haar familie nog een laatste keer te zien voordat ze worden uitgezet naar Senegal. Nu krijgen we te horen dat zij hen niet kan zien omdat bepaalde papieren niet in orde zijn.'

De jongens van de ICE keken naar de drie vrouwen.

De eerste vrouw zei: 'Je kent de regels: geen bezoekers tot ze zijn ingeschreven.'

Gibson keek Mark weer aan en zei: 'Kijk, daar hebt u het: regels zijn regels.'

'Kan ik de chef spreken?' vroeg Mark.

'U kunt ophouden met schreeuwen, dát kunt u doen.' Gibson deed een stap in zijn richting en vroeg gewoon om een fysieke confrontatie. Twee andere agenten kwamen erbij staan om hun collega's te helpen.

'Laat me gewoon even met de chef praten,' zei Mark.

'Uw houding bevalt me niet,' zei Gibson.

'En uw houding bevalt mij niet. Waarom is houding hier zo belangrijk? Waarom zou mijn cliënte haar familie niet mogen zien? Verdomme, ze worden het land uitgezet, misschien ziet ze hen wel nooit meer!'

'Als ze het land worden uitgezet, gebeurt dat omdat een rechter dat heeft bepaald. Als u dat niet bevalt, moet u zich tot die rechter wenden.'

'Nu u het toch over een rechter hebt, dat past precies in mijn straatje. Ik zal u morgenochtend voor een federale rechter dagen. Wat is uw voornaam, Gibson?' Mark deed een stap in zijn richting en keek naar zijn naamplaatje. 'M. Gibson. Mag ik vragen waar die M voor staat?'

'Morris.'

'Oké, Morris Gibson. Schrijf op, Todd.' Todd haalde een pen tevoorschijn en pakte een vel papier van de balie. Mark keek naar de andere ICE-agent en zei: 'En hoe heet u?'

'Waarom wilt u dat weten?' antwoordde de man met een arrogante grijns.

'Voor de rechtszaak, meneer. Ik kan u niet voor de rechter dagen als ik uw naam niet weet.'

'Jerry Dunlap.'

Mark draaide zich snel om en keek de drie vrouwen aan, die allemaal doodsbang leken. 'Hoe heet u?' vroeg hij aan de eerste.

Ze keek naar het naamplaatje boven haar linkerborstzakje, als om het te checken, en zei: 'Phyllis Brown.'

Todd schreef het op.
'En u?' vroeg Mark aan de tweede.
'Debbie Ackenburg.'
Todd vroeg: 'Wilt u dat even spellen?'
Dat deed ze.
Mark keek naar de derde en vroeg: 'En u?'
Met grote aarzeling zei ze zacht: 'Carol Mott.'
Mark draaide zich weer om en zag vier andere ICE-agenten staan die de discussie volgden. 'Wil een van jullie misschien ook meedoen? Dit wordt een proces bij de federale rechtbank, meteen morgenochtend vroeg. Jullie moeten advocaten inhuren, ten minste één per persoon, en ik zorg ervoor dat de zaak twee jaar blijft slepen. Wie wil er meedoen?'
De vier mannen stapten als één man achteruit.
Een man in pak kwam de hoek om en vroeg kwaad: 'Wat is hier verdomme aan de hand?'
Mark zette een stap in zijn richting en zei op luide toon: 'Ik noteer namen voor een federaal proces. Bent u de chef?'
'Inderdaad,' zei hij trots.
'Geweldig, en hoe heet u?'
'Wie bent u, verdomme?'
'Mark Frazier, van het Washingtonse advocatenkantoor Ness Skelton. Ik ben de advocaat van Zola Maal, deze dame dus. We zijn helemaal vanuit D.C. komen rijden, zodat zij haar familie kan zien. Zij is Amerikaans staatsburger en zij heeft het recht haar familie te zien voordat ze worden uitgezet. Uw naam alstublieft.'
'George McIlwaine.'
'Dank u. En u bent de hoogste baas hier?'
'Inderdaad.'
Todd was nog steeds bezig met het opschrijven van de namen.
Mark pakte zijn mobiele telefoon, toetste een nummer in en belde niemand. Met zijn blik op McIlwaine gericht, zei hij in zijn telefoon: '*Hi* Kelly, met Mark. Geef me Kinsey van Procesvoering, nu meteen. Zeg maar dat het een spoedgeval is.' Stilte. 'Het kan me niets schelen of hij in een bespreking zit. Verbind me door, nu!' Een langere stilte, terwijl Mark dichter naar een derde ICE-agent stapte die een beetje te dichtbij stond. Over zijn schouder riep hij

tegen Todd: 'Zet T. Watson ook op de lijst. Waar staat die T voor?'

Watson keek om zich heen en wipte van de ene voet op de andere.

'Kom op, meneer Watson, weet u uw voornaam soms niet?'

'Travis.'

'Goed zo... Zet Travis Watson ook op de lijst.'

Todd bleef schrijven. Zola zette een stap achteruit, om wat afstand te creëren tussen haar en deze woeste man. Weer in zijn telefoon zei Mark: 'Ja, Kinsey, luister, ik ben in het Bardtown Detentiecentrum en zij ontzeggen onze cliënt het recht haar familie te zien. Ik wil dat je een kort geding voorbereidt en dat zo snel mogelijk aanmeldt. Ik stuur je de namen van de gedaagden.' Stilte, terwijl hij naar niemand luisterde. 'Dat klopt. Begin maar met de Binnenlandse Veiligheidsdienst en de ICE, en voeg dan de namen toe. Wacht even.' Hij wees naar de drie vrouwen, de drie ICE-agenten, en McIlwaine. 'Zeven stuks, individueel.' Mark keek naar de andere agenten en vroeg: 'Wil een van jullie hier nog bij betrokken worden?' Ze stapten zelfs nog verder achteruit. 'Denk het niet. Doe het snel, Kinsey.' Weer een stilte. Gibson en Watson keken met een angstige blik naar McIlwaine. De drie vrouwen zaten met grote ogen te kijken en durfden zich niet te bewegen. Weer in de telefoon zei Mark: 'Geweldig! Maak het vanmiddag nog online aanhangig. Eastern District of Pennsylvania, federale rechtbank. Kijk of je rechter Baxter kunt krijgen, die maakt gehakt van ze. Bel me over tien minuten.'

Mark verbrak de verbinding en stopte zijn telefoon in zijn zak. Hij keek naar McIlwaine en zei: 'Ik sleep jullie allemaal individueel voor de rechter voor een schadevergoeding. Zodra ik die toegewezen krijg, zal ik het vonnis uitvoeren en kan ik beslag leggen op jullie salaris en een pandrecht op jullie huis leggen.' Hij draaide zich om en brulde tegen Todd: 'Geef me die namen.' Zola en Todd liepen achter hem aan naar een rij stoelen die tegen een muur stond. Ze gingen zitten, en Mark haalde zijn telefoon weer tevoorschijn. Met Todds lijst in de hand deed hij net alsof hij de zeven namen intypte.

Eindelijk kwam McIlwaine in beweging. Hij haalde diep adem en liep naar hen toe. Met een geforceerde glimlach zei hij: 'Luister, misschien kunnen we wel iets regelen.'

Twintig minuten later bracht agent Gibson hen naar een klein vertrek achter in het administratiegebouw en zei dat ze moesten wachten. Toen ze alleen waren, zei Todd: 'Je bent knettergek, weet je dat wel?'

'Het werkte toch,' zei Mark met een arrogante grijns.

Zola lachte moeizaam en zei: 'Ik zou niet willen dat je mij voor de rechter sleepte.'

'Ach, je hebt toch geen vergunning nodig?' vroeg Mark.

'Nou ja, als je zonder vergunning juridisch werk doet kun je in de problemen komen,' zei Todd.

'Denk je nu echt dat deze klojo's de Orde van Advocaten van D.C. bellen en om informatie vragen?'

Zola maakte haar enorme tas open en haalde er een zwarte hidjab uit. Terwijl zij naar haar keken, drapeerde ze hem over haar hoofd en schouders en trok hier en daar wat tot hij goed zat. 'Deze hoor ik te dragen als ik in gezelschap ben van mannen die geen lid zijn van mijn familie,' zei ze.

'Wat ben je toch een goede moslima,' zei Todd. 'En je hebt zelfs een lange jurk aangetrokken in plaats van die strakke spijkerbroek die we al jaren bewonderen.'

'Welke spijkerbroek? Dit is het minste wat ik voor mijn ouders kan doen, omdat ik hen misschien heel lang niet meer zal zien.'

'Ik vind je schattig,' zei Mark.

'Ik ben schattig, maar zeg alsjeblieft niets, oké? Mijn vader is al wantrouwig genoeg.'

'Je ziet er maagdelijk uit,' zei Todd.

'Kop dicht,' zei ze.

De deur ging open en haar ouders en broer Bo kwamen het vertrek binnen. Haar moeder, Fanta, hield haar vast en ze omhelsden elkaar even, allebei in tranen. Ze omhelsde haar vader Abdou en haar broer Bo, en keek ten slotte naar Todd en Mark. Ze stelde hen voor, zei dat ze vrienden waren van law school en legde uit dat ze haar met hun auto van D.C. hiernaartoe hadden gebracht. Mark en Todd gaven Bo en Abdou een hand, maar haar moeder niet. Haar vader bedankte hen steeds weer, en toen de situatie ongemakkelijk begon te worden, zei Mark: 'Wij wachten in de gang.'

Toen hij en Todd het vertrek verlieten, was de hele familie in tranen.

11

Dinsdagochtend vroeg voer een boot van de politie van Washington D.C. vlak bij de ingang van het Tidal Basin aan de oostoever van de Potomac. Een agent zag iets ongebruikelijks, wat bij nadere beschouwing een lijk was: wit uitgeslagen, opgezwollen, en klem in wat oeverbegroeiing. De plaats lag op een steenworp afstand van het Jefferson Memorial.

Mark sliep nog toen rechercheur Swayze hem belde. De agent vertelde Mark wat ze hadden gevonden en zei dat hij net met meneer Tanner had gepraat, die alweer terug was in Martinsburg, net als Gordy's moeder en de Karveys. Todd noch Mark had Brenda, haar vader of de Tanners nog gesproken na hun onaangename gesprek die zaterdagmiddag. De families hadden de vorige dag kennelijk besloten dat ze er niets mee opschoten als ze in D.C. bleven wachten.

Mark belde Todd en Zola met het nieuws. Ze spraken af om over een uur bij elkaar te komen in Zola's appartement. Tien minuten later, toen Mark in het donker op zijn bank een kop koffie zat te drinken, ging zijn telefoon. Het was Gordy's vader. Mark keek naar zijn telefoon en nam, omdat hij medelijden met hem had, het gesprek met tegenzin aan. Hij condoleerde hem en toen hij niet meer wist wat hij moest zeggen zei meneer Tanner: 'Zeg, Mark, zou je ons een plezier willen doen?'

Instinctief zei hij bijna nee, maar hij kon dat niet over zijn hart verkrijgen. 'Ja, natuurlijk.'

'Willen jij en Todd morgen naar het mortuarium gaan om het lichaam te identificeren? Ik kan daar echt niet naartoe rijden, niet voor zoiets.'

Mark was verbijsterd. Drie dagen geleden gaven de families hem de schuld van Gordy's dood, en nu vroegen ze hem om het ergst denkbare voor hen te doen? Toen Mark niet antwoordde, zei Tanner: 'Wij zijn daar nu gewoon te erg van slag voor, Mark. En nou ja, jij en Todd zijn daar toch. Alsjeblieft. Ik weet dat het verschrikkelijk is om te doen, maar jullie zouden ons daar heel erg mee helpen.'

Mark dwong zichzelf om te zeggen: 'Tuurlijk.'

Het lichaam was naar het Forensisch Onderzoeksbureau gebracht, dat ook in het mortuarium was gevestigd. Todd parkeerde de auto in de straat naast het moderne glazen gebouw. Ze liepen naar de ingang.

Rechercheur Swayze begroette hen in de lobby en bedankte hen voor hun komst. Hij keek naar Zola en zei: 'Ik vind echt niet dat jij dit moet zien.'

'Dat ga ik ook niet doen. Ik blijf wachten.'

'Goed. Daar is een wachtkamer,' zei Swayze en hij knikte. Zola liep ernaartoe, en Todd en Mark volgden hem een trap af die uitkwam in een brede gang. Ze bleven voor een metalen deur staan, met ernaast een bordje met de tekst: BEWAARRUIMTE.

Swayze zei: 'Het is koud daarbinnen, maar dit zal niet lang duren.'

'Hoe vaak doet u dit?' vroeg Mark.

'Twee keer per week. In dit vertrek liggen er tweehonderd. We hebben nooit een tekort aan lijken hier in het District.'

Een vrouw in een witte laboratoriumjas begroette hen bij de deur en deed hem open. 'Tanner, nietwaar?' vroeg ze aan de rechercheur.

'Klopt,' zei Swayze.

Ze liepen een grote, steriele koelcel binnen die vol stond met metalen rekken met daarop tientallen lijkzakken, allemaal marineblauw, allemaal van top tot teen stevig dichtgeritst. Ze liepen een hoek om, langs nog meer rekken met nog meer lichamen, en bleven abrupt staan. Op een kaartje aan een lijkzak stond: G. TANNER? VERDRONKEN.

Mark keek om zich heen en zag een ander kaartje. ONBEKEND. SCHOTWOND.

De vrouw pakte het lipje van de rits boven het hoofd en trok hem langzaam open. Ze stopte bij de borst en opende de zak. Gordy's ogen waren wijd open, levenloos, alsof hij vol afschuw had gegild toen hij op het water klapte. Zijn huid was spierwit. Maar het allerergste was zijn tong, dik en opgerold en uit zijn mond stekend. Er zaten kneuzingen op zijn wangen. Zijn dikke blonde haar leek nog steeds nat.

Mark zocht houvast aan het rek om niet te vallen. Todd mompelde: 'Shit,' en klapte dubbel alsof hij moest overgeven.

'Is dit Gordon Tanner?' vroeg Swayze terloops.

Mark knikte, maar Todd deinsde achteruit.

De vrouw ritste de zak weer dicht en pakte een plastic zak. Ze zei: 'Hij droeg geen schoenen, sokken, broek of ondergoed. Dit is wat er over is van zijn overhemd. Meer is er niet.'

Swayze zei: 'Daarom konden we hem niet definitief identificeren. We dachten wel dat hij het was, maar zijn portefeuille, sleutels, alles was weg. Het spijt me.'

Mark sloot zijn ogen en zei: 'Mij ook.' Om de een of andere reden raakte hij de lijkzak bij de enkels aan en klopte er even op. 'Mij ook.'

Ze liepen achter de vrouw aan het vertrek uit. In de gang vroeg Mark aan de rechercheur: 'Wat gebeurt er nu?'

'De familie heeft alle administratieve dingen geregeld. Hun uitvaartonderneming komt hem ophalen. Over een paar uur wordt hij weggebracht.'

'Hebt u ons niet meer nodig?'

'Nee. Bedankt en nogmaals: het spijt me heel erg.'

'Dank u wel.'

Ze bleven een hele tijd bij Zola in de wachtkamer zitten. Het was er stil en somber, tot Todd zei: 'Laten we hier weggaan.'

Buiten bleef Mark staan en zei: 'Ik neem aan dat ik meneer Tanner moet bellen.'

De rest van die dinsdag en de hele woensdag bleven Todd en Mark dicht bij Zola. Ze was niet in staat om te werken en verloor haar baan als tijdelijke kracht bij het accountantskantoor. Het was toch een vakantiebaantje. Toen Todd een paar uur in de bar ging werken, bleef Mark bij haar. Ze maakten een lange wandeling door de stad, liepen boekwinkels binnen, bekeken etalages en warmden een beetje op in koffiebars. Toen Mark zich nuttig maakte bij Ness Skelton nam Todd haar mee naar de film. 's Nachts sliepen ze in haar appartement, hoewel ze zei dat het goed met haar ging. Maar het ging niet goed met haar. Met geen van hen. Ze liepen slaapwandelend door een nachtmerrie en hadden elkaar nodig.

Toen andere rechtenstudenten langzaam maar zeker weer terugkwamen naar de stad, wilden ze over Gordy praten – gesprekken die zij liever vermeden. Op donderdagavond reed een groep met één auto naar Martinsburg voor een bezoek aan de begrafenisonderneming, maar Mark, Todd en Zola besloten dat niet te doen. Later die avond kwam een groepje bij elkaar in een populaire sportbar, en ze brachten een uur door met een paar vrienden. Ze vertrokken toen het bier rijkelijk begon te vloeien en hun medestudenten op Gordy proostten.

Mark was opgelucht omdat Brenda niet belde. Hij wilde niet een van de sprekers zijn tijdens de begrafenis, maar wist ook dat dit toch al onwaarschijnlijk was. Hij en Todd waren niet gevraagd om te fungeren als baardrager, ook een opluchting. De dienst op zich zou al erg genoeg zijn. Ze wilden bij de families uit de buurt blijven en alles als het even kon van een afstandje volgen. Ze hadden het er zelfs over om niet te gaan, maar dat zou verkeerd zijn geweest.

Op vrijdag trokken Mark en Todd hun mooiste pak aan, een wit overhemd, neutrale stropdas, leren schoenen – hun beste 'sollicitatiekleren' – en haalden Zola op, die een lange zwarte jurk droeg en eruitzag als een model. Ze reden in anderhalf uur naar Martinsburg en vonden de kerk, een mooi roodstenen gebouw met heel veel gebrandschilderd glas. Er stonden al een heleboel mensen voor de trap. Langs de stoep stond een lijkwagen. Om halftwee liepen ze de hal in en namen het programma aan van een plaatsaanwijzer. Voorop stond een mooie foto van hun vriend. Mark vroeg de plaatsaanwijzer of er een balkon was, en hij wees hun een trap. Het was er nog leeg toen ze op de achterste rij plaatsnamen, verborgen in een afgelegen hoekje van de kerk, zo ver mogelijk van de kansel als maar kon.

Zola zat tussen hen in en veegde haar wangen droog met een tissue. 'Dit is allemaal mijn schuld,' zei ze en ze begon te huilen. Ze gaven haar geen standje en gingen er niet tegenin. *Laat haar maar rouwen.* Later zou er nog tijd genoeg zijn om het te bespreken. Mark en Todd huilden ook bijna, maar slaagden erin zich te beheersen.

Het was een prachtige kerk, met een met hout afgezette lichte verhoging voor het koor achter de kansel met ernaast een enorm orgel.

Achter de verhoging was een schildering van Jezus aan het kruis. Door de gebrandschilderde ramen viel veel licht naar binnen. Rondom het middenpad waren vier secties met kerkbanken in een halve cirkel. Terwijl de drie jongelui zaten te wachten, zette een groep ernstig kijkende mannen tientallen bloemstukken aan weerszijden van de kansel.

De kerkbanken raakten snel vol en algauw kwamen er anderen naar het balkon. De Tanners en de Karveys woonden al generaties in Martinsburg, en er werden heel veel mensen verwacht. Mark dacht weer aan zijn fictieve scenario waarin de stad te horen kreeg dat een van hun favoriete zonen weg was gelopen met een Afrikaanse moslima en zijn jeugdliefde in de steek had gelaten, of dat Gordy eigenlijk iedereen in de steek had gelaten die hij kende. Een paar dagen eerder was dat bijna grappig geweest, maar nu niet meer. Gelukkig zou de stad het nooit weten. Als alles volgens plan was verlopen, hadden Mark en Todd hier over een maand of vier gestaan als bruidsjonkers, terwijl Brenda door het middenpad schreed. Nu verstopten ze zich op het balkon om de laatste eer aan hun vriend te bewijzen, terwijl ze probeerden de familie te ontlopen.

Een organiste ging zitten en speelde een zachte treurzang die perfect leek voor deze gelegenheid. Een paar minuten later kwam het koor uit een zijdeur en nam plaats op de verhoging. Het was wel duidelijk dat er gepast afscheid van Gordy zou worden genomen. De rouwenden bleven de kerk maar binnenstromen en stonden algauw langs de muren. Het balkon was helemaal vol en de drie schoven dicht tegen elkaar aan om plaats te maken voor een ouder echtpaar. Om twee uur 's middags verscheen de predikant en nam plaats op de kansel; volgens het programma was hij dominee Gary Chester. Hij hief zijn armen, waarna iedereen opstond. De kist werd door het middenpad gereden, met aan elke kant vier lijkdragers. Erachter liep Brenda in haar eentje, kaarsrecht en standvastig. Meneer en mevrouw Tanner liepen achter haar, en daar weer achter de rest van familie. Gordy had een oudere broer en een tienerzusje, en zij had het echt moeilijk. Haar broer had een arm om haar schouders geslagen. Toen de kist, gelukkig niet open, naast de kansel stond en de familie was gaan zitten, gebaarde dominee Chester dat iedereen mocht gaan zitten.

Mark keek op zijn horloge: twaalf minuten over twee. Hoe lang zou dit duren?

Na een lang gebed door de predikant zong het koor vier coupletten van een kerkgezang. Daarna speelde de organiste een stuk dat niet deprimerender had kunnen zijn. Toen zij klaar was, zaten verschillende vrouwen te snikken. Brenda's broer stond op, liep naar een lessenaar vlak bij de piano en las Psalm 23. Chester liep terug naar de kansel en begon aan zijn preek. Hij was daar kennelijk al heel lang predikant, want hij kende Gordy goed. Hij vertelde verhalen over dat hij de jongen als kind voetbal en honkbal had zien spelen. Zonder het woord 'zelfmoord' te gebruiken, stond hij stil bij de mysteries van de dood en de vaak verwarrende vorm ervan. *God weet altijd wat Hij doet. Hij heeft een plan voor alles. En hoewel wij achterblijven en de dood ter discussie stellen, vooral tragedies, weet God wat Hij doet. Misschien zullen we ooit begrijpen waarom Gordy heeft gedaan wat hij heeft gedaan, of misschien ook niet, maar God is de hoogste architect van alle leven en dood, en ons vertrouwen in Hem is oneindig.*

Chester was geruststellend, een echte professional. Af en toe werd zijn stem zwak, en had hij het zichtbaar moeilijk. Gezien het feit dat hij een onmogelijke taak had, sprak hij dapper troostrijke woorden uit.

Jimmy Hasbro was Gordy's favoriete jeugdvriend, en Mark en Todd hadden tijdens hun studie verschillende keren met hem gefeest. Hasbro hield de eerste van de twee grafredes. Gordy was als kind gefascineerd geweest door slangen en had het leuk gevonden om ze te verzamelen. Zijn moeder verbande de dieren uit het huis, en niet ten onrechte. Het was een leuke hobby waar abrupt een einde aan kwam toen een koperkop zijn tanden in zijn rechterknie zette. De artsen overwogen zelfs amputatie. Jimmy vertelde het verhaal op een onderhoudende manier, en zelfs met wat humor. Toen ze tiener waren, was hun favoriete agent de ouwe Durdin geweest, die nu dood was. Laat op een avond was Durdins patrouillewagen verdwenen. Deze werd de volgende ochtend gevonden in een meer iets buiten de stad. Hoe de auto daar terecht was gekomen, was een groot raadsel dat nooit was opgelost. Tot nu. Met veel gevoel voor drama en humor vertelde Jimmy dat Gordy de auto 'leende' en het meer in reed, terwijl Jimmy toekeek. Er werd luidkeels gelachen in de kerk, iets wat een paar minuten aanhield. Wat een perfect moment om te onthullen wat er zoveel jaar geleden was gebeurd.

Toen het gelach was weggestorven werd Jimmy weer verdrietig. Zijn stem brak toen hij vertelde hoe loyaal Gordy was. Hij noemde hem de perfecte *foxhole buddy*, de man die je tijdens een gevecht aan je zijde wenst, de man die je altijd steunt. Helaas waren een paar van Gordy's vrienden niet zo loyaal geweest. Toen hij hen het dringendst nodig had, toen hij het moeilijk had en hulp nodig had, hadden een paar van zijn vrienden niet gedaan wat ze hadden moeten doen.

Mark kromp in elkaar en Zola pakte zijn hand vast, Todd keek naar hen. Ze hadden alle drie het gevoel dat ze een klap in hun gezicht kregen.

Dus dit was het verhaal dat in Martinsburg werd verteld! Gordy was niet zelf verantwoordelijk voor zijn daden. Brenda had niets te maken met het feit dat hij was ingestort. Nee hoor, een paar vrienden in D.C., zijn studievrienden, hadden hem verwaarloosd.

Zijn vrienden zaten verbijsterd, woedend en ongelovig in de kerk.

Uiteindelijk kon Jimmy geen woord meer uitbrengen. In zijn ogen wrijvend verliet hij de kansel en liep terug naar zijn zitplaats op de derde rij. Het koor zong. Een jongen van de kerk speelde fluit. Een vriend van de Washington and Lee Universiteit sprak de tweede grafrede uit, waarin niet met het vingertje werd gewezen. Na vijfenvijftig minuten sprak dominee Chester het afsluitende gebed uit en begon de processie. Terwijl het orgel dreunde stonden de kerkgangers op toen de lijkdragers de kist door het middenpad reden. Brenda, die nu huilde, liep er plichtsgetrouw achteraan. Er werd heel veel gehuild, zelfs boven op het balkon.

Mark besloot dat hij de pest had aan begrafenissen. Wat voor zin hadden die? Er waren veel betere manieren om de geliefden te troosten dan door bij elkaar te komen in een overvolle kerk om over de overledene te praten en hard te huilen.

Todd fluisterde: 'Laten we hier even blijven zitten, oké?'

Mark dacht hetzelfde. Brenda en de families waren buiten, huilend en elkaar omhelzend terwijl ze Gordy's kist in de lijkwagen tilden, die ze zouden volgen naar het kerkhof verderop in de straat, waar ze weer bij elkaar zouden komen voor de teraardebestelling, nog zo'n gruwelijke dienst waar de drie geen getuige van wilden zijn. En

Jimmy Hasbro zou het middelpunt vormen. Als Mark oogcontact met hem kreeg, zou hij hem misschien wel verrot slaan en de dag verpesten.

Terwijl het balkon leegliep, zagen ze dat dezelfde groep de bloemstukken ophaalde en meenam, ongetwijfeld om ze naar de begraafplaats te brengen. Toen de bloemen weg waren en de kerk verlaten was, bleven ze zitten, wachten.

Heel zacht zei Mark: 'Ik geloof dit gewoon niet! Iedereen geeft ons de schuld!'

'Die klootzak!' zei Todd.

'Alsjeblieft,' zei Zola. 'Niet in de kerk.'

Ze zagen dat een conciërge de klapstoeltjes naast de piano weghaalde. Hij keek op, zag hen alleen op het balkon zitten en leek zich af te vragen wat ze daar deden. Daarna ging hij verder met zijn werk en verliet de kerk.

Uiteindelijk zei Mark: 'Laten we weggaan.'

12

Het was vrijdagmiddag, het einde van alweer een nare week. Ze hadden helemaal geen haast om terug te gaan naar de stad, zodat Todd de achterafwegen nam en Virginia binnenreed. In de buurt van het stadje Berryville besloten de jongens dat ze bier nodig hadden, en Todd stopte bij een supermarkt. Zola, die nooit dronk, bood aan te rijden, iets wat ze wel vaker deed als ze op stap was met Gordy en de vriendenclub van law school. Mark kocht een sixpack bier, en een frisdrank voor haar.

'Waar gaan we naartoe?' vroeg ze.

Todd, die voorin zat, wees naar een bord. 'Daar staat dat we zo bij Front Royal komen. Ooit in Front Royal geweest?'

'Nee.'

'Nou, laten we dan maar eens kijken.'

Ze maakten hun blikjes open en reden door. Na een paar kilometer zette Mark zijn blikje klem tussen zijn knieën en checkte zijn telefoon. Er was een mailtje van Ness Skelton. Hij las het en riep: 'Wat! Dit kan niet waar zijn!'

'Wat is er?' vroeg Todd geschrokken.

'Ze hebben me ontslagen! Ik ben ontslagen!'

'Kom nou toch,' zei Zola.

'Nee, dit is van Everett Boling, sorry, van M. Everett Boling, de managing partner van Ness Skelton, een ongelofelijke klojo. Luister. Hij zegt: "Geachte meneer Frazier. Vandaag heeft ons kantoor de fusie bekendgemaakt met het in Londen gevestigde advocatenkantoor O'Mara and Smith. Dit is een geweldige kans voor Ness Skelton om uit te breiden en onze cliënten beter te dienen. Maar deze fusie vereist een personeelswijziging. Het spijt me u te moeten berichten dat het aanbod van een *associate*-positie is ingetrokken. We wensen u het allerbeste voor uw toekomst. Hoogachtend, M. Everett Boling."'

‘Geweldige timing,’ zei Todd.

‘Dus ze ontslaan me al voordat ik zelfs maar ben begonnen! Dat geloof je toch niet?’

‘Wat erg voor je, Mark,’ zei Zola.

‘Ja, vind ik ook,’ zei Todd. ‘Sorry, jongen.’

‘En ze hebben niet eens het lef dat persoonlijk te doen,’ zei Mark. ‘Ontslagen door een lullig mailtje.’

‘Verbaast dit je echt, Mark?’ vroeg Todd.

‘Natuurlijk verbaast dit me! Waarom zou dat niet zo zijn?’

‘Omdat het een stelletje minderwaardige lobbyisten is. Die lui hebben je een halfbakken aanbod gedaan zonder een salaris en onder voorwaarde dat je slaagt voor het rechtbankexamen. Je hebt zelf ook gezegd, heel vaak zelfs, dat je daar niemand vertrouwde en nooit een goed gevoel over dat kantoor hebt gehad. Het is een stelletje griezels; jouw woorden, niet de mijne.’

Mark ademde diep in, legde zijn telefoon neer, dronk zijn bier op, verfrommelde het blikje en smeet het op de grond. Hij pakte een nieuw blikje, maakte hem open en nam een grote slok.

Todd dronk zijn blikje leeg en zei: ‘Geef me er nog een.’ Toen hij het had opengemaakt, hief hij zijn blikje en zei: ‘Proost. Welkom in de wereld van de werklozen.’

‘Proost,’ zei Mark terwijl ze proostten. Na een kilometer of twee zei hij: ‘Ik wilde daar toch al niet werken.’

‘Dat is beter,’ zei Todd. Zola keek naar hem via het achteruitkijkspiegeltje. ‘Je had het daar vreselijk gevonden,’ zei Todd. ‘Het zijn allemaal misbaksels, grote schoften die de pest hebben aan hun werk. Dat zei je zelf.’

‘Dat weet ik wel. Maar toch heb ik zin om Randall te bellen, mijn supervisor, alleen maar om hem te horen stotteren en stamelen.’

‘Ik weet zeker dat-ie je telefoontje niet eens aanneemt. Wedden?’

‘Afgesproken.’

‘Niet doen,’ zei Zola. ‘Zonde van de energie.’

‘Om de een of andere reden heb ik tegenwoordig weinig energie,’ zei Mark. ‘Mijn waardeloze broertje gaat binnenkort naar de gevangenis. Voor hem is dat natuurlijk balen, maar ik vind het echt heel erg voor mijn moeder. Dan draait Gordy door en krijgen wij de schuld van zijn zelfmoord. Zola’s familie wordt opgepakt en in een gevangenis gegooid waar ze op uitzetting wachten. En nu dit. Nu worden we geacht dat allemaal te verdringen en gewoon terug te gaan naar law school voor ons laatste semester, dat zal worden gevolgd door twee maanden in de hel terwijl we keihard studeren voor het rechtbankexamen, zodat we een beetje geld kunnen verdienen en kunnen beginnen met het afbetalen van onze leningen, wat eerlijk gezegd veel onmogelijker is dan het lijkt, en wat op dit moment verdomme onmogelijk lijkt. Ja, Zola, schatje, ik ben moe. Jij niet dan?'

'Ik ben volledig uitgeput,' zei ze.

'Wij alle drie,' zei Todd.

Zola reed wat langzamer toen ze door het stadje Boyce reden. Toen ze het stadje alweer uit waren, vroeg Mark: 'Gaan jullie maandag echt weer naar college? Ik niet.'

'Dat heb je nu al twee of drie keer gezegd,' zei Zola. 'Als je niet naar college gaat, wat ga je dan doen?'

'Geen idee, ik zie wel.'

'Oké, maar wat doe je dan als de law school je begint te bellen?' vroeg Todd.

'Dan neem ik hun telefoontjes niet aan.'

'Oké, dus dan zetten ze je op inactief en lichten ze je woekeraars in, die je meteen gaan leegzuigen.'

'En als ze me niet kunnen vinden? Stel dat ik een ander telefoonnummer neem en naar een ander appartement verhuis? Het zou gemakkelijk moeten zijn om te verdwijnen in een stad met twee miljoen inwoners.'

'Ik luister,' zei Todd. 'Dus je gaat je verbergen. Hoe gaat het dan met werk en inkomen en dat soort onbelangrijke uitdagingen?'

'Daar heb ik al over nagedacht,' zei Mark en hij nam een grote slok. 'Misschien ga ik wel als barkeeper werken, zwart natuurlijk. Of als ober. Of misschien word ik wel een DUI-specialist zoals die slijmjurk die we vrijdag in de stadsgevangenis zagen. Hoe heet-ie ook alweer?'

'Darrell Cromley,' zei Zola.

'Ik durf te wedden dat Darrell netto 100.000 dollar per jaar opstrijkt voor het afhandelen van DUI's. Allemaal contant.'

'Maar je hebt geen vergunning,' zei Zola.

'Hebben wij Darrell gevraagd ons zijn vergunning te laten zien? Natuurlijk niet. Hij zei dat hij advocaat was en op zijn visitekaartje stond dat hij advocaat was, dus namen we aan dat hij een vergunning had. Hij had net zo goed een verkoper van tweedehandsauto's kunnen zijn met een bijbaantje in de gevangenis.'

'Hoe gaat het dan in de rechtbank?' vroeg Zola.

'Ben je ooit in de stadsrechtbank geweest? Ik wel, dat is één groot circus. Daar rennen honderden Darrell Cromleys rond, onbelangrijke boefjes die voor een leuk tarief werken en de rechtszalen in en uit lopen waar de rechters verveeld zitten te suffen. En de rechters en de griffiers en alle anderen in die rechtszalen gaan er gewoon, net als wij, van uit dat die mannen in die goedkope pakken echte advocaten zijn. Verdomme, in deze stad heb je zo'n honderdduizend advocaten en niemand vraagt ze ooit: "Hé, ben jij een echte advocaat? Laat me je vergunning eens zien."'

'Volgens mij is dat bier gewoon naar je hoofd gestegen,' zei Todd.

Mark glimlachte naar Zola in de achteruitkijkspiegel.

13

De eerste collegedag van het voorjaarssemester betekende geld. Het ministerie van Onderwijs stortte voor iedere student 22.500 dollar op de rekening van Foggy Bottom voor collegegeld, plus nog eens 10.000 dollar voor kosten van levensonderhoud. De school droeg het grootste deel van het geld onmiddellijk af aan de eigenaren van de Baytrium Group en overhandigde individuele cheques aan de studenten. Het was ontzettend druk die dag op het Kantoor Studietoelagen, met lange rijen platzakke studenten.

Mark en Todd gingen niet naar college en arriveerden vlak voor vijf uur, het tijdstip waarop het kantoor sloot. Met 20.000 dollar op zak trokken ze zich terug in een kroeg die ze dat weekend hadden ontdekt. De Rooster Bar zat verstopt aan Florida Avenue in het U Street-deel van het District, ver verwijderd van de clientèle van Foggy Bottom. De kroeg was gevestigd op de begane grond van een gebouw van vier verdiepingen dat, hoewel het felrood was geschilderd, toch weinig opviel. Todds baas, een bookmaker die iedereen Maynard noemde, was eigenaar van zowel de bar als het gebouw, en van de Old Red Cat en twee andere kroegen in de stad. Maynard was bezweken voor Todds gezeur en had hem overgeplaatst. Hij was ook bereid gebleken Mark aan te nemen, die beweerde veel ervaring te hebben met het mixen van drankjes. Zij zouden 's avonds en in het weekend in de bar werken en daardoor, inclusief hun nieuwe baan overdag, zag hun financiële toekomst er een stuk beter uit. Ze hadden natuurlijk nog altijd torenhoge schulden, maar waren niet van plan daar iets aan te doen.

De Rooster Bar had het uiterlijk en de sfeer van een ouderwets buurtcafé. De meeste vaste klanten waren ambtenaren die in de buurt woonden of elke middag langskwamen voor een paar glazen, voordat ze na de avondspits naar huis gingen. Voor sommige klanten duurde dat een paar uur. De brede, halvemaanvormige bar was van gepolijst mahoniehout met koper, en elke middag om vijf uur stonden er twee tot drie rijen belangrijke middelmanagers voor, en ze genoten van een drankje tijdens het happy hour en keken naar Fox News. De keuken produceerde aan de lopende band behoorlijk eten voor aantrekkelijke prijzen.

In een hoekzitje, met kippenvleugels en bier uit het vat, zaten Mark en Todd urenlang hun volgende stappen te beramen.

Dinsdag gingen ze ook niet naar college en zochten op internet een goede vervalser die hun een nieuwe identiteit kon verschaffen. Ze vonden er eentje in Bethesda, in een garagewerkplaats waar de 'securityconsultant' twee stel perfecte rijbewijzen voor hen printte. D.C. en Delaware voor Mark Upshaw en Mark Finley, voorheen Mark Frazier; en D.C. en Maryland voor Todd Lane en Todd McCain, voorheen Todd Lucero. Het kostte 200 dollar per set, en de vervalser bood perfecte paspoorten aan voor nog eens 500 dollar per stuk. Dat aanbod wezen ze af, voorlopig althans. Hun huidige paspoorten waren nog geldig en ze waren niet van plan het land te verlaten.

Met hun nieuwe namen kochten ze nieuwe mobiele telefoons en nummers. Ze hielden hun oude mobieltjes om te kunnen zien wie eventueel naar hen op zoek waren. Nadat ze de telefoonwinkel hadden verlaten, reden ze naar een quick-printwinkel. Daar bestelden ze briefpapier en visitekaartjes voor hun nieuwe onderneming Upshaw, Parker & Lane, advocaten. Mark Upshaw en Todd Lane. Nieuwe namen, nieuwe telefoonnummers, een nieuwe toekomst. Het adres was 1504 Florida Avenue, hetzelfde adres als de Rooster Bar.

Ook die woensdag gingen ze niet naar college, en terwijl de andere huurders van de Coop in de collegezalen zaten en niemand keek, pakten ze hun kleren, een paar boeken, zelfs nog minder potten en pannen en borden in, en verlieten het gebouw zonder iemand iets te vertellen. Ze hadden de huur van januari allang moeten betalen en namen aan dat ze voor de rechter zouden worden gesleept door hun huisjesmelker, die het extreem moeilijk zou krijgen om hen te vinden. Ze trokken in een armoedig driekamerappartement op de bovenste verdieping boven de Rooster Bar, een echt krot dat kennelijk al sinds de Tweede Wereldoorlog als opslagruimte was gebruikt. Ze hadden geen huursom afgesproken met Maynard, maar ze zouden werken in ruil voor de huur, allemaal zwart natuurlijk.

Het idee om daar te wonen was in geen enkel opzicht aangenaam, maar dat gold ook voor de optie meer betalen of gestalkt worden door de woekeraars. Als ze door een paar maanden in een krot te wonen de incassobureaus voor studieschulden op afstand konden houden, zouden Mark en Todd dat wel volhouden. Bij een kringloopwinkel naast een tehuis voor daklozen kochten ze twee bedden, een bank, een paar stoelen, een goedkope eettafelset en een paar andere zaken.

Ze besloten hun baard te laten staan. Als echte rechtenstudenten hadden ze zich toch al zelden geschoren; dat sjofele uiterlijk werd nu eenmaal verwacht. Nu zou hun snor weleens een extra vermomming kunnen zijn.

Die woensdagmiddag liepen ze voor het eerst door de wijk Judiciary Square; hier waren verschillende rechtbanken gevestigd die de juridische zaken van het District afhandelden. Het middelpunt was de Districtsrechtbank, een massief betonnen bouwwerk uit de jaren zeventig, waar mensen die van allerlei criminele activiteiten waren beschuldigd werden berecht. De ontelbare rechtszalen bevonden zich verspreid over zes verdiepingen. In de gangen wemelde het van de advocaten die hoorzittingen in en uit liepen, en van verdachten die op borg waren vrijgelaten en zenuwachtig rondhingen met hun geliefden. Het rechtbankgebouw was toegankelijk voor het publiek, iedereen kon zomaar naar binnen lopen, na de verplichte veiligheidscontrole met metaaldetectors en bodyscans. Ze woonden een paar juryprocessen bij. Ze woonden eerste zittingen bij waar gevangenen in een overall voor de jury werden geleid voor een snelle administratieve handeling, waarna ze werden teruggebracht naar de gevangenis. Ze woonden zittingen bij waar openbaar aanklagers en pro-Deoadvocaten met elkaar in discussie gingen. Ze bestudeerden de rollen en verzamelden zo veel mogelijk documenten. Ze dwaalden door de gangen, keken aandachtig naar advocaten die met angstige families in gesprek waren. Niet één keer hoorden ze dat iemand een advocaat vroeg of diegene echt wel een vergunning had om als advocaat op te treden en niet één keer zagen ze iemand die ze herkenden.

Tot tien uur die avond serveerden ze drankjes en eten in de Rooster Bar. Daarna trokken ze zich terug in hun sjofele appartement boven en verdiepten zich urenlang online in het rechtbanksysteem van D.C. Strafrecht was hun toekomst, voornamelijk omdat het honorarium contant kon worden betaald en de cliënten nooit de behoefte zouden voelen naar hun kantoor te komen voor juridisch advies. Dergelijke gesprekken zouden plaatsvinden in de gevangenis of in de rechtbank, net als bij Darrell Cromley het geval was.

Ook donderdag gingen ze niet naar college maar openden ze nieuwe bankrekeningen. Er waren zes Swift Bank-filialen in het centrum van D.C. Mark ging naar een filiaal in de buurt van Union Station en stortte 500 dollar op naam van Mark Upshaw. Todd Lane deed hetzelfde in een filiaal aan Rhode Island Avenue. Ze gingen samen naar een ander Swift Bank-filiaal aan Pennsylvania Avenue en openden daar een bankrekening op naam van hun advocatenkantoor, met een vals ID-nummer. Donderdagmiddag waren ze weer in de rechtbank, waar ze de gang van zaken aandachtig in zich opnamen.

Vrijdag gingen ze ook niet naar college en dachten al niet eens meer aan Foggy Bottom. Als het even kon zouden ze het nooit meer terugzien, iets wat op zich al een opluchting was.

Op Gordy's DUI-dagvaarding stond dat hij die middag om één uur moest verschijnen in rechtszaal 117 in de District Rechtbank. Om kwart voor één stonden Mark en Todd voor de rechtszaal en probeerden er zo nerveus mogelijk uit te zien. Er kwamen steeds meer mensen bij. Mark had de dagvaarding in zijn hand en keek alsof hij hulp nodig had. Beiden droegen een spijkerbroek en wandelschoenen en zagen er voldoende slonzig uit. Mark droeg ook een John Deere-petje. Een man met een aktetas zag hen, kwam naar hen toe en vroeg aan Mark: 'Ben je hier voor een DUI?'

'Ja, meneer,' antwoordde Mark. 'Bent u advocaat?'

'Ja. Heb je er al een?'

'Nee, meneer.'

'Mag ik je dagvaarding zien?'

Mark gaf hem de dagvaarding. De advocaat las die fronsend door, haalde een visitekaartje tevoorschijn en gaf hem aan Mark: Preston Kline, advocaat. 'Hier heb je een advocaat voor nodig,' zei Kline. 'Mijn honorarium bedraagt 1.000 dollar, contant.'

'Echt, zoveel?' vroeg Mark geschrokken.

Todd kwam naast hem staan en zei: 'Ik ben zijn vriend.'

Kline zei: 'Dat is een koopje, knul. Ik kan je heel veel geld besparen. Als je schuldig wordt bevonden, raak je je rijbewijs een heel jaar kwijt, maar eerst zul je een tijd moeten zitten. Maar ik kan daar waarschijnlijk wel een voorwaardelijke straf van maken.'

Kline was bij lange na niet zo glibberig als Darrell Cromley, maar dat maakte nu even niets uit.

Mark zei: 'Ik heb 400 dollar bij me. Ik kan de rest later wel ophalen.'

Kline zei: 'Oké, maar dat moet je betalen voordat de zaak voorkomt.'

'Hoezo voorkomt?'

'Oké, we gaan naar binnen naar rechter Cantu, een keiharde vent. Ik doe het woord en jij zegt niets, tenzij ik dat zeg. Cantu zal de gebruikelijke dingen doen, en jij zegt dat je niet schuldig bent. Hij zal een datum vaststellen voor het proces, over een maand of zo, waardoor ik tijd heb mijn werk te doen. Ik neem aan dat de uitslag van je blaastest echt 0,11 was?'

'Ja, meneer.'

'Heb je het geld?'

Mark haalde wat geld uit zijn zak. Daarna overhandigde hij Kline vier briefjes van honderd.

Kline griste ze uit zijn handen. 'Kom mee naar binnen voor de administratieve afhandeling.'

Todd vroeg: 'Mag ik ook mee?'

'Ja hoor, de dierentuin is open voor het publiek.'

In de rechtszaal liepen advocaten achter het hekwerk rond, terwijl een stuk of twaalf toeschouwers naar hen keken. Kline stuurde Mark naar een plek op de voorste rij en haalde een paar papieren uit zijn oude aktetas. 'Dit is een contract voor juridische diensten tussen jou en mij,' zei hij. Hij vulde het bedrag van 1.000 dollar in. 'Dit is ook een toezegging dat je dit gaat betalen. Lees het door, vul je naam en adres in, en zet je handtekening onderaan.'

Mark pakte zijn pen en schreef Gordon Tanners naam en oude adres op. Hij en Todd gokten erop dat niemand Gordy's naam zou herkennen van het nieuws over de zelfmoord. En ze betwijfelden ernstig of iemand in het enorme rechtbanksysteem Gordy's naam van de DUI-rol had gehaald. Als dat wel zo was, en Mark werd ondervraagd, was hij van plan gewoon weg te lopen. Of weg te rennen.

Mark las het contract door en probeerde zo veel mogelijk tekst te onthouden. Hij gaf het document terug en vroeg: 'Doet u dit soort zaken vaak?'

'Altijd,' zei Kline arrogant, alsof hij een machtige advocaat was.

Todd zei: 'Stel dat mijn broer bij een gevecht betrokken raakte tijdens een wedstrijd van de Caps en nu wordt beschuldigd van mishandeling. Doet u dat soort zaken ook?'

'Zeker. Lichte of zware mishandeling?'

'Lichte, volgens mij. Hoeveel rekent u dan?'

'Duizend dollar, bij een schikking. Als hij moet voorkomen, is het veel duurder.'

'Kunt u hem uit de gevangenis houden?'

'Zeker, geen probleem. Als hij zegt dat er een opstootje was, wordt hij vrijgesproken. Later, voor nog eens duizend, kan ik zorgen dat hij geen strafblad krijgt, maar alleen als er verder niets op staat.'

'Bedankt, ik zal het hem zeggen.'

Om één uur kwam rechter Cantu binnen en stond iedereen op. De productielijn begon toen de ene na de andere DUI-verdachte door het hekje liep als hij of zij door de griffier werd opgeroepen. Slechts ongeveer de helft had een advocaat. Iedereen werd gevraagd 'schuldig' of 'niet schuldig' te zeggen. Iedereen die schuld bekende, kreeg papieren van een openbaar aanklager en moest in een hoek gaan zitten om de ontbrekende gegevens in te vullen. Degenen die geen schuld bekenden kregen een datum in februari waarop ze moesten terugkomen.

Mark en Todd namen alles in zich op, alles wat werd gedaan en gezegd. Zij zouden dit werk binnenkort immers ook doen.

Toen Gordon Tanner werd opgeroepen, zei Kline: 'Zet je petje af.' Hij nam Mark mee naar de tafel en keek omhoog naar de rechter.

'Hallo, meneer Kline,' zei rechter Cantu. Ze hadden hem twintig minuten aan het werk gezien en de man leek de Kerstman wel: hij had een glimlach en een vriendelijk woord voor iedereen die voor hem verscheen. Hoewel de verkeersrechtbank de laagste rechtbank was op de ladder, leek hij er wel van te genieten.

'Eerste overtreding?' vroeg rechter Cantu.

'Ja, meneer,' antwoordde Kline.
'Dat spijt me,' zei Cantu met een vriendelijke blik op Mark.
Mark had een knoop in zijn maag die voor zijn gevoel zo groot was als een bowlingbal, en hij verwachtte bijna dat iemand, misschien een van de assistent-openbaar aanklagers, zou roepen: 'Hé, die naam ken ik. Dacht dat Tanner van een brug was gesprongen.' Maar er gebeurde niets verrassends.
Rechter Cantu zei: 'Mag ik uw rijbewijs zien, meneer Tanner?'
Mark fronste en zei: 'Weet u, meneer de rechter, ik ben mijn portefeuille verloren. Creditcards, alles.'
'Nou, u hebt uw rijbewijs niet nodig. Ik neem aan dat u verklaart niet schuldig te zijn.'
Kline zei snel: 'Dat klopt, edelachtbare.'
De rechter schreef iets op en zei: 'Oké, uw proces vindt plaats op 14 februari. Zal wel een leuke Valentijnsdag worden.' Hij glimlachte alsof hij iets grappigs zei.
Kline nam een paar papieren aan van een griffier en zei: 'Dank u wel, meneer de rechter. Tot dan.'
Ze liepen bij de rechtersstoel vandaan en terwijl ze naar de uitgang liepen, fluisterde Mark tegen zijn advocaat: 'Is het goed als we nog even blijven?'
'Als je je zo verveelt, natuurlijk.'
Ze gingen op de achterste rij zitten en Kline vertrok.
Todd fluisterde: 'Dus zo regel je een DUI. Helemaal niet moeilijk.'
Andere advocaten kwamen en gingen, terwijl meer verdachten binnenkwamen. Tien minuten later was Kline terug met een andere cliënt, ongetwijfeld eentje die hij in de gang had opgepikt.
Ze bleven vier uur naar alles kijken en vertrokken toen. Volgens Kline's visitekaartje was zijn kantoor in E Street, niet ver van de Districtsrechtbank. Ze liepen drie blokken en vonden het adres. Het was een gebouw van vier verdiepingen dat zo te zien vol zat met advocaten. Op een overzicht bij de hoofdingang stonden de namen van een stuk of twaalf kleine kantoren en van verschillende zelfstandig werkende advocaten. Kline werkte kennelijk alleen. Terwijl Mark buiten wachtte, stapte Todd een overvolle receptieruimte binnen waar een vermoeide vrouw achter een groot bureau zat. Ze begroette hem zonder te glimlachen. 'Kan ik u helpen?'

'Eh... zeker, ik ben op zoek naar een advocaat, Preston Kline,' zei Todd terwijl hij om zich heen keek. Op de rand van haar bureau stonden allerlei postvakjes met de namen van een heleboel advocaten erbij, en naast elke naam lag een keurig stapeltje telefoonbriefjes en brieven.

'Bent u een cliënt?' vroeg ze.

'Misschien. Iemand heeft hem bij me aanbevolen, zei dat hij een goede advocaat was.'

'Nou, hij is nu in de rechtbank. Ik kan uw naam en telefoonnummer noteren, dan belt hij u terug.'

'En zijn kantoor is hier?'

'Ja, eerste verdieping. Hoezo?'

'Tja eh... kan ik zijn partner of juridisch assistent misschien spreken? Ik moet met iemand praten.'

'Hij werkt alleen. Ik ben zijn secretaresse.'

Todd aarzelde, keek om zich heen en zei: 'Oké, ik heb zijn nummer en bel hem wel. Bedankt.' Hij was al weg voordat ze iets kon zeggen.

Terwijl ze samen wegliepen zei Todd: 'Precies zoals we dachten. Die vent werkt niet vanuit zijn kantoor. Heeft een hokje op de eerste verdieping zonder echt personeel. De vrouw bij de receptie neemt de telefoon aan voor een heel stel advocaten. Echt een goedkope onderneming.'

'Geweldig,' zei Mark. 'Nu hebben we alleen nog een meisje nodig.'

14

Die maandag volgde Zola één college, maar vond dat zo deprimerend dat ze de andere maar liet voor wat ze waren. Het college, Rechten van Ouderen, was zo'n nutteloos keuzevak dat erg populair was bij derdejaars die bijna klaar waren. Gordy en zij hadden zich ervoor ingeschreven en waren van plan geweest er om beurten naartoe te gaan en voor het tentamen elkaars aantekeningen te gebruiken, om daar vervolgens voor te worden beloond met een A of een B. Het was een kleine groep, zo'n twintig studenten, en toen de stoel rechts van haar leeg bleef, dacht ze natuurlijk aan Gordy. Hij had hier moeten zitten.

Toen ze vorig jaar september waren gaan daten, waren ze voorzichtig geweest. Gordy was een populaire student met een opvallende persoonlijkheid, die veel aandacht naar zich toe trok. Zij was niet het eerste meisje achter wie hij aan zat, maar wel de eerste donkere vrouw op wie hij verliefd werd. Hun vrienden wisten dat hij thuis een echte vriendin had, een jonge vrouw die jaloers was en vaak naar D.C. kwam om te kijken wat hij allemaal uitvoerde. Zola en Gordy waren voorzichtig geweest, maar hun relatie was na verloop van tijd wel opgevallen. Daar werd over gepraat.

De hoogleraar was zijn college begonnen met een paar trieste opmerkingen over meneer Tanners tragedie, en een paar studenten keken naar Zola. Daarna hoorde ze bijna geen woord meer en kon ze niet wachten om het gebouw te verlaten, maar eerst haalde ze haar cheque voor 10.000 dollar op. Ze stortte het bedrag op haar bankrekening, trok warme kleren aan en dwaalde door de stad. Toen de lucht grijs werd, liep ze de National Portrait Gallery in om wat tijd te doden.

Tijdens haar rechtenstudie was ze erin geslaagd hier en daar een parttimebaantje te krijgen. Ze leefde minder sober dan de rest van haar arme vrienden, en omdat ze niet dronk, weinig feestte en met het openbaar vervoer reisde, had ze geld gespaard. De 20.000 dollar die de overheid haar elk jaar leende, was meer dan genoeg geweest, en met nog één semester te gaan had Zola 16.000 dollar op een spaarrekening staan waar niemand iets van wist. Een zakcentje in D.C., maar een vermogen in Senegal. Als haar ouders en broer uiteindelijk het land uit werden gezet, zou dat geld van cruciaal belang zijn om in leven te blijven. Omkoperij was gebruikelijk, en hoewel ze er niet aan moest denken dat ze naar Senegal moest reizen en daar gevangen werd gezet of het land niet eens binnen mocht, wist ze dat ze haar familie ooit een keer te hulp zou moeten schieten met zo veel mogelijk contant geld. Dus spaarde ze en probeerde niet aan haar leningen te denken.

Ze had niets van haar ouders gehoord. De mensen in het detentiecentrum mochten maar zelden bellen. Haar vader had er alle vertrouwen in gehad dat hij haar mocht bellen voordat ze uiteindelijk werden gedeporteerd en op het vliegtuig naar Senegal werden gezet, maar de regels voor uitzetting leken met de dag te wijzigen. Ze maakte zichzelf wijs dat ze nog in het land waren, en dat troostte haar een beetje. Waarom wist ze niet. Wat was erger: als gevangenen in een federale instelling verblijven of worden losgelaten in de straten van Dakar? Geen van beide scenario's was hoopvol. Ze zouden nooit mogen terugkeren naar hun oude wijk in Newark. De eenvoudige baantjes die ze hadden bemachtigd om de afgelopen zesentwintig jaar door te komen, zouden al zijn ingenomen door andere arbeiders zonder papieren. De cyclus zou doorgaan, omdat het werk moest worden gedaan en echte Amerikanen dat werk liever niet deden.

Als ze niet naar Gordy verlangde en zichzelf niet de schuld gaf, maakte ze zich zorgen over haar familie en hun angstaanjagende situatie. En als ze er op de een of andere manier in slaagde om niet aan die twee tragedies te denken, werd ze geconfronteerd met de onzekerheden van haar eigen toekomst. Terwijl de koude, sombere dagen van januari voorbijkropen, belandde Zola in een diepe en begrijpelijke depressie.

Nadat ze tien dagen min of meer had samengewoond met Todd en Mark, had ze behoefte aan enige afstand. Ze gingen niet naar college en bleven volhouden dat ze zouden stoppen met hun studie.

Ze stuurden haar af en toe een berichtje om te vragen hoe het ging, maar leken zich met belangrijkere zaken bezig te houden.

Dinsdagochtend hoorde ze geluiden aan de overkant van de gang. Ze realiseerde zich dat de Tanners dozen met Gordy's bezittingen weghaalden. Ze overwoog even om hen te begroeten en te condoleren, maar besloot dat niet te doen. Meneer Tanner en Gordy's broer liepen een uur lang heen en weer naar een gehuurd busje. Akelig werk, en met haar deur op een kier luisterde ze naar hun inspanningen. Toen ze weg waren, pakte ze de reservesleutel en liep door Gordy's appartement. De oude meubels die bij het huis hoorden stonden er nog en ze ging op de bank zitten, in het donker, en huilde tranen met tuiten. Twee keer was ze op een ongelegen moment op deze bank in slaap gevallen, waardoor ze hem de kans had gegeven weg te glippen, de donkere nacht in. Ze werd volkomen overweldigd door schuldgevoel.

Woensdag kleedde ze zich aan en maakte zich klaar om naar college te gaan. Ze wilde net vertrekken toen haar vader belde. Ze waren nog steeds in het detentiecentrum zonder te weten wanneer ze echt weg moesten. Sinds haar bezoek was er niets veranderd. Hij probeerde opgewekt te klinken, een echte uitdaging gezien de omstandigheden. Zola had geprobeerd familieleden in Senegal op te sporen zodat ze hen kon waarschuwen en hun om hulp kon vragen, maar was daar nog niet in geslaagd. Na zesentwintig jaar vrijwel zonder contact leek een prettige reünie onwaarschijnlijk. En omdat haar ouders geen idee hadden wanneer ze zouden aankomen, leek het onmogelijk om afspraken te maken. Volgens haar vader waren de meeste familieleden het land jaren geleden al ontvlucht. Degenen die er nog woonden hadden hun eigen problemen en zouden weinig medelijden met hen hebben.

Ze praatten twintig minuten met elkaar; daarna stortte ze weer in. Naar college gaan leek nu bijzonder onbelangrijk. Ze studeerde vanwege haar misplaatste droom dat ze advocaat kon worden en de strijd kon aangaan om haar familie en andere immigranten te beschermen. Nu was dat een hopeloze zaak, een vernietigde droom.

Ze had een kleine bibliotheek aan immigratiehandboeken en -procedures verzameld, urenlang op internet artikelen en blogs en overheidspublicaties over dit onderwerp gelezen en contact gehad met verschillende mensenrechtenorganisaties en pro-Deoadvocaten. Eén onderwerp bleef haar angst aanjagen. De ICE, in zijn willekeurige enthousiasme om mensen op te pakken en uit te zetten, had fouten gemaakt. Ze had een dossier vol zaken waarbij legitieme Amerikaanse staatsburgers waren opgepakt tijdens razzia's en teruggestuurd. Ze kende twaalf verhalen van inwoners wier ouders geen verblijfsvergunning hadden en die ten onrechte het land uit waren gezet. En in vrijwel elke zaak was er een illegale inval geweest nadat de familie gevangen was genomen. Zola was, alleen en kwetsbaar, en met haar familie in detentie, alweer bang voor de klop op de deur.

Die donderdag trok ze haar mooiste kleren aan voor een sollicitatiegesprek op het ministerie van Justitie. Er waren enkele instapbanen beschikbaar, maar die waren erg in trek. Ze was al blij dát ze voor een gesprek was uitgenodigd. Het salaris, 48.000 dollar, was niet wat ze drie jaar geleden in haar hoofd had gehad, maar die dromen waren allang verleden tijd.

De federale overheid had een kwijtscheldingsregeling ontworpen voor de leningen van jonge advocaten die in overheidsdienst carrière wilden maken. In dat programma konden studenten die ervoor kozen om te gaan werken voor een gemeentelijke, staats- of federale overheid, of voor bepaalde gekwalificeerde non-profitorganisaties, tien jaar lang tien procent van hun jaarsalaris betalen, waarna de rest werd kwijtgescholden. Voor veel studenten, met name voor studenten van Foggy Bottom, was dat verleidelijk, vooral gezien de slechte arbeidsmarktsituatie in de private sector. De meesten werkten liever bij een juridische organisatie, maar anderen gingen lesgeven of werden lid van het Peace Corps, de Amerikaanse overheidsinstelling voor vrijwilligershulp aan ontwikkelingslanden.

Het sollicitatiegesprek vond plaats in de kelder van een kantoorgebouw aan Wisconsin Avenue, ver van het hoofdkantoor van het ministerie van Justitie vlak bij het Witte Huis. Toen Zola zich meldde, zat de kleine wachtkamer vol derdejaars, van wie ze er een paar kende van Foggy Bottom. Ze trok een nummer, bleef staan tot er een stoel vrijkwam en had de moed al bijna opgegeven toen haar naam werd omgeroepen. Ze praatte een kwartier met een drukdoende lakei van het ministerie van Justitie en kon niet wachten om te vertrekken.

Gezien de onzekerheden in haar leven nu, was tien jaar een heel lange tijd om zich ergens voor vast te leggen.

15

Vrijdagavond aten ze in de Rooster Bar, die Zola nog niet kende. Volgens Todd wilden hij en Mark haar op een lekker etentje trakteren, maar zodra ze de bar zag, wist ze dat er iets aan de hand was. Ze zaten in een hoekzitje op haar te wachten, allebei in een nieuw pak en ongeschoren – ze lieten hun baard staan – en met een rare nieuwe bril op. Mark droeg een bril met een rond schildpadmontuur en Todd een smalle, montuurloze bril.

Zola ging tegenover hen zitten en vroeg: 'Oké, wat is er aan de hand?'

Todd vroeg: 'Ben je deze week naar college geweest?'

'Heb ik geprobeerd. Ik heb er in elk geval moeite voor gedaan, maar jullie niet gezien.'

Mark zei: 'We zijn ermee gestopt, iets wat we je ten zeerste kunnen aanbevelen.'

Todd zei: 'Het is heerlijk, Zola: geen colleges meer, geen zorgen meer over het rechtbankexamen.'

'Vertel,' zei ze. 'Hoe komen jullie aan die pakken?'

Een ober nam hun bestelling op: bier voor de jongens, een frisdrank voor haar.

'Dit is ons nieuwe uiterlijk, Zola,' zei Mark. 'We zijn nu allebei advocaat en moeten er ook zo uitzien, hoewel we er in onze professie ook weer niet al te netjes uit mogen zien. DUI-advocaten, zoals je weet, halen zelden de voorpagina van GQ.'

'Ik snap het. En wie zou wanhopig genoeg zijn om jullie in te huren?'

'We zijn ons eigen advocatenkantoor begonnen,' zei Todd, 'en hebben onszelf ingehuurd. De Legal Clinic of Upshaw, Parker & Lane.' Hij gaf haar een nieuw visitekaartje met naam, adres en telefoonnummer van het kantoor.

Ze keek ernaar, bestudeerde het kaartje en zei: 'Jullie maken een grapje zeker?'

'We menen het echt,' zei Mark. 'En we nemen mensen aan.'

Ze ademde diep in, hief langzaam haar handen en zei: 'Oké. Ik vraag al niets meer. Vertel wat er aan de hand is, anders ben ik weg.'

Todd zei: 'Jij gaat helemaal nergens naartoe. We hebben onze appartementen opgezegd, zijn gestopt met onze studie, hebben een andere naam aangenomen en hebben een manier gevonden om wat geld te verdienen. We doen alsof we advocaat zijn, ronselen cliënten bij de verschillende rechtbanken voor contant geld, en hopen en bidden dat we niet worden betrapt.'

'We worden niet betrapt,' zei Mark. 'Er zijn veel te veel jongens die hetzelfde doen als wij.'

'Maar die hebben allemaal een vergunning,' zei ze.

'Hoe weet je dat? Er is niemand die dat ooit controleert, en de cliënten hebben geen idee. Die zijn toch al doodsbenauwd en diep onder de indruk. Zij komen niet eens op het idee om dat te vragen. Net zoals wij het in de gevangenis niet aan Darrell Cromley hebben gevraagd.'

'Het is illegaal,' zei ze. 'Veel heb ik niet geleerd op Foggy Bottom, maar ik weet wel dat het bij wet verboden is om zonder vergunning als advocaat op te treden.'

'Alleen als we worden betrapt,' zei Mark.

Todd zei: 'Natuurlijk is er een risico, maar dat is niet heel groot. Als er iets misgaat, verdwijnen we gewoon weer.'

Mark zei: 'En we denken dat we wat geld kunnen verdienen, belastingvrij natuurlijk.'

'Jullie zijn gek.'

'Nee, volgens mij zijn we juist heel slim. We verbergen ons in het openbaar, Zola. Voor onze huurbaas, voor de incassobureaus voor studieschulden, voor iedereen die ons misschien wil vinden. En, we verdienen ook nog eens veel geld.'

'En jullie schulden dan?'

Mark nam een slok bier, veegde zijn mond af en boog zich naar haar toe. 'Dit is wat er gaat gebeuren. Foggy Bottom zal op een dag beseffen dat we met onze studie zijn gestopt, maar die doen niets. De meest respectabele law schools brengen het ministerie van Onderwijs op de hoogte en steggelen dan over hoeveel collegegeld voor dat semester moet worden terugbetaald. Ik durf te wedden dat Foggy Bottom niets wil terugbetalen, dus zullen ze hun mond houden over het feit dat we verdwenen zijn, zodat ze het geld kunnen houden. We nemen per mail contact op met onze studieleningconsulenten en geven hun de indruk dat we wel colleges volgen. Ons jaar studeert af in mei en zoals je weet worden we geacht akkoord te gaan met een terugbetalingsplan dat een halfjaar later begint. Als we niet betalen, worden we in gebreke gesteld.'

Todd vroeg: 'Wist je dat vorig jaar één miljoen studenten in gebreke zijn gesteld?'

Ze haalde haar schouders op: misschien wel, maar misschien ook niet.

Mark vertelde verder: 'Dus hebben we wat tijd, negen of tien maanden, voordat we in gebreke worden gesteld. Maar tegen die tijd loopt ons juridisch bureau als een tierelier en verdienen we goudgeld.'

Ze zei: 'Maar in gebreke betekent in gebreke, dus slepen ze je zeker voor de rechter en kun je je niet verdedigen.'

Todd zei: 'Alleen als ze ons vinden. Mijn studieleningconsulent werkt in een slavenhok in Philadelphia. Die van Mark zit in New Jersey. Waar zit die van jou, dat kan ik me niet herinneren.'

'Chevy Chase.'

'Oké, iets dichterbij, maar je bent nog steeds veilig. Het punt is dat ze ons niet kunnen vinden, doordat we een andere naam en een ander adres hebben. Ze zullen onze zaak overdragen aan een goedkoop advocatenkantoor, dat ongetwijfeld eigendom is van Hinds Rackley, en dat zal een rechtszaak aanspannen. Nou en? Ze slepen allemaal studenten voor de rechter en dat levert niets op.'

'Maar dan zijn jullie je goede naam kwijt.'

'Welke goede naam? Die raken we toch wel kwijt, doordat we onze studieschuld niet kunnen terugbetalen. Zelfs als we eerlijk werk vinden, kunnen we nooit van ons leven al onze schulden terugbetalen.'

De ober verscheen weer en Mark bestelde een schaal nacho's. Toen de man vertrokken was, zei Zola: 'Echt een lekker etentje dus.'

'Met de complimenten van ons. Op kosten van de zaak,' zei Todd glimlachend.

Ze had nog steeds het visitekaartje in haar hand, keek ernaar en vroeg: 'Hoe komen jullie aan deze namen?'

Mark antwoordde: 'Het telefoonboek. Gewone, alledaagse namen. Ik ben Mark Upshaw en heb de papieren om dat te bewijzen. Hij heet Todd Lane, ook zo'n eenvoudige advocaat die de straten afschuimt.'

'En wie is Parker?'

'Dat ben jij,' zei Todd. 'Zola Parker. We zijn van mening dat onze kleine kliniek wel wat diversiteit kan gebruiken, dus voegen we jou toe als de middelste partner. Allemaal gelijkwaardig, dat snap je wel. Drie gelijkwaardige partners.'

'Drie gelijkwaardige oplichters,' zei ze. 'Sorry hoor, maar dit is echt belachelijk.'

'Klopt. Weet je wat zelfs nog belachelijker is? Doorgaan met onze studie aan Foggy Bottom, in mei afstuderen zonder een baan en dan keihard werken voor het rechtbankexamen. Zie het onder ogen, Zola, daar ben je emotioneel niet tegen opgewassen. Wij ook niet, en zodoende hebben wij ons besluit al genomen.'

'Maar we zijn bijna klaar met onze rechtenstudie,' zei ze.

Mark zei: 'Nou en? Dan heb je straks een waardeloze bul. Nog zo'n stuk papier dankzij Hinds Rackley en zijn diplomafabriek. We zijn beetgenomen, Zola, opgeslokt in een zwendel van enorme proporties. Gordy had gelijk: je kunt niet gewoon blijven meedoen met die zwendel en maar blijven hopen dat er een wonder gebeurt. Wij vechten tenminste terug.'

'Jullie vechten helemaal nergens tegen. Het enige wat jullie doen is de belastingbetaler naaien.'

Todd zei: 'De belastingbetaler wordt genaaid door het Congres en het ministerie van Onderwijs. En natuurlijk door Rackley, die zijn geld over onze rug al heeft verdiend.'

'Maar we hebben er zelf voor gekozen om dat geld te lenen. Daar heeft niemand ons toe gedwongen.'

'Klopt, maar dat geld is ons geleend onder valse voorwendsels,' zei Mark. 'Toen jij met je rechtenstudie begon, dacht je toen echt dat je hier nu zou zitten met een enorme studieschuld en zonder baan? Natuurlijk niet! Het plaatje dat ze ons hebben voorgeschoteld zag er veel rooskleuriger uit: als je dat geld aanpakt, zorgt dat je afstudeert en slaagt voor het rechtbankexamen, ga je werken in een geweldig beroep waardoor je probleemloos alles kunt terugbetalen.'

De ober bracht opnieuw een rondje drinken. Even zweeg iedereen, terwijl ze dronken en naar het tafelblad staarden.

Zacht zei ze: 'Het klinkt enorm riskant.'

Mark en Todd knikten bevestigend.

Mark zei: 'Er zijn inderdaad risico's, maar volgens ons zijn die niet zo groot. Het eerste risico is dat we worden betrapt omdat we zonder vergunning als advocaat optreden, maar dat stelt niet veel voor. Een tik op de vingers, een kleine boete, en dat is alles.'

Todd zei: 'We hebben de zaken bestudeerd en het is helemaal niet ongebruikelijk om onbevoegd als advocaat op te treden. Dat gebeurt, die zaken zijn trouwens fascinerend, maar niemand gaat de bak in.'

'En dat zou me gerust moeten stellen?'

'Denk het wel. Luister, Zola, dit is ons plan: als iemand argwaan krijgt en ons aangeeft, en stel dat de Orde van Advocaten met een heleboel vragen bij ons komt, dan verdwijnen we gewoon weer.'

'En dat zou me zelfs nog meer gerust moeten stellen?'

Mark negeerde haar en zei: 'Het tweede risico is dat we in gebreke worden gesteld voor onze studieschuld en dat dit onze toch al verziekte levens nog meer zal verzieken.'

De nacho's werden gebracht en ze namen allemaal een stukje. Na haar tweede nacho depte Zola haar ogen met een papieren servetje en merkte dat ze huilde. Ze zei: 'Luister, jongens, ik kan niet in mijn appartement blijven. Elke keer dat ik naar Gordy's deur kijk begin ik bijna te huilen. Zijn familie heeft dinsdag zijn spullen opgehaald en nu ga ik er steeds weer naartoe en zit daar dan in het donker maar wat te zitten. Ik moet daar weg, ergens anders naartoe.'

Ze knikten, hielden op met eten en namen een slok.

'En er is nog iets,' zei ze. Ze haalde diep adem, depte haar ogen weer en vertelde het verhaal van een college-studente in Texas die midden in de nacht uit haar studentenhuis was gehaald door agenten van de ICE en naar El Salvador werd gestuurd, waar ze werd herenigd met haar familie, allemaal illegale arbeiders die een maand eerder het land uit waren gezet. Het probleem was dat die studente in de VS was geboren en gewoon Amerikaans staatsburger was. Haar beroepszaken en documentatie lagen nog steeds ergens diep verborgen in de bureaucratische molen. Zola vertelde dat ze een stuk of twaalf zaken had ontdekt, waarbij Amerikaanse staatsburgers tijdens ICE-razzia's waren opgepakt en uitgezet, en dat elke arrestatie had plaatsgevonden na de detentie van familieleden. Ze was heel bang en dat was slopend.

Mark en Todd luisterden vol medeleven naar haar. Toen ze uitverteld was en niet meer huilde, zei Mark: 'Weet je, we hebben een geweldige schuilplaats gevonden, en daar is ook plaats voor jou.'

'Waar?' vroeg ze.

'Boven. We delen een krot op de derde verdieping – zonder lift moet ik erbij zeggen – en onder ons zijn nog twee kamers. Maynard zegt dat we die tegen een heel redelijke huur ook mogen hebben.'

'Wie is Maynard?'

'Onze baas,' zei Todd. 'Hij is de eigenaar.'

'Het is niet erg mooi,' zei Mark. 'Maar je zou er wel privacy hebben, een beetje tenminste.'

'Ik ga niet met jullie samenwonen.'

'Nee hoor, dat is ook niet de bedoeling. Wij wonen op de derde en jij op de tweede verdieping.'

'Is er een keuken?'

'Niet echt, maar je hoeft ook niet te koken.'

'En een badkamer?'

'Dat zou weleens een probleem kunnen zijn,' zei Todd. 'De enige badkamer is op de derde verdieping, maar daar kunnen we wel iets over afspreken. Het is niet ideaal, Zola, maar we overleven het wel. Dat houden we wel een paar maanden vol, en daarna zien we wel weer.'

'Het is de perfecte plek om je te verbergen,' zei Mark. 'Denk maar aan Anne Frank die zich voor de Duitsers verborg, alleen minder erg, weet je?'

'En daardoor zou ik me beter moeten voelen?'

'Misschien kan ik wel een betere vergelijking bedenken.'

'Hoe zit het met Maynard?' vroeg ze. 'Hoeveel weet hij?'

Todd zei: 'Ik werk al drie jaar voor Maynard en hij is cool. Hij is ook een beetje een schurk, een grote bookmaker en zo. Hij denkt dat we nog studeren, maar het kan hem niet echt iets schelen. We hebben met hem afgesproken dat we de huur voldoen door als barkeeper te werken.'

Ze zei: 'Ik zie mezelf geen DUI-zaken bij elkaar scharrelen, zoals die Cromley.'

Mark zei: 'Natuurlijk niet, Zola. Voor zover wij nu hebben gezien zijn al die scharrelaars mannen, overwegend blanke mannen. Jij past daar niet tussen, omdat je... nou ja, nogal de aandacht trekt.'

'Wat is mijn specialiteit dan?'

'Secretaresse,' zei Todd.

'Dat klinkt niet leuk. Waar is het kantoor?'

'In jouw woonkamer. Dat is de nieuwe thuisbasis van Upshaw, Parker & Lane. UPL – Unauthorized Practice of Law – onbevoegd optreden als advocaat.'

'Slim.'

'Vonden wij ook. Volgens ons is onze specialiteit letselschade en dat is, zoals we dankzij onze fantastische juridische opleiding weten, nog altijd het meest lucratieve rechtsgebied.'

Alsof ze het geoefend hadden, nam Mark het verhaal hier over en zei: 'Wij zien onszelf aan het werk in de wachtkamer van de Spoedeisende Hulp in ziekenhuizen, om gewonde vechtersbazen binnen te halen. In deze stad zijn dat meestal zwarten en jij begrijpt hen. Ze zullen je geloven en je willen inhuren.'

'Ik weet niets van letselschadezaken,' zei ze.

'Natuurlijk wel, op tv heb je daar ontelbare reclamespotjes voor gezien, al die straatventers die smeken om nieuwe zaken. Dat zijn niet de allerslimsten, dus mag je ervan uitgaan dat er weinig recherchewerk te doen is.'

'Bedankt.'

Todd zei: 'Bovendien heb je maar een paar goede auto-ongelukken nodig om wat geld te verdienen, Zola. Ik heb in de Old Red Cat een advocaat ontmoet die de hongerdood nabij was tot hij uitgleed op het ijs en viel. Toen hij in het ziekenhuis lag, reden ze een andere vent naar binnen die betrokken was geweest bij een ongeluk met een motor. Een jaar later schikte de advocaat dat motorongeluk voor een klein miljoen en streek daar een derde van op.'

'Zomaar,' zei ze.

'Ja, en er zullen altijd mensen gewond raken en die mensen brengen ze altijd naar het ziekenhuis. En daar zit jij dus te wachten.'

'Dat gaat lukken, Zola, omdat wij ervoor zullen zorgen dát het werkt,' zei Mark. 'Alleen wij drieën, allen voor één, één voor allen. Gelijkwaardige partners tot het einde.'

'En wat is het einde, jongens? Wat is jullie einddoel?'

'Overleven,' zei Todd. 'We zullen overleven door ons te verbergen en te doen alsof we andere mensen zijn. We schuimen de straten af, omdat we niet terug kunnen.'

'En als we worden betrapt?'

Mark en Todd namen een slok en dachten na over een antwoord. Ten slotte zei Mark: 'Als we worden betrapt, lopen we gewoon weer weg. Verdwijnen we.'

'De rest van ons leven op de vlucht,' zei ze.

'Nu zijn we ook op de vlucht,' zei Todd. 'Je wilt het misschien niet toegeven, maar dat is wat we nu ook doen. We kunnen dit leven niet volhouden, we hebben geen keus en moeten dus wel vluchten.'

Mark knakte met zijn knokkels en zei: 'Dit is wat we gaan doen, Zola. We zitten er met z'n drieën in, zijn gezworen kameraden en loyaal tot het bittere einde. We moeten afspreken, nu meteen, van tevoren, dat we als het nodig is met z'n allen weggaan.'

'Waarnaartoe?'

'Daar maken we ons dan wel druk over.'

'En jullie familie dan?' vroeg ze. 'Hebben jullie het hun verteld?'

Ze aarzelden, en die stilte was het antwoord.

Mark zei: 'Nee, ik heb het niet aan mijn moeder verteld; die heeft al genoeg problemen. Zij denkt dat ik studeer, dat ik niet kan wachten om af te studeren en dat de geweldige banen voor het oprapen liggen. Ik denk dat ik een paar maanden wacht, tegen haar lieg en zeg dat ik een semester vrij neem. Ik weet het niet, hoor, ik verzin wel iets.'

'En jij?' vroeg ze aan Todd.

'Voor mij geldt hetzelfde,' zei hij. 'Op dit moment heb ik gewoon het lef niet dit aan mijn ouders te vertellen. Ik heb geen idee welke versie van de waarheid erger klinkt: aan de ene kant heb ik een schuld van 200.000 dollar en geen baan, aan de andere kant ben ik gestopt met mijn studie en heb ik besloten om met een valse identiteit geld te verdienen met het ronselen van DUI's voor contant geld. Ik wacht af, net als Mark, en bedenk later wel iets.'

'En als het bedrog aan het licht komt en jullie in de problemen komen?'

'Dat gaat niet gebeuren, Zola,' zei Mark.

'Ik wil jullie heel graag geloven, maar ik ben er niet van overtuigd dat jullie wel weten waar je het over hebt.'

'Wij zijn daar ook niet van overtuigd,' zei Todd. 'Maar we hebben ons besluit genomen en kunnen niet meer terug. De vraag is alleen of jij je bij ons aansluit.'

'Jullie vragen heel veel: jullie verwachten van me dat ik drie jaar rechtenstudie aan de wilgen hang.'

'Kom op, Zola,' zei Mark. 'Wat heeft die rechtenstudie je gebracht? Niets, het heeft alleen je leven verpest. Wij bieden je een uitweg. Misschien niet de meest fraaie uitweg, maar op dit moment is het alles wat we hebben.'

Zola keek, al kauwend op een nacho, om zich heen. De bar was stampvol met jonge mannen van in de dertig en de veertig, die allemaal met een dronken kop naar de tv-schermen met basketbal en hockey keken. Er waren wel een paar vrouwen, maar niet veel, en bijna geen studenten. Ze vroeg: 'Werken jullie hier allebei?'

Todd zei: 'Ja. En dat is veel leuker dan in een collegezaal zitten en voor het rechtbankexamen studeren.'

'Wat zijn de voorwaarden voor het partnership?'

Mark zei: 'We gooien onze leningen voor levensonderhoud van dit semester in de pot: 10.000 dollar per persoon. Dat is voldoende voor de start: nieuwe computers, nieuwe telefoons, wat kantoorapparatuur, allemaal een nieuwe identiteit en wat mooiere kleren.'

'Doe je mee?' vroeg Todd.

'Daar moet ik even over nadenken, oké? Ik denk nog steeds dat jullie gek zijn.'

'Dat zullen we niet ontkennen.'

16

Ongeveer dertig maanden eerder, toen Mark Frazier zijn naam op het laatste federalestudieleningformulier zette en onbesuisd in het studieschuldenmoeras dook, wees het ministerie van Onderwijs hem een studieleningadviseur toe, Morgana Nash. Ze werkte voor NowAssist, een private onderneming in New Jersey die door het ministerie van Onderwijs was ingehuurd om de studieleningen af te handelen, en zij was willekeurig uitgekozen. Mark had haar nooit ontmoet en daar was ook geen reden voor. Omdat hij de lener was, mocht hij kiezen op welke manier hij contact met haar wilde houden en hij had ervoor gekozen de communicatie tot een minimum te beperken, zoals de meeste studenten. Hij en mevrouw Nash correspondeerden alleen per e-mail. Zij had hem een keer naar zijn telefoonnummer gevraagd, maar omdat hij niet verplicht was dat te geven, kreeg ze het ook niet. NowAssist was een van de vele incassobureaus voor studieschulden, die kennelijk allemaal nauwlettend in de gaten werden gehouden door het ministerie van Onderwijs. De bureaus die minder goed functioneerden kregen minder opdrachten of werden helemaal opgezegd. Volgens hun website had het ministerie van Onderwijs NowAssist in de middenmoot geplaatst. Op de verstikkende lening zelf na had Mark geen klachten over mevrouw Nash en haar inspanningen. Nadat hij dertig maanden lang naar het gezeur van een heleboel rechtenstudenten had geluisterd, wist hij dat er echt heel slechte incassobureaus waren.

Haar laatste mailtje, ontvangen op zijn oude e-mailadres, luidde:

Hallo Mark Frazier,

Ik hoop dat je een fijne vakantie hebt gehad en nu klaar bent voor het laatste semester van je rechtenstudie. Gefeliciteerd dat je nu al zo ver bent gekomen en succes gewenst in deze laatste maanden. Tijdens ons laatste contact, in november, was je heel blij met je baan bij Ness Skelton, maar wist je nog niet wat je beginsalaris zou zijn. Ik zou graag een update hierover willen ontvangen. Op basis van je salaris wil ik namelijk een terugbetalingsplan opstellen. Zoals je weet, is het wettelijk verplicht om bij je afstuderen een terugbetalingsplan te ondertekenen, en moet je eerste termijn zes maanden daarna worden overgemaakt. Ik weet dat je het druk hebt, maar reageer alsjeblieft zo snel mogelijk.

Meest recente storting: 13 januari 2014: 32.500 dollar
Totale schuld, hoofdsom plus rente: 266.000 dollar

Met vriendelijke groeten,
Morgana Nash
Consulente Publieke Sector

Mark wachtte twee dagen en antwoordde op zaterdagochtend.

Beste mevrouw Nash,

Dank u wel voor uw bericht; fijn van u te horen. Hopelijk gaat het goed met u. Het is een hectische periode bij Ness Skelton op dit moment. Het kantoor is gefuseerd met een Britse onderneming en er schijnen nieuwe ontwikkelingen te zijn. Sterker nog, ik kan daar niemand vinden die bereid is over mijn baan te praten. Ik krijg zelfs de indruk dat het baanaanbod door die fusie geheel van de baan is. Dat is erg verontrustend. Daarbij komt dat mijn beste vriend vorige week van de Arlington Memorial Bridge in de Potomac is gesprongen (zie link), zodat ik niet veel aan mijn rechtenstudie heb gedacht. Geef me alstublieft wat tijd om weer tot mezelf te komen. Het laatste waar ik nu over wil praten is terugbetaling. Dank u wel voor uw geduld.

Uw vriend,
Mark

Todd was opgescheept met het bedrijf Scholar Support Partners, oftewel SSP. Of alleen SS, zoals Todd en een heleboel andere studenten het bedrijf noemden. Het bureau was gevestigd in Philadelphia en had een slechte naam als het om terugbetaling van studieleningen ging. Todd had ten minste drie rechtszaken gevonden waarbij SSP was gedagvaard voor gewelddadige praktijken om leningen te innen. Het bedrijf was betrapt op het in rekening brengen van onterechte tarieven voor de leningen en had al boetes betaald. Toch bleef het ministerie van Onderwijs er zaken mee doen.

Zijn 'consulent' was een ontzettende wijsneus die Rex Wagner heette, een bullebak die Todd heel graag een stomp zou geven als hij daar ooit de kans voor kreeg – wat natuurlijk nooit zou gebeuren. Hij stelde zich Wagner voor in een hokje in een snikheet vertrek in een goedkoop kelderkantoor, waarschijnlijk dik en patat etend met een koptelefoon op zijn kale kop terwijl hij jongelui telefonisch lastigviel en chagrijnige mailtjes verstuurde.

Zijn laatste mailtje luidde:

Geachte meneer Lucero,

U bent nu bezig met de laatste loodjes, uw afstuderen is in zicht, dus is het tijd om eens te praten over terugbetaling. Ik neem aan dat u helemaal geen zin hebt daarover te praten omdat u, gebaseerd op onze laatste correspondentie een maand geleden, nog steeds geen 'belangrijke juridische baan' hebt gevonden. Ik hoop dat daar inmiddels verandering in is gekomen. Stuur me alstublieft een update met uw meest recente pogingen een baan te vinden. Ik ben bang dat ik geen terugbetalingsplan kan accepteren dat uitgaat van uw kennelijke wens om alleen als barkeeper te werken. Laten we dit bespreken, hoe eerder hoe beter.

Meest recente storting: 13 januari 2014: 32.500 dollar
Totale schuld, hoofdsom plus rente: 195.000 dollar

Hoogachtend,
Rex Wagner
Senior Leningconsulent

Waarop Todd uiteindelijk antwoordde:

Geachte SS Senior Leningconsulent Wagner,

Ik kan meer verdienen als barkeeper dan u verdient door studenten lastig te vallen. Ik heb gelezen over uw bedrijf en over alle rechtszaken en gewelddadige manoeuvres, maar ik beschuldig u niet van bedreiging, nog niet. Ik ben nog niet in gebreke, verdomme, ik ben nog niet eens afgestudeerd, dus houdt u zich koest. Nee, ik heb geen echte baan, omdat die er niet zijn, in elk geval niet voor afgestudeerden van slechte, op winst gerichte opleidingen als FBLS, die ons trouwens feitelijk hebben voorgelogen toen we overwogen daar te gaan studeren. Tjonge, wat zijn wij stom geweest!
Geef me wat tijd en dan verzin ik wel iets.

Todd Lucero

Wagner antwoordde:

Geachte meneer Lucero,

Ik zou graag positief willen blijven. Ik heb met veel studenten gewerkt die moeite hadden met het vinden van een baan, maar die zijn daar uiteindelijk allemaal in geslaagd. Daarvoor hebt u wel veel vindingrijkheid nodig en moet u veel kantoren bezoeken en solliciteren. D.C. zit vol geweldige advocatenkantoren en goedbetaalde overheidsbanen. Ik ben ervan overtuigd dat u een veelbelovende carrière zult vinden. Ik zal het feit negeren dat u woorden hebt gebruikt als 'bedreiging' en 'lastigvallen'. Al onze mailcorrespondentie zal openbaar worden gemaakt en ik stel voor dat we onze woorden met zorg kiezen. Ik zou dit graag telefonisch met u bespreken, maar ik heb uw nummer uiteraard niet.

Hoogachtend,
Rex Wagner
Senior Leningconsulent

Todd antwoordde:

Geachte SS Senior Leningconsulent Wagner,

Mijn excuses als ik u heb beledigd. Ik vraag me af of u zich realiseert onder hoeveel druk ik op dit moment sta. Niets gaat volgens plan en de toekomst ziet er al even ellendig uit. Ik vervloek de dag waarop ik besloot rechten te studeren, en vooral de dag waarop ik me heb ingeschreven bij Foggy Bottom. Realiseert u zich wel dat die Wall Street-vent die eigenaar is van Foggy Bottom daar twintig miljoen per jaar mee opstrijkt? En dat dat slechts een achtste deel uitmaakt van zijn portfolio? Fascinerend. Achteraf gezien had ik zelf een law school moeten kopen in plaats van me daar in te schrijven. Nee, u krijgt mijn telefoonnummer niet. Volgens de ontelbare rechtszaken tegen SS hebben de ergste bedreigingen telefonisch plaatsgevonden, iets wat vrijwel nooit wordt opgenomen. Laten we het maar bij mailtjes houden, waarin elk woord telt.
We zijn nog steeds vrienden.

Todd Lucero

Ze waren de hele zaterdag aan het schoonmaken en schilderen en zakken vol afval wegbrengen. Zola's 'suite' bestond feitelijk uit drie kamers: een slaapkamer, een woonkamer/kantoor en een bijkeukentje met mogelijkheden. Ze kregen Maynard zover dat hij hun toestemming gaf om een muur te verplaatsen en een deur toe te voegen. Een van Maynards neven was aannemer en deze voerde weleens opdrachten uit zonder de moeite te nemen daar een vergunning voor aan te vragen. Hij zei dat hij voor 1.000 dollar cash de bijkeuken wel kon ombouwen, en een kleine douche en wastafel met ladekast kon plaatsen. Todd en Mark dachten niet dat Zola onder de indruk zou zijn, maar eigenlijk had ze geen keus.

Ze had nog niet gezegd dat ze partner wilde worden, maar dat was slechts een kwestie van tijd.

Het was een koele, zonnige dag en Zola had behoefte aan frisse lucht. Zaterdagochtend vroeg verliet ze haar appartement en liep naar de

Mall. Daar ging ze op de trappen van het Lincoln Memorial zitten om naar de toeristen te kijken. Terwijl ze naar het Washington Monument en het Capitool keek, dacht ze aan haar ouders en haar broer die in afwachting van hun uitzetting als gevangenen in een ellendig detentiecentrum zaten. Haar uitzicht was majestueus, elk gebouw en elk monument was een symbool van onbeperkte vrijheid. Maar hun uitzicht, als ze dat al hadden, bestond uit hekken en prikkeldraad. Dankzij hun opofferingen had zij het Amerikaans staatsburgerschap gekregen, een permanente status waar ze niets voor had hoeven doen. Zij hadden keihard gewerkt in een land waar ze trots op waren, met de droom dat ze daar ooit zouden thuishoren. Hoe zou hun uitzetting een positief effect kunnen hebben op dit geweldige land van immigranten? Het sloeg nergens op en leek onrechtvaardig wreed.

Zola probeerde niet aan Gordy te denken. Zijn tragedie lag achter haar en het had helemaal geen zin eraan te blijven denken. Ze hadden nooit een toekomst gehad samen, en het was dom van haar geweest om iets anders te denken. Maar hij was nog steeds in haar gedachten en ze kon haar schuldgevoel maar niet van zich afschudden.

Ze liep langs de Reflecting Pool en probeerde zich voor te stellen hoe het er hier in 1963 had uitgezien met ongeveer 250.000 mensen toen Martin Luther King zijn droom beschreef. Haar vader zei altijd dat Amerika zo'n geweldig land was omdat iedereen elke droom kon najagen, en dat die dromen door hard werken en opofferingen konden uitkomen. Nu waren zijn dromen zijn nachtmerries geworden, en was zij hulpeloos.

Bij het Washington Monument ging ze achter aan de lange rij staan voor de lift naar boven, maar ze verveelde zich algauw en liep weg. Ze was dol op het Smithsonian en dook een paar uur in de Amerikaanse geschiedenis. Ze dacht geen moment aan haar studie of aan het zoeken van een 'belangrijke juridische baan'.

In de late namiddag stuurde Todd haar een berichtje en nodigde haar uit voor 'nog een lekker etentje'. Maar ze bedankte, zei dat ze andere plannen had. Ze las een boek, keek naar een oude film en ging even na elf uur naar bed. Het appartementengebouw dreunde van de luide muziek en de luidruchtige studenten die kwamen en gingen. Zaterdagavond in de grote stad. Tegen één uur werd ze wakker door geruzie in de gang, maar ze viel weer in slaap.

Ze was diep in slaap toen iemand op haar deur begon te bonzen. Immigranten, vooral diegenen zonder papieren, wisten heel goed hoe ze zich moesten gedragen: *houd je kleren en schoenen bij de hand, net als je telefoon, doe je deur niet open en bid dat het de ice niet is. Als dat wel zo is, trappen ze je deur toch wel in en kun je nergens naartoe.* Hoewel Zola even legaal in het land was als de ICE-agenten, gedroeg ze zich niet zo.

Zola schrok zich rot en trok haar spijkerbroek aan. Het bonzen ging door en een luide stem brulde: 'Opendoen! Immigratie!' Ze rende de woonkamer in en keek vol afschuw naar de deur, haar hartslag maakte overuren. Ze had haar telefoon in de hand en wilde net op de sneltoets voor Mark drukken, alsof hij hier om twee uur 's nachts naartoe kon komen om haar te redden, toen het bonzen plotseling ophield. Ze hoorde geen stemmen meer, alleen het geschuifel van voeten. Ze zette zich schrap voor het intrappen van haar deur, maar er gebeurde niets, het bleef stil. En toen, helemaal achter in de gang, hoorde ze gelach.

Was dit echt de ICE geweest of iemands idee van een slechte grap? Ze wachtte en probeerde haar ademhaling onder controle te krijgen. Ze bleef een paar minuten in het donker staan, durfde zich niet te verroeren en geen geluid te maken. Het was mogelijk dat de ICE langskwam om vragen te stellen, maar toch zeker niet op dit tijdstip? Als de ICE bij je thuis kwam had je een probleem. Zij bonsden niet op je deur en ze vertrokken niet als niemand opendeed.

Wie het ook was geweest, de schade was aangericht. Zola liep langzaam terug naar haar slaapkamer, trok een trui en haar schoenen aan, en wachtte nog een tijdje. Toen alles stil was, deed ze haar deur van het slot, keek de gang in, zag niemand, stapte de gang op en deed haar deur achter zich weer op slot. Met Gordy's reservesleutel liep ze zijn appartement in, zonder het licht aan te doen, en ging op de kale matras liggen.

Slapen was onmogelijk. Zo kon ze niet leven. Als haar twee vrienden gek genoeg waren om een nieuw leven te beginnen, zou zij met hen meedoen.

Morgana Nash stuurde Mark een mailtje:

Beste Mark,

Wat erg van je vriend. Ik begrijp dat je van slag bent. Toch moeten we proberen te bepalen hoe het ervoor staat bij Ness Skelton en beginnen een terugbetalingsplan af te spreken. Gecondoleerd.

Morgana Nash
Consulente Publieke Sector

Zondagochtend mailde Mark terug:

Beste mevrouw Nash,

Bedankt voor uw medeleven. Dat betekent heel veel voor me. Nu blijkt dat ik ben ontslagen door Ness Skelton, ontslagen voordat ik zelfs maar ben begonnen. Dat is prima, want op een goede dag was het al een slecht kantoor en ik walg van de mensen die daar werken. Ik ben dus weer werkloos, net als de rest van mijn jaar, en ik heb echt niet de emotionele kracht om op zoek te gaan naar een andere hopeloze baan. Laat me alstublieft met rust, oké?

Liefs,
Mark

Maandagochtend vroeg antwoordde ze:

Beste Mark,

Het spijt me dat je van slag bent, maar ik doe gewoon mijn werk en het is mijn werk om met jou te praten over de afbetaling van je leningen. Er zijn veel goede banen in D.C. en ik weet dat je een belangrijke juridische baan zult vinden. Houd me maar op de hoogte.

Morgana Nash
Consulente Publieke Sector

Mark antwoordde:

Beste mevrouw Nash,

Er zijn geen hoogtes. Ik ben in therapie en mijn therapeut heeft gezegd dat ik u voorlopig even moet negeren. Sorry.

Mark

17

Ze wachtten tot het einde van de maandagochtend, omdat het gebouw dan verlaten was en de buren naar college waren. Ze verhuisden Zola's dozen naar haar nieuwe suite op de tweede verdieping boven de Rooster Bar. Als ze al niet erg enthousiast was over haar nieuwe onderkomen, liet ze dat niet blijken. Sterker nog, ze pakte haar kleren en andere bezittingen glimlachend uit en leek tevreden met haar nieuwe schuilplaats. Het was immers maar tijdelijk. Als kind in Newark had ze in veel kleinere kamers gewoond met vrijwel helemaal geen privacy. Mark en Todd hadden geen idee hoe arm haar familie toen was.

De aannemer, met zijn ploeg hardwerkende en ongetwijfeld illegale Slowaken, veranderde de bijkeuken in een badkamer. Daarom gingen de partners naar een eethuisje verderop in de straat voor een late lunch van salade en ijsthee.

Todd somde de basisregels van hun afspraak op. Vanaf nu leefden ze in een wereld met alleen contant geld, zonder kredieten. Creditcards lieten een spoor achter. Ze hadden immers met Maynard afgesproken dat ze huur tegen werk zouden ruilen: Todd en Mark zouden ieder vijfentwintig uur per week als barkeeper werken zonder dat daar iets van op papier kwam te staan. Maynard zou dat accepteren als huur, de rekeningen betalen voor gas, water, elektriciteit en internet, en hun toestaan het adres te gebruiken voor de weinige post die ze zouden ontvangen. Hij leek het wel prettig te vinden dat er drie aankomende advocaten in zijn gebouw woonden. Maynard stelde weinig vragen.

Het was ironisch dat hun inspanningen waren gericht op het voorkomen van kredieten, omdat ze samen een studieschuld hadden van meer dan 600.000 dollar, maar die ironie ontging hun op dat moment.

Ze zouden weer naar hun schimmige 'securityconsultant' gaan en voor Zola een vals rijbewijs kopen, haar enige legitimatiebewijs. Zodra ze Zola Parker was geworden, zouden ze een mobiele telefoon voor haar kopen. Allemaal behielden ze ook hun oude telefoon, zodat ze konden zien wie naar hen op zoek waren. Ze zouden allemaal voor de rechter worden gesleept door hun huurbazen, maar die processen zouden waardeloos zijn doordat Mark Frazier, Todd Lucero en Zola Maal niet langer bestonden en de stad kennelijk hadden verlaten. Uiteindelijk zouden ze in gebreke worden gesteld door hun studieleningconsulenten, maar dat zou pas over zeven maanden gebeuren. Iemand die je niet kunt vinden, kun je niet voor de rechter dagen. Ze zouden proberen al hun oude vrienden te ontlopen, maar wel hun Facebookpagina's blijven updaten, echter met minder activiteit. Ze zouden geen contact hebben met Foggy Bottom en waren ervan overtuigd dat niemand van de administratie hun afwezigheid zou opmerken.

Zola leek af en toe overweldigd door hun plan. Het was belachelijk en het zou zeker verkeerd aflopen, maar ze voelde zich veiliger, en veiligheid was nu haar voornaamste zorg. Bovendien hadden haar partners er te veel vertrouwen in of ze deden alsof. Diep vanbinnen wist ze dat ze geen idee hadden wat ze aan het doen waren, maar hun enthousiasme was moeilijk te negeren. Ze stond er heel argwanend tegenover, maar liet zich geruststellen door hun loyaliteit.

Mark werd ernstig en begon over hun privéleven. Het was van groot belang dat ze geen nieuwe vrienden maakten en niet serieus gingen daten. Niemand anders mocht iets van hun bedrog weten. Hun partnerschap vereiste een muur om hen heen die niet mocht worden doorboord.

Zola viel hem in de rede: 'Je maakt een grapje zeker? We hebben net mijn vriendje begraven en nu denk jij dat ik meteen weer wil gaan daten?'

'Natuurlijk niet,' zei Mark. 'Todd en ik zijn nu single, en het is het beste als we allemaal single blijven.'

Todd zei: 'Juist, en mocht je behoefte hebben aan seks, dan zijn Mark en ik wel beschikbaar. We houden alles gewoon binnen de firma, oké?'

'Dat gaat dus niet gebeuren,' zei ze lachend. 'Ons leven is zo al ingewikkeld genoeg.'

'Zeker, maar onthou het maar gewoon,' zei Todd.

'Is dat je beste versierzin: "Laten we alles binnen de firma houden"?'

'Ik weet het niet, die heb ik nooit eerder gebruikt.'

'Nou, gebruik hem nooit meer. Hij werkt niet.'

'Ik maak een grapje, Zola.'

'Niet waar. Wat is er met die Sharon gebeurd, van vorig semester?'

'Verleden tijd.'

Mark zei: 'Laten we afspreken dat we geen van allen iets met iemand beginnen, oké?'

'Prima,' zei ze. 'Wat staat er nog meer op de lijst?'

'We hebben geen lijst,' zei Mark. 'Heb je vragen?'

'Meer twijfels dan vragen.'

'Vertel op,' zei Todd. 'Dit is ons grote moment, ons hoogtepunt. Laten we alles op tafel leggen.'

'Oké, ik heb grote twijfels of ik wel in staat ben om in wachtkamers van ziekenhuizen letselschadegevallen te ritselen. En ik betwijfel ook of een van jullie weet hoe dat moet.'

Todd zei: 'Je hebt gelijk, maar dat kunnen we leren. Dat moeten we leren. Dat is van levensbelang.'

Mark zei: 'O, maar volgens mij ben jij een natuurtalent, Zola. Een knappe jonge zwarte vrouw in een strakke jurk, een kort rokje misschien, op stijlvolle pumps. Ik zou je meteen inhuren als mijn vrouw gewond was geraakt tijdens een auto-ongeluk.'

'Mijn enige mooie jurk is de jurk die ik bij de begrafenis droeg.'

'Dan moeten we je garderobe uitbreiden, Zola,' zei Todd. 'We zijn geen rechtenstudenten meer, maar echte professionals. Nieuwe kleren voor ons allemaal. Dat zit in het budget van de firma.'

'Dat is het enige leuke wat ik tot nu toe heb gehoord,' zei ze. 'En stel dat we een paar cliënten krijgen en die op kantoor moeten spreken. Wat dan?'

Het was wel duidelijk dat ze overal aan hadden gedacht. Zonder een moment te aarzelen, zei Mark: 'Dan zeggen we dat ons kantoor wordt gerenoveerd en spreken we beneden af, in de bar.'

'In de Rooster Bar?'

'Tuurlijk. De drankjes tijdens de bespreking worden door het kantoor betaald,' zei Todd. 'Dat zullen ze geweldig vinden.'

Mark zei: 'Je moet niet vergeten, Zola, dat onze cliënten overwegend onbelangrijke criminelen zullen zijn die ons contant betalen. We spreken hen in de rechtbank of in de gevangenis, want de laatste plek waar ze naartoe willen gaan is een advocatenkantoor.'

Todd zei: 'En we hebben geen besprekingen met andere advocaten. Nooit.'

'Natuurlijk niet.'

Mark zei: 'Als het echt moet, kunnen we altijd een paar uur een zaaltje in een kantorencomplex huren. Om de hoek zit zoiets.'

'Volgens mij hebben jullie werkelijk waar overal aan gedacht.'

'Nee, we hebben geen idee, Zola,' zei Todd. 'Maar we krijgen het wel door, zorgen dat het werkt en vermaken ons ondertussen prima.'

'Waar maak je je nog meer zorgen over?' vroeg Mark.

'Oké, ik betwijfel of ik dit geheim kan houden voor Ronda. Zij is een goede vriendin en zij maakt zich zorgen om me.'

'Ze is ook de grootste roddeltante van ons jaar,' zei Todd. 'Je moet haar hierbuiten houden.'

'Dat zal niet eenvoudig zijn. En ik betwijfel of ik kan stoppen met mijn studie zonder dat zij het weet.'

'Weet ze het, van jou en Gordy?' vroeg Mark.

'Natuurlijk weet ze dat. Hij heeft in ons eerste jaar geprobeerd haar te versieren.'

'Wat heb je haar verteld?' vroeg Todd.

'Ze wilde praten, dus heb ik gisteravond een broodje met haar gegeten. Ik heb gezegd dat ik het echt heel moeilijk heb en voorlopig niet naar college ga, dat ik misschien een semester vrijaf neem om alles weer op een rij te zetten. Ze vroeg niet al te erg door, wilde alleen praten over Gordy en zijn laatste dagen. Ik heb niet veel gezegd. Volgens haar moet ik naar een therapeut, voor de rouwverwerking. Ik zei dat ik erover zou nadenken. Ze was echt heel lief, en daar had ik behoefte aan.'

'Je moet de banden met haar doorsnijden, Zola,' zei Mark. 'Hou haar op afstand, maar op een aardige manier. We moeten uit de buurt van onze studievrienden blijven. Want als bekend wordt dat wij drieën ons laatste semester overslaan, zal de school vragen gaan stellen. Dat is niet belangrijk, tenzij ze natuurlijk besluiten het ministerie van Onderwijs op de hoogte te stellen.'

'Ik dacht dat we ons niet druk maakten over onze leningen.'

'Klopt, maar we moeten er wel voor zorgen dat we zo laat mogelijk in gebreke worden gesteld. Als de studieleningconsulenten ontdekken dat we met de studie zijn gestopt, zullen ze meteen over terugbetaling beginnen te zeuren. Als zij ons niet kunnen vinden, dragen ze de dossiers over aan advocaten die dan privédetectives zullen inhuren om ons te zoeken. Dat wil ik liever zo lang mogelijk voorkomen.'

'Ik zou dat liever helemaal voorkomen,' zei Todd.

'O, maar dat lukt ook wel, denk ik.'

'Maar je weet het niet zeker, toch?' vroeg ze.

Mark en Todd keken elkaar aan, en een tijdlang werd er niets gezegd.

Todds mobiele telefoon trilde en hij haalde hem uit zijn zak. 'Verkeerde,' zei hij en hij haalde een andere telefoon uit een andere zak. Twee telefoons, de oude en de nieuwe, een voor het verleden, een voor de toekomst. Hij las een berichtje en zei: 'Van Wilson. Hij zegt: "Hé man, je was niet bij het college vandaag. Wat is er aan de hand?"'

'Dit kon weleens lastiger worden dan we dachten,' zei Mark.

18

Om kwart voor negen stonden ze in zenuwachtige groepjes in de grote hal voor rechtszaal 142 van de Districtsrechtbank. Op een bord naast de deur stond dat dit het domein was van de edelachtbare Fiona Dalrymple, afdeling Strafrecht, Algemene Zittingen, District van Columbia. Degenen die voor die dag en dat tijdstip waren opgeroepen, waren over het algemeen eenvoudig uitziende lui uit de mindere wijken, van wie de meesten een zwarte of bruine huid hadden. Bijna allemaal hadden ze een stuk papier in de hand waarop stond dat ze hier moesten zijn, of ze stonden vlak bij iemand met zo'n papier in de hand. Niemand was alleen. De verdachten hadden hun partner, ouder of tienerkind meegenomen, en ze hadden allemaal een bijna identieke angstige, hopeloze blik in hun ogen. Op dat moment loerden er geen advocaten op de slachtoffers.

Zola en Todd arriveerden als eersten, beiden nonchalant gekleed, en keken naar alle aanwezigen. Ze stonden tegen een muur geleund en wachtten op advocaat Upshaw, die algauw arriveerde in een fraai pak en met een oude aktetas. Hij kwam bij hen staan en ze vormden een groepje, net als de andere aanwezigen, fluisterden en wachtten alsof een van hen willekeurig voor een executie kon worden uitgekozen.

'Die man daar bevalt me wel,' zei Todd en hij knikte naar een kleine gedrongen Latijns-Amerikaanse man van een jaar of veertig met een stuk papier en een zenuwachtige vrouw.

'Mij ook,' zei Zola geamuseerd. 'Hij zou onze eerste cliënt kunnen zijn.'

'Er zijn er zoveel om uit te kiezen,' zei Mark, bijna onhoorbaar.

Zola zei: 'Oké, Mr. Big Shot, laat ons maar eens zien hoe het moet.'

Mark slikte moeizaam, keek hen met een geforceerde glimlach aan, zei: 'Stelt niks voor,' en liep naar het stel toe. Toen hij dichterbij kwam, sloeg de vrouw angstig haar blik neer en keek de man zelfs nog kwader. 'Neem me niet kwalijk,' zei Mark zacht. 'Bent u meneer Garcia? Ik ben op zoek naar Freddy Garcia.'

De man schudde zijn hoofd, nee, maar zei niets.

Mark keek naar de dagvaarding die de man vasthield en vroeg: 'Moet u voorkomen?' Domme vraag. Waarom zou die man anders niet op zijn werk zijn en voor een rechtszaal staan te wachten?

De man knikte even, ja, maar zei nog steeds niets.

'Wat is de beschuldiging?' vroeg Mark.

Nog steeds zwijgend overhandigde de man de dagvaarding, die Mark aannam en fronsend even doorlas. 'Lichte mishandeling,' mompelde hij. 'Dit kon weleens erg worden. Bent u al eerder gedagvaard, meneer Lopez?'

Heftig hoofdschudden, nee.

Zijn vrouw keek op van haar schoenen en keek Mark aan alsof ze zomaar in huilen kon uitbarsten. Er liepen nog meer mensen rond en er kwamen steeds meer mensen bij.

'Luister, u hebt een advocaat nodig. Rechter Dalrymple kan heel lastig zijn. Begrijpt u dat?' Met zijn vrije hand haalde Mark een splinternieuw visitekaartje tevoorschijn en drukte dat de man in de hand. 'Lichte mishandeling kan gevangenisstraf betekenen, maar daar kan ik wel iets mee. Niets om u zorgen over te maken. Wilt u hulp?'

Knikken, ja, ja!

'Oké, luister, mijn honorarium is 1.000 dollar. Kunt u dat betalen?'

Lopez' mond viel open toen Mark over het geld begon. Achter zich hoorde Mark een scherpe, heldere stem die ongetwijfeld iets tegen hem zei: 'Hé, wat gebeurt hier?'

Mark draaide zich om en zag de verbaasde en ongeruste blik van een echte straatadvocaat, een man van een jaar of veertig met een versleten pak en puntige neus. De man schatte de situatie perfect in en kwam bij hen staan. 'Wat doe je, man?' vroeg hij aan Mark, iets zachter. 'Probeer je mijn cliënt in te pikken?'

Mark, die geen woord kon uitbrengen, stapte achteruit toen de advocaat de dagvaarding uit zijn rechterhand griste.

De man keek meneer Lopez aan en vroeg: 'Juan, valt deze man je lastig?'

Meneer Lopez gaf het visitekaartje aan de advocaat, die er even naar keek en zei: 'Luister, Upshaw, dit is mijn cliënt. Wat probeer je te doen?'

Mark moest wel iets zeggen, dus zei hij moeizaam: 'Niets, ik was op zoek naar Freddy Garcia.' Mark keek om zich heen en zag dat ook een andere man in een pak met een loerende blik naar hem keek.

De advocaat zei: 'Lariekoek! Je probeert mijn cliënt af te pakken! Ik hoorde je zeggen dat je honorarium 1.000 dollar bedraagt. Klopt dat, Juan?'

Lopez, opeens praatgraag, zei: 'Klopt. Hij zegt 1.000 dollar, zegt ik ga gevangenis in.'

De advocaat stapte dichter naar Mark toe, zodat hun neuzen elkaar bijna raakten.

Mark had zin om hem een stomp te verkopen, maar besloot meteen dat een vuistgevecht tussen twee advocaten in de hal voor de rechtszaal niet echt handig was.

'Oprotten, Upshaw,' siste de advocaat.

Mark probeerde te glimlachen en zei: 'Hé, rustig aan, man. Ik ben op zoek naar mijn cliënt, Freddy Garcia. Dus heb ik de verkeerde te pakken, oké?'

De advocaat keek hem minachtend aan en zei: 'Nou, als je kon lezen zou je hebben gezien dat deze dagvaarding is geadresseerd aan meneer Juan Lopez, mijn cliënt hier. Ik durf te wedden dat Freddy Garcia niet eens op de rol staat, en ik durf er nog meer onder te verwedden dat je hier alleen maar probeert cliënten te werven.'

'Dat kun jij weten,' antwoordde Mark. 'Rustig aan, man.'

'Ik ben rustig. En nu oprotten.'

Mark was het liefst weggerend, maar hij slaagde erin rustig een stap achteruit te zetten. 'Komt voor elkaar, klootzak.'

'Ga iemand anders lastigvallen.'

Mark draaide zich om, bang voor de blikken van Todd en Zola.

Maar die waren verdwenen.

Hij zag hen om de hoek: ze liepen gehaast naar een koffiebar op de begane grond en gingen aan een klein tafeltje zitten. Toen pas zag Mark dat Todd en Zola zo hard lachten dat ze geen woord konden uitbrengen, en dat maakte hem woedend, maar een paar seconden later schoot hij ook in de lach.

Toen Todd eindelijk uitgelachen was, zei hij: 'Goed gedaan, Darrell.'

Zola veegde haar wangen droog met de rug van haar hand. 'Freddy Garcia,' zei ze moeizaam.

Todd brulde weer van het lachen.

'Oké, oké,' zei Mark, nog steeds lachend.

'Sorry hoor,' zei Todd, met zijn handen tegen zijn buik.

Ze bleven nog een hele tijd lachen.

Ten slotte werd Mark weer ernstig en vroeg: 'Wie wil er koffie?' Hij liep naar de toonbank, kocht drie koppen koffie en kwam ermee naar het tafeltje waar de andere leden van zijn kantoor zichzelf weer een beetje in de hand hadden.

Todd zei: 'We zagen dat die vent eraan kwam. Zodra hij zag wat je deed ging hij in de aanval.'

Zola zei: 'Ik dacht dat-ie je zou slaan.'

'Ik ook,' zei Mark.

Ze namen kleine slokjes van hun koffie, en schoten allemaal bijna weer in de lach.

Na een tijdje zei Mark: 'Oké, weet je wat zo mooi was? Het was natuurlijk een vervelende situatie, maar niemand kwam zelfs maar op het idee zich af te vragen of ik wel of geen advocaat was. Dit wordt een eitje.'

'Een eitje?' riep Todd. 'Je werd bijna aangevallen voor onze allereerste cliënt.'

Zola zei: 'Zag je de blik op Juans gezicht toen jullie tegen elkaar tekeergingen? Hij zal wel denken dat alle advocaten gek zijn.' Ook Zola moest weer lachen.

'Beschouw het maar als ervaring opdoen,' zei Mark, die het spelletje meespeelde. 'We kunnen er nu niet mee stoppen.'

'Je bent geen Darrell Cromley,' zei Todd.

'Kop dicht. Kom, we gaan.'

Ze besloten om voor hun tweede poging een andere strategie toe te passen. Er stond een bonte verzameling mensen voor de rechtszaal van edelachtbare Leon Handleford, Sector Strafrecht 10. Todd stapte als eerste naar binnen en probeerde zo nerveus mogelijk te kijken. Hij scande de aanwezigen en concentreerde zich op een zwarte jongeman die stond te wachten met een oudere vrouw, waarschijnlijk zijn moeder. Todd liep naar hen toe, glimlachte tegen hen en begon een gesprek. 'Geweldige manier om de dag door te brengen, nietwaar?'

'Kun je wel zeggen,' zei de jongeman. Zijn moeder rolde gefrustreerd met haar ogen.

'Dit is de DUI-rechtbank, toch?' vroeg Todd.

'Verkeerszaken,' zei de jongeman.

Zijn moeder zei: 'Ze hebben hem betrapt toen hij 135 kilometer per uur reed in een 65 kilometerzone. Tweede bon dit jaar. Verzekeringspremie wordt torenhoog, zeker weten.'

'Honderdvijfendertig,' herhaalde Todd. 'Dat wordt een strafzaak.'

'Ik had gewoon haast.'

'Agent zei dat-ie de gevangenis in gaat,' zei de moeder, uiterst gefrustreerd.

'Heb je een advocaat?' vroeg Todd.

'Nog niet,' zei de jongeman. 'Ik mag mijn rijbewijs niet kwijtraken, man. Als ik mijn rijbewijs kwijtraak, raak ik mijn baan kwijt.'

Mark kwam doelbewust aangelopen met een telefoon tegen zijn oor gedrukt. Hij maakte oogcontact met Todd, liep snel naar hem toe en stopte de telefoon in zijn zak. Hij negeerde de zwarte jongeman en zijn moeder, en zei tegen Todd: 'Had net de openbaar aanklager aan de telefoon, die ken ik vrij goed. Ik heb de gevangenisstraf van tafel geveegd en de boete gehalveerd. We steggelen nog over uitstel, maar we maken vorderingen. Heb jij de andere helft van mijn honorarium?'

'Tuurlijk,' zei Todd snel en hij haalde wat geld uit zijn zak. Hij telde heel openlijk vijf briefjes van honderd uit en gaf die aan Mark. Toen Mark het geld van hem aannam, wees Todd naar zijn nieuwe vriend en zei: 'Zeg, deze jongeman is betrapt toen hij 135 kilometer per uur reed in een 65 kilometerzone. Wat krijgt hij?'

Mark had geen idee, maar hij was nu Darrell Cromley, een doorgewinterde straatadvocaat, en dus bleef geen enkele vraag onbeantwoord. 'Honderdvijfendertig,' herhaalde hij, alsof hij stomverbaasd was. 'Met drank op?'

'Nee,' antwoordde de jongeman.

'Broodnuchter,' zei zijn moeder. 'Het zou logischer zijn als hij dronken was geweest, maar hij wist precies wat hij deed.'

'Kom op, ma.'

Mark zei: 'Alles boven de 125 kilometer per uur betekent gevangenisstraf.'

De moeder vroeg: 'Behandelen jullie snelheidsovertredingen?'

Mark keek haar met een sullige glimlach aan alsof hij alles kon behandelen. 'Dat is mijn werkterrein, mevrouw, verkeersrecht. Ik ken alle rechters en alle kneepjes.'

'Ik kan mijn rijbewijs niet verliezen,' zei de jongeman.

'Wat voor werk doe je?' vroeg Mark en hij keek op zijn horloge.

'Pakketjes bezorgen. Een goede baan, die mag ik niet kwijtraken.'

Een goede baan. Bingo! De boete voor een DUI was 1.000 dollar. Mark dacht iets minder voor te snel rijden, maar door die goede baan werd de inzet hoger. Heel zakelijk zei Mark: 'Luister, mijn honorarium bedraagt 1.000 dollar, en daarvoor zorg ik ervoor dat deze straf wordt verminderd tot een gewone snelheidsovertreding en geen gevangenisstraf.' Hij keek weer op zijn horloge alsof hij dringend allerlei kwesties moest afhandelen.

De jongeman keek met een hoopvolle blik naar zijn moeder, die haar hoofd schudde en zei: 'Dit is jouw puinhoop, niet de mijne.' Hij keek naar Mark en zei: 'Ik heb nu maar driehonderd bij me. Mag ik de rest later betalen?'

'Ja, maar die moet je wel betaald hebben voordat je weer moet voorkomen. Laat me de dagvaarding eens zien.'

Hij haalde haar uit zijn zak en gaf haar aan Mark.

Mark nam haar snel door. Benson Taper, drieëntwintig, single, adres: Emerson Street, Northeast D.C. Mark zei: 'Oké, Benson, laten we maar eens naar de rechter gaan.'

Cliënten ronselen in de gangen was op zich al zenuwslopend, zeker voor een groentje dat deed alsof hij advocaat was, maar een rechtszaal binnenstappen en daar de raderen van het recht zien draaien was gewoonweg angstaanjagend. Mark liep met knikkende knieën door het middenpad, en de knoop in zijn maag werd met elke stap groter.

Verman je, stomkop die je bent, zei hij tegen zichzelf. *Laat niet zien dat je bang bent. Het is allemaal een spel. Als Darrell dit kan, kun jij het ook.* Hij wees naar een plekje in de middelste rij, regelde het verkeer alsof dit zijn rechtszaal was en fluisterde tegen de moeder: 'Ga daar maar zitten.' Dat deed ze, terwijl zij doorliepen naar de voorste rij en daar gingen zitten. Benson gaf Mark 300 dollar en Mark produceerde een contract voor juridische bijstand, identiek aan het contract dat hij namens Gordy had ondertekend voor advocaat Preston Kline. Toen de administratie was afgehandeld, keken hij en Benson naar de parade.

Een meter voor hen scheidde een kniehoog hekje de toeschouwers van alle actie. Daarachter stonden twee lange tafels. De tafel rechts van hen lag vol met stapels papier en er liepen verschillende jonge openbaar aanklagers rond; ze fluisterden, maakten grapjes en legden hier en daar zelfs nog meer papieren neer. De tafel links van hen was bijna leeg. Een paar verveelde advocaten stonden ernaast, zacht te kletsen.

Griffiers liepen heen en weer, overhandigden papieren aan de advocaten en aan rechter Handleford. Hoewel de rechter zitting hield, gonsde het gedeelte voor de rechtersstoel van productieactiviteiten en niemand leek het een probleem te vinden dat ze lawaai maakten. Op een groot bord stond: GEEN MOBIELE TELEFOONS, BOETE 100 DOLLAR.

Rechter Handleford was een grote, bebaarde blanke man van tegen de zestig, die zich stierlijk verveelde met zijn dagelijkse werkzaamheden. Hij keek zelden op en leek het druk te hebben met het ondertekenen van rechterlijke bevelen.

Een griffier keek naar het publiek en riep een naam. Een grote vrouw van in de vijftig liep door het middenpad, stapte zenuwachtig door het hek en stelde zich voor aan de rechter. Ze was hier voor een DUI en was er op de een of andere manier in geslaagd om zover te komen zonder een gretige advocaat naast zich. Mark noteerde haar naam: Valerie Blann. Hij zou haar naam op de rol bekijken en haar later bellen. Ze zei dat ze niet schuldig was en kreeg te horen dat ze in februari moest terugkomen. Rechter Handleford keek amper op. Een griffier riep de volgende naam.

Mark slikte weer moeizaam, beheerste zich en liep door het hek. Met zijn beste advocaatachtige frons liep hij naar de tafel van de openbaar aanklager, pakte een kopie van de rol en nam plaats aan de tafel van de verdediging. Er kwamen twee andere advocaten aan. Eén vertrok weer. Ze kwamen en gingen, en niemand besteedde aandacht aan hen. Een openbaar aanklager vertelde een grapje en een paar mensen lachten. De rechter leek nu te slapen. Mark keek om zich heen en zag dat Zola achter Bensons moeder zat; ze volgde alles met grote ogen. Todd was op de voorste rij gaan zitten om alles beter te kunnen zien. Mark stond op, liep naar een griffier die naast de rechtersstoel zat, gaf haar zijn kaartje en vertelde haar dat hij meneer Benson Taper vertegenwoordigde. Ze keek hem aan: nou en?

Toen Bensons naam werd geroepen, stond Mark op en wenkte zijn cliënt. Naast elkaar stonden ze voor rechter Handleford, die amper leek te leven. Een openbaar aanklager kwam naar hen toe en Mark stelde zich voor. Ze heette Hadley Caviness en was ontzettend schattig: geweldig figuur, kort rokje. Mark nam haar kaartje aan en zij het zijne. De rechter zei: 'Meneer Taper, zo te zien hebt u een advocaat. Dus ik neem aan dat u zegt dat u niet schuldig bent.'

'Dat is juist, edelachtbare,' zei Mark, zijn eerste woorden in een rechtszaal. En daardoor overtrad Mark, net als zijn twee partners, Sectie 54B van de D.C. Code of Criminal Procedure: UPL, *unauthorized practice of law*; strafbaar met een boete met een maximum van 1.000 dollar, schadevergoeding en niet meer dan twee jaar gevangenisstraf. Het stelde niet veel voor, want dankzij hun degelijke onderzoek wisten ze dat in de afgelopen veertig jaar slechts één bedrieger in de gevangenis had gezeten voor het onbevoegd optreden als advocaat in het District. Hij was veroordeeld tot zes maanden waarvan vier voorwaardelijk, en die man had zich echt heel erg misdragen.

In de context van crimineel gedrag was UPL een lichte overtreding, en niemand werd er echt slechter van. Als zij drieën goed werk leverden, zouden de belangen van hun cliënten worden gediend, zou er gerechtigheid geschieden, et cetera. Zij konden urenlang doorgaan met het rationaliseren van hun bedrog.

Todd hield letterlijk zijn adem in toen zijn partner voor de rechter stond. Kon het echt zo eenvoudig zijn? Mark speelde zijn rol goed, zijn pak was beter dan dat van de andere advocaten aan beide kanten van de rechtszaal. En de andere advocaten? Hoevelen van hen probeerden het te overleven onder een zware schuldenlast?

Zola zat op het puntje van haar stoel en dacht dat iemand elk moment kon roepen: 'Die vent is nep!' Maar niemand besteedde echt aandacht aan advocaat Upshaw. Hij stapte naadloos in de tredmolen en was gewoon een van de tientallen anderen. Nadat ze een halfuur had toegekeken, had ze gezien dat enkele advocaten elkaar kenden, net als een paar openbaar aanklagers, en zich thuis leken te voelen. Anderen bemoeiden zich met niemand en praatten alleen tegen de rechter. Dat was niet belangrijk. Dit was de verkeersrechtbank, en iedereen volgde een routine die nooit veranderde.

Benson moest over een maand terugkomen. Rechter Handleford noteerde zijn naam en Mark zei: 'Dank u wel, edelachtbare,' en nam zijn cliënt mee de rechtszaal uit.

Het nieuwste advocatenkantoor van de stad had een paar weken nodig om te bepalen wat ze wilden doen. Met Bensons geld betaalden ze een vroege lunch in een eethuisje in de buurt. Halverwege zijn broodje dacht Todd aan Freddy Garcia en schoten ze allemaal nog een keer in de lach.

Voor het werk van die middag trok Mark een ander pak aan – hij bezat er nu drie – en kleedde Todd zich ook netjes. Om één uur waren ze weer in de rechtbank en gingen op zoek naar cliënten. Er bleek een oneindige voorraad te zijn. Eerst werkten ze samen en ondertussen leerden ze nieuwe trucjes. Niemand besteedde aandacht aan hen, en ze ontspanden zich toen bleek dat ze helemaal niet opvielen te midden van de andere advocaten die in het enorme rechtbankgebouw druk aan het werk waren.

Voor Sector 6 drukte Todd zijn telefoon tegen zijn oor en voerde een belangrijk gesprek met niemand. Zo luid dat iedereen het kon horen, zei hij: 'Luister, ik heb honderd DUI-zaken tegen jou behandeld, hou dus maar op met die onzin. Deze knul blies 0,09, iets meer dan de limiet, en hij heeft nooit eerder een verkeerswet overtreden. Kom nu eindelijk eens ter zake! Verminder het tot roekeloos rijden, anders ga ik even met de rechter praten. Als jij me daartoe dwingt, laat ik de zaak voorkomen en je weet wat er de vorige keer is gebeurd: toen heb ik die agenten in hun hemd gezet en liet de rechter de aanklacht vallen.' Een stilte, terwijl hij naar zijn dode telefoon luisterde. Toen: 'Dat lijkt er meer op. Ik kom over een uur langs om de deal te ondertekenen.'

Toen hij zijn telefoon in zijn zak stopte, liep een man naar hem toe en vroeg: 'Zeg, bent u advocaat?'

Zola, nog steeds in vrijetijdskleding, liep van de ene naar de andere rechtszaal en taxeerde verdachten die geen advocaat leken te hebben. De rechters vroegen hun vaak waar ze werkten, of ze getrouwd waren en dergelijke. De meesten hadden geen echt indrukwekkende baan. Ze maakte aantekeningen van de beste gegadigden, gebruikte de namen en adressen van de rol als referentie en stelde een lijst op met namen die haar partners moesten bellen. Na een paar uur had ze genoeg van de saaie monotonie van de onbelangrijke strafzaken.

Het was misschien wel saai, maar toch was het leuker dan in een collegezaal zitten en je zorgen maken over het rechtbankexamen.

Om vijf uur liepen ze de Rooster Bar binnen en gingen aan een hoektafeltje zitten. Mark haalde twee bier en een frisdrank bij de bar en bestelde broodjes. Hij had dienst van zes tot twaalf, zodat de drankjes en het eten gratis waren.

Ze waren tevreden over hun eerste werkdag. Todd had een DUI-cliënt geritseld en was verschenen voor rechter Cantu. De openbaar aanklager had gezegd dat hij Todd nooit eerder had gezien, en Todd had geantwoord dat hij hier al een jaar werkte. Mark had een lichte mishandeling geronseld in Sector 9 en was voor een rechter verschenen die hem onderzoekend had aangekeken, maar niets had gezegd. Over een paar dagen zou iedereen hen van gezicht kennen.

Ze hadden 1.600 dollar contant verdiend, met het vooruitzicht van nog eens 1.400 dollar. Rekening houdend met het feit dat deze inkomsten zwart waren en dus belastingvrij, werden ze helemaal enthousiast bij het vooruitzicht dat ze goudgeld zouden gaan verdienen. Het mooie van hun bedrog was de brutaliteit ervan: niemand die goed bij zijn hoofd was zou voor een rechter verschijnen en net doen alsof hij advocaat was.

19

Om middernacht liep Mark de trap op naar de derde verdieping en stapte het kleine appartement binnen. Todd zat met zijn laptop op de bank op hem te wachten. Er stonden twee lege bierblikjes op het wankele tafeltje dat ze voor tien dollar hadden gekocht. Mark pakte een biertje uit de kleine koelkast en liet zich in een stoel tegenover de bank vallen. Hij was doodmoe en had dringend slaap nodig. 'Waar ben je mee bezig?' vroeg hij.

'Dat collectieve geding. Er zijn er inmiddels al vier ingesteld tegen Swift Bank, en zo te zien is het gewoon een kwestie van een van de advocaten bellen en je aanmelden. Volgens mij is het tijd om dit te doen. Deze jongens hebben als een gek geadverteerd, maar alleen op internet. Nog geen tv-reclames, en volgens mij is dat zo omdat elke claim zo weinig waard is. Dit zijn geen letselschadezaken om enorme bedragen. De schade is niet hoog, slechts een paar dollar voor niet-bestaande kosten die Swift Bank op de maandelijkse facturen heeft gezet. Het mooie hiervan is dat er zoveel van zijn, wel een miljoen klanten die door Swift Bank zijn opgelicht.'

'Ik zag vandaag dat de CEO voor het Congres verscheen.'

'Ja, en dat ging er hard aan toe. Beide partijen hebben die man keihard aangepakt. Hij was een slechte getuige, ik bedoel dat die man letterlijk zat te zweten, en de commissie kon haar geluk niet op met die vent. Iedereen roept nu om zijn ontslag. Een blogger zegt dat Swift Bank zó slecht overkomt dat ze deze puinhoop snel moeten opruimen. Hij denkt dat de bank die collectieve gedingen een miljard dollar of zo zal aanbieden en dan goudgeld zal besteden aan een nieuwe reclamecampagne om hun zonden te verbloemen.'

'Zoals gewoonlijk dus. Rackley wordt niet genoemd?'

'Nee hoor. Die man verschuilt zich achter zijn muur van lege vennootschappen. Ik ben al uren op zoek en kom nergens zijn naam tegen of die van zijn fronts. Ik vraag me af of Gordy gelijk had over zijn betrokkenheid bij Swift Bank.'

'Ik weet wel zeker dat-ie gelijk had, maar we moeten blijven graven.'

Ze zwegen even, normaal zou de tv aanstaan, maar ze moesten de monteur nog regelen. Ze wilden de lijn van de bar aftappen, maar waren nog niet zover dat ze een heleboel vragen van de monteur konden beantwoorden. Dus stonden hun beide flatscreens in een hoek.

Na een tijdje zei Mark: 'Gordy. Hoe vaak denk jij aan hem?'

'Heel vaak,' zei Todd. 'De hele tijd.'

'Vraag jij je weleens af wat we anders hadden moeten doen?'

'Eerlijk gezegd wel. We hadden dit of dat kunnen doen, maar Gordy was zichzelf niet. Ik vraag me af of we hem wel hadden kunnen tegenhouden.'

'Dat zeg ik ook steeds tegen mezelf. Maar ik mis hem wel, heel erg zelfs. Ik vraag me af wat hij zou denken als hij ons nu kon zien.'

'De Gordy die wij ooit kenden zou zeggen dat we gek zijn. Maar zoals hij de laatste tijd was, zou hij waarschijnlijk willen meedoen.'

'Ongetwijfeld als senior partner.'

Ze lachten even.

Mark zei: 'Ik heb een keer een verhaal gelezen over een man die zelfmoord had gepleegd. Een psychiater vertelde dat het geen zin had om te proberen dat te begrijpen. Dat is onmogelijk, het is helemaal niet logisch. Zodra iemand dat punt heeft bereikt, bevindt hij zich in een andere wereld, een wereld die zijn nabestaanden nooit zullen begrijpen. En als je het wel begrijpt, zit je waarschijnlijk zelf ook in de problemen.'

'Nou, dan heb ik geen probleem, want ik zal het nooit begrijpen. Natuurlijk had hij een heleboel problemen, maar daar is zelfmoord nooit een oplossing voor. Gordy had de rotzooi best kunnen opruimen, hij had zijn medicijnen kunnen slikken en alles kunnen uitpraten met Brenda, of niet. Als hij had gezegd dat-ie niet wilde trouwen, was hij op de lange duur veel gelukkiger geworden. Jij en ik hebben dezelfde problemen als hij, met onze rechtenstudie, het rechtbankexamen, werkloosheid, woekeraars, en wij willen toch ook geen zelfmoord plegen. Sterker nog, we vechten terug.'

'Maar omdat wij niet manisch-depressief zijn, zullen we het dus wel nooit begrijpen.'

'Laten we het over iets anders hebben,' zei Todd.

Mark dronk zijn biertje snel op. 'Oké. Hoe zit het met onze lijst?'

Todd klapte zijn laptop dicht en zette hem op de grond. 'Niets. Ik heb acht mogelijke slachtoffers gebeld en niemand wilde praten. Dankzij de telefoon is iedereen gelijk, en vanavond zijn deze lui lang niet zo nerveus als vandaag in de rechtbank.'

'Lijkt het soms te gemakkelijk? Ik bedoel, we hebben vandaag 3.000 dollar aan honorarium opgestreken, en we wisten absoluut niet wat we deden.'

'We hebben een goede dag gehad, maar zullen niet altijd zoveel geluk hebben. Wat me verbaast is het enorme aantal mensen dat door het systeem gaat.'

'Gelukkig maar.'

'Het is een eindeloze voorraad.'

'Dit is belachelijk, vind je niet? En het kan zo niet doorgaan.'

'Klopt, maar we zouden dit heel lang kunnen volhouden. En het is zeker beter dan het alternatief.'

Mark nam een slok, ademde luidruchtig uit en sloot zijn ogen. 'We kunnen niet terug. We hebben al te veel wetten overtreden. Onbevoegd optreden als advocaat. Belastingontduiking. En volgens mij ook het een of andere artikel uit de arbeidswet. Als we ons aanmelden bij het collectieve geding tegen Swift Bank kunnen we dat ook aan ons lijstje toevoegen.'

'Heb je twijfels?' vroeg Todd.

'Nee. Jij?'

'Nee, maar ik maak me wel zorgen om Zola. Soms heb ik het gevoel dat we haar hierbij hebben gesleept. Ze is nu ontzettend kwetsbaar, en bang.'

Mark opende zijn ogen en strekte zijn benen. 'Dat is zo, maar ze voelt zich nu tenminste wel veilig. Ze heeft een goed plekje en dat is het allerbelangrijkst. Ze is sterk, Todd, ze heeft meer overleefd dan wij ons kunnen voorstellen. Op dit moment is ze daar waar ze wil zijn, en ze heeft ons nodig.'

'Arme meid. Zij heeft met Ronda gepraat, en ik heb Wilson inmiddels gesproken en hem verteld dat wij uiteindelijk wel weer naar college gaan. Hij maakt zich zorgen, maar ik zei dat het goed met ons gaat. Misschien laten deze mensen ons nu wel met rust.'

'Als wij hen negeren, vergeten ze ons wel. Zij hebben belangrijker dingen om zich druk over te maken.'

Todd zei: 'Nou, wij ook, over onze nieuwe carrière. Nu we deze cliënten hebben, moeten we hen helpen. Ik bedoel, we hebben deze mensen beloofd dat wij hen wel uit de gevangenis kunnen houden en een lagere boete voor hen kunnen regelen. Enig idee hoe we dat moeten aanpakken?'

'Dat bedenken we morgen wel. Wat we moeten doen is vriendjes worden met de openbaar aanklagers, hen leren kennen en volhardend zijn. En luister, Todd, als we niet kunnen doen wat we hebben beloofd, dan zijn we niet de eerste advocaten die te veel hebben beloofd. Dan innen we ons honorarium en gaan gewoon door.'

'Je klinkt nu al als een echte straatadvocaat.'

'Dat is mijn werk. Nu ga ik naar bed.'

Onder hen was Zola ook nog wakker. Ze zat in haar krakkemikkige bed met haar rug tegen de kussens en een doorgestikte deken over haar benen. Het was donker in de kamer en het enige licht was afkomstig van het scherm van haar laptop.

Haar studieleningconsulent was een vrouw, Tildy Carver, en zij werkte voor een bedrijf in de buurt van Chevy Chase dat LoanAid heette. Mevrouw Carver was tijdens Zola's studie heel aardig geweest, maar nu het laatste semester eraan zat te komen had ze een andere toon aangeslagen. Die middag, toen Zola in een rechtszaal aantekeningen zat te maken, had ze het meest recente mailtje van mevrouw Carver ontvangen.

Beste mevrouw Maal,

Tijdens ons laatste contact een maand geleden bereidde u zich voor op uw laatste semester. Op dat moment was u niet optimistisch over uw baankansen. Ik ben ervan overtuigd dat u, nu uw afstuderen in zicht is, heel veel sollicitatiegesprekken voert. Kunt u me alstublieft bijpraten over uw pogingen een baan te vinden? Ik hoor het graag.

Hoogachtend,
Tildy Carver
Senior Leningconsulent

Meest recente storting: 13 januari 2014: 32.500 dollar
Totale schuld, hoofdsom plus rente: 191.000 dollar

In de veiligheid van haar nieuwe schuilplaats keek ze naar het totaalbedrag en schudde haar hoofd. Ze kon nog steeds bijna niet geloven dat ze vrijwillig in een systeem was gestapt waardoor iemand zoals zij zoveel geld kon lenen, terwijl het idee dat ze dat ooit zou kunnen terugbetalen absurd en onmogelijk was. Natuurlijk hoefde ze zich nu geen zorgen te maken over afbetaling, maar dat plan vond ze ook zorgwekkend. Het was verkeerd om gewoon weg te lopen en het systeem de schuld te geven.

Haar ouders hadden geen idee hoeveel ze had geleend. Ze wisten dat ze de gebruikelijke bedragen van de overheid leende en geloofden in hun onschuld dat een programma dat door het Congres was ontwikkeld doordacht en goed was. Nu zouden ze het nooit weten, wat een beetje een troost was. Ze typte:

Beste mevrouw Carver,

Fijn iets van u te horen. Vorige week had ik een sollicitatiegesprek bij het ministerie van Justitie en ik wacht nog op een reactie. Ik overweeg om in de publieke sector te gaan werken, of voor een non-profitorganisatie, zodat ik mijn schuld gemakkelijker kan terugbetalen. Ik zal u op de hoogte houden.

Hoogachtend,
Zola Maal

Doordat ze boven zich voetstappen hoorde, wist ze dat haar partners rondliepen. Ze zette haar laptop uit en ging onder de dekens liggen. Ze was dankbaar voor haar gezellige kleine schuilplaats, dankbaar omdat er nu niet onverwacht op de deur zou worden geklopt. Het eerste appartement waar ze als kind had gewoond en dat zij zich herinnerde, was niet veel groter geweest dan haar nieuwe suite. Zij en haar twee oudere broers hadden een klein slaapkamertje gedeeld: de jongens hadden een stapelbed en zij sliep ernaast in een ledikant. Haar ouders lagen vlakbij in een andere kleine slaapkamer. Ze wist niet dat ze arm en bang waren en hier niet hoorden te zijn. Maar ondanks dat was hun huis een gelukkige plek vol gelach en fijne momenten. Haar ouders hadden allerlei baantjes en werkten op wisselende tijden, maar meestal was een van hen thuis. Zo niet, dan was er altijd wel een buur in dezelfde gang die een oogje op de kinderen hield. Hun voordeur stond meestal open en mensen 'van thuis' liepen in en uit. Er stond altijd wel iemand te koken en in de gangen rook het altijd naar eten. Eten werd gedeeld, net als kleren, en zelfs geld. En ze werkten. De Senegalese volwassenen maakten lange dagen zonder klagen. Pas toen Zola twaalf was, realiseerde ze zich dat er een donkere wolk boven haar wereld hing. Een man die ze kenden werd gearresteerd, opgesloten en uiteindelijk teruggestuurd. Dat had de anderen bang gemaakt, en haar ouders verhuisden weer.

Elk uur van elke dag dacht ze aan haar ouders en haar broer, en meestal viel ze huilend in slaap. Haar toekomst was onzeker, maar dat stelde niets voor vergeleken met hun toekomst.

20

De koning van de billboards van D.C. was Rusty Savage, een kleurrijke onrechtmatige-daad-advocaat. Zijn jingle was 'Trusting Rusty' en het was onmogelijk om over de Beltway te rijden zonder te worden geconfronteerd met zijn glimlachende gezicht waarmee hij mensen aanspoorde om degenen die gewond waren geraakt aan hem toe te vertrouwen. In zijn gladde tv-reclames werden cliënten opgevoerd die allerlei soorten fysiek letsel hadden opgelopen, maar met wie het uitstekend ging doordat ze zo verstandig waren geweest hun telefoon te pakken en 1-800-Trust-Me te bellen.

De drie UPL-partners hadden onderzoek gedaan naar letselschadekantoren in het District, en Rusty uitgekozen. Zijn kantoor had acht advocaten, van wie enkelen kennelijk in staat waren een rechtszaal binnen te lopen en een proces te voeren. Zola pleegde het telefoontje en vertelde de dame aan de andere kant van de lijn dat haar man zwaargewond was geraakt door een botsing met een achttienwieler, en dat ze Rusty wilde spreken. De dame legde uit dat hij bezig was met een 'gigantisch proces in de federale rechtbank', maar dat een van zijn associates haar graag zou ontvangen.

Als je helemaal niets af weet van letselschadewetgeving, ga dan naar iemand toe die dat wel weet. Zola gebruikte een naam die ze uit het telefoonboek had gehaald en maakte de afspraak.

Het kantoor was gevestigd in een glazen gebouw in de buurt van Union Station. Zij en Todd liepen de lobby in, die eruitzag en overkwam als de drukke wachtkamer van een arts. Langs de muren stonden rijen stoelen en rekken met tijdschriften. Een stuk of tien cliënten, sommigen met krukken of een stok, zaten in verschillende mate van ongemak te wachten. Rusty's continue reclamespotjes werkten kennelijk goed. Zola meldde zich bij de receptioniste en kreeg een vragenformulier op een klembord. Ze vulde alle benodigde gegevens in met nepinformatie, maar met een echt telefoonnummer, haar oude mobiele nummer. Een kwartier later werden ze opgehaald door een juridisch assistent die hen meenam naar een grote, open ruimte vol hokjes en werkstations. Ontelbare ondergeschikten aan bureaus voerden drukke telefoongesprekken en produceerden aan de lopende band papieren. De advocaten hadden een privékantoor met uitzicht op de stad. De juridisch assistent klopte op de deur van een van hen, waarna ze het domein binnenstapten van Brady Hull.

Dankzij de website wisten ze dat meneer Hull een jaar of veertig was en was afgestudeerd aan de American University. Natuurlijk vocht hij 'fanatiek voor de rechten van zijn cliënten' en beweerde hij dat hij een indrukwekkend aantal 'belangrijke schikkingen' had kunnen regelen. Nadat de juridisch assistent hen alleen had gelaten, stelden ze zich aan elkaar voor. Zola en Todd namen plaats in leren stoelen tegenover meneer Hull, wiens bureau maar een klein beetje kleiner was dan een vuilstortplaats.

Tom (Todd) vertelde dat de echtgenoot van Claudia (Zola) Tolliver zijn beste vriend was en dat hij alleen was meegekomen om haar morele steun te verlenen. De echtgenoot, Donnie, had Tom gevraagd om met zijn vrouw mee te gaan en aantekeningen te maken, omdat hij, Donnie, aan huis gekluisterd was door zijn verwondingen.

Meneer Hull was eerst erg sceptisch en zei: 'Weet u, normaal gesproken doe ik dit niet. We moeten misschien zaken bespreken die privé en vertrouwelijk zijn.'

Claudia zei: 'Alstublieft, het is in orde. Tom is onze vriend en we vertrouwen hem volledig.'

'Goed dan,' zei meneer Hull. Hij had de vermoeide blik van een man die het te druk had, te veel telefoongesprekken moest voeren en te veel dossiers moest doornemen, maar niet genoeg uren per dag tot zijn beschikking had. 'Uw man is dus aangereden?' vroeg hij, terwijl hij naar een papier keek. 'Vertel me daar eens meer over?'

Claudia begon: 'Weet u, het is drie maanden geleden gebeurd.' Ze aarzelde, keek naar Tom en slaagde erin overweldigd en zenuwachtig te lijken. 'Hij reed na zijn werk aan Connecticut Avenue naar ons huis in de buurt van Cleveland Park, toen hij werd aangereden door een achttienwieler. Donnie reed naar het noorden, de vrachtwagen naar het zuiden, en om de een of andere reden zwenkte de vrachtwagen naar links, reed de middenstreep over en botste boven op hem. Frontaal.'

'De schuldvraag is dus duidelijk?' vroeg Hull.

'Ja, volgens de politie wel. De chauffeur heeft niets gezegd, dus weten we nog altijd niet waarom hij de middenstreep overstak.'

'Ik moet het proces-verbaal zien.'

'Dat heb ik wel, thuis.'

'Dat hebt u niet meegenomen?' vroeg Hull grof.

'Het spijt me. Ik heb dit nooit eerder gedaan, ik wist niet wat ik allemaal mee moest nemen.'

'Nou, u moet me zo snel mogelijk een kopie sturen. En zijn medisch dossier? Hebt u zijn medisch dossier bij u?'

'Nee meneer, ik wist niet dat dat moest.'

Hull rolde gefrustreerd met zijn ogen, en zijn telefoon piepte. Hij keek ernaar en leek even in de verleiding te zijn op te nemen. 'Hoe ernstig zijn z'n verwondingen?'

'Nou, hij was bijna dood. Zware hersenschudding, hij heeft een week in coma gelegen. Gebroken kaak, gebroken sleutelbeen, zes gebroken ribben, waarvan er eentje een long heeft doorboord. Een gebroken been. Hij is twee keer geopereerd en zal waarschijnlijk ten minste nog één keer geopereerd moeten worden.'

Hull leek onder de indruk en zei: 'Jeetje, hij is echt goed geraakt. Hoe hoog is het totaalbedrag van zijn medische rekeningen?'

Ze haalde haar schouders op en keek naar Tom, die zijn schouders ook ophaalde alsof hij geen idee had. Ze zei: 'Bijna 200.000 dollar, denk ik. Hij is nu aan het revalideren, maar kan nog niet goed uit de voeten. Weet u, meneer Hull, ik weet niet wat ik moet doen. Nadat het was gebeurd, werd ik dag en nacht gebeld door advocaten. Op een bepaald moment nam ik de telefoon niet meer op. Ik heb gedoe gehad met de verzekeringsmaatschappij, maar eigenlijk vertrouw ik ze niet.'

'Vertrouw nooit een verzekeringsmaatschappij in dit soort zaken,' zei hij gedecideerd, alsof ze al dom bezig was geweest. 'Praat niet met die lui.' Hull was nu minder afwezig en concentreerde zich op de zaak. 'Wat voor werk doet Donnie?'

'Hij bestuurt een vorklift in een pakhuis. Redelijk goede baan. Hij verdient zo'n 45.000 dollar per jaar. Heeft sinds het ongeluk niet meer kunnen werken en mijn geld begint op te raken.'

'Wij kunnen wel een overbruggingslening verzorgen,' zei Hull zelfvoldaan. 'Doen we heel vaak. We willen niet dat onze cliënten elke cent moeten omdraaien terwijl wij over een schikking onderhandelen. Als de schuldvraag zo duidelijk is als u zegt, kunnen we deze kwestie wel schikken zonder dat we naar de rechtbank hoeven.'

'Hoeveel rekent u?' vroeg ze. Tom had nog geen woord gezegd.

'We rekenen niets,' zei Hull trots. 'Geen schadevergoeding, geen honorarium.'

Tom wilde zeggen: *Jeetje, dat heb ik op zo'n vijftig billboards zien staan.* Maar hij hield zijn mond natuurlijk.

Hull vertelde verder: 'Wij worden betaald als u wordt betaald. Ons honorarium is gebaseerd op de schadevergoeding, meestal vijfentwintig procent ervan. Als we toch een rechtszaak moeten voeren, betekent dat natuurlijk veel meer werk voor ons, en vragen we een derde.'

Claudia en Tom knikten. Eindelijk iets wat ze tijdens hun rechtenstudie hadden geleerd.

Zola zei: 'Goed, het zit zo, meneer Hull. De verzekeringsmaatschappij zegt dat ze alle medische kosten zullen betalen plus de kosten voor revalidatie, en daar bovenop nog eens 100.000 dollar voor een schikking.'

'Maar 100.000 dollar!' zei Hull vol ongeloof. 'Dat is echt weer iets voor een verzekeringsmaatschappij. Ze bieden u veel te weinig, omdat u geen advocaat hebt. Luister, mevrouw, als u deze zaak aan mij overdraagt, is die een miljoen dollar waard. Zeg maar tegen die verzekeringsmaatschappij dat ze de pot op kunnen. Nee, wacht, zeg maar niets. Zeg geen woord meer tegen de schade-expert. Welke verzekeringsmaatschappij is het eigenlijk?'

'Clinch.'

'O, natuurlijk. Echt iets voor Clinch. Ik sleep die klojo's heel vaak voor de rechter, ken ze heel goed.'

Claudia en Tom ontspanden een beetje. Hun onderzoek had hen naar Clinch geleid, een van de grootste commerciële verzekeraars in de regio. De website ging prat op een lange traditie van bescherming van vracht- en transportondernemingen.

'Een miljoen dollar?' herhaalde Tom.

Hull ademde uit, glimlachte en slaagde er zelfs in te grinniken. Hij vouwde zijn handen achter zijn hoofd, alsof de oude meester zijn leerlingen moest inwijden. 'Ik garandeer niets, oké? Ik kan de zaak niet grondig evalueren voordat ik alle feiten ken. Proces-verbaal van de politie, medische dossiers, gemist salaris, verslag rijgedrag chauffeur, al dat soort dingen. En dan is er nog de immens belangrijke kwestie van permanente invaliditeit die, om maar heel eerlijk te zijn, veel meer geld betekent. Laten we hopen dat Donnie volledig herstelt, weer kan gaan werken en algauw alles weer kan doen alsof er niets is gebeurd -- als dat zo is kan ik, gebaseerd op de medische gegevens zoals u ze hebt verteld, wel zo'n anderhalf miljoen van Clinch eisen en daar een paar maanden over steggelen.'

Tom hapte ongelovig naar adem.

Claudia, volkomen overdonderd, zei: 'Wauw. Hoe komt u bij dat bedrag?'

'Dat is een kunst, eerlijk gezegd. Maar niet heel moeilijk. Neem het totaal van de medische kosten en vermenigvuldig dat met vijf, of misschien zes. Clinch zal een tegenbod doen van drie keer dat bedrag, misschien drieënhalf keer. Clinch kent ook mijn reputatie en die lui willen het echt niet tegen me opnemen in een rechtszaal, geloof me. Dat zal een heel belangrijke factor zijn in deze onderhandelingen.'

'U hebt dus al eens eerder met hen te maken gehad?' vroeg Tom.

'O, al heel vaak. Dit kleine advocatenkantoor jaagt zelfs de grootste verzekeringsmaatschappijen de stuipen op het lijf.'

Tenminste, dat beweert jullie tv-reclame, dacht Tom.

'Ik had geen idee,' zei Claudia, alsof ze volkomen overdonderd was.

Hulls vaste telefoon ging weer en weer weerstond hij de neiging op te nemen. Hij wipte naar voren, zette zijn ellebogen op het bureau en zei: 'Dit gaan we doen. Mijn juridisch assistent zal de administratieve dingen regelen. U en Donnie ondertekenen het contract voor juridische bijstand, dan staat het allemaal zwart-op-wit, zonder verrassingen. Zodra we het ondertekende contract in huis hebben, neem ik contact op met de verzekeringsmaatschappij en leg hun het vuur na aan de schenen. We beginnen met het verzamelen van de medische gegevens en dan zijn we echt begonnen. Als de schuldvraag duidelijk is, hebben we alles binnen zes maanden afgehandeld.

Nog vragen?' Hij wilde duidelijk door met de volgende zaak.

Claudia en Tom keken elkaar met een uitdrukkingsloze blik aan en schudden hun hoofd. Ze zei: 'Volgens mij niet. Dank u wel, meneer Hull.'

Hull stond op, stak zijn hand uit en zei: 'Welkom aan boord. U hebt zojuist een goed besluit genomen.'

'Dank u,' zei ze terwijl ze zijn hand drukte. Tom gaf hem ook een hand, waarna ze het kantoor verlieten. De juridisch assistent overhandigde haar een map met de woorden INFORMATIE VOOR NIEUWE CLIËNTEN: TRUSTING RUSTY op het voorplat en bracht hen naar de deur.

Toen de liftdeuren dichtgleden, schoten ze in de lach. 'Wat een geweldig leuke les,' zei Zola.

'Persoonlijke Letselschade Wet 101,' antwoordde Todd. 'Een dergelijke snelcursus zou op Foggy Bottom vier maanden hebben geduurd.'

'Ja, en die cursus zou zijn gegeven door een klojo die nog nooit reclame op een billboard heeft gemaakt.'

'Het enige wat we nu nog nodig hebben is een stuk of twee cliënten.'

Terwijl Todd wegreed, checkte Zola haar telefoon en grinnikte. 'We worden rijk. Mark heeft net alweer een DUI gescoord voor 600 dollar contant. Sector 4.'

Het uitkiezen van het juiste ziekenhuis bleek moeilijk. Er waren er zoveel in de stad. Potomac General was een druk, enorm groot en chaotisch openbaar ziekenhuis, en de meest gebruikelijke plaats om slachtoffers van straatgeweld te lozen. De duurste, het George Washington, was het ziekenhuis waar ze president Reagan naartoe hadden gebracht nadat hij was neergeschoten. En er waren nog minstens acht ziekenhuizen daartussenin.

Ze moesten ergens beginnen en hadden voor het General gekozen. Todd zette Zola af bij de hoofdingang en ging op zoek naar een parkeerplaats. Als advocaat droeg mevrouw Parker een nagemaakt designerjasje en rokje tot net boven de knie, maar niet te kort. Haar bruinleren pumps waren heel stijlvol, en met een chic Gucci-attachékoffertje leek ze echt op een professional. Ze volgde de borden en liep naar het restaurant op de begane grond. Ze bestelde een kop koffie, ging aan een metalen tafeltje zitten en wachtte op Todd. Niet ver bij haar vandaan zat een tiener in een rolstoel met een vrouw, waarschijnlijk zijn moeder, een ijsje te eten. Een van zijn benen zat dik in het gips waar metalen pinnen uitstaken. Aan het uiterlijk van de moeder te zien was het gezin niet rijk.

Rijkdom moesten ze vermijden, hadden de UPL-partners besloten. De kans was groter dat mensen met geld een advocaat kenden, maar dat gold niet voor arme mensen, dachten ze tenminste. Bij een muur achterin zat een man van een jaar of vijftig met beide enkels in het gips. Hij leek pijn te hebben, was alleen en probeerde een broodje te eten.

Toen Todd het restaurant binnenkwam, bleef hij staan en keek even om zich heen. Hij maakte oogcontact met Zola en kocht een kop koffie. Daarna kwam hij bij haar aan het tafeltje zitten, waar ze het UPL-pakket voor nieuwe cliënten doornam, dat was afgekeken van dat van Rusty. 'Slachtoffers?' vroeg hij zacht terwijl hij een vel papier pakte.

Ze maakte een paar nutteloze aantekeningen en zei: 'Die knul met dat gebroken been. Man in die hoek daar met beide enkels in het gips.'

Todd nam kleine slokjes koffie en keek langzaam om zich heen.

'Ik weet niet of ik dit wel kan,' zei ze. 'Het lijkt zo fout om op nietsvermoedende mensen te jagen.'

'Kom op, Zola. Niemand kijkt. Deze mensen hebben onze hulp nodig en als wij hen niet krijgen, krijgt Rusty ze wel. Bovendien, we hebben niets te verliezen als ze ons wegsturen.'

'Jij gaat eerst.'

'Oké, ik neem die blanke jongen wel. Jij gaat naar die zwarte man.'

Todd stond op en haalde zijn mobiele telefoon tevoorschijn. Hij liep weg, diep in gesprek met niemand, en begon door het restaurant te ijsberen. Hij liep terug, en toen hij langs de jongen met het gebroken been liep, zei hij in de telefoon: 'Luister, het proces is volgende week. We nemen geen genoegen met 50.000 dollar omdat de verzekeringsmaatschappij je probeert te naaien. Snap je? Ik zeg wel tegen de rechter dat we het proces willen laten doorgaan.' Hij stopte de telefoon in zijn zak, draaide zich om en zei met een brede glimlach tegen de jongen: 'Hé, dat been van jou ziet er niet goed uit. Wat is er gebeurd?'

'Op vier plaatsen gebroken,' zei de moeder trots. 'Gisteren geopereerd.'

De jongen glimlachte en leek te genieten van de aandacht.

Todd keek naar het gips, bleef glimlachen en zei: 'Wauw. Goed gedaan. Hoe is het gebeurd?'

De jongen zei trots: 'Ik was aan het skateboarden en raakte wat ijs.'

Skateboard = acceptatie van risico, zelf toegebracht letsel. IJs = natuurlijk element. Doordat er geen proces in zat, vroeg Todd: 'Was je alleen?'

'Ja.' Persoonlijke onoplettendheid = niemand anders om de schuld op te schuiven.

Todd zei: 'Nou, succes ermee.' Hij haalde zijn telefoon tevoorschijn, nam een niet-bestaand gesprek aan en liep weg. Toen hij langs Zola kwam zei hij: 'Dat was één. Nu moet jij.' Hij verliet het restaurant, nog steeds aan de telefoon. Hij had gelijk: niemand keek, en het kon niemand iets schelen.

Zola stond langzaam op en zette haar nepleesbril recht. Met een vel papier in haar ene hand en een mobiele telefoon in de andere liep ze door het restaurant. Lang, slank, goedgekleed, aantrekkelijk. De man met de gewonde enkels zag haar natuurlijk toen ze dichterbij kwam, aan de telefoon. Ze glimlachte in het voorbijgaan naar hem en hij glimlachte ook. Toen kwam ze terug en ze vroeg vriendelijk: 'Zeg, bent u meneer Cranston?'

Hij glimlachte en zei: 'Nee. Ik heet McFall.'

Ze bleef naast hem staan, keek naar zijn enkels en zei: 'Ik ben advocaat en heb hier om twee uur een afspraak met meneer Cranston.'

'Sorry. Verkeerde man.'

McFall was duidelijk niet erg praatgraag.

Ze zei: 'Dat was een ernstig auto-ongeluk.'

'Geen auto-ongeluk. Ik stapte op wat ijs en viel op de patio. Beide enkels gebroken.'

Wat een kluns, dacht ze, toen alweer een rechtszaak in rook opging. Ze zei: 'Nou, sterkte ermee.'

'Bedankt.'

Ze liep terug naar haar tafeltje en haar koffie, en verdiepte zich weer in haar papieren.

Todd kwam een paar minuten later terug en fluisterde: 'En, heb je hem gestrikt?'

'Nee. Hij gleed uit over wat ijs.'

'IJs, ijs, ijs. Hoe zit het met de opwarming van de aarde?'

'Luister, Todd, ik ben hier echt niet geschikt voor. Ik voel me net een aasgier.'

'Dat klopt, we zijn ook aasgieren.'

21

Wilson Featherstone was ook derdejaarsstudent aan Foggy Bottom en had in het begin deel uitgemaakt van hun groepje. In hun tweede jaar hadden hij en Todd onenigheid gekregen over een meisje, waarna ze hem steeds minder vaak zagen. Maar hij was nog altijd een goede vriend, van Mark tenminste, en hij was Mark blijven bellen. Hij zou daar ook niet mee ophouden, zodat Mark uiteindelijk met hem afsprak samen iets te gaan drinken. Omdat Mark hun oude buurtje wilde vermijden, koos hij voor een kroeg in de buurt van Capitol Hill. Op een donderdagavond laat, toen Todd in de Rooster Bar aan het werk was en Zola onwillig in het GW Ziekenhuis op nieuwe cliënten aasde, kwam Mark de kroeg binnen en zag Wilson aan de bar zitten met een half glas bier voor zich.

'Je bent laat,' zei Wilson met een glimlach en een hartelijke handdruk.

'Goed je te zien, man,' zei Mark en hij ging op de kruk naast hem zitten.

'Waarom laat je je baard staan?'

'Kan geen scheerapparaat vinden. Hoe gaat-ie?'

'Met mij goed. De vraag is hoe het met jou gaat.'

'Prima.'

'Nee hoor, niet waar. Je bent al drie weken niet naar college geweest en we hebben het de hele tijd over jou. Datzelfde geldt voor Todd. Wat is er aan de hand?'

De barkeeper kwam naar hen toe en Mark bestelde een pilsje. Hij haalde zijn schouders op en zei: 'Ik ben tijdelijk gestopt, dat is alles. Ernstige motivatieproblemen. Ben volkomen uit mijn doen door Gordy, weet je?'

'Je woont niet meer in je appartement. Todd ook niet. Niemand heeft Zola gezien. Draaien jullie door of zo?'

'Ik weet niet wat zij doen. Wij waren tot het laatst bij Gordy, en daar zijn we kapot van.'

Wilson nam een slokje toen de barkeeper een glas voor Mark neerzette en vroeg: 'Wat is er gebeurd met Gordy?'

Mark keek naar zijn bier en vroeg zich af wat hij zou antwoorden. Na een paar seconden zei hij: 'Hij was manisch-depressief, slikte zijn medicijnen niet meer, was volkomen de kluts kwijt en werd opgepakt toen hij met drank op achter het stuur zat. Wij kregen hem op borg vrij, brachten hem naar zijn appartement en zijn bij hem gebleven. We wisten niet wat we moesten doen. We wilden zijn familie bellen, zijn verloofde misschien, maar toen draaide hij zelfs nog meer door. Hij bedreigde me toen ik zei dat ik zijn familie zou bellen. Die nacht is hij erin geslaagd weg te glippen en sprong van een brug. We reden helemaal in paniek door de stad om hem te zoeken, maar waren te laat.'

Wilson liet deze informatie op zich inwerken en nam nog een slok. Hij zei: 'Jemig, wat afschuwelijk! Er werd wel gezegd dat jullie tot het laatst bij hem waren, maar ik wist niet dat het zo erg was.'

'We hielden een oogje op hem. Hij had zich in zijn slaapkamer opgesloten. Zola lag op de bank te slapen, Todd in het appartement ertegenover. Ik had zijn autosleutels in mijn zak. We probeerden hem naar een arts te krijgen. Ik weet niet wat we anders hadden kunnen doen. Dus ja, Wilson, je kunt wel zeggen dat we er op dit moment niet echt goed aan toe zijn.'

'Klote, man. Ik heb jullie niet gezien op de begrafenis.'

'We waren er wel, maar we hadden ons verstopt, op het balkon. Todd en ik hebben zijn familie gesproken nadat hij was gesprongen, en eigenlijk gaven ze ons de schuld. Je moet immers iemand de schuld geven? Dus wilden we hen liever niet onder ogen komen tijdens de begrafenis.'

'Het was jullie schuld niet.'

'Nou, maar zij vinden dus van wel en ik kan je dit vertellen, Wilson, dat we ons nu behoorlijk schuldig voelen. We hadden Brenda of zijn ouders moeten bellen.'

Dat kwam aan en Wilson bestelde nog een biertje. 'Daar ben ik het niet mee eens. Jullie kunnen jezelf niet de schuld geven van zijn zelfmoord.'

‘Bedankt, maar ik kan het nog niet loslaten.’

‘Dus wat doen jullie nu, stoppen met je studie met nog maar één semester te gaan? Dat is behoorlijk stom, Mark. Verdomme, je zou in het najaar toch een baan krijgen?’

‘Niet dus. Ik ben al ontslagen voordat ik zelfs maar was aangenomen. Dat kantoor is gefuseerd met een ander kantoor, dus volgde een reorganisatie en dus werd ik geloosd. Gebeurt heel vaak in ons prachtige vak.’

‘Wat erg. Dat wist ik niet.’

‘Geeft niet. Dat kantoor was toch al niet veelbelovend. En jij, al een baan?’

‘Min of meer. Ik vond een baan bij een non-profitorganisatie, een overheidsbaantje dus, zodat ik het grootste deel van mijn leningen kan afbetalen.’

‘Voor tien jaar?’

‘Zij denken van wel. Ik ben van plan het drie of vier jaar vol te houden, zodat ik die woekeraars van me af kan houden en ondertussen een echte baan kan zoeken. De banenmarkt zal ooit wel weer aantrekken.’

‘Denk je dat echt?’

‘Ik weet niet wat ik moet denken, maar ik moet iets doen.’

‘Nadat je voor het rechtbankexamen bent geslaagd natuurlijk.’

‘Weet je, Mark, vorig jaar is de helft van alle Foggy Bottom-studenten geslaagd en de helft gezakt. Volgens mij zit ik bij de bovenste helft, en als ik keihard ga studeren kan ik ervoor slagen. Als ik op school om me heen kijk zie ik een heleboel stomkoppen, maar daar hoor ik dus niet bij. En jij ook niet, Mark. Je bent verdomde slim en je hebt geen problemen met keihard werken.’

‘Zoals ik al zei, heb ik motivatieproblemen.’

‘Wat is je plan?’

‘Ik heb nog geen plan, ik loop nu een beetje doelloos rond. Uiteindelijk ga ik wel weer naar college, maar nu word ik al ziek als ik daar alleen al aan denk. Misschien ga ik er een semester tussenuit en haal alles later in. Ik weet het niet.’

‘Dat kun je niet doen, Mark! Als je ermee kapt stellen die woekeraars je in gebreke.’

‘Volgens mij ben ik al in gebreke. Als ik naar mijn studieleningoverzicht kijk zie ik dat ik een kwart miljoen dollar schuld heb, maar geen wezenlijke inkomsten uit een baan. Voor mijn gevoel ben ik dus allang in gebreke. Ach, wat maakt het ook uit? Ze kunnen me wel voor de rechter slepen, maar me niet vermoorden. Vorig jaar kwamen één miljoen studenten hun betalingsverplichtingen niet na, en voor zover ik weet lopen die nog altijd rond, levend en wel.'

'Dat weet ik wel. Ik lees die blogs ook.'

Beiden namen een slok en keken naar zichzelf in de spiegel boven de rij drankflessen.

Wilson zei: 'Waar woon je nu?'

'Ben je me aan het stalken?'

'Nee, maar ik was bij je appartement. Een van de buren zei dat je was vertrokken. Net als Todd. Heb je hem nog gezien? Hij werkt niet meer in die bar.'

'Al een tijdje niet meer. Volgens mij is hij terug naar Baltimore.'

'Is hij gekapt met zijn studie?'

'Dat weet ik niet, Wilson. Hij zei dat-ie er even tussenuit wilde. Ik denk dat-ie er nog erger aan toe is dan ik; hij en Gordy hadden echt een goede band samen.'

'Hij neemt zijn telefoon niet op.'

'Nou ja, jullie waren niet echt beste vrienden.'

'We komen er wel overheen. Verdomme, Mark, ik maak me zorgen, oké? Jullie zijn mijn vrienden en jullie zijn gewoon verdwenen.'

'Bedankt, Wilson, dat vind ik echt fijn. Maar het komt wel weer goed met me, hoor, uiteindelijk. Van Todd weet ik dat nog niet zo zeker.'

'Hoe zit het met Zola?'

'Wat is er met haar?'

'Nou, ze is verdwenen. Niemand heeft haar gezien, ze is verhuisd.'

'Ik spreek haar weleens en ze is er slecht aan toe. Zij was de laatste die Gordy levend heeft gezien en daar heeft ze het heel moeilijk mee. Bovendien worden haar ouders binnenkort het land uitgezet en teruggestuurd naar Senegal. Het gaat helemaal niet goed met haar.'

'Arme meid. Het was dom van Gordy om iets met haar te beginnen.'

'Misschien, dat weet ik niet. Nu lijkt alles dom.'

Ze zaten een hele tijd zwijgend te drinken. In de spiegel zag Mark een bekend gezicht. Een knap gezicht, een gezicht dat hij in een rechtszaal had gezien. Hadley Caviness, assistent-openbaar aanklager, de vrouw die Benson Tapers kort geding afhandelde. Ze keken elkaar even aan, maar toen wendde zij haar blik af.

Wilson keek op zijn horloge en zei: 'Luister, dit is wel heel deprimerend allemaal. Ik moet ervandoor. Hou alsjeblieft contact, Mark, en laat het me weten, hè, als ik iets kan doen. Oké?' Hij dronk zijn glas leeg en legde een biljet van tien dollar op de bar.

'Komt in orde, Wilson. Bedankt.'

Wilson stond op, klopte Mark op de schouder en vertrok.

Mark keek in de spiegel en zag dat Hadley bij drie andere jonge vrouwen zat, ze zaten allemaal te drinken en te kletsen. Weer keken ze elkaar aan, maar nu bleef ze hem een paar seconden aankijken.

Een halfuur later waren de jonge vrouwen klaar en betaalden de rekening. Nadat ze waren vertrokken kwam Hadley terug en liep naar de bar. 'Wacht je op iemand?' vroeg ze.

'Ja, op jou. Ga zitten.'

Ze stak haar hand uit en zei: 'Hadley Caviness, Sector 10.'

Hij nam hem aan en zei: 'Dat weet ik. Mark Upshaw. Wil je iets drinken?'

Ze ging op een kruk zitten en zei: 'Natuurlijk.'

Mark wenkte de barkeeper en vroeg: 'Wat drink je?'

'Chardonnay.'

'En voor mij graag nog een biertje.'

Zodra de barkeeper was weggelopen keken ze elkaar aan.

'Heb je al een tijdje niet meer gezien,' zei ze.

'Nou, toch ben ik hier elke dag, druk aan het werk.'

'Je bent hier nieuw.'

'Paar jaar inmiddels. Ik werkte bij een kantoor, maar de regelmaat beviel me niet meer. Nu werk ik voor mezelf en heb ik er weer lol in. En jij?'

'Eerste jaar bij het kantoor van de openbaar aanklager, dus zit ik nog wel even bij de verkeersrechtbank. Niet echt leuk, maar ik kan ervan leven. Waar heb je gestudeerd?'

'Delaware. Naar de grote stad gekomen om de wereld te veranderen. En jij?' Hij hoopte dat ze niet zou zeggen dat ze op Foggy Bottom had gezeten.

'Kentucky, ik kwam hiernaartoe voor een baan op Capitol Hill, maar dat was niks. Ik had geluk en kreeg een baan bij het kantoor van de openbaar aanklager, tijdelijk hoop ik.' Hun drankjes werden gebracht. Ze toostten en zeiden: 'Proost,' en ze namen een slok.

'Wat ga je hierna doen?' vroeg Mark.

'Dat weet toch niemand in deze stad? Ik hou de markt goed in de gaten, op zoek naar vacatures, net als duizenden anderen. De banenmarkt is op dit moment niet echt geweldig.'

Dat meen je niet, dacht Mark. *Je zou op Foggy Bottom moeten rondhangen.* 'Heb ik ook gehoord.'

'En jij? Zeg maar niet dat je je hele leven dronken chauffeurs wilt verdedigen.'

Mark lachte alsof dat echt heel grappig was. 'Niet echt, nee. Ik heb een partner en we willen graag overstappen op letselschade.'

'Je zou er goed uitzien op een billboard.'

'Dat is mijn droom, dat en tv-spotjes.'

Ze had al een paar glazen op en zat dicht bij hem, ze raakte hem bijna aan. Ze had haar benen over elkaar geslagen en haar rokje was omhooggekropen. Ze nam een slok, zette haar glas op de bar en vroeg: 'Heb je al plannen voor straks?'

'Niet echt. Jij?'

'Ik ben vrij. Ik heb een kamergenootje dat voor het Census Bureau werkt, en zij is altijd weg. Ik heb er de pest aan om alleen te zijn.'

'Jij gaat snel.'

'Waarom tijd verspillen? Ik ben net als jij en op dit moment denken we aan hetzelfde.'

Mark betaalde de drankjes en hield een taxi aan. Terwijl ze wegreden, pakte ze zijn linkerhand en legde die op een van haar ontblote bovenbenen. Hij grinnikte en fluisterde: 'Ik ben gek op deze stad. Die barst van de doortastende vrouwen.'

'Klopt.'

De taxi stopte voor een groot appartementengebouw aan 15th Street. Nadat Mark de chauffeur had betaald, liepen ze naar binnen, hand in hand, alsof ze elkaar al maanden kenden. Ze kusten elkaar in de lift, ze kusten elkaar weer in de kleine woonkamer en waren het erover eens dat ze geen tv wilden kijken. Terwijl zij zich uitkleedde in de badkamer, stuurde Mark snel een berichtje naar Todd: *Leuke vrouw ontmoet. Kom niet thuis vannacht. Droom maar lekker.*

Todd antwoordde: *Wie is het?*

Mark: *Je ziet haar waarschijnlijk al snel.*

Hij ontmoette Todd om halftien voor Sector 6. Het was vol in de gang met de gebruikelijke mix van verdachten en verschillende advocaten die de aanwezigen bewerkten. Todd probeerde een jonge vrouw te ronselen die bijna in tranen leek. Toen ze ten slotte haar hoofd schudde liep hij weg en zag dat zijn partner van een afstandje naar hem stond te kijken. Todd liep naar Mark toe en zei: 'Drie strikes. Slechte ochtend. Je ziet er niet uit! Hele nacht wakker geweest?'

'Het was fantastisch, maar dat vertel ik je nog wel. Waar is Zola?'

'Ik heb haar vanochtend nog niet gesproken. Ze slaapt uit, heeft een heleboel lange avonden in verschillende ziekenhuizen doorgebracht.'

'Probeert ze echt cliënten te werven, denk je, of zit ze gewoon een boek te lezen? Ik bedoel, ze heeft nog niet één cliënt geworven.'

'Geen idee, daar moeten we het later maar eens over hebben. Ik ga nu naar Sector 8.' Todd liep weg, aktetas in de hand, en haalde na een paar seconden zijn mobieltje tevoorschijn alsof hij iets belangrijks te bespreken had.

Mark liep naar Sector 10 en stapte naar binnen. Rechter Handleford zat in de rechtersstoel en zei iets tegen een verdachte. Zoals altijd waren advocaten en griffiers voor de rechtersstoel met paperassen aan het schuiven. Hadley was er ook en praatte met een andere openbaar aanklager. Toen ze Mark zag, glimlachte ze en kwam ze naar hem toe. Ze gingen aan de tafel van de verdediging zitten alsof ze belangrijke dingen te bespreken hadden.

Nog maar een paar uur geleden waren ze uitgeput geweest en hadden ze heerlijk geslapen, met elkaar verstrengeld en naakt. Nu was ze fris, met heldere ogen en heel professioneel. Mark was een beetje moe.

Zacht zei ze: 'Ik weet wat je denkt, maar het antwoord is nee. Ik heb een date vanavond.'

'Was niet eens in me opgekomen,' zei hij glimlachend. 'Maar je hebt mijn nummer.'

‘Ik heb een heleboel nummers.’

‘Juist. Kunnen we het over mijn cliënt hebben, Benson Taper?’

‘Tuurlijk. Ik herinner me hem niet meer. Ik haal het dossier even.’ Ze stond op en liep naar de tafel van de griffiers, waar ze in een grote kast vol dossiers bladerde. Zodra ze dat van Benson had gevonden, liep ze terug naar de tafel van de verdediging. Ze nam het dossier snel door en zei: ‘Vent scheurde gewoon, hè: 135 in een 65 kilometerzone. Dat is roekeloos rijden en daarvoor kan hij gevangenisstraf krijgen.’

‘Dat weet ik. Ik heb een voorstel: Benson is een jonge zwarte man met een goede baan. Hij bezorgt pakketjes en als hij wordt veroordeeld voor roekeloos rijden raakt hij zijn baan kwijt. Kun je het afzwakken tot een minder zware overtreding?’

‘Voor jou doe ik alles. Wat vind je van gewoon te snel rijden? Dan betaalt-ie een lage boete en moet jij de jongen vertellen dat-ie het vanaf nu echt rustig aan moet doen.’

‘Zo gemakkelijk?’ vroeg Mark glimlachend.

Ze boog zich naar hem toe en zei: ‘Tuurlijk. Bevredig de openbaar aanklager en je krijgt goede deals, in elk geval van mij.’

‘Moet je baas dit nog goedkeuren?’

‘Mark, dit is de verkeersrechtbank, oké? We hebben het niet over moord. Ik leg dit gewoon voor de ouwe Handleford neer en dan zegt hij er niets over.’

‘Ik hou van je, schatje.’

‘Dat zeggen ze allemaal.’ Ze stond op, pakte het dossier en stak haar hand uit om de deal te bevestigen.

Ze gaven elkaar een hand, heel professioneel.

22

Benson zat tijdens zijn lunchpauze een broodje te eten in een koffiebar aan Georgia Avenue in de wijk Brightwood van het District. Hij zag er goed uit in zijn werkuniform, was blij Mark te zien en vroeg hem of er goed nieuws was.

Mark haalde een gerechtelijk bevel uit zijn aktetas en zei: 'We hebben inderdaad iets bereikt. Heb je de rest van mijn honorarium?'

Benson haalde wat geld uit zijn zak. 'Zevenhonderd,' zei hij en hij gaf het geld aan Mark.

Mark nam het aan en zei: 'Alles is afgezwakt tot een gewone snelheidsovertreding. Geen roekeloos rijden, geen gevangenisstraf. Boete 150 dollar, binnen twee weken betalen.'

'Meen je dat?'

Mark glimlachte en keek naar de serveerster die opeens bij hen stond. 'Broodje bacon-sla-tomaat en een koffie,' zei hij. Ze liep weg zonder iets te zeggen.

'Hoe heb je dat voor elkaar gekregen?' vroeg Benson.

Door met de openbaar aanklager naar bed te gaan, wilde Mark trots vertellen, maar hij hield wijselijk zijn mond. 'Onderhandeld met de rechtbank, de rechter verteld dat je zo'n goeie vent bent en een goede baan hebt en zo. Toen was hij bereid water bij de wijn te doen. Maar geen nieuwe snelheidsovertreding, Benson, begrepen?'

'Wauw! Goed gedaan, Mark. Dit is fantastisch.'

'Gelukkig was de rechter in een goede bui, Benson. De volgende keer zullen we niet zoveel geluk hebben.'

'Er komt geen volgende keer, dat beloof ik. Dit is ongelofelijk. Ik wist gewoon zeker dat ik zou worden ontslagen en alles kwijt zou raken.'

Mark schoof het papier naar hem toe en gaf hem een pen. 'Dit is het gerechtelijk bevel. Onderaan je handtekening zetten, dan hoef je niet weer naar de rechtbank.'

Met een brede glimlach ondertekende Benson het document. 'Ik kan niet wachten om dit aan mijn moeder te vertellen. Ze zit me al achter de broek sinds ik ben betrapt. Weet je, Mark, ze vindt je aardig. Ze zei: "Die jonge man weet wat hij doet. Dat wordt nog eens een geweldige advocaat."'

'Nou, dan moet ze wel heel slim zijn.' Mark pakte het bevel en stopte hem in zijn aktetas.

Benson nam een hap van zijn broodje en spoelde het weg met ijsthee. Hij veegde zijn mond af met een servet en zei: 'Hé, Mark, doe je ook andere zaken? Belangrijke zaken?'

'Zeker. Mijn kantoor behandelt allerlei zaken. Waar gaat het om?'

Benson keek om zich heen of iemand op hen lette. 'Weet je, ik heb een neef, hij komt uit Virginia, het Tidewater-gebied, die diep in de shit zit. Heb je tijd voor dit verhaal?'

'Ik zit op mijn lunch te wachten. Brand dus maar los.'

'Nou, weet je, mijn neef en zijn vrouw kregen een baby, een tijdje terug al, maar in het ziekenhuis is er van alles misgegaan. Het was een lastige bevalling, alles ging verkeerd, en twee dagen later stierf de baby. Maar het was allemaal zo goed gegaan met de zwangerschap en niets wees op problemen, weet je? En toen was hun baby opeens dood, hun eerste, een zoontje, nadat ze heel lang hadden geprobeerd zwanger te worden. Zij had het er ontzettend moeilijk mee en draaide helemaal door. Toen begonnen ze ruzie te maken; ze waren wanhopig en konden daar niet goed mee omgaan. Dus gingen ze uit elkaar en zijn uiteindelijk gescheiden, een nare scheiding. Ze zijn er nog altijd slecht aan toe: mijn neef drinkt te veel en zij is helemaal doorgedraaid. Echt een ramp, weet je? Ze hebben geprobeerd te achterhalen wat er tijdens de bevalling allemaal is misgelopen, maar het ziekenhuis wil niet veel zeggen. Sterker nog, het ziekenhuis heeft hen van het kastje naar de muur gestuurd. Ze hebben een advocaat in de arm genomen om het uit te zoeken, maar die was niet echt goed. Zei dat dode baby's niet veel geld waard waren en dat het moeilijk was om artsen en ziekenhuizen voor de rechter te slepen, omdat zij alle medische dossiers hebben en bovendien de beste advocaten inhuren waardoor het proces eindeloos wordt gerekt. Zij, de moeder, zei dat ze geen proces wilde. Mijn neef wil nog steeds weten wat er is gebeurd en misschien een proces aanhangig maken of zo, maar hij is er ook erg slecht aan toe. Is het echt zo, Mark, dat dode baby's niet veel geld waard zijn?'

Mark had daar geen idee van, maar het verhaal fascineerde hem. Hij ontweek een echte uitspraak en zei als een echte advocaat: 'Dat hangt af van de feiten van de zaak. Daarvoor zou ik de dossiers moeten inzien.'

'Die heeft hij, een hele stapel documenten die het ziekenhuis aan zijn advocaat heeft gegeven, of eigenlijk moet ik zeggen zijn vroegere advocaat. Hij heeft de man ontslagen en zegt nu dat hij met een andere advocaat wil praten. Denk je dat jij hier misschien in zou kunnen duiken?'

'Zeker.'

Marks broodje werd gebracht, met friet en wat augurkjes, maar niets te drinken.

Mark zei tegen de serveerster: 'Bedankt, maar ik had ook een kop koffie besteld.'

'O ja,' zei ze geïrriteerd en ze liep weg.

Mark nam een hap van zijn broodje en Benson ook. 'Hoe heet je neef?'

Benson veegde zijn mond af en zei: 'Ramon Taper, zelfde achternaam. Mijn pa en zijn pa zijn broers, maar die zijn allebei vertrokken. Iedereen noemt hem Digger.'

'Digger?'

'Ja, toen hij klein was, pakte hij een keer een schepje en groef een heleboel bloemen uit de achtertuin van de buren. Pikte ze en probeerde ze verderop in de straat te planten. Die bijnaam heeft hij altijd gehouden.'

Eindelijk werd Marks koffie gebracht. Mark bedankte de serveerster en vroeg: 'Is hij een lastpak?'

Benson lachte en zei: 'Dat kun je wel zeggen. Digger is altijd al een lastpak geweest. Heeft een tijdje in een jeugdgevangenis gezeten, maar is geen slechte vent. Geen echt strafblad. Hij deed het prima, trouwde met een leuke meid en alles ging goed met hen, tot hun kindje doodging. Na de scheiding vertrok de moeder, naar een stadje, Charleston of zo. Digger heeft een tijdje rondgezworven en is hier een paar maanden geleden komen wonen. Hij werkt parttime in een slijterij, wat voor hem dus niet zo'n handige plek is om te werken. Hij kan namelijk niet van de wodka afblijven. Ik maak me echt zorgen om hem.'

'Hij is dus hier, in het District?'

'Ja, hij woont om de hoek, met een andere getikte vrouw.'

Terwijl Mark op zijn augurkjes kauwde, bedacht hij dat hij nee moest zeggen tegen Digger en zijn problemen, maar hij was nieuwsgierig. 'Ik wil er weleens naar kijken.'

Twee dagen later ging Mark weer naar de koffiebar. De enige klant was een magere donkere man die aan een tafeltje zat met een dik dossier voor zich. Mark liep naar hem toe en zei: 'Jij bent vast Digger.' Ze gaven elkaar een hand en Mark ging zitten.

Digger zei: 'Ik heb liever dat je me Ramon noemt. Digger is niet de beste bijnaam voor een zwarte man. De reden is wel duidelijk, lijkt me.'

'Prima. Ik ben Mark Upshaw. Prettig kennis te maken, Ramon.'

'Idem.' Hij droeg een platte pet die hij van voren naar beneden had getrokken zodat de rand op zijn bril rustte, en een heel grote, ronde leesbril met een zwart montuur. Zijn ogen waren gezwollen en rood.

'Benson zegt dat je een goede advocaat bent,' zei Ramon, 'dat hij zijn baan aan jou te danken heeft.'

Mark glimlachte en probeerde een logische opmerking te bedenken toen dezelfde serveerster eraan kwam. 'Zwarte koffie. Ramon?'

'Niets, alleen water.'

Ze liep weg en Mark keek naar Ramons ogen. De man sprak heel duidelijk, maar had kennelijk al wat gedronken. Mark zei: 'Benson heeft me al iets over de zaak verteld. Zo te horen was het afschuwelijk.'

'Kun je wel zeggen. Er is iets ergs gebeurd tijdens de bevalling, maar ik vraag me af of we dat ooit zullen ontdekken. Ik was er niet bij.'

Mark dacht hierover na, en toen duidelijk was dat Ramon niets meer zou zeggen, vroeg hij: 'Mag ik vragen waarom je er niet bij was?'

'Laten we het er maar op houden dat ik er niet was en er wel had moeten zijn. Dat heeft Asia nooit kunnen vergeten en daardoor gaf ze mij natuurlijk de schuld. Ze zei altijd dat ik, wanneer ik er wel bij was geweest, ervoor had kunnen zorgen dat het ziekenhuis alles goed deed.'

'En Asia is je ex?'

'Klopt. Weet je, de bevalling kwam twee weken te vroeg. Het was even na middernacht en de baby kwam heel snel. Het was heel druk in het ziekenhuis, er waren een paar schietpartijen geweest en een groot auto-ongeluk en, nou ja, we zullen nooit weten wat er is gebeurd. Maar het lijkt erop dat ze haar hebben verwaarloosd. Toen kwam de baby klem te zitten, zuurstoftoevoer afgesneden.' Hij tikte op het dossier. 'Hier zou het allemaal in moeten staan, maar wij denken dat het ziekenhuis de zaak in de doofpot probeert te stoppen.'

'Wie zijn "wij"?'

'De eerste advocaat, de man die ik heb ontslagen. Weet je, nadat dit allemaal was gebeurd draaide Asia volledig door, ze schopte me het huis uit en vroeg echtscheiding aan. Zij had een advocaat, ik had een advocaat, het werd een nare boel. Ik kreeg een DUI, dus daarvoor had ik weer een andere advocaat. Heel veel advocaten in mijn leven, en ik had gewoon niet meer de energie voor een grote rechtszaak.' Hij tikte weer op het dossier.

De koffie werd gebracht en Mark nam een slok. 'Waar zit die eerste advocaat?'

'Norfolk. Hij wilde 5.000 dollar om een deskundige te kunnen betalen om de dossiers te bekijken. Ik had geen 5.000 dollar en ik mocht die man absoluut niet. Hij belde me nooit terug en leek het te druk te hebben. Wil jij ook 5.000 dollar hebben?'

'Nee,' zei Mark, maar alleen om het gesprek te rekken. Hij had geen idee hoe hij een medische-foutzaak moest afhandelen, maar nam zoals gebruikelijk aan dat hij dat tijdens de rit wel zou leren. Zijn plan, als hij al een plan had, was deze zaak aannemen, in de dossiers duiken en proberen of hij kon achterhalen of er sprake was van aansprakelijkheid. Zo ja, dan zou hij de zaak voorleggen aan een echte advocaat die zich had gespecialiseerd in medische fouten. Als het een echte zaak werd, zouden hij en zijn partners zich er zo weinig mogelijk mee bemoeien en, hopelijk, op een dag een deel van een enorm honorarium kunnen incasseren. Ja, dat was het plan.

‘En Asia is niet meer in beeld?’

‘Echt niet, die is allang weg. Geen contact meer.’

‘Zal ze zich bij ons aansluiten als we een proces beginnen?’

‘Zeker niet! Ze wil er niets mee te maken hebben. Ze woont in Charleston bij wat familie en ik hoop dat zij haar willen helpen. Ze is volledig getikt, meneer Upshaw. Ze hoort stemmen, bedoel ik. Dat is echt erg, maar ze wil me niet meer zien en heeft al heel vaak gezegd dat ze niet van plan is ooit naar de rechter te gaan.’

‘Oké, maar je moet wel weten dat, wanneer er een schikking komt, zij recht heeft op de helft.’

‘Waarom in vredesnaam? Verdomme, het is míjn rechtszaak! Waarom moet zij daar iets van krijgen als ze er niets mee te maken wil hebben?’

‘Staat in de wet,’ zei Mark, die ook niet wist waarom. Maar iets van wat hij tijdens zijn studie had geleerd was blijven hangen en hij herinnerde zich vaag een onrechtmatige-daadzaak in zijn eerste studiejaar. ‘Daar moeten we ons later maar druk over maken. Op dit moment moeten we doorgaan met het onderzoek. Een eventuele schikking is iets voor de toekomst.’

‘Het lijkt gewoon niet eerlijk.’

‘Wil je doorgaan?’

‘Tuurlijk, daarom ben ik hier. Wilt u de zaak aannemen?’

‘Daarom ben ik hier.’

‘Dan hebben we een deal. Vertel me nu maar wat we gaan doen.’

‘Ten eerste onderteken je een contract voor juridische dienstverlening met mijn kantoor, waardoor ik het recht heb alle dossiers op te vragen. Dan laat ik ze analyseren, en als er sprake lijkt van duidelijke nalatigheid van de kant van de artsen en het ziekenhuis, komen jij en ik weer bij elkaar en besluiten we of we een rechtszaak aanhangig willen maken.’

‘Hoeveel tijd kost dat?’

Ook dat wist Mark niet, maar hij zei vol overtuiging: ‘Niet lang. Een kwestie van weken. We doen het niet rustig aan, Ramon. We werken snel.’

‘En u wilt geen voorschot?’

‘Nee. Sommige kantoren vragen een voorschot voor onkosten, maar wij doen dat niet. In ons contract staat dat we dertig procent krijgen als er een schikking komt, en veertig procent als er een proces volgt. Dit zijn ingewikkelde zaken die fel worden verdedigd door mensen met heel veel geld. Daarom is ons aandeel een beetje hoger dan bij de gemiddelde letselschadezaak. En dit soort zaken zijn kostbaar. Wij schieten alle kosten voor en worden terugbetaald in het geval van een schikking. Kun jij je daarin vinden?'

Ramon nam een slok water en keek naar buiten. Terwijl hij hierover nadacht, haalde Mark een contract uit zijn aktetas en vulde de ontbrekende gegevens in. Na een tijdje zette Ramon zijn grote bril af en veegde zijn ogen af met een servetje. Zacht zei hij: 'Dit is zo erg, meneer Upshaw.'

'Zeg maar Mark.'

Ramons lippen trilden en hij zei: 'Oké, Mark. Het ging zo goed tussen mij en Asia. Ik hield van haar, en zal dat denk ik altijd blijven doen. Ze was niet sterk, maar wel een goede vrouw en een schoonheid. Dit heeft ze niet verdiend, maar dat geldt misschien voor iedereen. We waren zo klaar voor Jackie, en we hadden het al zo lang geprobeerd.'

'Jackie?'

'Zijn naam was Jackson Taper, en we wilden hem Jackie noemen. Naar Jackie Robinson; ik ben gek op honkbal.'

'Wat erg voor je.'

'Hij heeft twee dagen geleefd, maar nooit een kans gehad. Ze hebben hem verkeerd behandeld, Mark. Dit had nooit mogen gebeuren.'

'We zullen het tot de bodem uitzoeken, Ramon. Dat beloof ik.'

Ramon glimlachte, beet op zijn onderlip, veegde weer over zijn ogen en zette zijn bril op. Hij pakte een pen en ondertekende het contract.

Zoals hun gewoonte was, kwamen de partners aan het einde van de middag bij elkaar in hetzelfde zitje achter in de Rooster Bar om de gebeurtenissen van de dag door te spreken. Mark en Todd dronken bier, Zola frisdrank. Nadat ze drie weken zonder vergunning als advocaat hadden gewerkt, hadden ze veel geleerd en voelden ze zich iets zekerder; Zola minder dan de andere twee. De angst om betrapt te worden was bijna verdwenen, hoewel dat gevoel altijd op de achtergrond aanwezig zou blijven. Mark en Todd traden regelmatig als advocaat op tijdens strafprocessen, net als duizend andere advocaten, en beantwoordden dezelfde vragen van verveelde rechters. Ze sloten snelle deals met openbaar aanklagers, van wie niet één ook maar een heel klein beetje nieuwsgierig was naar hun vergunning. Ze zetten hun valse namen onder gerechtelijke bevelen en andere documenten. Ze struinden de gangen af op zoek naar cliënten en kwamen dan vaak andere advocaten tegen, die het allemaal te druk hadden om argwaan te hebben. Ondanks hun snelle start, merkten ze al snel dat het niet echt gemakkelijk was om aan cliënten te komen. Op een goede dag scharrelden ze zo'n 1.000 dollar aan honorarium van nieuwe cliënten bij elkaar. Op een slechte dag verdienden ze niets, en die dagen kwamen regelmatig voor.

Zola had haar zoektocht beperkt tot de drie drukste ziekenhuizen: Catholic, General en George Washington. Ze had nog geen enkele cliënt geworven, maar had wel hoop gekregen doordat het een paar keer wel bijna was gelukt. Ze vond het niet fijn wat ze deed, jagen op gewonden, maar op dit moment had ze geen keus. Mark en Todd deden alles om hun bedrijf draaiende te houden, zodat Zola zich verplicht voelde zelf ook een bijdrage te leveren.

Ze discussieerden uitgebreid over hoe vaak ze gezien mochten worden tijdens hun jacht op mogelijke cliënten en hoe vaak ze voor de rechters mochten verschijnen. Aan de ene kant zouden ze geloofwaardiger zijn als ze vertrouwde spelers waren in de productielijn, maar aan de andere kant vormde dat ook een gevaar: hoe meer advocaten, openbaar aanklagers, griffiers en rechters ze ontmoetten, hoe groter de groep mensen die ooit een verkeerde vraag kon stellen.

Welke vraag?

Een verveelde griffier kon vragen: 'Wat is uw registratienummer ook alweer? Het nummer dat ik heb ingevoerd staat niet in het systeem.' Bij de Orde van Advocaten in D.C. stonden honderdduizend advocaten ingeschreven, en iedere advocaat had een nummer dat moest worden toegevoegd aan elk gerechtelijk bevel of pleidooi. Mark en Todd gebruikten natuurlijk fictieve nummers. Gelukkig vormde het enorme aantal advocaten een uitstekende dekmantel, en tot nu toe hadden de griffiers geen belangstelling getoond.

Of een rechter kon vragen: 'Wanneer hebt u uw vergunning gekregen, jongeman, ik heb u hier nog niet eerder gezien.' Tot nu toe was echter geen enkele rechter zelfs maar een beetje nieuwsgierig geweest.

Of een assistent-openbaar aanklager kon vragen: 'O, Delaware Law School? Een vriend van me heeft daar gestudeerd. Ken je die-en-die?' Maar de assistent-openbaar aanklagers waren veel te druk en belangrijk voor zo'n onbelangrijk gesprekje, en Mark en Todd hielden de gesprekken met hen kort.

Ze waren nooit bang voor vragen van de allerbelangrijkste mensen: hun cliënten.

Zola nam een paar slokjes van haar frisdrank en zei: 'Oké, ik moet iets bekennen. Volgens mij heb ik een Freddy Garcia te pakken.'

'O, dát willen we horen,' zei Todd lachend.

'Gisteravond was ik zoals altijd in het GW. Aan een tafeltje zat een jong zwart stel een van de walgelijke pizza's te eten. Zij zag er behoorlijk gehavend uit: hier en daar gips, een nekbrace, sneden in het gezicht. Moest wel een auto-ongeluk zijn geweest, toch? Dus slenter ik naar hen toe en vertel mijn gebruikelijke verhaaltje. Zij blijken bereid te praten: ze was aangereden door een taxi – kaboem, enorme verzekering – en hun dochtertje van acht ligt boven op de intensive care. De zaak wordt steeds beter. Ze vragen me wat ik aan het doen ben in het ziekenhuisrestaurant en ik zeg dat mijn moeder ernstig ziek is en op haar laatste benen loopt en dat ik helaas aan haar bed op het einde zit te wachten. Ik geef hun mijn kaartje en we spreken af nog een keer met elkaar te kletsen. Dan gaat mijn telefoon en ren ik weg om bij mijn oude moeder te gaan kijken, snap je? Als ik het ziekenhuis verlaat, heb ik een brede glimlach op m'n gezicht omdat ik eindelijk een grote zaak heb gescoord.'

Ze zweeg even om hen te laten wachten en zei toen: 'Maar vanmiddag werd ik gebeld, niet door mijn nieuwe cliënten, maar door hun advocaat. Schijnt dat ze er al eentje hadden ingehuurd, een echt nare vent, Frank Jepperson. En tjonge zeg, die had veel te vertellen!'

Mark schoot in de lach en Todd zei: 'Het is echt waar, een nieuwe Freddy Garcia!'

'Ja. Hij beschuldigde me ervan dat ik probeerde zijn cliënt van hem af te pikken. Ik zei: "Nee hoor, we hebben gewoon wat met elkaar gekletst toen ik mijn moeder even alleen liet." "Is dat zo?" vroeg hij. "Waarom heb je hun je kaartje dan gegeven? En wie zijn in vredesnaam Upshaw, Parker & Lane?" Zei dat-ie daar nog nooit van had gehoord. Enzovoort. Uiteindelijk heb ik de verbinding gewoon verbroken. Luister jongens, ik ben hier echt niet geschikt voor. Jullie moeten een andere specialiteit voor me bedenken. Een paar medewerkers van dat restaurant keken me ook al met een vuile blik aan.'

'Je bent een natuurtalent, Zola,' zei Mark.

Todd zei: 'Je hebt gewoon een grote zaak nodig, dat is alles. Wij doen het saaie werk, terwijl jij op jacht bent naar echt grote zaken.'

'Ik voel me net een stalker. Kan ik niet iets anders doen?'

'Ik kan niets bedenken,' zei Todd. 'Je kunt niet net als wij in die rechtszalen rondlopen, het is nu eenmaal een mannenwereld en jij zou veel te veel aandacht naar je toe trekken.'

'Dat wil ik ook niet,' zei ze. 'Dat mogen jullie doen.'

Mark zei: 'Ik zie je echt niet als echtscheidingsadvocaat. Daarvoor heb je een echt kantoor nodig, omdat echtscheidingscliënten heel veel tijd in beslag nemen en je heel vaak hun handje moet vasthouden.'

'Hoe weet je dat?' vroeg Todd.

'Ik heb op Foggy Bottom gezeten.'

'Ik had een A voor familierecht,' zei ze.

'Ik ook,' zei Todd. 'Terwijl ik de helft van de colleges niet eens heb gevolgd!'

'Kunnen we geen leuk klein kantoor huren, zodat ik echtscheidingszaken kan doen?'

'Daar moeten we het later maar eens over hebben,' zei Mark. 'Ik heb iets wat we nu moeten bespreken. Ik heb een grote zaak gescoord.'

'Vertel,' zei Todd.

Mark vertelde het verhaal van Ramons rechtszaak. Toen hij uitverteld was, haalde hij een contract voor juridische dienstverlening tevoorschijn en wees naar de handtekening onderaan. 'Hij heeft al getekend,' zei hij trots.

Toen Todd en Zola het contract bekeken, schoten hun wel tien vragen te binnen.

Zola vroeg: 'Oké, wat nu?'

'We moeten wat geld uitgeven,' zei Mark. 'Het kost ons 2.000 dollar om een consultant in te huren om de dossiers te bekijken. Ik heb al even op internet gekeken en er zijn een heleboel van dat soort jongens, vooral gepensioneerde artsen. Het enige wat zij doen is in opdracht van advocatenkantoren medische-foutzaken evalueren. Daar zijn er verschillende van in het District. We geven wat geld uit, krijgen de mening van een deskundige en als er sprake is van schuld, verwijzen wij de zaak door naar een goede advocaat.'

'Hoeveel krijgen wij dan?' vroeg Zola.

'De helft van het honorarium. Zo werken de grote advocaten die onrechtmatige daden behandelen: met verwijzingen. Sukkels zoals wij gaan op zoek naar de zaken en geven die vervolgens aan de grote jongens die weten wat ze doen, waarna ze achteroverleunen en op hun geld wachten.'

Todd was sceptisch. 'Ik weet het niet, hoor. Als we bij zo'n grote zaak betrokken raken, worden we misschien betrapt. Wanneer onze namen op de pleidooien staan, zullen heel veel mensen ze zien. De advocaat van de eiser, de advocaten van de verdediging, de verzekeringsmaatschappijen, de rechter. Ik weet het niet, hoor. Dit lijkt te riskant.'

'We zorgen gewoon dat onze namen niet op de officiële stukken komen te staan,' zei Mark. 'We zeggen tegen de advocaat dat hij ons erbuiten houdt. Dan kan het toch wel?'

'Ik weet het niet, Mark,' zei Todd. 'We hebben geen idee waar we ons mee inlaten. Bovendien weet ik niet of ik wel 2.000 dollar wil uitgeven.'

'We zouden Trust Rusty kunnen gebruiken, nietwaar?' vroeg Zola grijnzend.

'Echt niet! We huren een medische-foutspecialist in. Daar zijn er verschillende van in het District en die doen niets anders dan artsen en ziekenhuizen voor de rechter slepen. Echte advocaten. Kom op, Todd. Volgens mij is het echt niet riskant. Wij kunnen ons op de achtergrond houden, iemand anders het werk laten doen en een dik honorarium opstrijken.'

'Hoeveel?'

'Wie weet? Stel dat er sprake is van grove nalatigheid van de kant van de artsen en het ziekenhuis. Stel dat we schikken voor 600.000 dollar, gewoon om de rekensom eenvoudig te houden. Dan is ons aandeel 100.000 dollar, terwijl we de zaak alleen maar hebben binnengehaald.'

‘Je droomt,’ zei Todd.

‘En wat is daar mis mee? Zola?’

‘Alles in dit spel is riskant,’ antwoordde ze. ‘Elke keer dat we voor een rechter staan en doen alsof we advocaat zijn nemen we een enorm risico. Ik zeg dat we ervoor moeten gaan.’

‘Mee eens, Todd?’ vroeg Mark.

Todd dronk zijn glas leeg en keek zijn partners aandachtig aan. Tot dan toe, in elk geval in de korte geschiedenis van UPL, was hij altijd iets fanatieker geweest dan de beide anderen. Als hij nu aarzelde, zou hij zwak lijken. Hij zei: ‘We doen het stapje voor stapje: laten we afwachten wat die consultant zegt en dan kijken we wel verder.’

‘Afgesproken,’ zei Mark.

23

Frank Jepperson zat aan zijn veel te grote bureau naar Zola's visitekaartje te kijken. Als oudgediende op het gebied van de letselschadeoorlogen in het District wist hij precies wat voor spelletje ze speelde. In zijn beginjaren had hij ook geploeterd in de ziekenhuizen van de stad en potentiële cliënten gestalkt. Hij kende alle trucjes. Hij betaalde smeergeld aan de chauffeurs van sleepwagens die altijd naar ongelukken werden geroepen. Hij kocht verkeersagenten om die cliënten naar hem toe stuurden. Elke ochtend bekeek hij de processen-verbaal van de politie op zoek naar de meest veelbelovende auto-ongelukken. Met succes, want hij was erin geslaagd een fulltime *runner* in te huren, een voormalige politieagent die Keefe heette. Keefe was ook degene die de familie had geronseld die Zola in het restaurant van GW had benaderd. Jepperson had meteen een eerlijke deal met hen gesloten en nu probeerde een groentje onder zijn duiven te schieten.

Jeppersons werkgebied bestond uit de hoofdstraten van het District, waar weinig regels en een heleboel schimmige spelers waren. Toch, als het maar even kon, probeerde hij zijn territorium te beschermen, vooral als een nieuwe speler verdacht leek.

Keefe zat tegenover hem, met een cowboylaars van struisvogelleer op zijn knie, zijn vingernagels te knippen.

'En, heb je dat kantoor gevonden?' vroeg Jepperson.

'Ja. Op de begane grond is een tent die de Rooster Bar heet. Het kantoor zit twee verdiepingen hoger, maar daar kun je niet komen. Ik heb er wat gedronken en even met de barkeeper gekletst, die beweerde van niets te weten. Hij klapte helemaal dicht toen ik naar Zola Parker vroeg.'

'En de Orde van Advocaten?'

'Heb ik gecheckt. Geen enkele advocaat met die naam. Een heleboel Parkers, maar niet eentje die Zola heet.'

'Interessant. En dat kantoor... Upshaw, Parker & Lane?'

'Niets, maar zoals je weet veranderen advocatenkantoren zo snel dat het onmogelijk bij te houden is wie waar zijn praktijk uitoefent. De Orde van Advocaten zegt dat het moeilijk is om firmanamen bij te houden.'

'Interessant.'

'Wil je een klacht indienen?'

'Ik zal erover nadenken. Laten we maar afwachten of we deze klojo's nog eens tegenkomen.'

Op de zevende verdieping van de Foggy Bottom Law School zag een administratief medewerkster dat drie hoogleraren hadden gemeld dat twee derdejaarsstudenten, Mark Frazier en Todd Lucero, de eerste vier weken van het voorjaarssemester geen enkel college hadden gevolgd. Beiden hadden de lening voor hun laatste semester al ontvangen, maar namen kennelijk niet de moeite de lessen te volgen. Het was niet ongebruikelijk dat studenten er in hun laatste jaar met de pet naar gooiden, maar om een hele maand geen colleges te volgen was uitzonderlijk.

Ze stuurde het volgende mailtje naar Mark Frazier:

Beste Mark,

Gaat het wel goed met je? Het is ons opgevallen dat je dit semester nog niet aanwezig bent geweest en we maken ons zorgen. Laat alsjeblieft zo snel mogelijk iets van je horen.

Faye Doxey
assistente hoofd Administratie

Ze stuurde eenzelfde mailtje naar Todd Lucero. Twee dagen later hadden beide studenten nog niet gereageerd.

Op 14 februari liep Zola de rechtszaal van rechter Joseph Cantu binnen en keek naar wat er allemaal gebeurde. Na een klein halfuur riep een griffier Gordon Tanner op. Zijn advocaat, Preston Kline, liep naar rechter Cantu toe en zei: 'Edelachtbare, ik heb al een maand niets meer van mijn cliënt gehoord. Ik moet dus aannemen dat hij ervandoor is.'

Een griffier gaf de rechter een briefje. Cantu las het twee keer door en zei toen: 'Weet u, meneer Kline, naar nu blijkt is uw cliënt dood.'

'Jemig, edelachtbare. Weet u dat zeker? Dat wist ik niet.'

'Het is bevestigd.'

'Maar dat heeft niemand me verteld. Dat verklaart alles, neem ik aan.'

'Wacht eens even,' zei rechter Cantu terwijl hij nog meer papieren bekeek. 'Volgens deze informatie is hij op 4 januari gestorven, zelfmoord. Dat staat zelfs in een artikel in *The Post*. Maar op 17 januari is hij samen met u voor mij verschenen. Kunt u dat uitleggen?'

Kline krabde aan zijn kin en keek naar zijn kopie van de rol. 'Eh... nee, edelachtbare, dat kan ik niet uitleggen. Het is zeker dat we hier op de zeventiende waren, maar eerlijk gezegd heb ik daarna geen contact meer met hem gehad.'

'Omdat hij dood is, neem ik aan.'

'Dit is erg verwarrend, edelachtbare. Ik snap het niet.'

Gefrustreerd hief Cantu zijn handen en zei: 'Nou ja, de jongen is dood, dus moet ik de zaak wel niet-ontvankelijk verklaren.'

'Ja, edelachtbare, dat denk ik ook.'

'Volgende zaak.'

Zola vertrok een paar minuten later en bracht verslag uit aan haar partners.

Mark stapte het kantoorgebouw aan 16th Street binnen en nam de lift naar de tweede verdieping. Bij Potomac Litigation Consultants ging hij naar de kleine receptieruimte.

Een secretaresse knikte naar een paar stoelen en hij ging zitten. Vijf minuten later kwam dokter Willis Koonce binnen en stelde zich voor. Mark liep met hem mee naar een klein kantoor verderop in de hal.

Koonce was een gepensioneerde vrouwenarts, die jaren daarvoor in het District had gewerkt. Volgens de website werkte hij al twintig jaar als letselschade-expert, was hij professioneel getuige-deskundige, had hij duizenden zaken geëvalueerd en al ruim honderd keer als getuige opgetreden, in eenentwintig staten. Hij werkte vrijwel altijd voor de eiser.

Nadat Mark was gaan zitten, zei Koonce: 'Je hebt ze in de tang, jongen. En ze doen alles om zich in te dekken. Dit is mijn verslag.' Hij gaf Mark een document van twee pagina's met een enkele regelafstand. 'Daar staat alle technische informatie in. Ik zal je tijd besparen door het in lekentaal uit te leggen: De moeder, Asia Taper, werd het grootste deel van de tijd alleen gelaten. Het is moeilijk te zeggen hoe goed ze in de gaten werd gehouden, omdat verslagen daarvan ontbreken. Maar er zijn voldoende rapporten om te kunnen zeggen dat de foetale hartslag vertraagde, de baarmoeder scheurde en er met een significante vertraging een keizersnee is uitgevoerd. Zonder die vertraging was de baby waarschijnlijk blijven leven. In plaats daarvan was er sprake van een ischemisch insult, oftewel een ernstige hersenbeschadiging, en stierf de baby zoals we weten twee dagen later. Het is maar goed ook dat hij is gestorven, anders had hij nog een jaar of tien als een plant geleefd en niet kunnen lopen, praten of eten. Dat had allemaal voorkomen kunnen worden door goede monitoring en een snelle keizersnee. Ik zou de nalatigheid ernstig willen noemen, en zoals je heel goed weet zou het daardoor gemakkelijk moeten zijn om de zaak te schikken.'

Mark wist dat niet, maar knikte wel.

'Maar zoals je ook weet heeft Virginia twintig jaar geleden een deal met de artsen gesloten, op het hoogtepunt van de grote hervorming van de onrechtmatige-daadwetgeving, en is er een maximum bepaald voor smartengeld en alle andere schadevergoedingen. Het maximale waar je nu op mag hopen is 2 miljoen dollar. Jammer, maar helaas. Als het kind was blijven leven, was de schikking veel hoger uitgevallen, maar het is een Virginia-zaak.'

'Het kan dus nooit meer worden dan 2 miljoen dollar?' vroeg Mark, alsof dat schijntje hem enorm tegenviel.

'Bang van wel. Mag je in Virginia werken?'

'Nee, daar niet.' Ergens anders ook niet trouwens.

'Heb je al eerder een medische-foutzaak behandeld? Ik bedoel, je lijkt nog erg jong.'

'Nee, ik wil de zaak doorverwijzen. Suggesties?'

'Zeker.' Koonce pakte een vel papier en gaf dat aan Mark. 'Dit is een lijst met de beste kantoren in D.C. voor een zaak als deze. Al deze mensen werken in Virginia, allemaal goede advocaten. Ik heb met ieder van hen gewerkt.'

Mark bekeek de namen. 'Eentje in het bijzonder?'

'Ik zou bovenaan beginnen met Jeffrey Corbett. Volgens mij is hij de beste. Behandelt alleen obstetrie- en gynaecologiezaken. Hij jaagt die artsen de stuipen op het lijf en dan zijn ze snel bereid te schikken.'

Twee miljoen. Een snelle schikking. De kassa in Marks hoofd werkte op topsnelheid.

Koonce had het druk. Hij keek op zijn horloge en zei: 'Mijn honorarium voor proceswerk is 40.000 dollar, en dat is inclusief een optreden als getuige-deskundige. Als jij en Corbett me willen gebruiken, moet je dat zo snel mogelijk aangeven, want ik heb heel veel zaken.' Hij stond langzaam op.

'Doen we, dokter Koonce.'

Ze gaven elkaar een hand. Mark nam Ramons medische dossiers mee en vertrok snel.

Aan het einde van die middag zat Zola alleen in de bar te wachten voor de dagelijkse UPL-briefing. Ze was die dag niet naar de ziekenhuizen geweest en voelde zich veel beter. Na wekenlang zoeken had ze eindelijk de juiste advocaat in Senegal gevonden, in de hoofdstad Dakar. Volgens de website werkte Diallo Niang bij een uit drie man bestaand advocatenkantoor en sprak hij Engels, hoewel ze hem aan de telefoon moeilijk had kunnen verstaan. Hij deed strafzaken, maar ook immigratie- en familierecht. Voor een honorarium van 5.000 dollar zou Niang de belangen vertegenwoordigen van Zola's ouders en broer zodra ze in het land waren, hoewel niemand wist wanneer dat zou gebeuren. Zola vond het niet prettig om zo'n groot bedrag naar een bank in Senegal over te maken, maar gezien de situatie had ze geen keus. Niang beweerde veel contacten te hebben met belangrijke mensen in de regering en ook dat hij het gezin kon helpen het land weer binnen te komen. Zola had genoeg horrorverhalen gelezen over de beproevingen van gedeporteerden nadat ze tegen hun zin weer in hun vaderland waren aangekomen.

Ze opende haar laptop en checkte haar mailtjes. Het verbaasde haar niet dat er een mailtje was van haar law school. Faye Doxey schreef:

Geachte mevrouw Maal,

Hoogleraren Abernathy en Zaran melden dat u dit semester nog geen colleges hebt gevolgd. We maken ons zorgen. Wilt u ons alstublieft bellen of schrijven, en ons laten weten wat er aan de hand is?

Hoogachtend,
Faye Doxey
assistente hoofd Administratie

Zola wist natuurlijk dat Mark en Todd ook zulke mailtjes hadden ontvangen en die genegeerd hadden. Het verbaasde de partners dat iemand op Foggy Bottom vlijtig genoeg was om dit op te merken. Zola dacht er even over na en antwoordde toen:

Beste mevrouw Doxey,

Ik heb longontsteking en mijn artsen willen dat ik het bed houd en nergens naartoe ga. Ik houd mijn colleges bij en verwacht volledig te herstellen. Dank u wel voor uw zorgen. Ik kom gauw terug.

Hoogachtend,
Zola Maal

Het liegen voelde nog steeds niet goed, maar dat hoorde bij haar leven nu. Vrijwel alles wat ze deed was een leugen: de nepnaam en het nepkantoor en de nepvisitekaartjes en de neppersoonlijkheid van een bezorgde advocaat die loerde op ongelukkige gewonde slachtoffers. Hier kon ze niet mee doorgaan. Zou haar leven erger zijn als ze nog steeds naar Foggy Bottom ging, probeerde een echte baan te vinden en zich zorgen maakte over het rechtbankexamen en haar studieschulden?

Ja, dat zou inderdaad zo zijn. Nu voelde ze zich tenminste veilig en buiten het bereik van de immigratiedienst.

Het liegen ging door met het volgende mailtje. Dit was afkomstig van Tildy Carver van LoanAid.

Geachte mevrouw Maal,

De vorige keer dat we contact hadden, had u net een sollicitatiegesprek gehad bij het ministerie van Justitie. Al uitsluitsel? U overwoog in overheidsdienst te gaan werken met het leningkwijtscheldingsprogramma van het ministerie van Onderwijs. Ik vraag me af of dat het beste voor u is. Daarvoor moet u zich voor tien jaar vastleggen, en dat is een heel lange tijd. Maar die beslissing is aan u. Hoe dan ook, ik hoor graag zo snel mogelijk hoe het ervoor staat met uw werksituatie.

Hoogachtend,
Tildy Carver
Senior Leningconsulent

Meest recente storting: 13 januari 2014: 32.500 dollar.
Totale schuld, hoofdsom plus rente: 191.000 dollar

Zoals altijd keek ze vol ongeloof naar de bedragen. Meestal negeerde ze deze mails een paar dagen, maar ze besloot hier meteen op te reageren.

Geachte mevrouw Carver,

Ik heb de baan bij Justitie niet gekregen en ik kan nu nergens anders solliciteren. Op dit moment heb ik longontsteking, ik moet het bed houden en ben onder behandeling van een arts. Ik hoop over een paar dagen weer naar college te kunnen en dan hoort u weer van mij.

Hoogachtend,
Zola Maal

Mark kwam met een brede grijns op zijn gezicht binnen en bestelde een biertje.

Daarna kwam Todd binnen. Hij bleef even staan om een biertje in ontvangst te nemen en kwam naar hen toe. Hij zag er moe en afgepeigerd uit na een lange dag in de loopgraven en was in een slechte bui. Hij begroette hen met: 'Ik heb net acht uur lang in de rechtbank geprobeerd een paar losers te scoren, maar niets bereikt. Noppes, nada. En jullie, wat hebben jullie gedaan?'

'Rustig aan, vriend,' zei Mark. 'Sommige dagen zijn beter dan andere.'

Todd nam een grote slok bier en zei: 'Hoezo rustig aan? We doen dit achterlijke werk al een maand en ik heb het gevoel dat alles van mij afhangt. Laten we eerlijk zijn: twee derde van alle honoraria is afkomstig van zaken die ik heb binnengebracht.'

'Zo, zo,' zei Mark geamuseerd. 'Onze eerste ruzie. Ik neem aan dat dit bij elk advocatenkantoor gebeurt.'

Zola klapte haar laptop dicht en keek Todd aan.

'Ik maak geen ruzie,' zei hij. 'Ik had gewoon een shitdag.'

Ze zei: 'Als ik het me goed herinner is mij verteld dat ik me verre moet houden van rechtszaken, omdat dat een mannenwereld is. Mijn aandeel in deze zwendel is rondhangen in ziekenhuizen en gewonden stalken, in theorie omdat een van mijn zaken net zoveel kan opleveren als een heleboel van jullie zaken. Klopt dat?'

'Ja, maar je hebt nog helemaal geen zaken!' snauwde Todd.

'Ik doe mijn best, Todd,' zei ze op kille toon. 'Als jij een beter idee hebt, dan hoor ik dat graag. Want ik vind het niet echt leuk wat ik doe.'

'Kinderen toch,' zei Mark grijnzend. 'Laten we ons ontspannen en ons geld tellen.'

Ze namen alle drie een slok en wachtten.

Ten slotte zei Mark: 'Ik heb vandaag onze expert gesproken, de man die we 2.000 dollar hebben betaald. Hij zegt dat het een duidelijke zaak is van grove verwaarlozing door de artsen en het ziekenhuis. Ik heb kopieën van zijn verslag voor jullie; dat is prachtig en elke cent waard. Hij zegt, en deze man is een echte professional, dat deze zaak in handen van de juiste advocaat onder de wet in Virginia 2 miljoen dollar waard is. Hij zegt dat we Jeffrey Corbett moeten inhuren, een expert op het gebied van medische fouten die rijk is geworden door vrouwenartsen voor de rechter te slepen. Zijn kantoor bevindt zich hier ongeveer vier blokken vandaan. Ik heb hem nagetrokken en deze man is een echte advocaat. Volgens een artikel in een medisch tijdschrift, dat niet bepaald positief over hem is, verdient meneer Corbett tussen de 5 en 10 miljoen dollar per jaar.' Hij nam nog een slok. 'Helpt dat om je slechte bui te laten verdwijnen, Todd?'

'Ja.'

'Dacht ik al. En als jullie het ermee eens zijn, stel ik voor dat ik meneer Corbett bel om een afspraak te maken.'

'Zo gemakkelijk kan het niet zijn,' zei Zola.

'We hebben gewoon geluk, oké? Volgens mijn onderzoek worden elk jaar meer dan tweeduizend vrouwenartsen voor de rechter gesleept voor allerlei soorten verwaarlozing. Heel vaak in verband met slecht begeleide bevallingen, en wij zijn toevallig op een daarvan gestuit.'

Todd wenkte een ober en bestelde nog een rondje.

24

Die zaterdag al heel vroeg verlieten ze D.C. Ze stapten in Todds auto en waren twee uur later bij het Bardtown Federaal Detentiecentrum in de buurt van Altoona, Pennsylvania. Aan de buitenkant was er niets veranderd sinds hun vorige bezoek zeven weken eerder. Het prikkeldraad glinsterde in het zonlicht, het hoge hek zag er nog even dreigend uit en de parkeerplaats stond vol auto's en trucks van de tientallen medewerkers die het vaderland beschermden.

Zola droeg een lange, wijde zwarte jurk. Toen Todd de motor afzette, haalde ze een hidjab uit haar tas en drapeerde die over haar hoofd en schouders.

'Wat ben je toch een goede moslima,' zei Todd.

'Kop dicht,' zei ze en ze stapte uit.

Voor deze gelegenheid droeg Mark Upshaw, haar advocaat, een colbert met stropdas. Hij had van tevoren gebeld en een afspraak gemaakt, om het drama te voorkomen dat ze de vorige keer hadden veroorzaakt.

De administratie was kennelijk in orde, en ze werden naar dezelfde bezoekersruimte gebracht, waar ze een halfuur moesten wachten voordat Zola's ouders en broer naar binnen werden geleid. Zola stelde haar vrienden weer voor en omhelsde haar moeder.

Ze beheersten zich toen Bo, haar broer, vertelde dat ze geen idee hadden wanneer ze zouden worden uitgezet. Een official had hun verteld dat de ICE wachtte tot er genoeg Senegalezen waren opgepakt om een gecharterd vliegtuig te vullen. Niemand wilde ook maar één stoel onbezet laten tijdens zo'n kostbare vlucht. Ze dachten aan een stuk of honderd en pakten nog steeds illegalen op.

Bo vroeg Zola naar hun studie en ze vertelden dat alles uitstekend ging. Abdou, haar vader, gaf een klopje op Zola's arm en zei dat hij heel trots op haar was omdat ze advocaat zou worden.

Zola glimlachte en speelde het spelletje mee. Ze gaf hem een kaartje met de naam van Diallo Niang, de advocaat in Dakar, en zei dat hij haar wanneer het maar even kon moest bellen als ze naar het vliegtuig werden gebracht. Dan zou zij meteen meneer Niang bellen, die dan zou proberen hun komst voor te bereiden. Maar er waren veel onzekerheden.

Zola's moeder Fanta zei weinig. Terwijl de mannen met elkaar praatten, hield ze Zola's hand vast – somber, verdrietig en bang.

Na twintig minuten namen Todd en Mark afscheid en wachtten op de gang.

Na het bezoek liepen ze terug naar de auto en deed Zola de hidjab weer af. Ze veegde met haar hand over haar ogen en zei een hele tijd niets. Toen ze de staat Maryland binnenreden, stopte Todd bij een supermarkt en kocht een sixpack bier. Omdat ze de hele middag de tijd hadden, besloten ze een omweg te maken en naar Martinsburg te gaan, naar Gordy's graf. Op de openbare begraafplaats niet ver van de kerk zagen ze zijn nieuwe grafsteen, met verse aarde eromheen.

Die zondag leende Mark Todds auto en reed naar zijn ouderlijk huis in Dover. Hij wilde een ernstig gesprek met zijn moeder voeren, maar had geen zin om Louie te zien. Louie's situatie was niet veranderd en zijn zaak zat in de trage molens van het systeem, tot zijn rechtszaak in september zou voorkomen.

Louie sliep nog toen Todd om een uur of elf arriveerde. 'Hij staat meestal om een uur of twaalf op, op tijd voor de lunch,' zei mevrouw Frazier terwijl ze aan de keukentafel verse koffie inschonk. Ze droeg een leuke jurk en pumps en glimlachte de hele tijd; ze was zichtbaar blij haar lievelingszoon te zien. Op het fornuis stond een stoofschotel te pruttelen die heerlijk rook. 'Hoe gaat het met je studie?' vroeg ze.

'Daar wil ik het dus even met je over hebben, mama,' zei Mark, die dit het liefst zo snel mogelijk achter de rug wilde hebben. Hij vertelde haar het verdrietige verhaal van Gordy's dood, legde uit hoe wanhopig hij daardoor was geworden en dat hij daarom had besloten een semester vrij te nemen en over zijn toekomst na te denken.

'Je studeert dus niet af in mei?' vroeg ze verbaasd.

'Nee. Ik heb wat tijd nodig, dat is alles.'

'En je baan dan?'

'Die heb ik niet meer. Nadat dat kantoor fuseerde met een groter kantoor hebben ze mij ontslagen. Het was toch al geen goed kantoor.'

'Ik dacht nog wel dat je heel blij was met die baan.'

'Ik denk dat ik maar deed alsof, mam. De banenmarkt is heel slecht op dit moment en daarom heb ik het eerste aanbod met beide handen aangegrepen. Achteraf gezien was het toch niets geworden.'

'Lieve help, en ik hoopte nog wel dat je Louie zou kunnen helpen nadat je voor het rechtbankexamen was geslaagd.'

'Ik ben bang dat Louie niet te helpen is, mam. Ze hebben hem op heterdaad betrapt en hij zal een lange gevangenisstraf krijgen. Praat hij wel met zijn advocaat?'

'Nee, niet echt. Hij heeft een pro-Deoadvocaat die het heel druk heeft. Ik maak me grote zorgen om hem.'

Terecht. 'Luister, mama, je moet je erop instellen dat Louie de bak in gaat. Ze hebben op video staan dat hij crack aan een undercoveragent verkocht. Er is dus niet veel manoeuvreerruimte.'

'Dat weet ik wel.' Ze nam een slokje koffie en weigerde te huilen. Ze begon over iets anders en vroeg: 'Hoe moet het dan met je studielening?'

Ze had geen idee hoeveel geld Mark verschuldigd was en hij was ook niet van plan haar dat te vertellen. 'Die heb ik voorlopig even opgeschort. Geen probleem.'

'Ik snap het. Maar als je niet naar college gaat, wat doe je dan de hele tijd?'

'Verschillende baantjes, ik werk vaak als barkeeper. En hoe is het met jou? Je wilt hier toch zeker niet de hele dag met hem in één huis zitten?'

'Nee hoor. Ik werk parttime bij Kroger en parttime bij Target. Als ik niet werk, help ik als vrijwilliger bij een verpleeghuis. En als ik me echt verveel, ga ik naar de gevangenis om vrouwelijke gevangenen te bezoeken. De gevangenis zit er vol mee. Allemaal drugsveroordelingen, weet je. Ik durf te wedden dat drugs de ondergang van dit land betekenen. Ik hou mezelf dus bezig en probeer hier zo weinig mogelijk te zijn.'

'Wat doet hij de hele dag?'

'Slapen, eten, tv-kijken, videospelletjes spelen en klagen over zijn problemen. Hij heeft mijn oude fiets de kelder in gereden en is erin geslaagd hem kapot te maken. Zegt dat-ie niet kan worden gerepareerd. Ik koop af en toe wat bier voor hem, zodat hij zijn mond houdt. Het vonnis verbiedt alcohol, maar hij zeurt net zo lang tot ik bier voor hem koop. Ik neem aan dat niemand dat ooit te weten zal komen.'

'Heb je overwogen zijn proces te vervroegen?'

'Kan dat dan?'

'Ik zou niet weten waarom niet. Hij zal schuld moeten bekennen in ruil voor strafvermindering, mama. Louie zal niet worden berecht, want hij heeft geen excuus. Hij krijgt een betere deal als hij gewoon schuld bekent, dan is het klaar.'

'Maar hij zegt dat hij juist wel een proces wil.'

'Dat is zo omdat hij stom is, oké? Weet je nog dat ik zijn advocaat heb gesproken toen ik met kerst thuis was? Die heeft me toen het dossier en de video laten zien. Louie heeft zichzelf wijsgemaakt dat hij de jury glimlachend kan aankijken en hen kan laten geloven dat de politie hem erin heeft geluisd met een nepdrugsdeal. Hij denkt dat hij de rechtszaal als een vrij man kan verlaten. Maar dat gaat niet gebeuren.'

'Hoe werkt dat, een schuldbekentenis in ruil voor strafvermindering?'

'Heel eenvoudig: bijna elke strafzaak wordt geregeld met een schuldbekentenis in ruil voor strafvermindering. Als hij toegeeft dat hij schuldig is, voorkomt hij een proces en dan zorgt de openbaar aanklager ervoor dat zijn straf lager uitvalt. Hij krijgt maximaal tien jaar. Ik heb geen idee wat hij krijgt als hij schuld bekent, maar misschien vijf minus zijn voorarrest. Met goed gedrag, overvolle gevangenissen en zo, komt hij dan misschien na een jaar of drie alweer vrij.'

'En dan hoeft hij niet tot september te wachten?'

'Dat betwijfel ik. Met mijn beperkte kennis zou ik niet weten waarom hij niet al veel eerder een deal kan sluiten. Dan ben je hem hier kwijt.'

Haar mondhoeken krulden even op, het begin van een glimlach, maar slechts een seconde. 'Ik kan er gewoon niet bij,' zei ze, terwijl ze zijn blik ontweek. 'Hij was altijd zo'n goede jongen.'

Misschien. Louie flirtte al sinds high school met het drugswereldje, er waren heel veel signalen geweest, maar zijn ouders hadden er altijd voor gekozen die te negeren. Bij elk teken van problemen hadden ze hem meteen verdedigd en zijn leugens geloofd. Zij hadden Louie de mogelijkheden geboden, en nu moest de rekening worden betaald.

Mark wist precies wat ze nu zou zeggen. Ze keek hem met vochtige ogen aan en vroeg: 'Kun jij niet met zijn advocaat praten, Mark? Hij heeft echt hulp nodig.'

'Echt niet, mama. Louie gaat de gevangenis in en ik raak zijn zaak met geen vinger aan. De reden daarvoor is eenvoudig: ik ken Louie en hij zal iedereen de schuld geven, behalve zichzelf. En vooral mij. Dat weet je best.'

'Je bent altijd al zo hard voor hem geweest.'

'En jij hebt altijd de andere kant op gekeken.'

Achter in het huis werd een wc doorgetrokken.

Mevrouw Frazier keek op de klok en zei: 'Hij is vroeg uit bed vandaag. Ik had hem verteld dat je kwam lunchen.'

Louie kwam met een grote grijns voor zijn broer de keuken binnen. Mark stond op, werd stevig omhelsd en probeerde blij te lijken dat hij Louie zag. Louie leek op een beer die uit zijn winterslaap was gewekt: ongeschoren, haar plat op zijn hoofd en ogen opgezwollen door te veel slaap. Hij droeg een oude Eagles-trui die strak om zijn middel zat met een veel te grote korte sportbroek. Geen schoenen of sokken, alleen zijn enkelband. Het was wel duidelijk dat hij in deze kleren had geslapen.

Mark maakte bijna een grapje over zijn duidelijke gewichtstoename, maar hield zijn mond.

Louie schonk zichzelf een kop koffie in en ging aan tafel zitten. 'Waar hebben jullie het over?' vroeg hij.

'Law school,' zei Mark snel, voordat mevrouw Frazier iets over Louie's zaak zou zeggen. 'Ik vertelde mama net dat ik een semester vrij neem. Heb wat tijd nodig om bij te komen. Ik heb geen baan meer en de banenmarkt is nu heel slecht, dus neem ik even wat tijd voor mezelf.'

'Dat klinkt niet goed,' zei Louie. 'Waarom zou je stoppen als je nog maar één semester hoeft?'

'Ik stop er niet mee, Louie. Ik stel het even uit.'

Mevrouw Frazier zei: 'Zijn beste vriend heeft zelfmoord gepleegd en daar heeft hij echt last van.'

'Wauw, erg voor je. Maar het lijkt vreemd om je laatste semester uit te stellen.'

Ja, Louie, maar je bent niet echt in een positie om commentaar te leveren op het carrièrepad van iemand anders, dacht Mark, maar hij had zich vast voorgenomen geen spanningen te veroorzaken. Hij zei: 'Geloof me, Louie, ik heb de zaak goed onder controle.'

'Natuurlijk heb je dat. Zeg, mama, wat zit er in die pan op het fornuis? Dat ruikt heerlijk.'

'Een runderstoofpotje. Zin in een vroege lunch?' Ze stond al op en terwijl ze een kastje opende, zette ze Mark voor het blok door te zeggen: 'Mark denkt dat je moet overwegen schuld te bekennen in ruil voor strafvermindering, Louie. Heb je dat al met je advocaat besproken?'

Geweldig, mama. Nu kunnen we ruziemaken.

Louie glimlachte naar Mark en bromde: 'Dus nu ben je ook al advocaat?'

Als je toch eens wist. 'Helemaal niet, Louie, en ik heb geen advies. Mama en ik hadden het daar in algemene termen over.'

'Ja hoor, natuurlijk. Ja, mama, dat heb ik al met mijn advocaat besproken, tijdens een van onze weinige gesprekken. En als ik schuld beken, ga ik de bak in, minus mijn voorarrest en dat is inclusief huisarrest met mijn enkelband. Dus of ik zit de komende zes maanden in de gevangenis, moet bendes ontlopen, koude douches nemen met mijn rug tegen de muur en oud geroosterd brood met eipoeder eten, of ik kan de komende zes maanden hier zitten. Weinig keus toch?'

Mark haalde zijn schouders op alsof hij daar geen mening over had. Eén verkeerd woord nu kon iets ergers ontketenen, en daar had hij geen zin in. Mevrouw Frazier legde papieren servetjes en oud zilveren bestek op de eettafel.

Louie zei: 'Ik ga echt geen schuld bekennen, wat jullie daar ook van vinden. Ik wil voor de rechter verschijnen. De politie heeft me erin geluisd en dat kan ik bewijzen voor de jury.'

Mark zei: 'Geweldig. Ik geloof meteen dat je advocaat weet wat hij doet.'

'Hij weet meer van strafrecht dan jij.'

‘Natuurlijk,’ zei Mark.

Louie slurpte zijn koffie op en zei: ‘Maar ik hoopte dat jij me, nadat je deze zomer voor het rechtbankexamen was geslaagd, een beetje met mijn zaak kon helpen, misschien door tijdens het proces naast me te zitten zodat de jury denkt dat ik twee advocaten heb, weet je? Maar dat gaat dus waarschijnlijk niet gebeuren.’

‘Nee, dat gaat niet gebeuren. Ik neem even een time-out.’

‘Dat is echt heel vreemd.’

Hun moeder zette drie kommen met dampende runderstoofpot op de tafel. Louie viel erop aan alsof hij al een hele week niet had gegeten. Mark keek naar zijn moeder en toen naar de klok. Hij was hier nu dertig minuten en kon zich niet voorstellen dat hij het nog een uur uit zou houden.

25

Op maandag 3 maart deden federale agenten een inval bij het hoofdkantoor van Swift Bank in het centrum van Philadelphia. Doordat de pers was getipt, werden er veel beelden gemaakt van een legertje mannen met FBI op hun parka die dozen en computers in gereedstaande vrachtwagens laadden. De bank gaf een verklaring af, waarin ze zeiden dat alles in orde was en ze alle medewerking verleenden en dergelijke, maar de aandelenkoers kelderde.

Een financieel verslaggever gaf een samenvatting van de problemen van de bank. Twee onderzoekers van het Congres waren onderweg, net als onderzoekers van de FBI. In drie staten verschenen advocaten voor de camera's die beloofden alles tot op de bodem uit te zoeken. Er werd een begin gemaakt met ten minste vijf groepsvorderingen, en de advocaten waren helemaal opgewonden. Het was zeker dat er meer processen zouden volgen. De CEO van Swift Bank had net ontslag genomen – om meer tijd met zijn gezin te kunnen doorbrengen – met medeneming van ongeveer honderd miljoen dollar aan aandelenopties, een buit waardoor die tijd met zijn gezin ongetwijfeld nog aangenamer zou worden. De CFO was in onderhandeling over zijn vertrekpremie. Honderden voormalige werknemers meldden zich, fungeerden als klokkenluider en begonnen een proces wegens onterecht ontslag. Oude rechtszaken tegen Swift Bank werden opnieuw onderzocht, waardoor duidelijk werd dat deze praktijken van de bank al minstens tien jaar duurden. Klanten uitten hun onvrede en hieven hun rekeningen op. Consumentenwaakhonden gaven verklaringen af en spraken over 'de meest frauduleuze bankpraktijken in de Amerikaanse geschiedenis'.

Negen procent van de aandelen van Swift Bank was eigendom van een investeringsbedrijf in L.A. Daarmee was het wel de grootste aandeelhouder, maar toch had het niets te zeggen.

De UPL-partners volgden de Swift Bank-perikelen dagelijks en printten elk woord dat ze maar konden vinden over de bank. Hinds Rackley slaagde er nog steeds in aan alle aandacht te ontsnappen. Ze besloten dat de chaos nu zo groot was dat het een goed moment was om mee te doen met de pret. Mark nam contact op met een advocatenkantoor in Miami en schreef zich in als eiser bij de groepsvordering. Todd belde een gratis nummer van een advocatenkantoor in New York en schreef zich in bij hun groepsvordering. Zola bleef dichter bij huis en sloot zich aan bij een kantoor in D.C. dat bekendstond om zijn massale onrechtmatige-daadzaken.

Al een paar uur nadat ze eisers waren geworden, werden ze overspoeld met papieren die waren geproduceerd door de advocaten die achter Swift Bank aan zaten, een indrukwekkende verzameling.

Volgens de laatste schattingen waren in theorie een miljoen Swift Bank-klanten slachtoffer geweest van de corrupte praktijken van de bank.

Ramon belde elke dag, ook in het weekend, om te worden bijgepraat over zijn zaak. Mark legde steeds weer uit dat de eerste beoordeling van hun 'eerste expert' positief was en dat ze zo snel mogelijk werkten, dat Mark een afspraak had met de grote Jeffrey Corbett op woensdag 19 maart, de eerste mogelijkheid in zijn overvolle agenda – de man had kennelijk een indrukwekkende proceskalender en amper tijd om nieuwe zaken in overweging te nemen.

Toen Ramon dinsdag belde, vertelde hij het onverwachte nieuws dat Asia, zijn ex die in Charleston woonde, zich opeens had gemeld en nieuwsgierig was naar de rechtszaak. Mark twijfelde er niet aan dat Ramon, waarschijnlijk dronken, had geprobeerd haar te imponeren door haar te vertellen dat hij advocaten in de arm had genomen om een medische-foutzaak aanhangig te maken. Mark dacht ook dat ze onbelangrijk was.

Maar Mark vergiste zich. Woensdag werd hij gebeld door een advocaat in Charleston, ene Mossberg. Omdat het een onbekend telefoonnummer was twijfelde Mark zoals altijd of hij wel op zou nemen. Maar na vijf keer nam hij toch op.

Mossberg begon met: 'Ik vertegenwoordig Asia Taper, en ik begrijp dat u haar ex-echtgenoot vertegenwoordigt. Klopt dat?'

'Dat is juist. Ramon Taper is onze cliënt.'

'Nou, zonder haar kunnen jullie geen rechtszaak beginnen. Zij was immers de moeder van het kind.' Mossberg klonk niet alleen agressief, maar ook bijna oorlogszuchtig.

Geweldig, Ramon. Daar gaat een deel van ons honorarium. Precies wat we nodig hadden: een opdringerige advocaat die ons voor de voeten loopt.

'Ja, dat begrijp ik,' zei Mark terwijl hij op internet snel op zoek ging naar Mossberg.

'Mijn cliënt zegt dat uw cliënt alle medische dossiers in bezit heeft. Klopt dat?'

'Ik heb de dossiers,' zei Mark.

Edwin Mossberg. Kantoor met zes advocaten, gespecialiseerd in letselschade, in het centrum van Charleston. Vijfenveertig, al twintig jaar in de loopgraven en dus veel meer ervaring dan wie ook bij UPL. Een grote vent, slappe wangen, dikke bos grijs haar, duur pak met stropdas. Grootste overwinning tot nu toe een schadevergoeding van 11 miljoen dollar van een ziekenhuis in Atlanta. En heel veel lagere, maar toch zeer indrukwekkende schadevergoedingen.

'Kunt u me daar een kopie van sturen?' vroeg Mossberg, eisend bijna.

'Tuurlijk, geen probleem.'

'Vertel eens, meneer Upshaw, wat is er tot nu toe met deze zaak gedaan?'

Voor de zoveelste keer kneep Mark in de brug van zijn neus en vroeg hij zich af waar hij in vredesnaam mee bezig was. Hij klemde zijn kaken op elkaar en zei: 'Op dit moment worden de medische dossiers geanalyseerd door onze expert. Als het goed is hebben we zijn verslag over een paar dagen in huis.'

'Wie is die expert?' vroeg Mossberg, alsof hij iedere expert kende.

'Daar hebben we het nog wel over,' zei Mark, eindelijk zelfverzekerd. De ene klootzak tegen de andere.

'Ik wil dat verslag zo snel mogelijk zien. Er zijn heel veel slechte experts, en ik ken de beste toevallig. Man woont in Hilton Head. Ik heb hem al verschillende keren gebruikt, met groot succes kan ik wel zeggen.'

O, vertel alsjeblieft meer; ik wil graag meer horen over je fenomenale successen. 'Geweldig,' zei Mark. 'Stuur me uw contract en dan neem ik weer contact met u op.'

'Zeker. En, meneer Upshaw, er wordt geen rechtszaak gevoerd zonder mijn cliënt, begrepen? Asia heeft hier erg onder geleden, en ik ben vast van plan er elke cent schadevergoeding waar ze recht op heeft voor haar uit te slepen.'

Kom op, Superman! 'Ik ook, meneer Mossberg,' zei Mark. 'Goedendag.' Hij verbrak de verbinding en had zin zijn telefoon uit het raam te smijten.

Todd en Zola namen het nieuws goed op. Mark had een lunchafspraak met hen gemaakt in een restaurant in de buurt van de districtsrechtbank, waar Todd het eerste dubbelspel van hun kantoor had gespeeld door tijdens één zitting twee DUI's af te handelen. Met 700 dollar in zijn zak wilde hij de rekening van de lunch betalen en die middag vrij nemen. Hoewel ze dat niet wilden toegeven, was het een duizelingwekkend idee dat ze voor Ramons zaak zo'n enorm, gemakkelijk honorarium konden incasseren. Bovendien maakte het hun leven minder problematisch. Waarom zouden ze moeite doen rechtbanken en ziekenhuizen af te struinen als er zoveel geld binnen handbereik was? Dus werkten ze allemaal minder uren en brachten ze minder tijd met elkaar door. Niet omdat er spanningen waren, maar omdat ze behoefte hadden aan meer afstand.

De ochtenddrukte in de districtsrechtbank bood de meeste kansen. Mark en Todd waren daar meestal al om negen uur aan het werk. De ene dag hadden ze wel geluk, de andere dag niet. Nadat ze dit een paar weken hadden gedaan, wisten ze allebei dat ze dit niet veel langer konden volhouden. Het was moeilijk te begrijpen hoe Darrell Cromley, Preston Kline en de echte ronselaars hun hele carrière door de gangen konden dwalen, bereid om nietsvermoedende mensen te bespringen. Misschien hadden zij geen keus en was dit het enige werk waarvoor ze geschikt waren. Of misschien was het voor hen gemakkelijker doordat zij nooit bang hoefden te zijn dat ze zonder vergunning werden betrapt.

Zola joeg niet langer op ambulances, ook al had ze dat nog niet aan haar partners verteld. Ze had haar verkooptactiek al een keer of tien veranderd, verfijnd en opgepoetst, maar nog steeds niet één echte cliënt gescoord. En ze was doodmoe van al haar inspanningen; het was zo achterbaks. Elke keer dat ze een arme, gewonde patiënt benaderde voelde ze zich net een roofdier. Ze bracht steeds meer tijd door in de federale rechtszalen, keek naar echte processen en luisterde naar pleidooien tijdens beroepszaken. Ze vond het fascinerend, maar ook een beetje deprimerend. Nog niet eens zoveel jaar geleden was ze aan haar rechtenstudie begonnen met de droom een echte advocaat te worden. Nu kon ze alleen maar naar hen kijken en zich afvragen wat er was gebeurd.

'Krijgt deze Mossberg de helft van het honorarium?' vroeg ze tijdens de lunch.

'Dat weet ik niet,' zei Mark. 'Dit is net als de meeste facetten van ons werk iets nieuws. Ik neem aan dat de verdeling van het honorarium zal worden bepaald door hem en Jeffrey Corbett.'

'Corbett heeft zich nog niet gemeld,' zei Todd.

'Nee, dat is waar. We zien hem op de negentiende.'

'We?' vroeg Todd.

'Ja. Ik wil dat je meekomt en aantekeningen maakt.'

'Dus word jij de advocaat en ik de juridisch assistent?'

'Junior *associate*.'

'Jeetje man, bedankt! En als Corbett nee zegt?'

'Twee dagen daarna hebben we een afspraak met Sully Perlman, de op een na beste medische-foutadvocaat in de stad. Als Corbett niet wil, gaan we naar Perlman. Als Corbett wel meedoet, zeggen we Perlman af.'

'Je praat alsof je weet wat je doet,' zei Zola.

'Ik heb geen idee, maar ik ben al heel goed in doen alsof,' zei Mark.

Todd vroeg: 'Maar hoe ga je doen alsof wanneer iemand van het kantoor van Corbett of Mossberg een heel klein beetje gaat graven en ontdekt dat we niet echt een vergunning hebben om in het District als advocaat op te treden, of eigenlijk nergens? Dat bevalt me niet aan deze zaak. In de rechtbanken zijn we redelijk veilig, omdat niemand ons nog lijkt te zien en het onze cliënten geen zak kan schelen of we doen alsof. Maar dit is iets anders: dit is procederen om een heleboel geld waarbij een heleboel slimme mensen wel opletten.'

'Mee eens,' zei Zola. 'Misschien is dit een idee, ik heb geen idee of het werkt, omdat we immers nergens een idee van hebben. We hebben immers op Foggy Bottom gezeten. Maar stel dat er in deze zaak wordt geschikt voor 2 miljoen dollar, de maximale schadevergoeding in Virginia. Dan krijgen de advocaten een derde van het bedrag...'

Mark hief zijn hand en zei: 'Sorry dat ik je in de rede val, maar het wordt waarschijnlijk veertig procent. Ik heb over een paar zaken gelezen waarbij de rechter veertig procent heeft goedgekeurd, omdat er heel veel advocaten bij betrokken waren en de zaak heel ingewikkeld was. Ga er maar van uit dat Corbett en Mossberg voor veertig procent zullen gaan en dan heeft Ramon geen keus.'

Zola zei: 'Geweldig, dan gaan we uit van veertig procent. Corbett en Mossberg zullen dat gelijk verdelen, dus 400.000 dollar voor elk kantoor. Wij krijgen de helft van Corbetts aandeel, dus 200.000 dollar. Dit is het idiote idee: stel dat we met Corbett in gesprek gaan en hem ons belang aanbieden – nu meteen, van tevoren – en dat we ons terugtrekken voordat iemand nieuwsgierig wordt en begint te graven?'

'Hoeveel?' vroeg Mark.

'De helft. Trek daar nog eens de helft af en dan krijgen we 100.000 dollar.' Ze knipte met haar vingers. 'Zomaar. Dan krijgen we ons geld meteen, hoeven we ons niet met de zaak te bemoeien en ook niet bang te zijn dat we worden betrapt.'

'Briljant,' zei Todd. 'Goed voorstel. Maar is het wel mogelijk om je aandeel in een rechtszaak te verkopen?'

'Ik heb me er goed in verdiept en nergens gezien dat het ethisch verboden zou zijn,' zei ze.

Mark zei: 'Geen verkeerd plan. We kunnen dit wel bespreken met Corbett.'

Morgana Nash van NowAssist schreef:

Beste Mark Frazier,

Daar ben ik weer, gewoon even kijken hoe het met je gaat. Hoe zijn de colleges dit semester? Nog plannen voor de voorjaarsvakantie? Ik hoop dat je onderweg bent naar Florida of een strand.

De laatste keer dat we contact hadden, was je nogal somber gestemd en absoluut niet gemotiveerd voor je studie. Ik hoop dat het nu beter met je is. We moeten heel binnenkort het terugbetalingsplan bespreken. Stuur me zo snel mogelijk even een berichtje.

Meest recente storting: 13 januari 2014: 32.500 dollar
Totale schuld, hoofdsom plus rente: 266.000 dollar

Hoogachtend,
Morgana Nash
Consulente Publieke Sector

Mark schreef uiteindelijk terug:

Beste mevrouw Nash,

In mijn laatste mailtje heb ik u beleefd verzocht me met rust te laten, omdat ik in therapie ben en mijn therapeut u echt niet mag. Hij zegt dat ik, doordat mijn studieschuld zo hoog en zo verstikkend is, op het punt sta emotioneel in te storten. Hij zegt dat ik kwetsbaar ben. Laat me dus alstublieft met rust, anders zal ik mijn therapeut moeten vragen contact op te nemen met jullie advocaat.

Hoogachtend,
Mark Frazier

Todd kreeg bericht van Rex Wagner van Scholar Support Partners:

Geachte meneer Lucero,

Ik heb het genoegen gehad om honderden studenten te mogen helpen met hun leningen, zodat ik alles al eens heb meegemaakt. Het is niet ongebruikelijk dat iemand als u – zonder baan – probeert me te negeren. Sorry hoor, maar ik ga niet weg, en uw schuld ook niet.
We moeten het hebben over een terugbetalingsplan, al was het al-

leen maar om af te spreken dat de terugbetalingen worden uitgesteld tot u een zinvolle baan hebt gevonden. Neem alstublieft zo snel mogelijk contact met me op.

Meest recente storting: 13 januari 2014: 32.500 dollar
Totale schuld, hoofdsom plus rente: 195.000 dollar

Hoogachtend,
Rex Wagner
Senior Leningconsulent

Waarop Todd meteen antwoordde:

Beste ss Senior Leningconsulent Wagner,

Als je voelt dat het valluik wegklapt, denk je aan manieren om te ontsnappen. Wanhopige manieren, zoals stoppen met je studie en je verbergen. Of je meteen in gebreke laten stellen, zodat het klaar is. Dan word ik maar in gebreke gesteld. Dat stelt toch niets voor? U weet vast ook dat vorig jaar ruim één miljoen studenten in gebreke zijn gesteld. Zij zijn allemaal voor de rechter gedaagd, maar niet een van hen heeft de doodstraf gekregen. U kunt me dus wel voor de rechter slepen, maar me niet doden, oké? U kunt mijn kredietwaardigheid voor de rest van mijn leven ruïneren, maar dit is de situatie: ik ben klaar met u en uw bedrijf en de law school, en ik ben klaar met die schuld. Klaar, voor altijd. De rest van mijn leven zal ik geen schulden meer maken.

Uw vriend,
Todd Lucero

Tildy Carver van LoanAid stuurde Zola het volgende mailtje:

Hallo Zola,

Nog maar twee maanden te gaan. Je kijkt vast uit naar je afstuderen. Je verdient het! Dankzij je harde werk en doorzettingsvermo-

gen ben je zo ver gekomen, mijn complimenten. Gefeliciteerd! Ik weet dat je familie trots op je is.
Heb je al een baan, laat me dat even weten. We moeten een ruwe opzet maken van je terugbetalingsplan. Ik ben er voor je.

Hoogachtend,
Tildy Carver
Senior Leningconsulent

Meest recente storting: 13 januari 2014: 32.500 dollar
Totale schuld, hoofdsom plus rente: 191.000 dollar

Zola wachtte een paar dagen en antwoordde ten slotte:

Geachte mevrouw Carver,

Ik ben bang dat er niets te melden is. Ik kan geen baan kopen. Ik blijf solliciteren tot ik ben afgestudeerd, en daarna ga ik ermee door. Als mijn pech aanhoudt, krijg ik misschien een baan bij een accountantskantoor. Als dat het geval is, laat ik u dat meteen weten.

Vriendelijke groet,
Zola Maal

26

Jeffrey Corbetts kantoor bevond zich op de bovenste twee verdiepingen van een fraai glazen gebouw vlak bij Thomas Circle. In de chique lobby bracht een geüniformeerde portier Mark en Todd naar 'meneer Corbetts lift', een exclusieve lift die alleen naar de zesde en zevende verdieping ging. Toen de liftdeuren opengleden, liepen ze een prachtige receptieruimte binnen met minimalistische meubels en moderne kunst. Een aantrekkelijke jonge vrouw verwelkomde hen met een handdruk en vroeg of ze koffie wilden. Toen ze wegliep, keken ze haar na. Zodra ze terugkwam met de koffie, in dunne porseleinen kopjes, liepen ze achter haar aan een hoek om naar een vergaderzaal met een weids uitzicht over het centrum. Daar liet ze hen alleen en keken ze haar weer na.

De vergadertafel was lang en breed, en bekleed met donkerrood leer. Er stonden zestien ranke leren stoelen omheen. Aan de muren hing zelfs nog meer kunst. Alles wat ze hadden gezien had een verleidelijke uitstraling van enorm succes en weelde.

'Kijk, dit moet je dus doen als advocaat,' zei Todd met een bewonderende blik om zich heen.

'Tja, dat zullen we nooit bereiken.'

Corbett had zijn geheel eigen werkwijze. Om drie uur 's middags zouden Mark en Todd een gesprek hebben met een associate, Peter, en met een juridisch assistente, Aurelia. Deze zouden ongeveer een uur lang de stapels medische dossiers van Ramon doornemen, plus het verslag van dokter Koonce. De dossiers en het verslag zaten nog in Marks aktetas. Hij had aangeboden ze per post toe te sturen, maar dat was niet hun manier van werken.

Wanneer de voorlopige bespreking goed verliep, zou Corbett zich losrukken van zijn drukke werkzaamheden en de deal sluiten.

Peter kwam binnen en stelde zichzelf voor. Hij was een jaar of vijfendertig en volgens de website nog altijd een associate. Het kantoor had vijftien advocaten, van wie ongeveer de helft partner was, maar het was wel duidelijk – in elk geval op de website – dat er maar één baas was. Peter was informeel gekleed en droeg een dure kasjmieren trui en een kakikleurige lange broek. Aurelia, de juridisch assistente, kwam ook binnen en droeg een spijkerbroek. Iedereen stelde zich aan elkaar voor.

Peter was nieuwsgierig naar hun kantoor, en al na een paar seconden hadden Mark en Todd het moeilijk. Ze vertelden hun gebruikelijke verhaal: drie vrienden hadden het helemaal gehad met de grote kantoren en waren voor zichzelf begonnen. Zodra het kon vroeg Mark: 'Jullie doen dus een heleboel van dit soort zaken?'

'Een heleboel,' zei Peter zelfvoldaan, terwijl Todd kopieën uitdeelde van het verslag van dokter Koonce. Aurelia had nog niets gezegd en het was nu al duidelijk dat zij ook zo weinig mogelijk zou zeggen.

'Mag ik de medische dossiers zien?' vroeg Peter, toen hij zag dat ze voor Mark op de tafel lagen.

'Zeker.'

'Hoeveel kopieën hebben jullie meegenomen?'

'Eentje maar.'

'Oké. Is het goed als we snel nog een kopie maken? Dan nemen Aurelia en ik ze door en maken aantekeningen. Dat gaat sneller als we allebei een exemplaar hebben.'

Mark en Todd haalden hun schouders op. *Doe maar wat je niet laten kunt.*

Aurelia vertrok met de dossiers. Peter liep voor dringende zaken naar zijn kantoor. Mark en Todd checkten hun telefoons en genoten van het uitzicht op de stad. Ramon had al twee voicemails ingesproken.

Een kwartier later kwam Aurelia terug met twee stapels dossiers. Peter kwam ook weer binnen en iedereen ging zitten. Peter zei: 'Dit zal ongeveer een uur in beslag nemen, voor de eerste inzage. Jullie mogen natuurlijk hier blijven, maar misschien willen jullie liever naar buiten en een wandeling maken.'

Todd wilde vragen of hij bij de secretaresse in de receptieruimte mocht zitten, maar hield zijn mond. Mark zei: 'We blijven.'

Peter en Aurelia begonnen de dossiers door te ploegen en maakten tientallen aantekeningen. Todd liep naar de gang om een telefoongesprek te voeren. Mark verstuurde mailtjes met zijn telefoon. De minuten verstreken langzaam. Het werd hun al snel duidelijk dat Peter en Aurelia veel verstand hadden van medische dossiers.

Een halfuur later verliet Peter de vergaderzaal. Hij kwam terug met Jeffrey Corbett, een slanke man van een jaar of vijftig met grijs haar. Mark en Todd hadden zoveel over hem gelezen dat ze het gevoel hadden dat ze hem al kenden. Hij praatte met een volle, gladde stem, die de juryleden kennelijk bijna hypnotisch vonden. Hij had een warme en charismatische glimlach; deze man kon je vertrouwen.

Corbett ging aan het hoofd van de tafel zitten en hield op met glimlachen. Hij keek Mark en Todd fronsend aan en zei: 'Jullie hebben de boel echt verkloot.'

Mark en Todd hielden ook op met glimlachen.

Corbett zei: 'Jullie hebben op 10 februari een contract ondertekend met meneer Ramon Taper. Twee dagen later huurden jullie dokter Koonce in en op 19 februari gaf hij jullie zijn verslag, volgens de datum op dat verslag. Zes dagen later, op 25 februari, verliep de verjaringswet. De zaak speelt in Virginia, en in Virginia is deze zaak na twee jaar verjaard. Na drie jaar in Maryland, na vijf jaar hier in het District. Maar slechts twee in Virginia.'

Mark zei moeizaam: 'Sorry, maar de baby is vorig jaar geboren, op 25 februari 2013. Dat staat daar, boven aan de bladzijde van het opnameformulier van het ziekenhuis.'

Peter zei, met een arrogante blik: 'Ja, maar die datum klopt niet. Dat is de eerste datum die je ziet als je naar de dossiers kijkt, en kennelijk ook de enige datum die jullie hebben gezien. Jullie, en dokter Koonce, neem ik aan. Iemand schreef 2013 in plaats van 2012, en daar zijn jullie ingetrapt. De baby is geboren op 25 februari 2012.'

Ook al was het onnodig, Corbett zei: 'Koonce is trouwens een charlatan, beroeps-getuige-deskundige, omdat hij is mislukt als echte arts.'

Nou, maar hij gaf ons jouw naam! riep Mark bijna, maar hij was te verbijsterd om ook maar iets te zeggen.

Even verbijsterd en onwetend als een eerstejaarsrechtenstudent keek Todd Corbett aan en vroeg: 'Dus, wat wilt u daarmee zeggen?'

Corbett zwaaide naar hem met zijn wijsvinger. 'Daarmee zeg ik, jongeman, dat jij en je onbeduidende kantoortje op de zaak zaten terwijl de verjaringswet afliep, waardoor er dus geen rechtszaak meer kan worden gevoerd. Jullie zijn nalatig geweest en kunnen er donder op zeggen dat jullie zullen worden vervolgd door jullie cliënt. Jullie kunnen je nergens op beroepen, nergens op! Dit is de grootste nachtmerrie van een advocaat, en onacceptabel. Punt uit. Ja, jullie cliënt heeft zijn zaak bijna twee jaar laten slepen, maar dat is helemaal niet ongebruikelijk. Jullie hebben voldoende tijd gehad om je voor te bereiden en een kort geding aan te spannen om de klok stil te zetten. Maar dat is niet gebeurd.' Corbett stond op en bleef wijzen. 'Goed, ik wil dat jullie deze medische dossiers meenemen en mijn kantoor verlaten. Ik wil hier niets mee te maken hebben. Uit onze agenda blijkt duidelijk dat jullie pas contact met mijn kantoor hebben opgenomen op 27 februari, nadat de zaak was verjaard. Als het tot een rechtszaak komt, is er geen twijfel aan dat mijn kantoor deze zaak niet heeft ingezien voordat het te laat was.'

Peter en Aurelia stonden ook op.

Mark en Todd keken hen aan en stonden ook op. Mark mompelde zacht: 'Maar op het opnameformulier van het ziekenhuis staat dat het vorig jaar was, 2013.'

Corbett had helemaal geen medelijden met hen. 'Als u de dossiers had bestudeerd, meneer Upshaw, zou u hebben ontdekt dat het in 2012 is gebeurd, langer dan twee jaar geleden.'

Met een dramatisch gebaar schoof Peter de originele dossiers over de tafel alsof hij een rokend pistool overhandigde.

Mark keek hem geschrokken aan en vroeg: 'Dus wat moeten we nu doen?'

Corbett zei: 'Daar kan ik niets over zeggen, ik heb dit nooit eerder meegemaakt. Maar ik neem aan dat jullie je fouten-en-omissieverzekering informeren. Hoe hoog is jullie dekking?'

Fouten-en-wat? Dekking? Mark keek naar Todd die al naar hem keek; beiden waren verbijsterd. 'Dat zal ik moeten nazien,' zei Mark, nog steeds zacht.

Corbett zei: 'Doe dat. Ga nu alstublieft weg en neem die dossiers mee.'

Peter liep naar de deur en deed hem open. Mark pakte de stapel dossiers, liep achter Todd aan en verliet het vertrek. Iemand sloeg de deur achter hen dicht. De aantrekkelijke secretaresse zat niet aan haar bureau. De met eikenhout beklede lift leek kleiner toen ze naar beneden gingen. De portier was minder vriendelijk toen ze het gebouw verlieten. Mark en Todd zeiden niets tot ze veilig in Todds auto zaten en nadat ze Ramons medische dossiers op de achterbank hadden gegooid.

Todd klemde het stuur vast en zei: ‘Nou zeg, dit is de laatste zaak die we aan die lul doorverwijzen.’

Ergens kon Mark er de humor wel van inzien en hij begon te lachen. Om niet in huilen uit te barsten lachte Todd met hem mee. Ze bleven lachen tot ze achter de Rooster Bar uit de auto stapten.

Zola vond hen in hun gebruikelijke zitje, met een leeg glas voor zich. Na een blik op hun gezicht wist ze dat ze hier al een poosje zaten. Ze ging naast Mark zitten en keek naar Todd. Geen van beiden zei iets. Ten slotte vroeg ze: ‘Oké, hoe is het gegaan?’

Todd vroeg: ‘Heb je ooit gehoord van een fouten-en-omissieverzekering? Voor advocaten?’

‘Volgens mij niet. Hoezo?’

Mark zei: ‘Nu blijkt dat iedere advocaat met een vergunning een aansprakelijkheidsverzekering heeft die over het algemeen fouten-en-omissies wordt genoemd. En deze verzekering is heel handig als de advocaat het verkloot en iets heel doms doet, zoals een zaak in de la laten liggen tot die is verjaard en in rook opgaat, voor altijd. Dan wordt de cliënt kwaad en sleept de advocaat voor de rechter, waarna de advocaat van de verzekeringsmaatschappij hem verdedigt. Het is een bijzonder verstandige verzekering.’

‘Jammer dus dat we die niet hebben,’ zei Todd.

‘Want die zouden we nu goed kunnen gebruiken. We wisten niet dat de zaak al was verjaard, Zola, de zaak van Ramon. De verjaringstermijn liep af op 25 februari, twee jaar nadat de baby stierf. Twee jaar in Virginia. Heb jij dat op law school geleerd?’

‘Nee.’

‘Wij alle drie dus niet. Zes dagen nadat ik met Koonce sprak en twee dagen voordat ik Corbetts kantoor voor het eerst belde, is de verjaringstermijn afgelopen. Daar kunnen we niet omheen en het is mijn schuld.’

'Onze schuld,' zei Todd. 'Ons kantoor. Allen voor één en één voor allen, weet je nog?'

'Niet zo snel,' zei ze.

Mark zei: 'Twee van Corbetts mensen zagen dat toen ze de dossiers doornamen. Toen gingen ze hem halen en stuurde hij ons weg. Op een bepaald moment dacht ik dat hij de beveiliging zou bellen om ons naar buiten te begeleiden.'

'Een charmante man dus?'

'Ik kan het hem niet kwalijk nemen,' zei Todd. 'Hij zorgt er gewoon voor dat zijn kantoor geen blaam treft. Het komt niet elke dag voor dat een paar stomkoppen zijn kantoor binnenlopen met een grote zaak die al dood is, en die bovendien te stom zijn om dat te weten.'

Zola knikte en probeerde alles te verwerken.

Mark wenkte een ober en bestelde nog een rondje.

Zola vroeg: 'Hoe heeft Ramon dit bericht opgenomen?'

Mark kreunde en glimlachte. 'Ik heb hem nog niet gebeld. Ik vind dat jij dat moet doen.'

'Ik?! Waarom?'

'Omdat ik een lafaard ben. En omdat jij dat heel goed zou kunnen doen. Ga iets met hem drinken. Gooi al je charme in de strijd. Dan raakt hij geïmponeerd en eist hij misschien geen 5 miljoen dollar schadevergoeding.'

'Je maakt een grapje zeker,' zei ze.

'Ja hoor, Zola,' zei Mark, 'ik maak een grapje, ik doe het zelf wel. Ik maak wel een afspraak met Ramon en red me wel. Maar het echte probleem is Mossberg. Hij zit bij de telefoon te wachten op het bericht van onze expert. Op een bepaald moment, heel binnenkort zelfs, moet ik hem de waarheid vertellen. Deze rechtszaak is voorgoed verleden tijd. Hij zal ons voor de rechter dagen namens Asia, en dan is onze dekmantel naar de maan. Zo eenvoudig is het.'

'Waarom zou hij ons voor de rechter dagen als we geen verzekering hebben en geen geld?' vroeg ze.

'Omdat hij advocaat is. Hij sleept iedereen voor de rechter.'

Todd zei: 'Wacht even. Dat is een heel goede vraag. Stel dat we gewoon naar Mossberg gaan en hem de waarheid vertellen? Hij zit helemaal in Charleston en het kan hem geen zak schelen wat wij hier doen. We vertellen hem dat we met onze studie zijn gestopt en proberen als straatadvocaat wat geld te verdienen zonder vergunning van de Orde. Natuurlijk hebben we zijn zaak verkloot en dat vinden we heel erg. We zijn immers maar een stelletje stomkoppen? Maar waarom zou hij ons voor de rechter slepen als we geen cent hebben? Waarom zou hij daar papier aan verspillen? Verdomme, hij heeft meer dan genoeg andere zaken!'

'Goed, dan rij jij maar naar Charleston,' zei Mark, 'want dat haalt mijn Bronco niet.'

'Wat ga je tegen Ramon zeggen?' vroeg ze.

De ober zette twee glazen bier en een glas frisdrank op de tafel.

Mark nam een grote slok en veegde zijn mond af. 'Ramon? Nou, ik neem aan dat het rampzalig is als we hem de waarheid vertellen, dus laten we voorlopig maar even doorgaan met liegen. Ik zal hem vertellen dat onze expert de feiten niet positief inschatte, geen schuld kon ontdekken en dat we dus op zoek zijn naar een andere expert. We hebben wat tijd nodig, dus moeten we hem aan het lijntje houden. We laten een paar maanden verstrijken. Vergeet niet dat hij deze zaak al twee jaar heeft laten liggen en meestal niet weet wat hij moet doen.'

'Maar nu zal hij zich niet meer bedenken,' zei Todd. 'Je hebt hem heel enthousiast gemaakt.'

'Heb jij een beter idee?'

'Nee, op dit moment niet. Het is het best om te blijven liegen. Met ons werk... bij twijfel moet je doorgaan met liegen.'

27

Op vrijdag 21 maart, twee dagen na het begin van het einde van UPL, had Edwin Mossberg voor twaalf uur 's middags al twee keer gebeld.

Mark negeerde beide telefoontjes. Hij verborg zich in de koffiebar op de bovenverdieping van een oude, volle tweedehandsboekwinkel vlak bij Farragut Square, waar hij de gratis dagbladen las en de tijd doodde. Todd zou de gangen van de districtsrechtbank afschuimen, terwijl Zola zich zou ophouden in de gebedskamer van een ziekenhuis waar families werden opgevangen door predikanten. Mark betwijfelde echter of de andere twee echt hard aan het werk waren. Hun droom van een grote, gemakkelijke inkomstenbron had de druk wat verlicht en hun een vals gevoel van veiligheid gegeven.

Ze waren volkomen overdonderd nu deze droom zo radicaal was doorgeprikt. Ze hadden afgesproken dat ze nu twee keer zo hard zouden werken en zouden proberen zo veel mogelijk contant geld te incasseren, voordat hun motivatie door deze blunder helemaal verdween.

Mossbergs mailtje sloeg in als een bom.

Meneer Upshaw,

Ik heb twee keer geprobeerd u telefonisch te bereiken. Zit u wel boven op deze zaak? Mijn cliënt is niet zeker van de datum van de bevalling, maar ze denkt dat het in deze tijd van het jaar was, eind februari of begin maart 2012. Nogmaals, we hebben de medische dossiers niet in ons bezit. Virginia hanteert een verjaringstermijn van twee jaar, sinds de hervorming van de onrechtmatige-daadwetgeving, maar ik weet zeker dat u zich daarvan bewust bent. Bel me alstublieft zo spoedig mogelijk.

Met inbegrip van de lening voor de kosten van levensonderhoud die zo gul door het ministerie van Onderwijs was verstrekt, plus het honorarium dat ze in een kleine twee maanden hadden verdiend met het onbevoegd werken als advocaat, minus de uitgaven voor een nieuwe computer en printer, nieuwe kleren, tweedehandsmeubels en eten, had Upshaw, Parker & Lane bijna 52.000 dollar in bezit. De drie partners vonden dat het kantoor wel een retourvlucht naar Charleston kon betalen.

Mark kocht het ticket op Reagan National, vloog eerst naar Atlanta en vervolgens naar Charleston. Op het vliegveld nam hij een taxi naar een oud pakhuis in het centrum dat meneer Mossberg en co hadden veranderd in een fantastisch kantoor met uitzicht op de haven. De lobby was een museum gewijd aan de beste advocaten van het kantoor. De muren hingen vol ingelijste krantenartikelen over overwinningen en gigantische schadevergoedingen. In een hoek had men een waterkoeler tentoongesteld die ooit was ontploft en een paar mensen had gedood. Bij een raam hing een jachtgeweer naast een röntgenfoto van een slagpin in iemands hoofd. Hier lag een kettingzaag, daar stond een grasmaaier. Nadat Mark tien minuten te midden van dit slagveld had doorgebracht, was hij ervan overtuigd dat geen enkel product veilig was.

Het kantoor van Mossberg rook, net als dat van Corbett, naar gemakkelijk verdiende miljoenen en fenomenale successen. Hoe waren sommige advocaten erin geslaagd zo rijk te worden? Waar was Marks juridische carrière de verkeerde kant op gegaan?

Een assistente kwam hem halen en nam hem mee de trap op naar een enorm kantoor. Daar stond Edwin Mossberg voor een groot raam naar de haven te kijken en te luisteren naar iemand aan de telefoon. Hij keek Mark fronsend aan en gebaarde dat hij op een dikke leren bank moest gaan zitten. Het kantoor was groter dan de hele derde verdieping waar Mark en Todd zich momenteel verscholen.

Eindelijk stopte Mossberg zijn telefoon in zijn zak, stak zijn hand uit en zei, zonder glimlach: 'Aangenaam kennis te maken. Waar zijn de medische dossiers?'

Mark had ze niet bij zich, zelfs geen aktetas. 'Niet meegenomen,' zei hij. 'We moeten praten.'

'Jullie hebben de verjaringstermijn gemist, klopt dat?'

‘Klopt.’

Mossberg ging op de bank aan de andere kant van een salontafel zitten en keek hem aan. ‘Dacht ik al. Wat zei jullie expert?’

‘Dat we ze in de tang hadden, grove nalatigheid, dat soort dingen. Hij heeft die datum ook niet gezien, Corbett zei dat hij een charlatan was en dat de verjaringstermijn zes dagen daarna afliep, twee dagen voordat ik voor het eerst naar het kantoor van Corbett belde.’

‘Jeffrey Corbett?’

‘Ja. Kent u hem?’

‘Zeker wel. Hij is een uitstekende advocaat. Jullie hebben dus 2 miljoen dollar laten liggen.’

‘Lijkt het wel op.’

‘Wat is het maximale bedrag van je schadevergoeding?’

‘Ik heb geen verzekering.’

‘Je werkt als advocaat zonder fouten-en-omissiesverzekering?’

‘Klopt. Ik werk ook als advocaat zonder vergunning.’

Mossberg ademde diep in, en weer luidruchtig uit met een schrapend, bijna grommend geluid. Hij zwaaide met zijn handen en zei: ‘Vertel me het hele verhaal maar.’

Binnen tien minuten had Mark hem alles verteld. Drie goede vrienden op een slechte law school, enorme schulden, slechte banenmarkt, Gordy en de brug, de gruwelen van het rechtbankexamen, de onmogelijkheid van de terugbetaling, het idiote idee om in de rechtbanken cliënten te scoren, de deal met een aantrekkelijke openbaar aanklager die leidde tot een grotere deal voor Benson die weer leidde tot de verwijzing naar Ramon. En nu was dit de situatie.

‘Dachten jullie echt dat je niet zou worden betrapt?’ vroeg Mossberg.

‘We zijn niet betrapt. U bent de enige die het weet, en wat kan het u schelen? U hebt meer dan genoeg zaken, u hebt meer geld dan u kunt uitgeven, u woont ver bij D.C. vandaan en het is niet zo dat we honorarium van u afpikken.’

‘Behalve dan voor deze medische-foutzaak.’

‘Inderdaad. Die hebben we verkloot. Maar we moeten niet vergeten dat uw cliënt en mijn cliënt deze zaak tot het laatste moment hebben laten liggen.’

‘Wat ga je tegen je cliënt zeggen?’

‘Dat er geen sprake is van schuld, en dat is ook niet zo. Misschien laat hij het erbij zitten, misschien veroorzaakt hij stampij. We zien wel. Zo te zien hebt u hetzelfde probleem.’

‘Niet echt. Ik heb geen ondertekend contract met Asia. In medische-foutzaken, jongeman, teken je nooit een contract voor juridische diensten voordat je de medische dossiers hebt bekeken. Noteer dat maar bij alle andere dingen die je niet hebt geleerd.’

‘Bedankt. Wat gaat u haar vertellen?’

‘Weet ik niet. Daar heb ik nog niet over nagedacht. Ze is mentaal niet erg stabiel.’

‘U zou haar de waarheid kunnen vertellen en mij namens haar voor de rechter kunnen slepen, maar waarom zou u die moeite nemen? Ik heb geen cent en ik kan welk vonnis dan ook niet uitvoeren. Eerlijk waar, zelfs als u zou willen, zou u me in D.C. niet kunnen vinden. Anderen zijn ook al naar me op zoek.’

‘Is Mark Upshaw je echte naam?’

‘Nee.’

‘En Parker en Lane?’

‘Valse namen.’

‘Verbaast me niets. In de database van de Orde van Advocaten in D.C. konden we niets vinden over jou en je kantoor. Jullie laten een breed spoor achter, jongeman.’

‘Hebben jullie iemand daar gebeld?’

‘Volgens mij niet. Een van mijn juridisch assistenten heeft een beetje zoekwerk verricht.’

‘Ik zou het op prijs stellen als jullie niet doorgaan met zoeken. Ik heb u de waarheid verteld.’

‘Laat ik alles even samenvatten. Je bent gestopt met je rechtenstudie, hebt een andere naam aangenomen, werkt zonder vergunning als advocaat, wat een strafbaar feit is, en accepteert je honorarium in contanten zonder daar aangifte van te doen bij de belasting, wat volgens mij ook een strafbaar feit is, en nu heb je een prachtige medische-foutzaak verkloot waarmee je jouw cliënt en mijn cliënt meer geld door de neus hebt geboord dan ze ooit zullen zien. En dan heb ik het nog niet eens over het niet afbetalen van je studieschulden. Heb ik iets gemist?’

‘Een paar dingen misschien.’

'Natuurlijk. En wat wil je nu dat ik doe?'

'Niets. Laat het gaan. Negeer me. Wat hebt u erbij te winnen door me aan te geven bij de Orde van Advocaten van D.C.?'

'Ten eerste zou dat een leuke stap zijn in de richting van het opschonen van ons beroep. Wij hebben al genoeg problemen zonder dat nietsnutten zoals jullie het systeem besodemieteren.'

'Ik zou kunnen aanvoeren dat we waardevolle diensten verlenen aan onze cliënten.'

'Ramon Taper?'

'Nee, niet aan hem, aan anderen. Ramon was onze eerste stap in het mijnenveld van de letselschadewetgeving en eerlijk gezegd denk ik dat we daar wel genoeg van hebben gezien. We zullen het bij DUI's houden en de auto-ongelukken overlaten aan de jongens op de billboards.'

'Dat is goed om te horen.'

'Ik vraag u om een gunst, meneer Mossberg. Laat ons alstublieft met rust. Alles is sowieso al moeilijk genoeg.'

Mossberg stond op en zei: 'Verlaat mijn kantoor!'

Mark rolde met zijn ogen en liet zijn schouders hangen. Heel zacht mompelde hij: 'Dat heb ik volgens mij al vaker gehoord.'

Mossberg liep naar de deur en trok hem open. 'Eruit!'

Mark liep het kantoor uit, vermeed oogcontact en liep naar de trap.

Zijn terugvlucht had vertraging in Atlanta, en het was bijna middernacht toen Mark zijn appartement binnenkwam. De kans was groot dat hij dankzij die vertraging niet was doodgeschoten, of bijna was doodgeschoten.

Om een uur of negen die avond liep Ramon naar de Rooster Bar en ging aan de lange bar zitten. Todd stond achter de bar drankjes te mixen. De werknemers die na hun werk altijd even langskwamen waren alweer vertrokken en een stuk of zes vaste klanten zaten naar collegebasketbal te kijken.

Ramon bestelde een wodka-tonic en Todd zette die voor hem neer, samen met een bakje pinda's. 'Ken je deze man?' vroeg Ramon en hij liet Todd het visitekaartje zien van ene Mark Upshaw van advocatenkantoor Upshaw, Parker & Lane. Gevestigd op dit adres, waar hij nu was: 1504 Florida Avenue.

Todd keek ernaar en schudde zijn hoofd. Hij en Mark hadden de andere barkeepers en obers overgehaald te doen alsof ze van niets wisten als iemand langskwam en vragen stelde over hen, hun kantoor of hun kantoren. Tot dusver hield deze kleine samenzwering nog stand.

Ramon zei: 'Die man is mijn advocaat en volgens zijn kaartje houdt hij hier kantoor, op dit adres, maar dit is een bar, nietwaar?' Hij praatte onduidelijk.

Todd was opeens gefascineerd door zijn klant en hij wilde meer weten. 'Misschien is hij boven. Weet niet wat daar allemaal gebeurt, maar op dit tijdstip zul je daar echt geen advocaat vinden.'

'De man werkt voor me, snap je? Probeer hem al drie dagen te bellen en hij neemt niet op.'

'Misschien heeft hij het druk. Wat voor zaak heb je?'

'Grote.' Hij sloot zijn ogen en knikte.

Todd zag dat de man dronkener was dan hij had gedacht. Hij zei: 'Oké, als ik hem zie, wat moet ik dan tegen hem zeggen? Wie is naar hem op zoek?'

'Heet Ramon,' zei hij, amper opkijkend. Hij had zijn glas nog niet aangeraakt.

Todd haalde diep adem en liep weg. Hij liep naar de keuken en stuurde een berichtje naar Mark. *Onze cliënt Ramon is hier, dronken. Blijf weg. Waar zit je?*

Vliegveld Atlanta, vertraging.

Bel hem en maak hem iets wijs. Wat dan ook.

Doe ik.

Todd liep de bar weer in en bleef een meter van Ramon af staan, die geen enkele moeite deed zijn telefoon te pakken. Als Mark hem nu belde, nam Ramon niet op. Nog steeds met het visitekaartje in de hand wenkte hij Todd en zei: 'Hier staat toch Florida Avenue? Dus waar is dat advocatenkantoor dan?'

'Dat weet ik niet, meneer.'

'Volgens mij lieg je,' zei Ramon, luider nu.

'Nee, meneer. U hebt gelijk, dit is Florida Avenue, maar ik ken hier geen advocatenkantoor.'

Zelfs nog luider zei Ramon: 'Nou, ik heb een pistool in mijn auto, weet je dat wel? En als ik op de ene manier geen gerechtigheid kan krijgen, probeer ik het op een andere. Snap je?'

Todd knikte naar een andere barkeeper en liep naar Ramon toe. 'Luister, meneer, als u mensen gaat bedreigen moeten we de politie bellen.'

'Ik moet deze vent vinden, oké? Meester Upshaw, advocaat. Hij heeft mijn zaak aangenomen en volgens mij loopt hij voor me weg. En jij gaat de politie niet bellen, oké?'

'Waarom drinkt u uw glas niet leeg, dan bel ik een taxi voor u?'

'Hoef geen taxi. Heb een auto buiten staan met een pistool onder de stoel.'

'Dat is de tweede keer dat u het over een pistool hebt. Daar worden we hier erg zenuwachtig van.'

'Ik wil gewoon niet dat je de politie belt.'

'Die zijn al gebeld, meneer.'

Ramon ging opeens rechtop zitten en zijn ogen werden groot. 'Wat? Waarom heb je dat gedaan? Ik heb niemand iets misdaan.'

'Meneer, in deze stad nemen we het heel ernstig op als iemand over wapens begint te praten.'

'Hoeveel kost dat drankje?'

'Dat is van het huis, als u heel snel wilt vertrekken.'

Ramon gleed van de kruk en zei terwijl hij naar de deur liep: 'Snap niet waarom je de politie moest bellen.'

Todd liep achter hem aan naar buiten en keek hem na tot hij om de hoek was verdwenen. Als hij echt een auto had, zag Todd hem nergens staan.

28

Op een zaterdagochtend werd Todd laat wakker in het bed van Hadley Caviness, voor de tweede nacht op rij, en merkte dat ze weg was. Hij wreef in zijn ogen, probeerde zich te herinneren hoeveel hij had gedronken en kwam tot de conclusie dat het helemaal niet veel was. Hij voelde zich uitstekend en genoot van een extra uurtje slaap. Ze kwam terug, slechts gekleed in een groot T-shirt, met twee koppen koffie. Ze gingen rechterop tegen de kussens zitten en zaten in het donker.

Er was beweging in de kamer ernaast, een rammelend geluid, alsof een bed heen en weer schudde. Daarna gedempt gekreun van genot.

'Wie is dat?' fluisterde hij.

'Mijn huisgenootje. Gisteravond laat thuisgekomen.'

'Wie is haar vriendje?'

'Weet ik niet. Waarschijnlijk zomaar iemand.'

'Zij gaat dus ook met zomaar iemand naar bed?'

'Echt wel. We doen een soort wedstrijdje, om de hoogste score.'

'Dat bevalt me wel. Tel je mij één keer of twee keer mee?'

Hadley nam een slok koffie en ze luisterden terwijl in de kamer naast hen het gekreun toenam. 'Ik krijg één punt voor jou, en één voor je partner.'

'O, dus Mark is hier ook geweest?'

'Leuk geprobeerd. Ik zag jullie gisteren in de rechtbank met elkaar praten, toen je met me flirtte. Ik kon bijna liplezen. Volgens mij kon je de volgende dag niet meer ophouden met glimlachen.'

'Ik beken. Mark zei dat je geweldig bent in bed.'

'Meer niet?'

'Fantastisch lichaam, heel initiatiefrijk. Nu weet ik waarom. Omdat jij en je huisgenootje een wedstrijdje houden.'

'We zijn allebei zesentwintig en single, en hebben geen van beiden behoefte aan dat monogame gedoe. We zijn dus vrij en blij in een stad met ongeveer een miljoen jonge professionele mannen. Het is een sport geworden.'

De mannelijke partner bereikte zijn hoogtepunt, de vloer schudde en het bed hield op met kraken.

'Dat was te snel,' zei Hadley.

Todd ging rechtop zitten en vroeg: 'Dus jullie vergelijken de mannen?'

'Zeker weten. Debriefen is geweldig leuk, vooral nadat ze de hele week de stad uit is geweest en met allerlei mannen naar bed is geweest.'

'Ik wil niet weten wat mijn score is.'

'Ik heb een idee. Om de hoek is een bagelshop. Laten we hier weggaan en iets gaan eten. Ik heb een veel betere smaak voor mannen dan zij, en eigenlijk wil ik haar laatste onbekende verovering niet ontmoeten.'

'Bedankt, neem ik aan.'

'Kom mee.'

Ze kleedden zich snel aan en glipten haar appartement uit zonder het andere stel tegen te komen. Omdat het weekend was, was het druk in de bagelshop. Ze vonden een tafeltje bij de deur en persten zich in hun stoeltjes. Terwijl ze de geroosterde bagels aten, zei Todd: 'Weet je, je bent een veel te leuke meid om met de halve stad te slapen.'

Ze keek om zich heen. 'Niet zo luid, oké?'

'Ik fluister bijna.'

'Wat, wil je je soms settelen en trouwen of zo?'

'Daar ben ik nog niet helemaal klaar voor. Het lijkt gewoon vreemd dat zo'n stuk als jij zo graag met allerlei mannen naar bed gaat.'

'Wat ontzettend chauvinistisch! Voor jou is het dus oké om elke nacht met een andere vrouw naar bed te gaan, maar als een leuke meid dat doet is ze een slet?'

'Ik heb je geen slet genoemd.'

Een man aan het tafeltje ernaast keek naar hen.

Hadley nam een slok koffie en zei: 'Laten we het over iets anders hebben. Ik ben geïntrigeerd door jullie kleine kantoor. Ik heb jou en Mark Upshaw ontmoet, maar wie is Zola Parker?'

‘Een vriendin.’

‘Oké. Struint zij ook rechtbanken af, net als jij en Mark?’

‘Echt niet, zij doet letselschade.’ Todd hield zijn antwoorden kort en wilde over iets anders beginnen.

‘Heeft zij een vergunning om als advocaat te werken?’

Todd kauwde op zijn bagel en keek in haar prachtige ogen. ‘Natuurlijk.’

‘Weet je, ik werd nieuwsgierig en heb het even gecheckt bij de Orde van Advocaten. Daar schijnen ze jullie niet te kennen, jou, Mark en mevrouw Parker niet. Jullie moeten je inschrijven. En de registratienummers die jullie gebruiken staan niet in hun database.’

‘Het is bekend dat hun database niet klopt.’

‘Echt waar? Nooit eerder gehoord.’

‘Waarom ben je zo nieuwsgierig?’

‘Zo ben ik nu eenmaal. Je zei dat je in Cincinnati hebt gestudeerd en Mark in Delaware. Ik heb bij beide law schools gekeken en zij hebben nog nooit van jullie gehoord. Zola beweert te zijn afgestudeerd aan Rutgers, maar is er op de een of andere manier in geslaagd door de mazen van hun alumnivereniging te glippen.’ Hadley zei dit allemaal met een onaangename, betweterige glimlach.

Todd slaagde erin met een onbezorgde blik door te eten. ‘Je bent een echte stalker, nietwaar?’

‘Niet echt. Het gaat me niets aan, maar het lijkt gewoon vreemd.’

Todd glimlachte, terwijl hij eigenlijk het liefst die glimlach van haar gezicht had geslagen. ‘Nou, we zoeken nog mensen, dus als je het openbaaraanklagergedoe ooit beu bent...’

‘Ik betwijfel of we dan veel werk zullen verrichten op kantoor. Jullie hebben toch een kantoor? Ik weet dat jullie een adres hebben, maar iedereen kan een huisnummer gebruiken.’

‘Waar wil je naartoe?’

‘Nergens. Ik ben gewoon nieuwsgierig.’

‘Heb je die nieuwsgierigheid al met iemand gedeeld?’

‘Nee. Ik betwijfel of het iemand anders is opgevallen. Je hebt de perfecte plek uitgezocht voor je werk, met of zonder vergunning. Het is een dierentuin en het kan niemand iets schelen. Maar ik wil je toch een goede raad geven: blijf uit de buurt van de oude Witherspoon in Divisie 7. Hij is nieuwsgieriger dan de meeste rechters.’

'Bedankt. Nog meer mensen die ik moet ontlopen?'

'Niet echt. Als je mij maar niet ontloopt. Nu ik deel uitmaak van jullie samenzwering, zal ik je als het even kan helpen.'

'Je bent een schat.'

'Dat zeggen ze allemaal.'

Mark was aan het werk in de Rooster Bar toen Todd om twaalf uur 's middags binnenkwam. Todd toetste zijn code in op de prikklok, deed zijn werkschort voor en vulde een paar glazen. Zodra het kon trok hij zijn partner opzij en zei: '*Houston, we have a problem*.'

'Eentje maar?'

'Ik was vannacht weer bij mevrouw Hadley.'

'Rotzak die je bent! Ik ben uit geweest en heb haar gezocht.'

'Ik vond haar als eerste. Had vanochtend tijdens het ontbijt een leuk gesprekje met haar: zij heeft ons door, ze weet dat we geen vergunning hebben. Dat heeft ze gecheckt bij de Orde van Advocaten en ze weet dat we niet zijn afgestudeerd.'

'Verdomme!'

'Dat was ook mijn eerste reactie. Maar misschien is ze cool, zij zegt dat ze het aan niemand heeft verteld en wel van een paar geheimpjes houdt. Ze heeft zelfs aangeboden te helpen als het even kan.'

'Wat wil ze?'

'Meer van hetzelfde, volgens mij. Zij en haar huisgenootje genieten ervan om mannen op te pikken. Ze doen een wedstrijdje.'

Mark dwong zichzelf te lachen, maar niet omdat hij het leuk vond. 'Vraag me af of ze het druk hebben vannacht.'

'Ik durf te wedden van wel, met iemand anders.'

Mark zei: 'Shit!' en liep weg om een bestelling op te nemen. Todd droogde bierglazen terwijl hij langs hem heen liep en zei: 'Dit voelt als het begin van het einde.'

Zondagavond laat werd Ramon Taper gearresteerd voor het rijden onder invloed. Hij werd in de Central Jail opgesloten en bracht daar de nacht door in de dronkenmanscel. Maandagochtend kwam zijn vriendin daarnaartoe om te kijken hoe het met hem ging. Terwijl ze zat te wachten, ontmoette ze ene Darrell Cromley, een vriendelijke advocaat die zich helemaal thuis leek te voelen in de wachtkamer van Central Jail. Binnen de kortste keren had Cromley geregeld dat Ramon werd vrijgelaten op een persoonlijke borgstelling. Buiten de gevangenis, toen Darrell zijn standaardverhaal ophing over wat er hierna zou gebeuren, zei Ramon: ‘Zeg man, ik heb een advocaat, maar hij probeert me te ontlopen.’

‘Een advocaat waarvoor?’ vroeg Darrell op agressieve toon.

‘Ik heb een grote zaak in Virginia, medische fout. Mijn baby stierf een paar jaar geleden in het ziekenhuis en toen heb ik die schurk ingehuurd, Mark Upshaw. Ooit van hem gehoord?’

‘Nee, maar hier lopen een heleboel advocaten rond die je niet kunt vertrouwen.’

‘Hij is niet goed, dat kan ik je wel vertellen. Ik wil hem ontslaan, maar ik kan hem niet vinden. Doe jij ook medische-foutzaken?’

‘Dat is een van mijn specialiteiten. Vertel me daar eens meer over?’

29

Twee dagen later zat Mark in de rechtszaal van edelachtbare Fiona Dalrymple te wachten op een cliënt die schuld zou bekennen aan winkeldiefstal. Zoals gebruikelijk deed hij alsof hij een belangrijk document bestudeerde, terwijl hij ondertussen naar de advocaten keek die kwamen en gingen als hun zaak werd omgeroepen. Het was inderdaad een dierentuin, maar eentje waar de apen de touwtjes stevig in handen hadden. Een paar mensen kende hij, maar anderen had hij nooit eerder gezien, en alweer verbaasde hij zich over het enorme aantal advocaten dat nodig was om de raderen van het recht te laten draaien.

Een vloek uit het verleden verscheen in een spuuglelijk pak. Hij scande de rechtszaal, zoals alle advocaten doen als ze gezien wilden worden, liep door het hekje en kletste met een assistent-openbaar aanklager die om zich heen keek, Mark zag en knikte.

Darrell Cromley liep naar Mark toe en ging naast hem zitten. Hij gaf hem een visitekaartje en zei zacht: 'Ik ben Darrell Cromley, en jij bent Mark Upshaw, nietwaar?'

We hebben elkaar al eens ontmoet, dacht Mark, *en dit kan niet goed zijn*. 'Dat klopt.'

'Ik ben ingehuurd door Ramon Taper. Laten we even naar buiten gaan om te praten.'

Mark keek naar zijn visitekaartje. Darrell Cromley, letselschade. Hij wist heel zeker dat op zijn andere kaartje stond: Darrell Cromley, DUI-specialist. Darrell was kennelijk een man met vele talenten.

In de gang vertelde Darrell op zakelijke toon het afschuwelijke nieuws: 'Mijn kantoor is ingehuurd door meneer Taper, die de pech had om met drank op achter het stuur te worden aangehouden.'

Dus dat is de relatie!

Cromley verstijfde en keek Mark aandachtig aan. 'Hebben wij elkaar al eens eerder ontmoet? Je komt me bekend voor.'

'Dat genoegen heb ik nog niet gehad. Er lopen hier heel veel advocaten rond.'

'Dat is waar,' zei Darrell, nog niet overtuigd. Hij haalde wat papieren uit zijn versleten aktetas en gaf die aan Mark. 'Dit is een kopie van ons contract met meneer Taper, samen met een brief waarin hij jou ontslaat van je vertegenwoordiging. We hebben de afgelopen twee dagen onderzoek gedaan naar zijn medische-foutzaak in Virginia, en het ziet ernaar uit dat die zaak verjaard is. Dat wist je toch?'

'Zeker. We hebben de zaak bekeken en door een arts laten analyseren. Hij zei dat er geen sprake was van verwaarlozing. Het is dus geen zaak.' Mark voelde dat zijn knieën een beetje slap werden en zijn hartslag versnelde.

'Nee, het is inderdaad geen zaak, nu die verjaard is. Hebben jullie een kort geding geregeld om de verjaring te ontlopen?'

'Natuurlijk niet. Er is geen sprake van schuld. Een rechtszaak is slechts tijdverspilling.'

Darrell schudde gefrustreerd zijn hoofd, alsof hij met een idioot te maken had. Mark had zin om hem te slaan, maar dat leek hem niet zo slim. Een doorgewinterde straatadvocaat als Cromley was waarschijnlijk zelf ook een vrij goede vechtersbaas.

'Dat moeten we nog zien,' zei Cromley stoer. 'Ten eerste wil ik die medische dossiers. Die laat ik analyseren door een echte expert, en als er aanwijzingen zijn voor zelfs maar een klein beetje schuld, zijn de rapen gaar, vriend.'

'Het is geen zaak, Darrell.'

'Als ik jou was zou ik mijn verzekeraar maar bellen.'

'Zodat je een andere advocaat voor de rechter kunt slepen?'

'Echt wel, als dat er goed uitziet. Dat heb ik al eens eerder gedaan en ik zal het weer doen.'

'Dat geloof ik graag.'

'Stuur die dossiers naar me toe, oké?'

Op dat moment kwam er een angstige jonge vrouw naar hen toe en vroeg: 'Zeg, zijn jullie advocaten?'

Mark was te verdoofd om iets te zeggen.

Maar Darrell was snel en vroeg met zijn gebruikelijk frons: 'Inderdaad, wat is het probleem?'
Mark liep weg en liet hen alleen.

De partners verzamelden zich 's avonds in een zitje in de Rooster Bar, zo ver mogelijk bij de andere klanten vandaan. Ze waren volkomen ontmoedigd, want Mark had net zijn Cromley-verhaal verteld.
Zola vroeg: 'Dus wat gaat er nu gebeuren?'
Mark zei: 'We moeten maar van het ergste uitgaan. Het meest waarschijnlijke is dat Cromley de medische dossiers doorneemt – dat kan ik wel een paar dagen uitstellen, maar hij heeft zich erin vastgebeten – en ze daarna door een andere expert laat analyseren. Als de schuldvraag zo duidelijk is als Koonce zegt dat het is, dan weet Cromley binnen de kortste keren dat Ramon en zijn ex-vrouw een verdomd goede zaak hadden. Omdat ze de artsen en het ziekenhuis niet voor de rechter kunnen slepen, zijn wij de enigen bij wie hij het nog kan proberen. Dus zal hij 10 miljoen dollar schadevergoeding van ons kantoor eisen en dan zijn we zwaar de pineut. Op een bepaald moment, en we kunnen niet voorspellen wanneer precies, worden we betrapt. Hij zal ons natrekken bij de Orde van Advocaten en dan weet hij hoe de vork in de steel zit. Dan stelt de Orde van Advocaten de rechtbank op de hoogte en wordt er een onderzoek gestart. Onze namen staan op tientallen gerechtelijke bevelen, dus zal het niet veel tijd kosten om te begrijpen hoe de zaak in elkaar steekt.'
'En dan volgt er een strafrechtelijk onderzoek?' vroeg Zola.
'Ja, toen we begonnen wisten we dat het een strafbaar feit is om zonder vergunning als advocaat te werken. Geen ernstig strafbaar feit, maar toch een strafbaar feit.'
'Maar een overtreding, geen misdrijf.'
'Een overtreding.'
Todd zei: 'Er is nog iets, Zola. We wilden je dit al eerder vertellen, maar hebben daar geen kans voor gehad.'
Ze zei: 'Ik kan niet wachten. Laat maar horen.'
Mark en Todd keken elkaar aan en Todd begon: 'Weet je, in Divisie 10 werkt een aantrekkelijke openbaar aanklager, Hadley Caviness. Mark heeft haar een paar weken geleden in een bar leren kennen en is met haar naar bed geweest. Ze is kennelijk gek op seks, en met

verschillende mannen. Ik kwam haar een keer tegen in de rechtbank en van het een kwam het ander, en wij hadden ook seks – twee keer. Toen we de ochtend daarna een bagel zaten te eten vertelde ze me dat ze ons nepkantoor doorheeft. Ze zegt dat ze het geen probleem vindt, het wel grappig vindt, graag geheimen bewaart en zo, maar in deze wereld kun je niemand vertrouwen.'

'Vooral nepadvocaten niet,' zei Zola. 'Ik dacht dat we onze contacten met anderen zouden beperken.'

'Dat heb ik geprobeerd,' zei Mark.

'Het is echt een schatje,' zei Todd.

'Waarom hebben jullie me dit niet eerder verteld?'

'Het is dit weekend pas gebeurd,' zei Mark. 'Volgens ons vormt ze geen gevaar.'

'Geen gevaar?' zei Zola en ze rolde met haar ogen. 'Dus we hebben de aantrekkelijke Hadley waar we rekening mee moeten houden, en Darrell Cromley waar we ons pas echt zorgen over moeten maken.'

'En vergeet Mossberg in Charleston niet,' zei Mark. 'Dat is een rotzak en hij zal niets leuker vinden dan ons erbij lappen.'

'Geweldig,' zei ze. 'We zijn nog maar drie maanden bezig en Upshaw, Parker & Lane gaat al ten onder.' Ze nam een slok van haar frisdrank en keek om zich heen in de bar. Het bleef heel lang stil, terwijl de drie hun wonden likten en zich afvroegen wat ze nu moesten doen. Ten slotte zei ze: 'Het was een foute zet hè, om die medische-foutzaak aan te nemen? We hadden geen idee wat we ermee aan moesten en we hebben het echt verkloot. Een ramp voor ons, maar denk eens aan Ramon en zijn ex-vrouw. Die krijgen nu geen cent, dankzij ons.'

'Ze hebben twee jaar geen enkele stap ondernomen, Zola,' zei Mark.

Todd zei: 'We kunnen hier eindeloos over doorpraten, maar daar schieten we niets mee op. We moeten nu nadenken over onze toekomst.'

Na alweer een lange stilte liep Todd naar de bar, haalde twee biertjes en liep ermee terug naar hun tafeltje. Hij zei: 'Denk hier eens aan: als Cromley ons voor de rechter sleept wegens nalatigheid, zijn de namen van de verdachten Todd Lane, Mark Upshaw en Zola Parker. Drie mensen die niet bestaan. Hoe kan hij onze echte identiteit ontdekken?'

Zola vroeg: 'We gaan er ook van uit dat de schattige Hadley onze echte namen ook niet kent, toch?'

'Natuurlijk niet,' zei Mark.

'En Mossberg?'

'Hij heeft geen idee.'

'Dan moeten we ons dus verbergen of vluchten,' zei ze.

'We verbergen ons al,' zei Todd. 'Maar ze zullen ons vinden. Verdomme, als Ramon zo dichtbij kan komen, weet ik wel zeker dat professionele rechercheurs ons kunnen vinden. Ons adres staat op minstens een miljoen visitekaartjes die we overal hebben uitgedeeld.'

'Snel zal er niet iets gebeuren,' zei Mark, 'want Cromley zal minimaal een maand nodig hebben om een rechtszaak in gang te zetten. We zullen weten wanneer hij zover is door de rol in de gaten te houden. Daarna zal hij beseffen dat hij mensen voor de rechter daagt die niet bestaan en heeft hij zelfs nog meer tijd nodig om iets te bereiken. Dan zal de Orde van Advocaten hem opjutten om op zoek te gaan naar drie nepadvocaten.'

Todd zei: 'Ik neem aan dat we uit de buurt van de rechtbanken moeten blijven.'

'Echt wel. Die tijd is voorbij. Het is afgelopen met het ronselen van de armen en de onderdrukten.'

'Wat doen we dan met de lopende zaken? We kunnen die mensen toch niet gewoon laten stikken?'

Mark zei: 'Dat gaan we dus wel doen. We kunnen deze zaken niet afronden, omdat we niet het risico kunnen nemen om terug te gaan naar de rechtbank. Nogmaals, die tijd is voorbij. Vanaf nu nemen we geen telefoontjes meer aan van cliënten of van wie dan ook eigenlijk. Laten we onze prepaidtelefoons gebruiken om contact met elkaar te houden en alle andere oproepen negeren.'

Zola zei: 'Ik heb nu al twee telefoons. Moet er nu nog een derde bij?'

'Ja, en we moeten ze allemaal in de gaten houden om te zien wie er naar ons op zoek zijn,' zei Mark.

'En mijn dagen als ziekenhuisaasgier zijn geteld?' vroeg ze, met een geforceerde glimlach.

'Ben bang van wel.'

'Je was er trouwens ook niet erg goed in,' zei Todd.

'Dank je wel. Ik vond het elke dag weer een verschrikking.'

Een manager kwam naar hen toe en zei: 'Hé Todd, je hebt dienst vanavond. We komen mensen te kort en hebben je nodig.'

'Kom er zo aan,' zei Todd. Toen de man weg was, vroeg Todd: 'Oké, bende, wat doen we nu?'

'We gaan achter Swift Bank aan,' zei Mark.

'En graven een nog dieper gat,' zei Zola, maar het was geen vraag.

Morgana Nash van NowAssist stuurde Mark het volgende mailtje:

Beste Mark,
De administratie van Foggy Bottom Law School heeft me zojuist laten weten dat je je studie hebt gestaakt. Ik heb ze gebeld en kreeg te horen dat je dit semester geen enkel college hebt gevolgd. Dat is erg zorgwekkend. Neem alsjeblieft onmiddellijk contact met me op.

Meest recente storting: 13 januari 2014: 32.500 dollar
Totale schuld, hoofdsom plus rente: 266.000 dollar

Hoogachtend,
Morgana Nash
Consulente Publieke Sector

Die avond, laat en na nog een paar biertjes, antwoordde Mark:

Beste mevrouw Nash,

Vorige week heeft mijn therapeut me laten opnemen in een particulier psychiatrisch ziekenhuis op het platteland van Maryland. Eigenlijk mag ik helemaal niet op internet, maar die klojo's hier letten niet goed op. Wilt u alstublieft ophouden me te achtervolgen? Volgens een van de psychiaters hier ben ik een borderlinepatiënt met neiging tot zelfmoord. Als u me lastig blijft vallen, kan dat zomaar eens de druppel zijn. Laat me alstublieft met rust!

Liefs,
Mark Frazier

Rex Wagner van Scholar Support Partners stuurde dit mailtje naar Todd:

Geachte meneer Lucero,

De Foggy Bottom Law School heeft me doorgegeven dat u nu officieel wordt beschouwd als ex-student. Ik heb hen gebeld en hoorde dat u nog niet één college hebt gevolgd dit semester, het laatste voor uw afstuderen. Waarom zou een student die goed bij zijn hoofd is tijdens zijn laatste semester met zijn rechtenstudie stoppen? Als u geen colleges volgt, kan ik alleen maar aannemen dat u ergens werkt, waarschijnlijk in een bar. Wanneer iemand een vaste baan heeft en niet naar college gaat, moet er een terugbetalingsplan worden opgesteld of, bij afwezigheid daarvan, wordt men in gebreke gesteld. Dat laatste betekent, zoals u natuurlijk heel goed weet, dat het ministerie van Onderwijs een rechtszaak tegen u zal aanspannen. Neem alstublieft onmiddellijk contact met me op.

Meest recente storting: 13 januari 2014: 32.500 dollar
Totale schuld, hoofdsom plus rente: 195.000 dollar

Hoogachtend,
Rex Wagner
Senior Leningconsulent

Terwijl Mark zijn antwoord aan Morgana Nash typte, stuurde Todd een antwoord aan zijn leningconsulent:

Beste SS Consulent Wagner,

U slaat de spijker op de kop met de vraag of ik wel goed bij mijn hoofd ben. Niets is goed tegenwoordig, vooral mijn onoverkomelijke studieschulden niet. Oké, ik zit in de puree, het spel is uit. Ik ben gestopt, omdat ik de pest heb aan die law school, aan het recht, aan alles. Op dit moment verdien ik zo'n 200 dollar per week, contant, als barkeeper. Dus zeg maar 800 dollar per maand, be-

lastingvrij omdat ik die formulieren nog niet heb ingevuld. Om mijn armoedige levensstijl te kunnen volhouden, heb ik ongeveer 500 dollar per maand nodig voor eten en huur en dat soort dingen. En u zou eens moeten zien wáár ik woon en wát ik eet. Als ik deze cijfers goed bekijk, neem ik aan dat ik akkoord zou kunnen gaan met een terugbetalingsplan van ongeveer 200 dollar per maand. Ik weet dat u zo snel mogelijk op de 'renteknop' zult drukken, en er dus ook nog eens 5 procent per jaar bovenop doet. 5 procent van 195.000 dollar is ongeveer 9.750 dollar per jaar, afgerond 10.000 dollar aan rente. Met mijn voorgestelde terugbetalingsplan kan ik ongeveer een kwart van dat bedrag per jaar ophoesten. Daarna zullen jullie woekeraars ook rente berekenen op de hoofdsom en die vermeerderen met nog eens 5 procent per jaar. Deze rekensom wordt enigszins verbijsterend, maar volgens mijn spreadsheet zal ik over tien jaar een schuld hebben van bijna 400.000 dollar. En dat is zonder alle kleine geheime vergoedingen en verhogingen en andere illegale extra's die SSP bij de studieleningen optelt die ze behandelen. (Ik heb over al die processen gelezen en tjonge, wat zou ik graag zelf een proces aanhangig willen maken. U en uw bedrijf zouden zich moeten schamen – verborgen vergoedingen op te stapelen op de rug van studenten die toch al verzuipen in de schulden.)
Dus, bent u bereid mijn aanbod van 200 dollar per maand te accepteren? Met ingang van zes maanden na nu, natuurlijk.

Uw vriend,
Todd Lucero

Meneer Wagner werkte kennelijk nog laat of, dat stelde Todd zich tenminste voor, hij zat in zijn onderbroek in zijn leunstoel naar porno te kijken en zijn mailtjes te checken. Een paar minuten later antwoordde hij al:

Beste Todd,

Het antwoord is nee. Je aanbod is belachelijk. Ik kan niet geloven dat iemand die zo slim is als jij bent de komende tien jaar drankjes wil blijven schenken. Er zijn meer dan genoeg goede banen te vinden, en als je eindelijk eens van je luie reet komt zul je er ook een vinden. Daarna kunnen we een serieus gesprek hebben over je afbetaling.

Hoogachtend,
Rex Wagner
Senior Leningconsulent

Waarop Todd meteen antwoordde:

Beste SS,
Geweldig. Ik trek mijn aanbod in.
T.L.

Zola's correspondentie was iets professioneler. Tildy Carver van LoanAid schreef:

Beste Zola Maal,

Mij is gemeld dat je bent gestopt met je rechtenstudie. Zo'n dramatische actie betekent verschillende problemen, die we onmiddellijk moeten bespreken. Bel of mail me zo snel mogelijk.

Hoogachtend,
Tildy Carver
Senior Leningconsulent

Meest recente storting: 13 januari 2014: 32.500 dollar
Totale schuld, hoofdsom plus rente: 191.000 dollar

Zola sliep al bijna en antwoordde:

Beste mevrouw Carver,

Na de zelfmoord van mijn vriend in januari kon ik onmogelijk doorgaan met mijn studie. Daarom heb ik besloten er een semester tussenuit te gaan, met het plan eventueel over een jaar weer naar law school te gaan. Ik neem later nog contact met u op.

Hoogachtend,
Zola Maal

30

Op een warme voorjaarsdag eind april, met de kersenbomen in volle bloei en een heldere lucht na een forse regenbui, kwamen de partners bij elkaar op het hoofdkwartier van hun kantoor voor hun laatste handelingen als advocaat. Het hoofdkwartier van hun kantoor was ook Zola's woonkamer, en ze had de afgelopen drie maanden wat leven en kleur aan haar schuilplaats toegevoegd door beide kamers zachtgeel te verven en wat moderne kunst op te hangen. In een hoek stond een koelkastje, het enige wat op een keuken leek. Op een oude metalen tafel stond een nieuwe computer met een 30 inchscherm, met ernaast een high-speed laserprinter. De boekenplanken aan de muren zakten door onder het gewicht van stapels papieren – de vruchten van hun noeste arbeid om alles wat met Swift Bank te maken had op te sporen.

Ze hadden zich alle drie als gedupeerde eiser aangesloten bij een andere groepsvordering tegen de bank. Daarvan waren er nu zes, verspreid door het land, allemaal onder leiding van advocaten die gespecialiseerd waren in dergelijke massale processen.

Ondertussen was Swift Bank zo goed als uitgeteld, gewond en bloedend, en amper in staat de dagelijkse pakken rammel te overleven. Steeds volgden nieuwe beschuldigingen van fraude. Klokkenluiders vertelden honderduit. Hoge managers wezen met een beschuldigende vinger naar elkaar. Tenlasteleggingen werden beloofd. Aandeelhouders geneerden zich, maar waren ook woedend omdat de koers in nog geen vier maanden van 60 naar 13 dollar was gekelderd. Er deden allerlei geruchten de ronde op internet en het nieuws, en het gerucht dat steeds weer de kop opstak was dat Swift Bank gedwongen zou zijn om miljarden uit te geven aan de problemen.

Dat vooruitzicht hitste de groepsvorderingsindustrie alleen maar nog meer op.

Toen ze de reacties van de drie advocatenkantoren die ze hadden ingehuurd met elkaar vergeleken, werd duidelijk dat een kantoor in Miami, Cohen-Cutler, de andere twee kantoren – een in New York en een in D.C. – een paar stappen voor was. Cohen-Cutler had een goede reputatie in de keiharde wereld van groepsvorderingen. Het was een enorm groot kantoor, met honderd advocaten en een heleboel macht. Hun documentatie was efficiënter. Daarom besloot het wegkwijnende kantoor Upshaw, Parker & Lane in zee te gaan met het machtige Cohen-Cutler.

Zola zat aan tafel met een kop thee en keek naar het scherm van de computer. Todd zat met zijn laptop in de enige stoel. Mark lag op de grond. Hun baard en nepbril waren verdwenen, net als hun pak. Hun dagen in de rechtszaal waren verleden tijd, dus hoefden ze zich niet langer achter hun vermomming te verschuilen. Ze zouden zich een paar weken boven de Rooster Bar blijven verstoppen, maar voor de tijd daarna hadden ze nog geen plan.

Mark zei: 'Er is een Swift Bank-filiaal aan Wisconsin Avenue in Bethesda. Laten we daar beginnen en in de telefoongids voor Bethesda kijken. We moeten algemene namen zoeken die gemakkelijk verkeerd kunnen worden geschreven.'

'Ik heb er een,' zei Todd. 'Meneer Joseph Hall, 662 Manning Drive, Bethesda. Als je de laatste l in een e verandert, heet hij Joe Hale. Onze eerste nepcliënt.'

Zola opende een kopie van een document uit het materiaal van Cohen-Cutler. Intern werd het een PIS genoemd – *Plaintiff Information Sheet*, informatieformulier eiser. 'Geboortedatum?' vroeg ze.

Mark zei: 'Maak hem maar veertig jaar oud. Geboren op 3 maart 1974. Getrouwd, drie kinderen. Klant van Swift Bank sinds 2001. Betaalrekening en spaarrekening. Pinpas.'

Ze begon te typen en vulde alle gegevens in. 'Oké, rekeningnummers?'

'Die laten we nog even open. Als het moet bedenken we die later wel.'

'Volgende?'

Todd zei: 'Ethel Berry, 1210 Rugby Avenue. Verander de e in Berry in een a, dan heb je nog steeds dezelfde Ethel Barry.'

Mark zei: 'Goede keus. Ethel is een beetje een ouderwetse naam, dus maken we er een wat oudere vrouw van. Geboren op 5 december 1941, twee dagen voor Pearl Harbor. Weduwe, niet hertrouwd. Geen thuiswonende kinderen. Betaal- en spaarrekening, te oud voor een pinpas. Houdt niet van lenen.'

Zola vulde de gegevens in, en Ethel Barry werd een groepsvorderingeiser. 'Volgende?'

Todd zei: 'Ted Radford, 798 Drummond Avenue, Appartement 4F. Verander de a in een e en dan is hij Ted Redford, net als Robert, de acteur.'

Mark zei: 'En wanneer is Robert Redford geboren? Wacht even.' Hij zocht het op, scrolde en zei: 'Op 18 augustus 1936. Geef Ted dus maar dezelfde geboortedatum.'

Todd vroeg: 'Is Robert Redford echt zevenenzeventig?'

'Hij ziet er nog altijd goed uit,' zei Zola al typend.

Mark zei: '*The Sting* en *Butch Cassidy* zijn twee van mijn favoriete films. We kunnen geen Redford hebben zonder een Newman.'

Todd ging op zoek. 'Gevonden! Mike Newman, 418 Arlington Road, Bethesda. Verander de w in een u en nu is hij Mike Neuman.'

Zola typte en mompelde: 'Is dit leuk of niet?'

Nadat ze Bethesda hadden doorzocht en vijftig eisers hadden verzameld, richtte het kantoor zijn aandacht op de buitenwijken van Northern Virginia. Er was een Swift Bank-filiaal aan Broad Street in Falls Church. Het gebied eromheen bleek vruchtbaar en ze voegden tientallen nieuwe nepcliënten toe aan hun rechtszaak.

Om twaalf uur hadden ze er geen zin meer in en besloten ze buitenshuis te gaan lunchen. Ze namen een taxi naar Georgetown, bij de Waterfront, waar ze een tafeltje namen met uitzicht op de Potomac. Niemand begon over Gordy, maar ze dachten allemaal aan hun laatste bezoek aan dit gebied in die afschuwelijke nacht toen ze hier dichtbij stonden en in de verte de zwaailichten zagen op de Arlington Memorial Bridge.

Ze bestelden broodjes en ijsthee, openden hun laptops en gingen door met hun zoektocht naar gedupeerde klanten van Swift Bank.

Ze waren allang klaar met eten toen de ober hun beleefd vroeg te vertrekken omdat hij het tafeltje nodig had. Ze vertrokken, liepen de hoek om naar een koffiebar, vonden een tafeltje op het terras en gingen door met hun werk. Nadat ze honderd nieuwe cliënten hadden toegevoegd, belde Mark naar Miami. Hij zei dat hij graag doorverbonden wilde worden met een senior partner van Cohen-Cutler, maar de man in kwestie was natuurlijk weg voor zaken. Mark bleef aandringen en werd uiteindelijk doorverbonden met een advocaat die Martinez heette en die volgens hun website aan de frontlinie in gevecht was met Swift Bank. Nadat Mark had verteld wie hij was en de naam van zijn kleine kantoor had genoemd, zei hij: 'Wij hebben dus ongeveer honderd Swift Bank-klanten en we willen ons graag aansluiten bij jullie groepsvordering.'

'Honderd?' herhaalde Martinez. 'U maakt een grapje zeker?'

'Nee hoor, ik meen het echt.'

'Luister, meneer Upshaw, op dit moment heeft ons kantoor bijna tweehonderdduizend Swift Bank-eisers. We nemen geen verwijzingen aan voor minder dan duizend zaken. Zorg dat u duizend zaken krijgt, dan kunnen we praten.'

'Duizend?' herhaalde Mark met een paniekerige blik naar zijn partners. 'Oké, dan gaan we aan het werk. Zeg, gewoon uit nieuwsgierigheid, hoe staat de zaak er eigenlijk voor?'

Martinez kuchte en zei: 'Kan er niet veel over zeggen. Swift Bank staat onder enorme druk om te schikken, maar ik betwijfel of hun advocaten dat begrijpen. Er zijn een heleboel tegenstrijdige signalen, maar we denken dat ze uiteindelijk wel zullen schikken.'

'Op welke termijn?'

'Wij denken begin van de zomer. De bank wil deze ellende achter de rug hebben en moet eventuele processen dus zien te voorkomen. De federale rechter die de zaak in New York in handen heeft probeert de zaak te versnellen. Hou de krantenkoppen maar in de gaten.'

'Zal ik zeker doen. Bedankt. We houden contact.'

Mark legde zijn telefoon naast zijn laptop en zei: 'We zijn nog maar net begonnen.'

31

De Orde van Advocaten van het District had bijna honderdduizend leden. Ongeveer de helft werkte in de stad en de andere helft werkte verspreid over alle vijftig staten. Omdat het lidmaatschap en dus betaling van het lidmaatschapsgeld verplicht waren, vormde de administratie van de activiteiten van alle advocaten een flinke uitdaging. Veertig werknemers in het hoofdkantoor aan Wisconsin Avenue hadden het druk; zij hielden de namen en adressen van de leden bij, organiseerden bijscholingscursussen en seminars, maakten de voorschriften voor professionele verantwoordelijkheid bekend, gaven een maandblad uit en handelden disciplinaire kwesties af. Klachten tegen rechters en advocaten werden doorgestuurd naar de Raad van Discipline, waar ene Margaret Sanchez de scepter zwaaide over vijf advocaten, drie onderzoekers en zes secretaresses en assistenten. Voor een echt onderzoek moest een klacht schriftelijk worden ingediend, maar meestal werd de eerste aanwijzing voor een probleem telefonisch ontvangen, en meestal door een andere advocaat die er niet bij betrokken wilde worden.

Na verschillende pogingen slaagde Edwin Mossberg uit Charleston erin mevrouw Sanchez aan de telefoon te krijgen. Hij vertelde haar over zijn gesprek met ene Mark Upshaw, een jongeman die beweerde advocaat te zijn maar kennelijk een valse naam gebruikte. Mossberg had het gecontroleerd en niemand met die naam in de database van de Orde gevonden, en ook niet in het telefoonboek, of op internet, of elders. Hij beschreef in algemene termen Upshaws nalatigheid: hij had een belangrijke verjaringstermijn laten verstrijken en was naar Charleston gereisd om Mossberg te vragen dat stil te houden.

Mevrouw Sanchez vond het een fascinerend verhaal. Klachten over advocaten die zonder vergunning werkten waren zeldzaam en hadden vrijwel allemaal betrekking op juridisch assistenten die bewust of onbewust grenzen overschreden en dingen deden die alleen hun bazen mochten doen. Meestal was een korte reprimande voldoende om hen weer in het gelid te krijgen zonder dat de cliënten substantiele schade was berokkend.

Mossberg had geen zin om een officiële klacht in te dienen. Hij zei dat hij geen tijd had zich hiermee bezig te houden, dat hij alleen de Orde hiervan op de hoogte wilde stellen om hun te laten weten dat er een probleem was. Per mail stuurde hij een kopie van Upshaws visitekaartje met de naam van zijn kantoor, zijn adres aan Florida Avenue en een telefoonnummer. Mevrouw Sanchez bedankte hem voor zijn tijd.

Het verhaal werd zelfs nog interessanter vanwege het feit dat dit het tweede telefoontje was over advocatenkantoor Upshaw, Parker & Lane. Vorige week had een plaatselijke ambulancejager, Frank Jepperson, haar onofficieel getipt dat ene Zola Parker in een ziekenhuisrestaurant had geprobeerd een van zijn cliënten te ronselen. Mevrouw Sanchez kende Jepperson van twee eerdere klachten over zijn eigen onethische gedrag. Jepperson had haar een kopie gestuurd van Zola Parkers visitekaartje.

Mevrouw Sanchez zat aan haar bureau de kopieën van de kaartjes met elkaar te vergelijken: zelfde kantoor, zelfde adres, ander telefoonnummer. Een snelle check in de database van de Orde bevestigde dat Mark Upshaw noch Zola Parker lid was. Ze liet een van haar mensen bij zich komen, Chap Gronski, wiens officiële titel assistent Raad van Discipline was, en gaf hem de twee kopieën van de visitekaartjes.

Een uur later was Gronski al terug met een paar resultaten. Hij zei: 'Ik heb de rollen bekeken van de rechtbank en veertien zaken gevonden waarvan Mark Upshaw de advocaat is. Niets over Zola Parker. Er is nog een andere man die de afgelopen drie maanden actief is, ene Todd Lane; zijn naam vond ik bij zeventien zaken. Waarschijnlijk is er meer. Het gekke is dat er voor januari van dit jaar niets over hen te vinden is.'

'Lijkt op een nieuwe speler, een splinternieuw advocatenkantoor in de stad,' zei ze. 'Net wat we nodig hebben.'

'Zal ik een dossier aanmaken?' vroeg Gronski.

'Nog niet. Er is nog geen officiële klacht. Wanneer moeten ze weer in de rechtszaal verschijnen?'

Gronski bladerde door een paar prints. 'Zo te zien wordt morgenochtend om tien uur het vonnis bekendgemaakt voor een DUI-cliënt in Divisie 16.'

'Ga ernaartoe en kijk even. Ga ook met Upshaw praten om te horen wat zijn verklaring is.'

Om tien uur de volgende ochtend zat Chap Gronski in de rechtszaal van rechter Cantu. Na de derde schuldbekentenis en het derde vonnis riep de griffier Jeremy Plankmore op. Een jongeman stond zenuwachtig op van de achterste rij, keek naar hulp zoekend om zich heen en liep struikelend door het middenpad. Toen hij voor de rechtersstoel stond, vroeg rechter Cantu: 'Bent u meneer Plankmore?'

'Ja, meneer.'

'Hier staat dat Mark Upshaw uw advocaat is, maar ik zie hem hier niet.'

'Nee, meneer, ik ook niet. Ik probeer hem al drie dagen telefonisch te bereiken, maar hij neemt zijn telefoon niet op.'

Rechter Cantu keek naar een griffier, die haar schouders ophaalde alsof ze van niets wist. Hij keek naar de assistent-openbaar aanklager, die ook haar schouders ophaalde. 'Goed dan, ga even zitten, meneer Plankmore, dan kom ik later bij u terug. We gaan proberen meneer Upshaw aan de telefoon te krijgen. Hij heeft waarschijnlijk een dubbele afspraak of zo.'

Plankmore ging op de voorste rij zitten, bang en in de war. Een andere advocaat stapte op hem af.

Gronski bracht verslag uit aan mevrouw Sanchez. Ze besloten twee dagen te wachten tot meneer Lane weer moest optreden.

Jeremy Plankmore besloot iets dieper te graven. Samen met een vriend ging hij aan het einde van die middag naar het adres op het visitekaartje van zijn advocaat. Upshaw had hem 1.000 dollar in rekening gebracht, waarvan hij 800 dollar contant had betaald. De rest zat in zijn zak, maar hij was niet van plan die nog te betalen. Sterker nog, hij wilde Upshaw ter verantwoording roepen en zijn geld terugeisen. Op het adres aan Florida Avenue kon hij het advocatenkantoor niet vinden. Hij en zijn vriend kochten een biertje in de Rooster Bar en kletsten even met de barkeeper, een zwaar getatoeëerde jonge vrouw die Pammie heette. Pammie had weinig te zeggen, vooral nadat Jeremy vragen begon te stellen over Mark Upshaw en een advocatenkantoor in het gebouw. Ze beweerde van niets te weten en leek zich te ergeren aan hun vragen. Jeremy kreeg de indruk dat ze gewoon weigerde hem te helpen en schreef zijn naam en telefoonnummer op een papieren servetje. Dat gaf hij aan Pammie en hij zei: 'Mocht je Mark Upshaw zien, zeg dan dat-ie me moet bellen. Anders geef ik hem aan bij de Orde van Advocaten.'

'Zoals ik al zei, ik ken die vent niet,' zei Pammie.

'Tuurlijk niet, maar stel dat je hem wel ziet.'

Daarna verlieten Jeremy en zijn vriend de bar.

Darrell Cromley rook de hoofdprijs en handelde in een uitzonderlijk hoog tempo. Hij betaalde een gepensioneerde arts 3.500 dollar voor een 'versnelde analyse' van Ramons medische dossiers. Daarna schreef de expert, in veel hardere bewoordingen dan Koonce had gebruikt, dat 'het werk van het personeel van het ziekenhuis en dienstdoende artsen ver onder de acceptabele normen van zorg lag en grove verwaarlozing genoemd kon worden'.

Darrell pakte het verslag van twee pagina's, hechtte dat aan zijn dagvaarding van twee pagina's, en diende namens zijn cliënt Ramon R. Taper de dagvaarding tegen advocaat Mark Upshaw en zijn kantoor in bij de rechtbank van het District of Columbia. De basis van de dagvaarding was duidelijk: advocaat Upshaw had een duidelijke medische-foutzaak laten liggen, waardoor de verjaringstermijn was verstreken en elke kans op een schadevergoeding door het ziekenhuis en de artsen verkeken was. Ramon eiste 25 miljoen dollar als schadevergoeding en smartengeld.

Darrell stuurde een kopie van de dagvaarding naar het adres van de Rooster Bar en betaalde een deurwaarder om deze zoals vereist persoonlijk te overhandigen aan Upshaw. Maar toen de deurwaarder bij de bar kwam, kon hij het advocatenkantoor niet vinden. Hij nam aan dat het kantoor ergens boven de bar was gevestigd – hij telde drie verdiepingen boven de bar – maar de enige deur die hij vond, een zijdeur, zat op slot. In de bar stelde hij een paar vragen en kreeg van de manager te horen dat daar geen advocatenkantoor gevestigd was. Niemand leek iets te weten over Mark Upshaw. De deurwaarder probeerde de dagvaarding bij de manager achter te laten, maar die weigerde deze te accepteren.

Darrell Cromley kwam niet op het idee om navraag te doen bij de Orde van Advocaten van het District of Mark Upshaw wel lid was.

Het advocatenkantoor had gekozen voor de strategie mobiliteit. Elke ochtend verlieten ze het gebouw en dwaalden door de stad, van koffiebars naar bibliotheken en van boekhandels naar terrasjes, overal waar de partners met hun laptops konden zitten en het telefoonboek konden doorspitten op zoek naar nog meer cliënten. Een toeschouwer zou zich zeker afvragen wat de drie jongelui zo fanatiek aan het doen waren; ze praatten zachtjes tegen elkaar en somden namen en adressen op, terwijl hun mobiele telefoons zacht rinkelden maar niet werden opgenomen. De drie jongelui waren zeker in trek, maar namen ondanks dat zelden op. Een dergelijke toeschouwer, die er gelukkig niet was, zou geen idee hebben gehad.

Op een avond stond Todd nog laat achter de bar op te ruimen terwijl de laatste klanten hun rekening betaalden en vertrokken.

Maynard, die zelden naar de Rooster Bar kwam, stapte de keuken uit en vroeg: 'Waar is Mark?'

Todd antwoordde: 'Boven.'

'Haal hem. We moeten praten.'

Todd wist dat ze een probleem hadden. Hij belde Mark, die twee verdiepingen hoger in hun kantoor samen met Zola het telefoonboek doorspitte en namen aan hun groepsvordering toevoegde. Een paar minuten later kwam Mark binnen. Ze liepen achter Maynard aan naar een leeg zitje. Hun baas keek kwaad, was in een slechte bui en wilde antwoorden.

Maynard smeet een visitekaartje op de tafel en vroeg: 'Ooit gehoord van ene Chapman Gronski? Wordt Chap genoemd?'

Mark pakte het kaartje op en voelde zich ellendig.

'Wie is dat?' vroeg Todd.

Maynard zei: 'Een onderzoeker voor de Orde van Advocaten van het District. Hij is hier al twee keer geweest op zoek naar jullie. Meneer Mark Upshaw en meneer Todd Lane. Ik ken die lui niet. Ik ken alleen Mark Frazier en Todd Lucero. Dus wat is er aan de hand?'

Ze wisten niet wat ze moesten zeggen.

Maynard gooide een servetje op de tafel en zei: 'Ene Jeremy Plankmore heeft dit gisteren achtergelaten, zei dat-ie een cliënt was en op zoek was naar zijn advocaat, ene Mark Upshaw.' Hij smeet nog een kaartje op de tafel en zei: 'En deze man is hier al drie keer geweest, een klein mannetje, ene Jerry Coleman. Hij werkt als deurwaarder voor een advocaat die jullie en jullie advocatenkantoor voor de rechter wil slepen.' Hij smeet nog een kaartje op de tafel en zei: 'En dit is van een vader die zei dat zijn zoon jou heeft ingehuurd, Todd, om een eenvoudige mishandelingszaak te regelen. Zei dat je niet naar de rechtszaal was gekomen.' Maynard keek hen strak aan en wachtte.

Ten slotte zei Mark: 'Het is een lang verhaal, maar we hebben een beetje een probleem.'

Todd zei: 'We kunnen hier niet langer werken, Maynard. We moeten van de radar verdwijnen.'

'Daar heb je helemaal gelijk in en ik ga jullie daarbij helpen. Jullie zijn ontslagen! Ik zit er niet op te wachten dat deze mensen de andere barkeepers lastigvallen. Ze hebben geen zin meer om jullie nog langer te dekken. Straks staat de politie voor de deur met allerlei vragen, en ik hoef jullie niet te vertellen dat ik heel zenuwachtig word van de politie. Ik heb geen idee wat jullie aan het doen zijn, maar het is afgelopen. Verdwijn!'

'Ik begrijp het,' zei Todd.

'Mogen we de appartementen boven nog een maand gebruiken?' vroeg Mark. 'We hebben nog wat tijd nodig om wat dingen te regelen.'

'Wat regelen? Jullie hebben een nepadvocatenkantoor gerund en nu is de halve stad naar jullie op zoek. Waar zijn jullie in godsnaam mee bezig?'

Todd zei: 'Je hoeft niet bang te zijn voor de politie, want die is hier niet bij betrokken. We hebben zeg maar een paar ontevreden cliënten.'

'Cliënten? Maar jullie zijn immers geen advocaten? Voor zover ik weet zijn jullie rechtenstudenten en proberen jullie af te studeren.'

'We zijn gestopt,' zei Todd. 'We ronselen cliënten in de rechtbanken en krijgen contant betaald.'

‘Dat is behoorlijk stom, als je het mij vraagt.’

Niemand vraagt je iets, dacht Mark, maar hij hield zijn mond. En ja, op dit moment leek het inderdaad behoorlijk stom. Hij zei: ‘We betalen je 1.000 dollar cash voor nog eens dertig dagen en daarna zie je ons nooit meer.’

Maynard nam een slok ijswater en keek hen aan.

Todd zei gekwetst: ‘Luister Maynard, ik werk al drie jaar voor je. Je kunt me toch niet zomaar ontslaan!’

‘Je bent ontslagen, Todd. Begrepen? Jullie allebei. Ik wil niet dat hier allerlei onderzoekers en kwade cliënten aan de deur komen. Jullie mogen van geluk spreken dat nog niemand naar de bar is gekomen en jullie heeft herkend.’

‘Dertig dagen maar,’ zei Mark. ‘Je zult niet eens merken dat we hier zijn.’

‘Dat betwijfel ik.’ Maynard nam nog een slok en bleef naar hen kijken. Ten slotte vroeg hij: ‘Waarom willen jullie hier blijven als iedereen jullie adres weet?’

Mark zei: ‘We hebben een plek nodig om te slapen en ons werk af te maken. En ze kunnen immers niet bij ons komen? De deur naar boven zit altijd op slot.’

‘Dat weet ik. Daarom hangen ze dus rond in de bar en vallen ze de andere barkeepers lastig.’

Todd zei: ‘Alsjeblieft, Maynard. Op 1 juni zijn we weg.’

‘Ik wil 2.000 dollar cash,’ zei Maynard.

‘Oké, en dan blijf je ons dekken?’ vroeg Mark.

‘Dat zal ik proberen, maar ik hou echt niet van al die aandacht.’

32

In het Bardtown Federaal Detentiecentrum werden Zola's ouders en broer om middernacht gewekt. Ze moesten hun spullen pakken en kregen ieder twee canvas tassen om hun bezittingen in te doen en een halfuur de tijd om zich klaar te maken voor de reis. Samen met ongeveer vijftig andere Afrikanen, van wie ze er in het detentiecentrum een paar hadden leren kennen en wisten dat het bijna allemaal Senegalezen waren, werden ze in een witte ongemerkte bus gezet die was ingericht om federale gevangenen te vervoeren. Ze waren geboeid en dat bleef ook zo tijdens de busreis. Vier zwaarbewapende ICE-agenten, van wie er twee met een vuurwapen zwaaiden, begeleidden hen naar hun stoelen en gaven hun opdracht rustig te gaan zitten en geen vragen te stellen. Twee van de vier agenten gingen voor in de bus staan en de twee anderen achterin. De glazen ramen zaten op slot en waren voorzien van dikke metalen roosters.

Zola's moeder Fanta telde vijf andere vrouwen in de groep. De andere inzittenden waren mannen, bijna allemaal jonger dan veertig. Ze was gelaten en beheerste zich. Ze was ontzettend emotioneel, maar had zich allang neergelegd bij het feit dat ze het land uitgezet zouden worden.

Na vier maanden gevangenschap waren ze opgelucht niet meer opgesloten te zijn. Natuurlijk bleven ze liever in dit land, maar als in de VS blijven in een kooi wonen betekende, dan kon het in Senegal niet veel erger zijn.

Ze reden bijna twee uur door het donker. De agenten praatten en lachten af en toe met elkaar, maar de passagiers zwegen. De borden langs de snelweg vertelden hun dat ze Pittsburgh hadden bereikt en naar het vliegveld reden. De bus reed langs de beveiliging en door een hek en stopte in een grote hangar. Een ongemerkt passagiersvliegtuig stond vlakbij te wachten. Aan de andere kant van het vliegveld, ver bij hen vandaan, zagen ze de felle lichten van de terminal. De passagiers stapten uit de bus en werden naar een hoek gedreven waar nog meer ICE-agenten wachtten. De gevangenen werden een voor een ondervraagd en hun documenten werden gecontroleerd. Daarna werden hun handboeien losgemaakt en mochten ze hun twee tassen ophalen, waarvan de inhoud ook werd gecontroleerd. Alles gebeurde heel langzaam, niemand had haast, vooral degenen niet die naar huis gingen.

Er kwam een andere bus aan. Twee dozijn Afrikanen stapten uit en keken al even verdoofd en verslagen als de passagiers van de eerste bus. De documenten van een van hen waren niet in orde, zodat de anderen moesten wachten, en wachten. Het was al bijna vijf uur in de ochtend toen een official de eerste groep passagiers naar het vliegtuig begeleidde. Achter hen ontstond een rij. Langzaam stapten ze met hun tassen in het vliegtuig en werden naar hun stoelen gestuurd. Het boarden nam nog een uur in beslag. De passagiers merkten opgelucht dat ze tijdens de vlucht niet geboeid zouden zijn. Een andere official las de regels voor ten aanzien van het rondlopen tijdens de vlucht, het gebruik van de toiletten et cetera. Ja, ze mochten met elkaar praten, maar zacht. Bij het minste teken van problemen zouden alle passagiers weer handboeien om krijgen. Elke ophef zou leiden tot een automatische arrestatie bij aankomst. Zes gewapende agenten zouden hen begeleiden. De non-stopvlucht zou elf uur duren, en ze zouden te eten krijgen.

Het was bijna zeven uur toen de motoren van het vliegtuig geluid begonnen te maken en de deuren dicht en op slot werden gedaan. Een official gaf de passagiers opdracht hun gordels vast te maken en nam de veiligheids- en noodprocedures met hen door. Iedere passagier kreeg een bruine zak met een broodje kaas, een appel en een pakje sinaasappelsap. Om 7.20 uur begon het vliegtuig te trillen en taxiede naar de startbaan.

Zesentwintig jaar nadat Abdou en Fanta Maal in Miami waren aangekomen als verstekelingen op een Liberiaans vrachtschip verlieten ze hun geadopteerde land als criminelen en waren op weg naar een onzekere toekomst. Hun zoon Bo, die achter hen zat, verliet het enige land dat hij ooit echt had gekend. Toen het vliegtuig opsteeg, hielden ze elkaars hand vast en vochten ze tegen hun tranen.

Een uur later belde een maatschappelijk werkster van Bardtown Zola met het nieuws dat haar familie onderweg was naar Dakar, Senegal. Het was gebruikelijk om de contactpersoon van iedere gedetineerde te bellen. Hoewel Zola wist dat het eraan zat te komen, had ze het er toch heel moeilijk mee. Ze liep naar boven en vertelde het aan Mark en Todd, die een uur lang probeerden haar te troosten. Daarna besloten ze een lange wandeling te maken en ergens te gaan ontbijten.

Het was een sombere maaltijd. Zola was veel te ongerust om haar wafel aan te raken. Todd en Mark maakten zich oprecht zorgen over haar familie, maar hadden bijna de hele nacht over hun eigen sombere toekomst gepraat. Darrell Cromley had hun proces veel sneller in gang gezet dan ze hadden verwacht. De Orde van Advocaten was hen op het spoor, ongetwijfeld getipt door Cromley of door die lul van een Mossberg in Charleston. Niet dat het iets uitmaakte; hun spel was uit. Ze voelden zich om allerlei redenen ellendig, maar waar ze zich echt zorgen om maakten waren de cliënten die ze in de steek lieten. Die mensen hadden hen vertrouwd en betaald, werden nu bedrogen en zouden opnieuw worden opgeslokt door het systeem.

Terwijl ze ontbeten en naar Zola keken, pakte zij haar telefoon en probeerde voor de tweede keer Diallo Niang te bereiken. Dakar, Senegal, was vier tijdzones voor hen uit, en de werkdag was in volle gang. Alweer nam Diallo Niang zijn mobiele telefoon niet op, en ook zijn vaste telefoon werd niet opgenomen. In ruil voor het voorschot van 5.000 dollar dat Zola een paar weken eerder had betaald, had Niang toegezegd haar familie op het vliegveld op te vangen, tijdelijke huisvesting voor hen te regelen en, het belangrijkst, de autoriteiten tevreden te stellen. Hij had beweerd dat hij alles van immigratiezaken af wist en precies wist wat hij moest doen. Ze maakte zich grote zorgen toen ze hem niet kon bereiken.

Nu er zoveel mensen naar hen op zoek waren, was het geen goed idee om naar huis te gaan. Ze liepen een paar straten, zagen een Starbucks, kochten koffie, openden hun laptops, logden in en gingen weer aan de slag met het telefoonboek. Hun zoektocht naar meer nepcliënten gaf hun iets te doen, iets anders om aan te denken.

Toen de monotonie van de vlucht aanhield, werden de passagiers minder verdoofd en meer praatgraag. Bijna iedereen zei dat op het vliegveld een vriend of familielid op hen zou wachten, hoewel de onzekerheid bijna tastbaar was. Niemand deed moeite te doen alsof hij optimistisch was. Ze waren jaren weg geweest en hadden geen geldige documenten of identiteitsbewijzen, tenminste niet van de Senegalese overheid. Iedereen met een vals Amerikaans rijbewijs had dat moeten inleveren. De politie van Dakar was berucht om de ruwe manier waarop ze met repatrianten omgingen. Hun instelling was heel simpel: als jij hier niet wilt zijn, heeft niemand hier jou nodig. De VS schopt je het land uit, dus is er niemand die je wil hebben. Ze werden vaak behandeld als paria's. Het was heel moeilijk om huisvesting en banen te vinden. Hoewel veel van hun landgenoten ervan droomden om naar de VS en Europa te emigreren, waren ze kwaad op degenen die het hadden geprobeerd en daarin hadden gefaald.

Familieleden van Abdou en Fanta woonden verspreid over het land, maar die konden ze niet vertrouwen. In de loop der jaren waren ze benaderd door diverse zussen, broers, nichten en neven die hulp wilden om de VS illegaal binnen te komen. Abdou en Fanta waren niet in staat, of niet bereid geweest om daarbij te worden betrokken. Het was al gevaarlijk genoeg om er zonder papieren te leven. Dus waarom zouden ze ontdekking riskeren door anderen te helpen?

Nu zij zelf hulp nodig hadden, was er niemand die ze konden vertrouwen. Zola had hun verzekerd dat Diallo Niang een voorschot had ontvangen en voor hen zou zorgen. Ze baden hartstochtelijk om zijn bemoeienis en hulp.

Ze vlogen naar de zon en terug in de nacht. Na elf uur, en na nog twee bruine zakjes met eten, begon het vliegtuig aan de landing in Dakar en werd de stemming aan boord somber. Hun terugreis eindigde na middernacht, een avontuur van vierentwintig uur dat niemand van hen had gewild. Het vliegtuig taxiede naar de hoofdterminal en stopte bij de laatste gate van een lange pier. De motoren werden uitgezet, maar de deuren bleven dicht. Een ICE-official vertelde dat ze in de terminal zouden worden overgedragen aan de Senegalese officials en daarna buiten de jurisdictie van de VS vielen. Succes.

Toen de deuren eindelijk opengingen, pakten ze hun tassen, schuifelden het vliegtuig uit en stapten op het asfalt. Binnen werden ze naar een grote open ruimte gebracht die van de grote hal was afgescheiden door een rij geüniformeerde politieagenten. Overal waren politieagenten, van wie er niet één zelfs maar een beetje vriendelijk leek. Een official in een pak brulde instructies in het Frans, de officiële taal van Senegal.

Toen ze vier maanden eerder waren gearresteerd en hun uitzetting waarschijnlijk leek, waren Abdou en Fanta weer Frans gaan praten. Nadat ze zesentwintig jaar hadden geprobeerd deze taal niet meer te spreken en Engels te leren, kostte dat eerst moeite. Maar uiteindelijk kwam het weer terug, en misschien was het enige positieve van hun detentie de herontdekking van een taal waar ze van hielden. Bo had thuis echter nooit Frans horen spreken en niemand had er bij hem op aangedrongen die taal op school te leren. Eerst sprak hij dus geen woord Frans, maar in Bardtown werd hij wel gemotiveerd de taal te leren. Nadat hij vier maanden constant Frans met zijn ouders had gepraat sprak hij uitstekend Frans.

Maar de official sprak snel en gebruikte veel moeilijke woorden. De meeste vluchtelingen waren het Frans een beetje vergeten en vonden het moeilijk hem te volgen. Hun Amerikaanse documenten werden gecontroleerd door de politie. Een agent wenkte de Maals en stelde hun vragen. Uit welk deel van Senegal waren ze afkomstig? Wanneer waren ze vertrokken? Waarom waren ze vertrokken? Waar had Abdou gewerkt voordat hij Senegal verliet? Hoe lang waren ze in de VS geweest? Hadden ze familieleden achtergelaten? Hadden ze familie in Dakar, of in een andere stad of op het platteland? Waar wilden ze gaan wonen? De vragen werden op scherpe toon gesteld, om de antwoorden werd gelachen. De official waarschuwde Abdou een paar keer dat hij maar beter de waarheid kon vertellen. Abdou verzekerde hem dat hij dat deed.

Bo zag dat andere repatrianten werden weggeleid naar een plaats in de grote hal waar mensen op hen wachtten. De gelukkigen werden kennelijk vrijgelaten en overgedragen aan hun vrienden en familieleden.

De agent vroeg of ze een contactpersoon in Dakar hadden. Toen Abdou de naam noemde van hun advocaat Diallo Niang, vroeg de agent waar ze een advocaat voor nodig hadden. Abdou probeerde uit te leggen dat dat was geregeld door hun dochter in de VS, omdat ze geen familie hadden die hen kon helpen. De agent bekeek een stuk papier en zei dat Niang geen contact met de politie had opgenomen en de familie niet stond op te wachten. De agent wees naar een rij stoelen, zei dat ze daar moesten wachten en liep naar een man in een pak.

Een uur verstreek terwijl de politie nog meer van hun medepassagiers wegleidde. Toen er nog een stuk of twaalf over waren, kwam de man in het pak naar de Maals toe en zei: 'Meneer Niang is hier niet. Hoeveel geld hebben jullie?'

Abdou stond op en zei: 'Ongeveer 500 Amerikaanse dollar.'

'Goed. Dan kunnen jullie wel een hotelkamer betalen. Loop met die agent mee. Hij brengt jullie ernaartoe.'

Dezelfde agent knikte en zij pakten hun tassen. De man liep voor hen uit naar de grote hal, de terminal uit en naar een parkeerplaats waar een politiebusje stond te wachten. Hij ging samen met hen achterin zitten, zei niets gedurende de twintig minuten waarin ze zigzaggend door de verlaten straten reden en zei dat ze moesten uitstappen toen ze voor een armoedig hotel van vijf verdiepingen stopten. Bij de voordeur zei hij: 'Jullie overnachten hier omdat de gevangenis vol is. Jullie mogen onder geen enkele voorwaarde vertrekken. Over een paar uur komen we jullie halen. Nog vragen?' Zijn toon liet er weinig twijfel over bestaan dat vragen niet op prijs werden gesteld. Op dat moment waren ze blij dat ze waren waar ze waren en niet in een gevangenis.

De agent keek hen aan alsof er nog iets gezegd moest worden. Hij stak een sigaret op, blies de rook uit en zei: 'En ik wil graag worden betaald voor mijn diensten.'

Bo ontweek zijn blik en dwong zichzelf te zwijgen. Abdou zette zijn tassen neer en zei: 'Natuurlijk. Hoeveel?'

'Honderd Amerikaanse dollar.'

Abdou stak zijn hand in zijn zak.

De receptionist zat te slapen in een stoel en leek geïrriteerd doordat hij op dit tijdstip werd lastiggevallen. Eerst zei hij dat ze geen kamers meer hadden, dat het hotel vol zat. Abdou nam aan dat het hotel en de politie zaken met elkaar deden en dat de 'geen kamers meer'-routine daarbij hoorde. Hij vertelde dat zijn vrouw ziek was en ze ergens moesten slapen. De receptionist keek naar zijn computerscherm en slaagde erin een kleine kamer voor hen te vinden, voor goudgeld natuurlijk. Abdou leek niet onder de indruk en kletste als een echte charmeur. Hij zei dat hij alleen Amerikaanse dollars bij zich had, die natuurlijk niet geaccepteerd zouden worden. Alleen West-Afrikaanse francs. Fanta deed net alsof ze elk moment kon flauwvallen. Bo had er moeite mee het gesprek in het Frans te volgen, maar had zin om over de balie te springen en de vent te wurgen.

Abdou weigerde nee te accepteren en smeekte bijna om een kamer. De receptionist gaf een beetje toe, en zei dat er verderop in de straat een bank was. Ze mochten naar de kamer, maar de volgende ochtend wilde hij zijn geld in de valuta van het land. Abdou beloofde dit en bedankte de man uitgebreid, waarna de receptionist hem met tegenzin een sleutel overhandigde.

Abdou vroeg of ze de telefoon mochten gebruiken voor een gesprek naar de VS. Zeker niet! Zodra de kamer was betaald was een telefoongesprek toegestaan, maar alleen als het gesprek van tevoren werd betaald. Het was bijna drie uur 's nachts – elf uur 's avonds in de VS – toen ze een kleine, muffe kamer op de derde verdieping binnenliepen. Tegen de verste muur stond een eenpersoonsbed. De mannen stonden erop dat Fanta dat bed nam en zeiden dat zij wel op de vloer zouden slapen.

Om drie uur 's nachts lag Zola wakker; ze kon niet slapen. Ze had de hele avond en nacht gebeld en berichtjes en mailtjes verstuurd aan Diallo Niang, maar zonder reactie te krijgen. Toen haar telefoon piepte omdat ze werd gebeld door een onbekend nummer, nam ze het gesprek aan. Het was Bo, en een paar seconden was ze opgelucht doordat ze zijn stem hoorde. Hij vertelde haar in het kort wat er was gebeurd, zei dat de advocaat nergens te bekennen was en dat de politie het hotel zojuist samen met hun vader had verlaten.

'Zijn jij en mama veilig?'

'Nou ja, we zitten niet in de gevangenis, nog niet. Ze hebben twee keer gezegd dat we in dit hotel kunnen blijven omdat de gevangenis vol zit. Neem aan dat ze een plekje voor papa hebben gevonden. Wij mogen het hotel niet verlaten.'

'Ik heb die advocaat al wel honderd keer gebeld,' zei ze. 'Heb je zelf geprobeerd hem te bellen?'

'Nee. Ik bel nu met de telefoon in de receptie en de receptionist kijkt naar me en luistert mee. Hij vindt het niet prettig dat ik zijn telefoon gebruik, maar ik heb hem gesmeekt of ik dit telefoongesprek mocht voeren.'

'Geef me het nummer, dan bedenk ik wel iets.'

Bo gaf de telefoon terug aan de receptionist en vond toen een café vlakbij. Daar kocht hij twee croissants en koffie, en nam alles mee naar de kamer waar hij samen met Fanta in het halfdonker bleef zitten. Fanta was opgelucht omdat hij met Zola had gepraat. Ze aten en namen slokjes van hun koffie, en wachtten alweer tot er op de deur zou worden geklopt.

33

Om tien uur 's ochtends had Zola besloten om naar Senegal te gaan.

Ze zaten in het café van Kramer Books in Dupont Circle, met hun laptops open en allerlei papieren over de tafel verspreid alsof ze daar elke dag werkten. Maar ze werkten niet, niet als nepadvocaten tenminste.

De hele ochtend bespraken ze allerlei scenario's. Mark en Todd begrepen volkomen dat Zola vond dat ze moest gaan, maar ze waren natuurlijk bang dat ze gevangen zou worden genomen en niet mocht terugkeren. Haar vader zat al in de gevangenis, en misschien zouden Fanta en Bo hem binnenkort gezelschap houden. Er kon van alles gebeuren als Zola naar Senegal ging en problemen veroorzaakte. Ze voerde aan dat ze een Amerikaans staatsburger was met een geldig paspoort en dat ze meteen kon vertrekken omdat er niet langer een visum nodig was voor een verblijf korter dan negentig dagen. Zola zei dat ze de Senegalese ambassade in Washington op de hoogte zou stellen van haar plannen en als iemand in Dakar probeerde te voorkomen dat ze terugging naar de VS zou ze contact opnemen met de Amerikaanse ambassade daar. Volgens haar was de kans klein dat ze zou worden opgesloten en ze was, gezien de situatie, bereid dat risico te nemen.

Mark stelde voor een dag of twee te wachten en in die tijd te proberen een andere advocaat in Dakar te vinden. Op internet vonden ze een heleboel advocaten, van wie velen werkzaam waren bij zo te zien oude, respectabele kantoren. Enkele van deze kantoren leken zo veelbelovend dat Todd voor de grap zei dat ze daar best konden gaan werken als ze gedwongen waren de VS te verlaten. 'Wonen er ook blanken in Senegal?' vroeg hij.

'Ja hoor,' zei ze. 'Twee of drie.'

'Dat bevalt me wel,' zei Mark in een poging een grapje te maken.

'Een buitenlands filiaal van Upshaw, Parker & Lane.'

'Ik heb het helemaal gehad met dat kantoor,' zei ze met een geforceerde glimlach. Maar ze had geen zin om geld over te maken naar iemand die ze niet kende. Geld was helemaal geen probleem, zeiden ze tegen haar. Op de rekening van hun kantoor stond 50.000 dollar en dat mocht ze allemaal gebruiken. Ze was ontroerd door hun gulheid en door hun bereidheid haar te helpen, en vertelde hun voor het eerst over haar spaargeld dat ze juist voor een situatie als deze had opgepot. Ze waren onder de indruk van het feit dat ze tijdens haar rechtenstudie 16.000 dollar had weten te sparen. Dat was uniek.

Ze konden het haar niet kwalijk nemen dat ze de stad wilde verlaten. Op dit moment werden ze gedagvaard door hun verhuurders omdat ze de huur van januari niet hadden betaald. Darrell Cromley had hun net een proces aangedaan met een eis van 25 miljoen dollar voor nalatigheid. De federale regering zou zich daar algauw bij aansluiten en in totaal meer dan 600.000 dollar eisen. Tientallen boze cliënten waren naar hen op zoek. Griffiers van de rechtbanken belden hen. Maynard had hen ontslagen, dus waren ze werkloos. En hun meest urgente probleem was het onderzoek door de Orde van Advocaten van het District. Het was slechts een kwestie van tijd voordat hun echte identiteit zou worden onthuld en dan moesten zij de stad ook verlaten.

Ze reden naar de Rooster Bar. Daar hielden de jongens de deur in de gaten, terwijl Zola naar boven rende en een tas inpakte. Ze stopten bij haar bank, waar ze 10.000 dollar opnam van haar spaarrekening. De bank kon geen enkele dollar wisselen voor West-Afrikaanse francs. Daarom gingen ze op zoek naar een wisselkantoor en ze vonden er eentje in de buurt van Union Station. Bij een telefoonwinkel betaalden ze 390 dollar voor vier internationale mobiele telefoons, compleet met simkaart, camera, bluetooth, een toetsenbord en geschikt voor social media. Ze zouden er drie houden en de vierde zo mogelijk aan Bo geven. Om halfvijf reden ze naar Dulles en liepen naar de balie van Brussels Airlines. Met een oude creditcard betaalde Zola 1.500 dollar voor een retourticket naar Dakar, met een overstap van vier uur in Brussel. Zonder vertraging zou ze na een reis van achttien uur om een uur of vier de volgende ochtend in Dakar zijn.

Bij de beveiliging in de vertrekhal omhelsden ze elkaar en huilden even. Ze keken haar na tot ze in een groep medereizigers verdween.

Ze reden terug naar de stad en gingen in een opwelling naar een wedstrijd van de Nationals.

De volgende ochtend om negen uur, toen Zola ergens tussen België en Senegal vloog, liepen Mark en Todd over de campus van American University en vonden een tafeltje in een halfleeg restaurant. Met hun spijkerbroek en rugzak vielen ze helemaal niet op. Ze kochten koffie en legden hun spullen op de tafel alsof ze aan de studie wilden. Mark pakte een van zijn telefoons en liep naar een paar ramen met uitzicht op de campus. Hij belde het kantoor in Miami van Cohen-Cutler en vroeg of hij kon worden doorverbonden met advocaat Rudy Stassen. Volgens de website van het kantoor was Stassen een van de vele partners van Cohen-Cutler die zich bezighielden met het proces tegen Swift Bank. Een secretaresse vertelde hem dat Stassen in vergadering was. Mark zei dat het belangrijk was en dat hij aan de lijn zou blijven. Tien minuten later had hij Stassen aan de telefoon.

Mark stelde zichzelf voor als een advocaat uit D.C. en beweerde elfhonderd Swift Bank-klanten te hebben die zich wilden aansluiten bij een van de zes groepsvorderingen.

'Nou, dan bent u aan het juiste adres,' zei Stassen lachend. 'We procederen tegen hen als een gek. Op dit moment hebben we 200.000 cliënten. Waar zitten die van u?'

'Allemaal in de omgeving van D.C.,' zei Mark. Hij legde zijn telefoon op de tafel, ging tegenover Todd zitten en zette zijn telefoon op de speaker en het geluid zachter. 'Ik ben een beetje aan het shoppen, zeg maar, op zoek naar de beste deal. Hoe hoog is jullie honorarium?'

'Dat is nog niet zeker. We denken dat er separaat over het honorarium zal worden onderhandeld. Op dit moment hebben we contracten voor vijfentwintig procent van onze cliënten, en we zullen een extra acht procent van de brutoschikking opeisen. Allemaal afhankelijk van goedkeuring door de rechtbank, natuurlijk. Hoe was uw naam ook alweer, Upshaw? Ik kan geen website vinden.'

'Die hebben we ook niet,' zei Mark. 'Ik heb cliënten geworven via direct mail.'

'Oké, dat is vreemd.'

'Het werkt. Wat kunt u me over de onderhandelingen vertellen?'

'Die zijn tot stilstand gekomen, vanaf nu. Swift Bank beweert, in de pers natuurlijk, dat het wil schikken en doorgaan, maar hun advocaten vertragen de boel. Ze maken het dossier steeds dikker, brengen miljoenen in rekening, de gebruikelijke gang van zaken. Maar we denken nog steeds dat de bank zal inbinden en zal schikken. U wilt meedoen? U zei dat u aan het shoppen bent?'

'Acht procent klinkt goed. Ik doe mee. Stuur me de documenten maar.'

'Goede beslissing. Ik geef uw gegevens aan onze associate Jenny Valdez en dan zal zij alles met u doornemen.'

'Ik heb een vraag,' zei Mark.

'Oké.'

'Hoe kan uw kantoor 200.000 cliënten aan?'

Stassen lachte en zei: 'Met heel veel mensen. Op dit moment hebben we tien associates die toezicht houden op dertig juridisch assistenten. Het is een enorme klus, dat klopt, de grootste groepsvordering die we ooit hebben behandeld, maar we kunnen het wel aan. Uw eerste groepsvordering?'

'Ja. Klinkt als een gekkenhuis.'

'Gek is een goed woord, maar geloof me, het is de moeite waard. We gaan winnen, meneer Upshaw.'

'Zeg maar Mark.'

'Bedankt voor de verwijzing, Mark. We zullen je opnemen en jij kunt je cliënten vertellen dat ze binnen vierentwintig uur bij ons zijn aangesloten. Daarna is het een kwestie van afwachten. Ik zal je het telefoonnummer van Jenny Valdez geven. Heb je een pen bij de hand?'

'Ja.' Mark noteerde het telefoonnummer en verbrak de verbinding. Hij begon fanatiek te typen op zijn laptop, terwijl Todd iets te eten ging halen. Ze zeiden weinig, aten een paar muffins en dronken koffie. Ze dachten aan Zola die hun met een berichtje had verteld dat ze na een probleemloze reis was geland.

Ten slotte haalde Mark diep adem en belde Jenny Valdez. Hij

praatte een kwartier met haar, maakte aantekeningen en verzekerde haar dat hun papieren in orde waren en dat hij klaar was om de PIS-formulieren van alle elfhonderd Swift Bank-klanten te zippen. Toen hij zijn telefoon neerlegde, keek hij Todd aan en zei: 'Als ik op Verzenden druk, plegen we elfhonderd nieuwe strafbare feiten. Zijn we hier klaar voor?'

'Volgens mij hadden we dat besluit al genomen.'

'Geen twijfels?'

'Ik twijfel overal aan, steeds weer. Maar dit is onze enige kans op ontsnapping. We moeten het gewoon doen.'

Voorzichtig drukte Mark op Verzenden.

Zola's taxi reed stapvoets door het verkeer, dat chaotischer was dan ze ooit eerder had gezien. Haar chauffeur zei dat de airco kapot was, maar ze had eerder het idee dat die waarschijnlijk al jaren niet meer werkte. Alle raampjes waren open en de lucht was zwaar en ranzig. Ze veegde het zweet van haar voorhoofd en realiseerde zich dat haar blouse drijfnat was en aan haar huid plakte. Buiten reden kleine auto's, pick-ups en busjes bumper aan bumper en de chauffeurs toeterden en schreeuwden tegen elkaar. Scooters en motoren, de meeste met twee en soms zelfs met drie passagiers, reden zigzaggend tussen de chaos door en misten elkaar soms op een paar centimeter. Mensen liepen van taxi naar taxi en verkochten flesjes water, terwijl anderen bedelden om kleingeld.

Twee uur nadat Zola het vliegveld had verlaten stopte de taxi bij het hotel en betaalde Zola de chauffeur met West-Afrikaanse francs een bedrag dat gelijkstond aan 65 Amerikaanse dollar. Ze liep de lobby in en was blij dat het daar koeler was. De receptionist sprak slecht Engels, maar verstond haar vraag uiteindelijk wel. Hij belde de kamer en een paar minuten later sprong Bo de lift uit en omhelsde zijn zus. Ze hadden niets van Abdou gehoord, en de hele dag geen politie gezien. Ze hadden nog steeds opdracht in het hotel te blijven en durfden niet weg. Bo had terecht verondersteld dat het hotel door de politie werd gebruikt om andere pas gearriveerde gedetineerden in de gaten te houden.

Natuurlijk was Diallo Niang nergens te bekennen. In de taxi had Zola zijn nummer gebeld, maar hij nam niet op.

Terwijl Bo tolkte, betaalde Zola contant voor twee grotere kamers met een tussendeur, en ging daarna naar boven om haar moeder te zien. Nadat ze de andere kamers hadden betrokken, belde Zola een paar advocaten. Ze was tijdens de vlucht urenlang op zoek geweest naar de juiste en wist niet zeker of ze die had gevonden, maar ze had wel een plan.

34

Margaret Sanchez van de Orde van Advocaten was geobsedeerd geraakt door de zaak van Upshaw, Parker & Lane. Toen Chap Gronski langzaam maar zeker de puzzelstukjes van de opzet en de zwendel in elkaar paste en de omvang van de brutale actie duidelijk werd, wilde mevrouw Sanchez de drie jongelui hoe dan ook te pakken krijgen. Maar eerst moest ze hen vinden. Na een knikje van haar baas nam ze contact op met de politie van het District. Het kostte haar moeite om een rechercheur over te halen zich erin te verdiepen, want op de schaal van de criminele activiteiten in het District had de politie weinig belangstelling voor een paar rechtenstudenten die het systeem misbruikten zonder mensen fysiek kwaad te doen.

Rechercheur Stu Hobart kreeg de opdracht en verdiepte zich samen met mevrouw Sanchez in de zaak. Chap had de eigenaar van de Rooster Bar gevonden, en daar ging hij samen met Hobart naartoe. Ze spraken Maynard in zijn kantoor, één verdieping boven de Old Red Cat in Foggy Bottom.

Maynard had het helemaal gehad met Mark en Todd en hun bedrog, en hij had echt geen geduld meer met wat dan ook waardoor de politie bij hem kwam snuffelen. Omdat hij weinig wist van wat er gebeurde boven zijn kroeg op 1504 Florida Avenue zei hij er niet veel over. Maar hij bezat wel cruciale informatie. Hij zei: 'Hun echte namen zijn Todd Lucero en Mark Frazier. De naam van die zwarte vrouw weet ik niet. Lucero heeft een jaar of drie voor me gewerkt, geweldige barkeeper, iedereen is weg van hem. In januari zijn hij en Frazier naar het andere gebouw verhuisd en daar werken ze in ruil voor de huur.'

'En u betaalt hun natuurlijk contant,' zei Hobart.

'Contant geld is nog steeds legaal,' zei Maynard. Hij sprak nu met een agent van de stedelijke politie, niet met iemand van de belastingdienst, en hij wist dat Hobart het helemaal niet belangrijk vond hoe hij zijn werknemers betaalde.

'Wonen ze daar nog steeds?' vroeg Hobart.

'Volgens mij wel. Ze zitten op de derde verdieping, die vrouw op de tweede, dat is me tenminste verteld. Ik heb Mark en Todd vorige week ontslagen, maar hun huur loopt nog door tot 1 juni.'

'Waarom hebt u ze ontslagen?'

'Dat, meneer, gaat u niets aan. Maar ik heb hen ontslagen, omdat ze te veel aandacht trokken. Zoals u weet kan ik mensen naar believen in dienst nemen en ontslaan.'

'Natuurlijk. We hebben de deur naar boven gecontroleerd en die blijkt afgesloten. Ik denk dat we wel een gerechtelijk bevel kunnen krijgen zodat we die mogen intrappen.'

'Dat denk ik ook,' zei Maynard. Hij trok een la open, haalde er een sleutelbos uit, vond de sleutel die hij zocht, maakte hem los en gooide hem naar hen toe. 'Dat is de goede sleutel, maar kom alsjeblieft niet in de bar. Dat is een van mijn betere.'

Hobart pakte de sleutel en zei: 'Doen we. Bedankt.'

'Graag gedaan.'

Het was al donker toen Zola's taxi bij haar hotel vandaan reed en zich een weg zocht door het steeds rustiger wordende verkeer in het centrum van Dakar. Twintig minuten later stopte de taxi bij een drukke kruising.

Zola stapte uit en liep naar een hoog modern gebouw, waar twee beveiligers de hoofdingang bewaakten. Ze spraken geen Engels, maar waren onder de indruk van haar uiterlijk. Ze gaf hun een stukje papier met daarop de naam Idina Sanga, *Avocat*, waarna ze snel de deur voor haar openmaakten en met haar meeliepen door de lobby naar een lift.

Volgens haar profiel was madame Sanga een partner in een kantoor van tien advocaten van wie de helft vrouw was, en sprak ze niet alleen Frans en Engels, maar ook Arabisch. Ze was gespecialiseerd in immigratiezaken en leek er, in elk geval aan de telefoon, alle vertrouwen in te hebben dat ze de zaak kon oplossen. Ze ontving Zola bij de lift op de vierde verdieping en nam haar mee naar een kleine spreekkamer zonder ramen. Zola bedankte haar omdat ze haar na werktijd wilde ontvangen. Volgens de foto op de website van het kantoor was madame Sanga een jaar of veertig, maar ze zag er veel jonger uit. Ze had gestudeerd in Lyon en Manchester, en sprak perfect Engels met een heerlijk Brits accent. Ze glimlachte heel veel en was een gemakkelijke gesprekspartner.

Zola vertelde haar het hele verhaal.

Madame Sanga vroeg een bescheiden voorschot en zei dat ze de zaak wel wilde aannemen. De zaak was niet ongewoon. Er waren geen wetten overtreden en het gepest meteen na aankomst was heel kenmerkend. Ze had de juiste contacten bij de politie en de immigratiedienst, en ze had er alle vertrouwen in dat Abdou Maal al snel zou worden vrijgelaten. Fanta en Bo zouden niet gearresteerd worden. Dan was het gezin vrij en konden ze zich verplaatsen, en madame Sanga zou zorgen dat ze de juiste documenten kregen.

Mark en Todd lagen diep te slapen in hun goedkope tweepersoonsbedden op de derde verdieping van 1504 Florida Avenue toen iemand op de deur klopte.

Mark liep naar hun kleine woonkamer, deed een lamp aan en vroeg: 'Wie is daar?'

'De politie. Doe open!'

'Hebt u een bevel?'

'Twee zelfs. Voor Frazier en Lucero.'

'Shit!'

Rechercheur Stu Hobart kwam binnen met twee geüniformeerde agenten. Hij gaf Mark een document en zei: 'U bent gearresteerd.'

Todd kwam struikelend de slaapkamer uit, slechts gekleed in een rode boxershort, en Hobart gaf hem zijn eigen arrestatiebevel.

'Waar is dit verdomme voor?' vroeg Mark.

'Zonder vergunning werken als advocaat,' zei Hobart trots.

Mark lachte hem in zijn gezicht uit. 'Dat meen je toch niet? Hebben jullie geen belangrijkere dingen te doen?'

'Kop dicht,' zei Hobart. 'Kleed je aan, dan gaan we.'

'Waarnaartoe?' vroeg Todd, en hij wreef in zijn ogen.

'Naar de gevangenis, klojo. Kom mee.'

'Wat een zeikerd,' zei Todd.

Mark en Todd liepen naar de slaapkamer, kleedden zich aan en liepen terug naar de woonkamer.

Een agent haalde een paar handboeien tevoorschijn en zei: 'Omdraaien.'

'Dat meen je niet!' zei Mark. 'Wij hebben echt geen handboeien nodig.'

'Kop dicht en omdraaien,' snauwde de agent, zichtbaar uit op een confrontatie.

Mark draaide zich om, waarna de agent zijn handen in de goede positie draaide en hem de handboeien omdeed. De andere agent boeide Todd. Daarna werden ze de kamer uit geduwd.

Op de stoep stond een andere agent te wachten. Hij rookte en bewaakte twee patrouillewagens van de politie van D.C. met draaiende motor. Mark werd achter in de ene auto geduwd en Todd achter in de andere. Hobart ging voorin zitten, en terwijl ze wegreden zei Mark: 'Op dit moment vinden er in deze stad bendeoorlogen, drugsdeals, verkrachtingen en moorden plaats, en jullie houden je bezig met twee rechtenstudenten die niemand kwaad doen.'

'Hou je bek nou maar, oké?' snauwde Hobart.

'Ik hoef mijn mond niet te houden. Er is geen enkele wet die zegt dat ik mijn mond moet houden, vooral niet nu ik ben gearresteerd voor een onzinnige overtreding zoals deze.'

'Dit is geen overtreding. Als je ook maar een heel klein beetje van de wet wist, zou je weten dat het een misdrijf is.'

'Nou, het zou een overtreding moeten zijn, en u zou voor de rechter moeten worden gesleept voor een onterechte arrestatie.'

'Dat is angstaanjagend, uit jouw mond. Nu kop dicht.'

Op de achterbank van de auto achter hem vroeg Todd nonchalant: 'Krijgen jullie er een kick van om midden in de nacht op deuren te kloppen en mensen handboeien om te doen?'

'Hou je kop, oké?' snauwde de agent die achter het stuur zat.

'Sorry, vriend, maar ik hoef mijn mond niet te houden. Ik kan alles zeggen wat ik wil. Het District heeft het hoogste moordcijfer van het land en jullie verspillen je tijd door ons lastig te vallen!'

'Wij doen gewoon ons werk,' zei de chauffeur.

'Dan heb je een rotbaan, weet je dat? Ik denk dat we van geluk mogen spreken dat jullie geen SWAT-team hebben gestuurd om onze deur in te trappen en als een gek te gaan schieten. Dat is jullie grootste kick, hè? Je verkleden als Navy SEALS en mensen overvallen.'

'Straks stop ik en sla ik je verrot,' zei de chauffeur.

'Als je dat doet sta je maandagochtend om negen uur voor de rechter. Belangrijk proces, federale rechtbank.'

'Ga je voor jezelf een echte advocaat inhuren?' vroeg de chauffeur, waarop de andere agent in de lach schoot.

In de auto voor hen vroeg Mark: 'Hoe heb je ons gevonden, Hobart? Heeft iemand bij de Orde van Advocaten ons spoor opgepikt en de politie gebeld? Verbaast me niets, je zult wel een heel lage rang hebben dat je je moet bezighouden met zo'n onbelangrijk strafbaar feit.'

'Ik zou twee jaar in de gevangenis niet onbelangrijk noemen,' zei Hobart.

'Gevangenis? Ik ga echt niet naar de gevangenis, Hobart. Ik huur gewoon een andere straatadvocaat in, misschien wel eentje zonder vergunning, en die maait alle gras voor je voeten weg. Wij gaan echt de gevangenis niet in. We betalen een kleine boete, krijgen een standje, beloven het nooit meer te doen en verlaten de rechtbank als vrij man. Verdomme, we zijn alweer aan het werk als jullie nog achter gevaarlijke voetgangers aan zitten!'

'Kop dicht alsjeblieft.'

'Gaat niet gebeuren, Hobart.'

Bij de Central Jail werden Mark en Todd uit de auto getrokken en ruw naar een kelderingang geduwd. Binnen werden hun handboeien afgedaan en werden ze gescheiden. Een uur lang vulden ze allebei een intakeformulier in, werden hun vingerafdrukken genomen en daarna werden ze voor een camera gezet waar de standaardfoto's van hen werden gemaakt. Ze zagen elkaar weer in een cel waar ze nog een uur zaten te wachten, ervan overtuigd dat ze in een cel zouden worden gegooid met echte criminelen. Om halfzes 's ochtends werden ze vrijgelaten op persoonlijke borgtocht en werd hun verteld dat ze het District of Columbia niet mochten verlaten. In hun dagvaarding stond dat ze over een week in Divisie 6 moesten verschijnen voor hun eerste zitting. Die plaats kenden ze goed.

Die ochtend gingen ze op de webversie van *The Post* op zoek naar een bericht over hun arrestatie, maar dat was er niet; ze hadden natuurlijk ook geen enkele nieuwswaarde. Ze besloten Zola nog niet te vertellen dat er een arrestatiebevel klaarlag met haar naam erop. Ze had nu al genoeg aan haar hoofd, en ze was veilig buiten bereik.

In hun appartement waren ze twee uur bezig met het schrijven van cheques van hun zakelijke rekening: terugbetalingen aan huidige cliënten die hun contant hadden betaald en nu de klos waren omdat hun advocaten niet meer voor hen werkten. Ze konden het geld zelf goed gebruiken, maar ze konden hun cliënten ook niet gewoon laten stikken. In totaal ging het om bijna 11.000 dollar en het deed pijn het kwijt te raken, maar ze voelden zich beter toen ze de enveloppen op de post deden. Mark verkocht zijn Bronco voor 600 dollar aan een tweedehandsautodealer. Hij nam het geld aan, regelde dat het kenteken werd overgeschreven en dwong zichzelf niet achterom te kijken naar het oude wrak waar hij de afgelopen negen jaar in had gereden. Zodra het donker was geworden, laadden ze de nieuwe computer, de kleurenprinter en drie dozen met dossiers achter in Todds auto. Ze legden wat kleren op de achterbank, dronken nog een laatste biertje in de Rooster Bar en reden naar Baltimore.

Terwijl Mark de tijd doodde in een sportbar van een hotel, vertelde Todd zijn ouders eindelijk dat hij de week daarna niet zou afstuderen. Hij bekende dat hij had gelogen, het hele voorjaar geen colleges had gevolgd, werkloos was, een schuld had van 200.000 dollar, geen doel meer had in zijn leven en probeerde te bedenken wat hij met zijn leven aan moest. Zijn moeder huilde, zijn vader brulde, en alles was zelfs nog erger dan hij had verwacht. Terwijl hij het huis verliet zei hij dat hij een lange reis ging maken en zijn auto in de garage moest achterlaten. Zijn vader schreeuwde nee, maar Todd liet hem toch achter en liep de kleine kilometer naar het hotel.

De volgende ochtend namen Mark en Todd een trein naar New York City. Toen de trein Penn Station verliet, gaf Todd Mark *The Washington Post*. Onder aan de voorpagina van het *Metro*-katern stond een kleine kop: 'Arrestatie twee advocaten zonder vergunning' en ze werden beschreven als law school-drop-outs, voormalige studenten van Foggy Bottom. Niemand van de administratie wilde er iets over zeggen, en dat gold ook voor Margaret Sanchez van de Orde van Advocaten van D.C. De twee mannen hadden kennelijk onder een valse naam in de rechtszalen van de stad cliënten geronseld en waren als hun advocaat voor de rechters verschenen. Een anonieme bron beschreef hen als 'vrij goede advocaten'. Een voormalige cliënt zei dat meneer Upshaw haar zaak heel goed had behartigd. Een huidige cliënt zei dat hij gewoon zijn geld terug wilde. Er werd met geen woord gerept over Zola Maal, hoewel in het artikel wel stond dat er 'een derde persoon bij betrokken is'. Als ze schuldig werden bevonden, konden ze worden veroordeeld tot twee jaar gevangenisstraf en een boete van 1.000 dollar.

Hun telefoons stonden roodgloeiend door telefoontjes van oude vrienden van Foggy Bottom.

Todd zei: 'Dit zal mijn pa geweldig vinden: ik, een misdadiger.'

Mark zei: 'Mijn arme moeder. Haar beide zonen gaan de bak in.'

35

Zola was volkomen ontdaan toen ze hoorde dat haar partners waren gearresteerd en dat de politie ook naar haar op zoek was. Toch was ze niet echt bang dat ze haar in Senegal zouden vinden. Mark en Todd zaten in Brooklyn en zeiden dat ze de zaak onder controle hadden, maar daar had ze ernstige twijfels over. Ze hadden zich sinds januari immers op bijna elk gebied vergist, zodat ze niet evenals zij vol vertrouwen was. Ze vond het verhaal op internet en las het grondig door. Haar naam werd niet genoemd en ook op de rol van de rechtbanken kwam haar naam niet voor. Haar Facebook-pagina stond vol commentaren en vragen van vrienden, maar daar reageerde ze al weken niet meer op.

Idina Sanga had geen toestemming gekregen om Abdou in de gevangenis op te zoeken, en nadat ze twee dagen had gewacht, maakte Zola zich zelfs nog meer zorgen. De politie was twee keer naar het hotel gekomen om haar moeder en broer te controleren, maar had niets nieuws kunnen vertellen. Ze vond het prettig dat ze bij haar familie was, en zij kregen weer hoop door haar aanwezigheid en geruststellende woorden. Bo en Fanta vroegen regelmatig naar haar studie, haar afstuderen, het rechtbankexamen en zo, maar ze gaf ontwijkende antwoorden en repte met geen woord over de puinhoop die ze thuis had gecreëerd. Gelukkig wisten ze er niets van en dat zou ook nooit gebeuren, omdat ze nooit meer een voet in de vs zouden zetten. Zola wist niet eens zeker of zij dat zelf wel wilde.

Tijdens de vlucht naar Senegal had Zola een stuk of tien artikelen gelezen over de gevaarlijke omstandigheden in de overvolle gevangenissen van Dakar. Ze hoopte dat Bo en haar moeder minder nieuwsgierig waren geweest. De gevangenissen daar waren afschuwelijk.

Ten slotte verliet Zola het hotel en maakte wandelingen door Dakar.

De stad lag op het schiereiland Cap-Vert en was een samenraapsel van dorpen en voormalige Franse koloniale stadjes. De straten waren heet, stoffig en slecht onderhouden, maar ze kwamen elke ochtend tot leven met druk verkeer en massa's voetgangers. Veel vrouwen droegen een lange, wijde en kleurrijke jurk. Veel mannen droegen een keurig pak en leken het al even druk te hebben als de mannen in D.C., met een mobiele telefoon en aktetas. Op de drukke kruisingen vochten paard-en-wagens vol fruit en andere producten om ruimte met ranke nieuwe SUV's. Op het eerste gezicht leek de stad hectisch, maar toch hing er een ontspannen sfeer. Iedereen leek iedereen te kennen en maar weinig mensen leken haast te hebben. Ze hoorde allemaal pratende en lachende mensen. Overal was muziek, uit autoradio's en winkels, en van straatbandjes die spontane concerten gaven.

Toen Zola twee dagen in de stad was, vond ze de Amerikaanse ambassade en daar meldde ze zich als toerist. Een uur later, vlak bij het hotel, werd ze aangehouden door twee politieagenten die haar legitimatie wilden zien. Ze wist dat de politie het recht had iedereen te ondervragen en zelfs gevangen te nemen. Voor zo ongeveer elke reden kon iemand achtenveertig uur worden opgesloten.

Een van de agenten sprak een beetje Engels. Ze zei dat ze Amerikaanse was en geen Frans sprak. Ze waren verbaasd toen ze zagen dat ze een Amerikaans paspoort had en ze haar (echte) rijbewijs uit New Jersey liet zien. Ze was zo verstandig geweest alle valse documenten in het hotel te laten.

Na een heel lang kwartier gaven ze haar de documenten terug en lieten haar gaan. Ze vond het een griezelige ervaring en besloot haar toeristische activiteiten maar een andere keer voort te zetten.

Haar partners zaten in een kleine suite in een goedkoop hotel aan Schermerhorn Street in het centrum van Brooklyn. Eén slaapkamer, een slaapbank, een kleine kitchenette en 300 dollar per nacht. Voor 90 dollar huurden ze bij een kantoorartikelenhandel een printer/kopieerapparaat/scanner/fax.

Gekleed in pak met stropdas stapten ze een filiaal van Citibank aan Fulton Street binnen en vroegen of ze een accountmanager konden spreken. Met hun eigen namen, rijbewijzen en burgerservicenummers openden ze een betaalrekening op naam van Advocatenkantoor Lucero & Frazier. Ze hingen het oude verhaal op: ze hadden samen rechten gestudeerd en een tijdje voor kantoren in Manhattan gewerkt, maar nu hun eigen kantoor geopend om mensen met echte problemen te helpen. Ze leenden een adres van een kantoorgebouw zes blokken verderop, hoewel ze een echt adres nodig hadden voor hun nieuwe cheques die ze toch nooit zouden zien. Mark schreef een persoonlijke cheque uit voor 1.000 dollar om de rekening te kunnen openen. Zodra ze terug waren in hun suite faxten ze een overschrijvingsopdracht naar hun bank in D.C. Het saldo, iets onder de 39.000 dollar, werd overgemaakt naar hun nieuwe rekening en de oude rekening werd opgeheven. Ze stuurden een mailtje naar mevrouw Jenny Valdez van Cohen-Cutler in Miami met het nieuws dat hun kantoor Upshaw, Parker & Lane was gefuseerd met het kantoor Lucero & Frazier in Brooklyn. Ze mailde een stapel formulieren naar hen zodat ze de noodzakelijke wijzigingen konden doorvoeren, en ze waren daar een uur mee bezig. Ze vroeg hun nogmaals naar de burgerservicenummers en bankrekeningnummers van de elfhonderd cliënten die zij voor de groepsvordering hadden doorverwezen, en zij schortten de zaak weer op door te zeggen dat ze bezig waren met het verzamelen van deze informatie.

Het zou onmogelijk zijn om Hinds Rackley aan de telefoon te krijgen, dus besloten ze te beginnen met een van zijn advocatenkantoren. De website van Ratliff & Cosgrove bleek nuttig. Daarop vertelde het kantoor trots dat er iets meer dan vierhonderd advocaten werkten die zich bezighielden met executies van hypotheken, gedwongen verkopen, achterstallige rekeningen, faillissementen, schuldinningen en niet-afbetaalde studieleningen. Gordy had het kantoor het 'rioolputje' van financiële diensten genoemd. Op het hoofdkantoor in Brooklyn werkten ongeveer honderd advocaten, en de leidinggevende partner was Marvin Jockety, een man van een jaar of zestig met een pafferig gezicht en indrukwekkend cv.

Mark stuurde hem een mailtje:

Geachte meneer Jockety,

Mijn naam is Mark Finley, en ik ben freelance-onderzoeksjournalist. Op dit moment werk ik aan een verhaal over Hinds Rackley, volgens mij een zakenpartner van u. Na een wekenlang onderzoek heb ik ontdekt dat de heer Rackley, via zijn bedrijven Shiloh Square Financial, Varanda Capital, Baytrium Group en Lacker Street Trust, eigenaar is van in totaal acht op winst gerichte law schools verspreid over het hele land. De resultaten van het rechtbankexamen lijken aan te tonen dat deze acht law schools een segment van de bevolking aantrekken dat nooit rechten zou mogen studeren of het rechtbankexamen zou mogen afleggen. Toch blijken deze law school winstgevend te zijn. Ik zou de heer Rackley graag zo snel mogelijk willen spreken. Ik heb dit verhaal, zonder al te veel bijzonderheden, doorgegeven aan *The New York Times* en *The Wall Street Journal*, en beide kranten hebben belangstelling. De tijd is van cruciaal belang. Mijn telefoonnummer is 838-774-9090. Ik ben in de stad en wil heel graag een onderhoud met de heer Rackley of zijn vertegenwoordiger.

Bij voorbaat dank,
Mark Finley

Het was maandag 12 mei, 13.30 uur. Ze vroegen zich af hoe lang het zou duren voordat Jockety zou reageren. Tijdens het wachten begonnen ze in hun suite aan een aanval op de nietsvermoedende inwoners van de buitenwijken van Wilmington, Delaware. Met gebruikmaking van onlinetelefoongidsen voegden ze nieuwe namen toe aan hun groepsvordering. Als je elfhonderd overtredingen hebt begaan, stellen een paar honderd nieuwe immers niets voor?

Om 15.00 uur stuurde Mark hetzelfde mailtje nog een keer naar Jockety, en een uur later nog een keer.

Om zes uur gingen ze met de metro naar het Yankee Stadium om een wedstrijd van de Mets bij te wonen. Het stadion was lang niet uitverkocht, ondanks de opgeklopte aandacht die de wedstrijd had gekregen. Ze kochten twee kaartjes voor een goedkope plaats langs het middenveld en betaalden tien dollar voor een beker licht bier. Ze liepen naar de bovenste rij, zo ver mogelijk bij de andere fans vandaan die verspreid over de tribune zaten.

Die vrijdag moesten ze zich bij de rechtbank melden en ze hadden besloten dat het verstandig zou zijn om daar inderdaad naartoe te gaan. Dankzij hun enorme ervaring wisten ze dat de rechtbank een arrestatiebevel voor hen zou uitvaardigen. Todd belde Hadley Caviness, die al na twee keer opnam.

'Zo, zo,' zei ze. 'Zo te zien zitten jullie nu eindelijk in de problemen.'

'Ja, schatje, we zitten in de problemen. Ben je alleen? Terechte vraag.'

'Ja, maar ik ga straks uit.'

'Goede jacht. Luister, ja, je moet iets voor ons doen. We moeten deze vrijdag voorkomen, maar we hebben de stad verlaten en zijn niet van plan om binnenkort terug te komen.'

'Dat kan ik jullie niet kwalijk nemen. Jullie hebben behoorlijk wat ophef veroorzaakt in de rechtbank. Iedereen heeft er wel iets over te zeggen.'

'Laat ze maar praten. Maar zoals ik al zei, je moet iets voor ons doen.'

'Heb ik je ooit iets geweigerd?'

'Nee, dat heb je niet en daarom hou ik ook van je.'

'Dat zeggen ze allemaal.'

'Denk je dat je naar Divisie 6 kunt gaan en de griffier kunt vragen ons een paar weken uitstel te geven? Dat zou eigenlijk alleen maar een kwestie zijn van wat papieren heen en weer schuiven, iets waar jij heel goed in bent.'

'Dat weet ik niet, hoor. De kans is groot dat een paar mensen daar heel alert op zijn. Stel dat iemand het vraagt, wat is dan de reden?'

'Zeg maar dat we proberen een advocaat in te huren, maar geen geld hebben en dat het maar om een paar weken gaat.'

'Ik zal ernaar kijken, zien wat ik kan doen.'

'Je bent een schat.'

'Ja hoor.'

Tegen het einde van de derde inning zoemde Marks telefoon: onbekend nummer. Hij zei: 'Dit zou weleens goed kunnen zijn.'

Het was Marvin Jockety en hij viel meteen met de deur in huis: 'Meneer Rackley wil u niet spreken en hij sleept u voor de rechter als u ook maar iets verkeerds schrijft.'

Mark glimlachte, gaf Todd een knipoog, drukte op de speakerknop en zei: 'Ook goedenavond, meneer. Waarom dreigt de heer Rackley meteen met een proces? Heeft hij soms iets te verbergen?'

‘Dat heeft hij niet. Hij hecht erg aan zijn privacy en heeft een paar lastige advocaten in dienst.’

‘Dat kun je wel zeggen. Hij heeft een vinger in de pap bij ten minste vier advocatenkantoren, waaronder het uwe. Zeg maar tegen hem dat hij zijn gang mag gaan. Ik heb geen cent.’

‘Dat zal hem er niet van weerhouden. Hij zal u voor de rechter slepen en uw reputatie als journalist vernietigen. Voor wie werkt u trouwens?’

‘Alleen voor mezelf. Ik ben freelancer, weet u. Nu ik erover nadenk, meneer Jockety, kan ik een proces heel goed gebruiken, want dan eis ik een enorm bedrag van meneer Rackley. Ik kan een vermogen toegewezen krijgen voor een onterecht proces.’

‘U weet niet waar u aan begint, vriend.’

‘Dat zullen we nog weleens zien. Zeg maar tegen Rackley dat hij, als hij mij voor de rechter sleept, daar ook *The New York Times* bij betrekt want die spreek ik morgen. Zij willen het verhaal zondag publiceren, op de voorpagina.’

Jockety lachte en zei: ‘Meneer Rackley heeft meer contacten bij *The Times* en *The Journal* dan u zich kunt voorstellen. Die willen hun vingers echt niet branden met zo’n verhaal.’

‘Tja, dat risico zal hij moeten nemen. Ik ken de waarheid en dat zal een geweldig voorpaginaverhaal zijn.’

‘Daar krijgt u spijt van,’ zei Jockety en hij verbrak de verbinding.

Mark keek naar zijn telefoon en stopte hem toen in de zak van zijn spijkerbroek. Hij haalde diep adem en zei: ‘Lastige man. Dit wordt niet gemakkelijk.’

‘Ze zijn allemaal lastig. Denk je dat-ie terugbelt?’

‘Wie weet? Ik kan me voorstellen dat hij Rackley heeft gesproken en dat ze nu bang zijn. Rackley wil absoluut geen publiciteit. Zijn law school-handeltje is niet illegaal, maar toch stinkt het.’

‘Ze bellen wel. Waarom ook niet? Als jij Rackley was zou je toch ook willen weten hoeveel we precies weten?’

‘Misschien.’

‘Ze bellen wel.’

36

Om tien voor zeven dinsdagochtend lag Mark te slapen op zijn slaapbank toen zijn telefoon ging.

Jockety zei: 'Meneer Rackley kan u om tien uur vanochtend ontvangen in ons kantoor. Wij zitten in het centrum van Brooklyn, in Dean Street.'

Mark zei: 'Ik weet waar jullie kantoor is.' Dat wist hij niet, maar het zou gemakkelijk te vinden zijn.

'Om tien voor tien zie ik u dan beneden in de lobby. Wees alstublieft op tijd, want meneer Rackley heeft het erg druk.'

'Ik ook. En ik neem een vriend mee, Todd McCain, ook journalist.'

'Oké. Nog meer mensen?'

'Nee, alleen wij tweeën.'

Terwijl ze koffiedronken speculeerden ze erover dat Rackley hen niet in de buurt wilde hebben van zijn domein aan Water Street in Manhattans financiële district. Dat was ongetwijfeld het luxueuze verblijf van een man van zijn formaat, iets wat een paar journalisten heel graag zouden willen beschrijven. Hij kon hen beter ontmoeten in een gebouw dat vol zat met zijn eigen advocaten. Hij had al met een proces gedreigd. Ze stapten zijn wereld binnen, een harde plaats waar zijn privacy ten koste van alles zou worden beschermd en intimidatie altijd een nuttig instrument was.

Ze schoren zich niet en trokken een spijkerbroek en een oud colbertje aan – het slordige uiterlijk van journalisten die zich niet lieten imponeren door iemands omgeving. Mark vulde een intensief gebruikt, nylon attachékoffertje dat ze in een tweedehandswinkel in Brooklyn hadden gevonden, en toen ze het hotel te voet verlieten leken ze inderdaad op twee mannen die niet de moeite waard waren om tegen te procederen.

Het was een groot en modern gebouw, een van de vele in het centrum van Brooklyn. Ze wachtten in een koffiebar om de hoek en liepen het atrium om kwart voor tien binnen. Marvin Jockety, die minstens tien jaar ouder leek dan op zijn foto op de website, stond naast de balie van de beveiliging met een bode te kletsen. Mark en Todd herkenden hem en stelden zich voor, terwijl Jockety hun met tegenzin een hand gaf. Hij knikte naar de bode en zei: 'Deze meneer wil graag uw legitimatie zien.' Mark en Todd pakten hun portefeuille en overhandigden hun valse rijbewijzen van D.C. De bode scande ze, keek naar hen om hun gezicht te vergelijken met de foto en gaf ze weer terug.

Ze liepen achter Jockety aan naar een rij liften en wachtten zwijgend tot er een lift aankwam. Toen ze een lege lift in stapten, ging hij met zijn rug naar hen toe staan, met zijn gezicht naar de deur, en zei niets.

Vriendelijke klootzak, dacht Mark. *Wat een lulhannes*, dacht Todd.

De lift stopte op de zestiende verdieping, waar ze de nogal alledaagse lobby van Ratliff & Cosgrove betraden. In hun korte carrière als advocaat hadden ze verschillende fraaie kantoren bezocht. Het kantoor van Jeffrey Corbett in D.C. was verreweg het indrukwekkendst, hoewel Mark Edwin Mossbergs unieke museum in Charleston het mooist had gevonden. Trusty Rusty's kantoor was echt het ergste geweest, met de uitstraling van een artsenpraktijk en gewonde cliënten. Dit kantoor was slechts iets beter. Maar wat maakte het uit? Ze waren hier niet om hun omgeving te beoordelen.

Jockety negeerde de receptioniste, die hen ook negeerde. Ze liepen een hoek om en stapten zonder kloppen een lange, brede vergaderzaal binnen. Twee mannen in een donker, duur pak stonden bij een buffet koffie te drinken uit een porseleinen kopje. Geen van beiden liep naar hen toe. Jockety zei: 'Meneer Finley en meneer McCain.'

Mark en Todd hadden drie foto's gezien van Hinds Rackley, allemaal uit tijdschriftartikelen. Eén ervan was afkomstig van Gordy's zoektocht, de vergrote foto die hij aan zijn onvergetelijke muur had geprikt. De andere twee hadden ze zelf op internet gevonden. Rackley was drieënveertig, had donker, dunner wordend haar dat hij achterover had gekamd en smalle ogen achter een semimontuurloze bril. Hij knikte naar Jockety, die zwijgend vertrok en de deur achter zich sloot.

'Ik ben Hinds Rackley en dit is mijn hoofdadvocaat Barry Strayhan.' Strayhan keek hen loerend aan en knikte, maar maakte geen aanstalten om de kennismaking verder af te ronden. Net als zijn cliënt hield hij het kopje in zijn ene en het schoteltje in zijn andere hand, zodat ze niemand een hand konden geven. Mark en Todd bleven staan, minstens drie meter bij hen vandaan. Een paar ongemakkelijke seconden verstreken, lang genoeg voor de beide indringers om te begrijpen dat niemand hier van plan was beleefd te doen. Ten slotte zei Rackley: 'Ga zitten,' en hij knikte naar een rij stoelen aan hun kant van de tafel. Zij gingen zitten en Rackley en Strayhan namen de stoelen tegenover hen.

Todd legde zijn mobiele telefoon op de tafel en vroeg: 'Bezwaar als ik dit opneem?'

'Waarom?' vroeg Strayhan als een echte klootzak. Hij was minstens tien jaar ouder dan zijn cliënt en wekte de indruk dat alles in zijn leven omstreden was.

Todd zei: 'Gewoon een oude gewoonte van de meeste journalisten.'

'Gaat u de opname uitschrijven?' vroeg Strayhan.

'Waarschijnlijk,' zei Todd.

'Dan willen wij een kopie.'

'Geen probleem.'

'Dan neem ik het ook op,' zei Strayhan en hij legde zijn mobiele telefoon op de tafel. Duellerende mobiele telefoons.

Tijdens dit korte gesprek keek Rackley met een arrogante, zelfverzekerde blik naar Mark alsof hij wilde zeggen: *Ik bezit miljarden en jullie niet. Ik ben in elk opzicht superieur, dus accepteer dat maar.*

Een van de voordelen van hun werk als straatadvocaat zonder vergunning was dat elk spoor van terughoudendheid was verdwenen. Tijdens hun schaamteloze werk in de rechtbanken van D.C. waren ze eraan gewend geraakt te doen alsof ze mensen waren die ze niet waren. Als zij voor rechters konden staan terwijl ze een valse naam gebruikten en deden alsof ze advocaat waren, konden ze zeker tegenover Hinds Rackley zitten en doen alsof ze journalist waren.

Mark keek zonder te knipperen terug.

Ten slotte zei Rackley: 'Jullie wilden me spreken.'

Mark zei: 'Ja, we zijn bezig met een verhaal en dachten dat u daar misschien wel iets over zou willen zeggen.'

'Welk verhaal?'

'Tja, om te beginnen wordt de kop: "De Grote Law School Zwendel". U bent de baas of u hebt op de een of andere manier een aandeel in verschillende bedrijven die acht op winst gerichte law schools bezitten. Echt winstgevende law schools.'

Strayhan zei: 'Hebt u een wetsartikel gevonden dat iemand verbiedt om een op winst gerichte law school te bezitten?'

'Ik heb niet gezegd dat het in strijd was met de wet immers?' Hij keek naar rechts, naar Todd, en vroeg: 'Heb ik dat gezegd?'

'Dat heb ik niet gehoord,' zei Todd.

Mark zei: 'Het is niet in strijd met de wet en we beweren ook niet dat er sprake is van criminele activiteiten. Het is alleen zo dat deze law schools niets meer zijn dan diplomafabrieken die heel veel studenten ertoe verleiden zich in te schrijven, ongeacht hun LSAT-scores, en daarna enorme leningen aan te gaan om de hoge collegegelden van uw law schools te kunnen betalen. Deze collegegelden worden uiteraard aan u overgemaakt, en de studenten studeren af met een torenhoge studieschuld. Ongeveer de helft van alle studenten slaagt voor het rechtbankexamen en de meesten kunnen geen baan krijgen.'

'Dat is hun probleem,' zei Rackley.

'Natuurlijk. En niemand dwingt hen dat geld te lenen.'

Todd vroeg: 'Geeft u toe dat u acht law schools bezit of controleert?'

'Ik geef niets toe en ik ontken ook niets, zeker niet tegen jullie,' snauwde Rackley. 'Wie zijn jullie nu helemaal?'

Dat is pas een goede vraag, dacht Todd. Soms, als zijn vele aliassen door elkaar liepen, had hij er moeite mee zijn huidige naam te onthouden.

Strayhan lachte sarcastisch en vroeg: 'Kunnen jullie dat trouwens bewijzen?'

Mark haalde een groot, dik opgevouwen papier uit zijn goedkope attachékoffertje. Hij vouwde het open en schoof het over de tafel. Het was een ingedikte versie van Gordy's muur, van de grootse samenzwering, met Hinds Rackleys naam helemaal alleen in het bovenste vakje en het netwerk van zijn hele rijk eronder.

Een paar seconden keek Rackley er nieuwsgierig naar. Toen pakte hij het op en bestudeerde het aandachtiger. Strayhan leunde naar hem toe zodat hij het beter kon zien. Hun eerste reactie zou veelzeggend zijn. Als Gordy gelijk had, en ze waren ervan overtuigd dat dat zo was, zou Rackley zich realiseren dat ze hem op het spoor waren en het ook konden bewijzen. Misschien zou hij over een paar puntjes muggenziften, of toegeven dat hij de eigenaar of leider was van de verschillende bedrijven. Maar hij kon ook alles ontkennen en dreigen hun een proces aan te doen.

Langzaam legde hij het schema op de tafel en zei: 'Interessant, maar niet accuraat.'

Mark zei: 'Oké, wilt u de onjuistheden bespreken?'

'Dat hoef ik niet te doen. Als jullie een verhaal publiceren dat op dit schema is gebaseerd, hebben jullie een groot probleem.'

Strayhan zei: 'Want dan doen we jullie een proces aan wegens laster en zullen we jullie de komende tien jaar achtervolgen.'

Mark snauwde: 'Luister, jullie hebben al geprobeerd ons bang te maken door met een proces te dreigen, oké, en dat werkt dus niet. We zijn niet bang door jullie dreigement ons voor de rechter te slepen. We hebben geen cent, dus gaan jullie je gang maar.'

Todd zei: 'Dat is zo, maar we geven de voorkeur aan geen proces. Wat is er volgens u precies mis met ons onderzoek?'

'Ik beantwoord geen van jullie vragen,' zei Rackley. 'Maar iedere halfbakken journalist zou moeten weten dat het illegaal is als ik of iemand anders een advocatenkantoor zou bezitten waar ik geen lid van ben. Een advocaat kan geen partner zijn in meer dan één kantoor.'

Mark antwoordde: 'We beweren niet dat u eigenaar bent van deze vier kantoren, alleen dat u daar de baas over bent. Dit kantoor bijvoorbeeld, Ratliff & Cosgrove, wordt geleid door uw vriend Marvin Jockety, die toevallig een beperkte partner is van Varanda Capital. De andere drie kantoren hebben dezelfde relaties. Dat is de relatie, de controle. En u gebruikt deze vier bedrijven om tegen een aantrekkelijk salaris afgestudeerden van uw eigen law schools in dienst te nemen. Daarna adverteren uw law schools met deze geweldige banen om zelfs nog meer nietsvermoedende kinderen te verleiden zich in te schrijven en uw veel te hoge collegegeld te betalen. Dat is de zwendel, meneer Rackley, en het is briljant. Niet illegaal, maar gewoon verkeerd.'

'Jullie zijn niet goed wijs,' zei Strayhan alweer lachend, maar wel een beetje nerveus.

Rackleys mobiele telefoon piepte en hij haalde hem uit een zak. Hij luisterde en zei: 'Oké, kom maar binnen.'

De deur ging meteen open en een man kwam binnen. Hij deed de deur achter zich dicht en bleef aan het andere hoofd van de tafel staan met een paar papieren in de hand. Rackley zei: 'Dit is Doug Broome, mijn hoofd Beveiliging.'

Mark en Todd keken naar Broome, die niet naar hen keek.

Broome zette zijn leesbril op en zei: 'We kunnen niets vinden over Mark Finley en Todd McCain. We hebben de hele nacht en ochtend gezocht, maar niets. Geen enkel artikel, blog, boek of verslag – nergens niet. Er is wel een Mark Finley die voor een krant in Houston over tuinieren schrijft, maar die is vijftig. Dan is er een die blogt over de Burgeroorlog, maar die is zestig. Er is er ook een die ooit in een studentenkrantje in Californië heeft geschreven, maar die is afgestudeerd en nu tandarts. Behalve dat, helemaal niets. De enige Todd McCain die we hebben gevonden is een man in Florida die voor een plaatselijk tijdschrift schrijft. Dus als deze twee beweren journalist te zijn, dan is hun carrière nog maar net begonnen. Verder wonen in dit land 431 Mark Finleys en 142 Todd McCains. We hebben ze allemaal nagetrokken en niet één past. En het interessantste is dat de twee rijbewijzen die deze heren bij de balie hebben laten zien afkomstig zijn van het District of Columbia. En verrassing, verrassing: ze zijn allebei vals.'

Rackley zei: 'Bedankt, Doug. Dat is alles.' Doug verliet de vergaderzaal en deed de deur weer dicht.

Rackley en Strayhan zaten allebei te grijnzen.

Mark en Todd bleven rustig. Op dit moment konden ze niet terugkrabbelen. Mark slaagde erin zijn zenuwen onder controle te houden door verder te gaan met zijn aanval. 'Heel indrukwekkend, uitstekend werk.'

'Echt indrukwekkend,' zei Todd, maar ze waren allebei het liefst naar de deur gerend.

Rackley zei: 'Oké, jongens, nu jullie geloofwaardigheid onderuit is gehaald, waarom vertellen jullie ons niet wie jullie wel zijn en wat jullie willen bereiken?'

Mark zei: 'Als u onze vragen niet beantwoordt, beantwoorden wij ook uw vragen niet. Wie wij zijn is niet echt van belang. Wat wel van belang is, is dat ons mooie schema dicht genoeg bij de waarheid ligt om uw bedrog bekend te maken en u in uw hemd te zetten.'

Strayhan wilde weten: 'Willen jullie geld? Is dit afpersing?'

'Nee hoor, helemaal niet. Onze plannen zijn niet gewijzigd. We nemen contact op met de juiste journalist en geven hem deze informatie. Er staat nog veel meer in ons dossier. We hebben bijvoorbeeld getuigenverklaringen van voormalige associates van uw advocatenkantoren die als propaganda zijn gebruikt. We hebben verklaringen van voormalige hoogleraren recht. We hebben alle gegevens met betrekking tot de slechte cijfers van de rechtbankexamens van uw afgestudeerden. We hebben de gegevens waaruit duidelijk blijkt dat u het aantal inschrijvingen behoorlijk hebt opgeschroefd nadat de Feds de schatkist opende voor duizenden niet-gekwalificeerde studenten. We hebben tientallen verklaringen van deze studenten die zijn afgestudeerd met een hoge studieschuld maar toch geen baan konden vinden. Het dossier is behoorlijk dik en zal heel veel aandacht trekken op de voorpagina.'

'Waar is dat dossier?' vroeg Strayhan.

Todd haalde een USB-stick uit het borstzakje van zijn overhemd en liet die nonchalant op de tafel vallen. 'Dat staat hier allemaal op. Lees het en huiver.'

Rackley negeerde het en zei: 'Ik heb contacten bij *The Times* en *The Journal*. Zij hebben me verzekerd dat ze hier niets van weten.'

Mark keek Rackley met een vrolijke glimlach aan en zei: 'Onzin. Arrogante, belachelijke onzin. Denkt u nu echt dat wij geloven dat u iedereen bij deze kranten kent, en dat u die mensen niet alleen kent maar dat zij u voldoende vertrouwen om inside-information aan u door te geven? Dat is een lachertje! En dat van een man van wie bekend is dat hij journalisten ontloopt? Kom nou toch, meneer Rackley!'

Strayhan zei: 'Nou, ik ken in elk geval de advocaten van *The Times* en *The Journal*, en je kunt er donder op zeggen dat zij niet zitten te wachten op een proces wegens laster.'

'U maakt een grapje zeker?' zei Todd lachend. 'Daar zijn ze juist gek op, want dan kunnen ze de krant 1.000 dollar per uur in rekening brengen. Zij zouden het liefst zien dat hun cliënten elke dag procederen.'

'U weet er niets van, jongeman,' zei Strayhan, maar dat betekende niets.

Het schema had de mannen onrustig gemaakt, net als het feit dat Mark en Todd niet waren wie ze beweerden te zijn.

Rackley schoof zijn stoel naar achteren, stond op en liep met zijn kopje naar de koffiepot. De indringers was niets te drinken aangeboden. Langzaam schonk hij uit een zilveren koffiepot koffie in zijn kopje, hij deed er twee suikerklontjes bij, roerde langzaam en diep in gedachten, en liep daarna terug naar de tafel. Hij ging zitten, nam een slok en zei rustig: 'Jullie hebben gelijk: het is een leuk artikel voor de voorpagina. Maar langer dan vierentwintig uur blijft het geen nieuws, omdat alles goed en legaal is. Ik heb niets verkeerds gedaan en op dit moment vraag ik me serieus af waarom ik mijn tijd verspil door dit aan jullie uit te leggen.'

Mark antwoordde: 'O, maar dit nieuws blijft langer dan vierentwintig uur nieuws. Zodra ze het totaal aan collegegeld voor die law schools hebben berekend en de bedragen publiceren die aantonen dat u voor alle acht law schools elk jaar 20 miljoen dollar netto incasseert, heeft het verhaal pas echt nieuwswaarde. Leid dat geld terug naar de federale schatkist, en dan heb je een pr-nachtmerrie waar geen einde aan komt.'

Rackley haalde zijn schouders op en zei: 'Misschien, misschien ook niet.'

Todd zei: 'Laten we het eens over Swift Bank hebben.'

Rackley zei: 'Nee, we hebben geen zin meer om te praten, en al helemaal niet met een paar mannen die valse namen en valse identiteitsbewijzen gebruiken.'

Todd negeerde hem en zei: 'Volgens uw inschrijving bij de SEC bezit Shiloh Square Financial vier procent van Swift Bank, waardoor het de op een na grootste aandeelhouder is. Wij denken dat u veel meer bezit.'

Rackley knipperde en deinsde een beetje achteruit. Strayhan fronste, alsof hij het niet begreep.

Mark haalde een ander vel papier uit zijn attachékoffertje. Hij vouwde het open, maar schoof het niet naar hen toe.

Vanuit het graf deelde Gordy een laatste klap uit.

Todd zei: 'We hebben een lijst met de grootste aandeelhouders van Swift Bank, ongeveer veertig in totaal. De meeste zijn investeringsfondsen die een of twee procent van het bedrijf bezitten. Sommige hiervan zijn buitenlandse fondsen en blijken legitieme investeringen te zijn. Maar andere zijn buitenlandse lege vennootschappen, fronts voor andere fronts die aandelen Swift Bank bezitten. Schimmig klinkende namen van bedrijven in plaatsen als Panama, Grand Cayman en de Bahama's. Het is bijna onmogelijk deze vennootschappen te ontleden, vooral voor een paar niet-journalisten zoals wij. Wij kunnen geen dagvaardingen en gerechtelijke bevelen uitvaardigen, wij kunnen geen telefoons aftappen en arrestaties verrichten. Maar de FBI kan dat allemaal wel.'

Mark schoof het tweede vel over de tafel.

Rackley pakte het rustig aan en bekeek het schema. Dit was een vervolg op het eerste schema, met alle activiteiten van Swift Bank. Na een paar seconden haalde Rackley zijn schouders weer op, glimlachte zelfs en zei: 'Ik herken niet een van deze bedrijven.'

Strayhan mompelde moeizaam: 'Allemaal onzin.'

Mark zei: 'Wij beweren niet dat u hierbij betrokken bent, begrijpt u? Wij zijn op geen enkele manier in staat om ons in buitenlandse bedrijven te verdiepen.'

'Dat begreep ik al,' zei Rackley. 'Wat willen jullie?'

'Willen jullie geld?' wilde Strayhan weten.

'Nee, dat hebt u ons al eerder gevraagd,' zei Todd. 'Wat wij willen is de waarheid. Wij willen dat u en uw geweldige law school-zwendel bekend wordt gemaakt op de voorpagina's. Wij zijn er het slachtoffer van. Wij hebben ons ingeschreven bij een van uw diplomafabrieken en zijn een vermogen verschuldigd aan de federale overheid, maar kunnen dat niet terugbetalen omdat we geen baan kunnen krijgen, en nu zijn we een stel drop-outs met een behoorlijk somber toekomstperspectief. Er zijn duizenden jongelui zoals wij, meneer Rackley, allemaal het slachtoffer van uw praktijken.'

Mark zei: 'De jongeman die deze schema's heeft getekend was onze beste vriend. Hij is ingestort en heeft in januari zelfmoord gepleegd. Daar waren verschillende redenen voor, waar veel mensen schuld aan hadden. En iets van die schuld ligt bij u. Hij had een studieschuld van 250.000 dollar, geld dat u hebt ontvangen. Wij zijn allemaal in de law school-zwendel getrapt. Ik neem aan dat hij alleen iets zwakker was dan wij wisten.'

Niets op het gezicht van Rackley en Strayhan kon zelfs maar als een heel klein beetje berouw worden geïnterpreteerd.

Rackley zei rustig: 'Ik vraag het jullie nogmaals: wat willen jullie?'

Mark zei: 'Een snelle schikking van alle Swift Bank-groepsvorderingen, te beginnen met de vordering die is ingesteld door Cohen-Cutler in Miami.'

Rackley hief beide handen, hield ze omhoog alsof hij verbijsterd was en zei ten slotte tegen Strayhan: 'Ik dacht dat we die zaken schikten.'

'Dat doen we ook,' zei Strayhan fronsend.

Mark zei behulpzaam: 'Ja, volgens de verslagen die de bank aan de pers blijft lekken, wordt daar nu over onderhandeld, maar dat verhaal is al negentig dagen onveranderd. De waarheid is dat uw advocaten de boel vertragen. Er zijn miljoenen klanten die door Swift Bank zijn genaaid en die verdienen het om te worden gecompenseerd.'

'Dat weten we wel!' snauwde Rackley, die eindelijk zijn zelfbeheersing verloor. 'Geloof me, dat weten we allemaal en we proberen te schikken. Dat dacht ik tenminste.' Hij keek opzij, keek Strayhan aan en zei: 'Zoek uit hoe de zaak ervoor staat.' Daarna zei hij tegen Mark: 'Wat is jullie belang bij deze rechtszaak?'

'Dat is vertrouwelijk,' zei Mark arrogant.

'Daar kunnen we echt niet over praten,' zei Todd. 'Het is nu dinsdag, bijna halfelf. Hoe lang duurt het, denkt u, voordat de bank een schikking voor alle groepsvorderingen bekend kan maken?'

'Niet zo snel,' zei Rackley. 'Wat gebeurt er dan met jullie verhaal over die geweldige law school-zwendel? Dat fantastische voorpaginaverhaal?'

'Dit is de situatie,' zei Todd. 'Morgenmiddag om vier uur hebben we een gesprek met een verslaggever van *The Times*.'

'Een echte verslaggever?' vroeg Rackley.

'Zeker, iemand die vlijmscherp is. En wij zullen hem het verhaal geven. Als hij het publiceert, en we hebben geen redenen om aan te nemen dat hij dat niet zal doen, bent u de schurk van de maand.

Sterker nog, dan trekt dat verhaal de aandacht van de FBI, die zoals u waarschijnlijk al weet Swift Bank dicht op de hielen zit. Het stukje over de buitenlandse aandeelhouders zal nog meer olie op het vuur gooien.'

'Dat snap ik allemaal wel,' zei Rackley. 'Kom ter zake.'

'Als Swift Bank binnen vierentwintig uur een volledige schikking bekendmaakt, zullen wij ons gesprek met die verslaggever annuleren.'

'En dan trekken jullie je terug?'

'Ja. U regelt die schikking. U zorgt ervoor dat de groepsvordering van Miami het geld als eerste krijgt, en zodra dat geld ontvangen is trekken wij ons terug. Dan houden wij onze mond. Dan moet iemand anders die law school-zwendel maar uitzoeken.'

Rackley bleef hen heel lang aankijken. Strayhan wist dat hij zijn mond maar beter kon houden. Er verstreek een minuut, ook al voelde dat als een halfuur. Ten slotte stond Rackley op en zei: 'De bank moet sowieso wel schikken. Zij zullen dat vanmiddag bekendmaken. Daarna neem ik aan dat ik jullie op je woord moet geloven.'

Mark en Todd stonden op, meer dan bereid om te vertrekken.

Mark zei: 'U hebt ons woord, voor wat het waard is.'

'Jullie mogen nu gaan,' zei Rackley.

37

Idina Sanga boekte dat weekend helemaal geen vooruitgang. De politie weigerde haar bij Abdou te laten, hoewel ze beweerden dat hij veilig was en goed werd behandeld. Ze belde Zola maandag om een uur of twaalf. Ze vertelde dat er weinig was veranderd en dat ze afhankelijk was van haar contacten op verschillende niveaus binnen de bureaucratische overheid. Ze zei herhaaldelijk dat deze kwesties tijd kostten.

Zola vloog tegen de muren omhoog nadat ze vier dagen in het hotel had zitten wachten. Ze zat met Fanta in hun suite en ze praatten urenlang, iets wat ze jaren niet meer hadden gedaan. Zola en Bo gingen een paar keer per dag naar het kleine café van het hotel en dronken thee. Ze belde haar partners om te worden bijgepraat over de laatste ontwikkelingen van hun avonturen.

De beide kamers kostten haar per dag omgerekend 100 dollar. Zola telde daar de maaltijden in het café bij op en begon zich inmiddels zorgen te maken over haar financiën. Ze was in Senegal aangekomen met ongeveer 10.000 Amerikaanse dollar en had ongeveer 3.000 dollar voorschot betaald aan het kantoor van madame Sanga. Ervan uitgaande dat Abdou binnenkort werd vrijgelaten, zou de familie op korte termijn onderdak, kleding en eten en dergelijke nodig hebben, en dan was haar geld zomaar op. Er stond nog 6.000 dollar op haar rekening in D.C., en ze wist dat haar partners haar zo nodig zouden helpen, maar ze maakte zich nu grote zorgen over geld. Toen haar ouders en Bo door de ICE waren opgepakt, had Abdou 800 dollar bij zich gehad en Bo 200 dollar. Het spaargeld van het gezin was opgegaan aan de immigratieadvocaat die niets had gedaan, zodat een eventuele toekomst in Senegal afhankelijk was van Zola's kleine spaarpotje. Bovendien was de kans groot dat ze mensen moesten omkopen.

Die maandagmiddag laat werd hun toch al slechte financiële situatie nog slechter. Er stopten twee politieauto's voor hun hotel en er sprongen vier geüniformeerde agenten uit. Zola en Bo zaten thee te drinken in de lobby en herkenden twee van de agenten. Ze kregen opdracht te blijven waar ze waren terwijl de receptioniste de sleutels van hun kamers op de derde verdieping aan de agenten overhandigde. Eén agent bleef bij hen, terwijl de andere drie in de lift stapten. Een paar minuten later werd Fanta uit de lift geleid en naar Zola en Bo in de lobby gebracht.

'Ze doorzoeken onze kamers,' fluisterde Fanta tegen Zola. Dat was erg griezelig, maar Zola bedacht zich opgelucht dat haar geld en waardevolle bezittingen veilig in de hotelkluis achter de receptiebalie zaten.

Ze wachtten een uur, ervan overtuigd dat hun kamers volledig overhoop zouden worden gehaald. Toen de agenten weer in de lobby kwamen, gaf de leider, een sergeant, een papier aan de receptionist, die snel gehoorzaamde. De sergeant zei in het Engels: 'We hebben een machtiging om de hotelkluis te doorzoeken.'

'Wacht eens even,' zei Zola en ze liep naar de receptiebalie. 'U mag mijn spullen niet doorzoeken.'

Een agent hield haar tegen.

Fanta zei snel iets in het Frans en ook Bo probeerde haar te helpen, maar hij werd opzijgeduwd. De receptionist verdween en kwam terug met een klein metalen kistje, identiek aan het kistje dat Zola had gehuurd. Ze had gezien dat de receptionist het in de grote kluis zette bij een stuk of tien andere. Er zat geen slot op.

De sergeant keek naar Zola en zei: 'Hier komen.' Ze liep naar de balie en keek toe terwijl hij het kistje openmaakte. Hij maakte een envelop open, haalde er Amerikaanse dollars uit en telde langzaam twintig biljetten van 100 dollar. Hij haalde er een dikke stapel West-Afrikaanse francs uit, en telde ze. Bij een wisselkoers van 600 francs voor 1 Amerikaanse dollar duurde dat een hele tijd. Zola hield de man aandachtig in de gaten, want ze beschouwde dit als een inbreuk op haar rechten, maar ze kon er niets tegen doen. Alles bij elkaar was het een bedrag van bijna 6.000 Amerikaanse dollar. De sergeant was tevreden met de buit en haalde de andere dingen ook uit het metalen kistje. Er zaten drie kaarten in met een elastiekje erom: haar valse

D.C.-rijbewijs, haar Foggy Bottom-studentenkaart en een verlopen creditcard. Haar verzameling mobiele telefoons had ze in een zak gestopt onder haar matras. In haar handtas, die ze tegen haar zij geklemd hield, zaten haar paspoort, haar New Jersey-rijbewijs, ongeveer 500 dollar en twee creditcards. Als ze haar tas wilden afpakken, zou ze die niet zonder verzet afgeven. Haar knieën werden slap toen de sergeant zei: 'Paspoort?' Ze ritste haar handtas open en haalde haar paspoort eruit. Hij bekeek haar pas aandachtig en keek lang en geconcentreerd naar haar tas, maar gaf haar haar paspoort wel terug.

Ondertussen maakte een andere agent een lijst van de inhoud van het metalen kistje, die ze kennelijk wilden meenemen.

Nu haar handtas veilig was, vroeg Zola: 'Neemt u mijn spullen mee?'

'We hebben een gerechtelijk bevel,' zei de sergeant.

'Maar waarvoor? Ik heb geen strafbaar feit gepleegd.'

'We hebben een bevel,' zei hij. 'Hier tekenen.' Hij wees naar de grove inventarislijst.

'Ik teken helemaal niets,' zei ze, ook al wist ze dat ze geen keus had. Ze haalde diep adem en begreep dat verzet zinloos was.

De sergeant stopte haar geld en andere spullen in een grote hotelenvelop, keek Bo aan en zei in het Frans: 'Jij gaat met ons mee.'

Bo begreep het niet, tot de dichtstbijzijnde agent een paar handboeien pakte en zijn pols vastpakte. Instinctief trok hij zijn hand terug, waardoor een andere agent zijn arm greep.

'Wat doen jullie?' vroeg Zola in het Engels, terwijl Fanta in het Frans protesteerde.

Bo haalde diep adem en ontspande zich toen zijn handen op zijn rug werden geboeid. 'Het is oké,' zei hij tegen Fanta.

'Wat doen jullie?' vroeg Zola weer.

De sergeant haalde zijn eigen handboeien van zijn riem en liet ze voor haar gezicht heen en weer bungelen. 'Zwijg! Wil jij deze soms om?'

'Jullie mogen hem niet meenemen!' zei ze.

'Zwijg!' snauwde de sergeant. 'Anders nemen we je moeder ook mee.'

Bo zei: 'Het is wel goed, Zola. Het is wel goed. Ik zal kijken hoe het met papa gaat.'

Twee agenten duwden Bo naar de voordeur en ze vertrokken, de sergeant met de envelop in de hand.

Zola en Fanta keken ongelovig toe terwijl Bo achter in een van de auto's werd gezet. Terwijl ze wegreden, belde Zola Idina Sanga.

Op dinsdagmiddag 13 mei om vier uur 's middags maakten advocaten van Swift Bank de voorgestelde schikking bekend van de zes groepsvorderingen verspreid over het land. Na alle geruchten en speculaties van de afgelopen drie maanden was dit nieuws bijna een anticlimax. Voorspellingen van een enorme schikking door Swift Bank waren oud nieuws. De afspraak was dat Swift Bank een eerste bedrag van 4,2 miljard dollar in een schikkingsfonds zou storten als dekking van de verwachte eisen van ongeveer 1,1 miljoen potentiële klanten. Bij de zes groepsvorderingen ging het in totaal om ongeveer 800.000 klanten, waardoor er 300.000 overbleven voor de andere groepsvorderingen. Met 220.000 eisers was de vordering van Cohen-Cutler de grootste, de eerste die was ingediend en de best georganiseerde, en dit kantoor zou vooraan staan om zijn geld te incasseren. De schikking betrof drie niveaus van eisers. Het eerste niveau bestond uit de kwaadste klanten: de huiseigenaren die door Swift Banks wangedrag gedwongen waren geweest hun huis te verkopen; dat was verreweg de kleinste groep, naar schatting zo'n vijfduizend man. Niveau twee bestond uit ongeveer achtduizend Swift Bank-klanten wier kredietwaardigheid was geruïneerd of ernstig beschadigd door de handelingen van Swift Bank. De rest bestond uit Swift Bank-klanten die waren bedrogen door verborgen tarieven en te lage rentepercentages. Iedereen zou 3.800 dollar ontvangen voor de veroorzaakte problemen. Over de honoraria van de advocaten werd apart onderhandeld en die zouden via een ander fonds worden betaald. Voor elke individuele zaak bedroeg het honorarium 800 dollar, ongeacht de werkelijke schade. Cohen-Cutler zou, net als de andere belangrijkste groepsvorderingkantoren, bovendien acht procent van het brutobedrag krijgen. De financieel redacteuren maakten meteen overuren aan de hand van het nieuws, en de overheersende mening was dat Swift Bank precies dat deed wat van de bank werd verwacht: besteed een heleboel geld aan dit probleem, zorg dat het verdwijnt en ga door. Dankzij alle meevallers was de verwachting dat de rechtbanken de schikking binnen een paar dagen zouden goedkeuren. Om vijf uur 's middags had voor zover bekend geen enkele groepsvorderingadvocaat bezwaar aangetekend tegen de schikking; zij hadden het veel te druk met het ronselen van de niet-ingeschreven Swift Bank-eisers.

Hadley belde Todd eind dinsdagmiddag met slecht nieuws: ze was er niet in geslaagd een week of twee uitstel voor hun zaak te regelen. De openbaar aanklager die hun aanklachten in behandeling had stond erop dat ze die vrijdag in de rechtszaal zouden verschijnen voor hun eerste zitting. Hadley zei dat de zaak de aandacht had getrokken. Iedereen had zo genoeg van alle drugsverslaafden en DUI's, dat zo'n zaak op de rol erg verfrissend werd gevonden. Sorry, jongens.

'We moeten een advocaat in de arm nemen,' zei Todd.

Ze zaten op een parkbankje op Coney Island, rookten lange zwarte sigaren en dronken water uit een flesje.

'Laten we erover praten,' zei Mark. 'Ik zeg dat we geen advocaat inhuren.'

'Oké. Als we vrijdag niet naar de rechtbank gaan, wat gebeurt er dan? Dan laat de rechter ons waarschijnlijk dagvaarden en stoppen ze onze namen in het systeem.'

'Nou en? Maakt niets uit. We zijn immers geen drugssmokkelaars of lid van Al Qaida. We transporteren geen drugs en beramen geen terreuraanslagen. Denk je echt dat iemand serieus naar ons op zoek gaat?'

'Nee, maar dan worden we wel gezocht, dood of levend.'

'Wat is daar zo erg aan als niemand naar ons op zoek is?'

'Stel dat we in de problemen komen en het land moeten verlaten? Zodra we op een vliegveld ons paspoort laten zien, gaat er ergens een belletje rinkelen door lopende dagvaardingen in D.C. De jongens van de douane kan het geen zak schelen waar we van worden beschuldigd. We kunnen dan wel proberen hun duidelijk te maken dat we gewoon een paar jongens zijn die doen alsof ze advocaat zijn, maar daar zullen ze niet van onder de indruk zijn. Het enige wat ze zien is een rode vlag, en dan zien wij die handboeien opeens weer. Echt, ik kan geen handboeien meer zien.'

'Wat zou een advocaat moeten doen?'

'De boel vertragen. Wat tijd kopen, die dagvaardingen op afstand houden, een deal regelen met de openbaar aanklager, ons uit de gevangenis houden.'

'Ik ga de gevangenis niet in, Todd. Onder geen beding.'

'Dit gesprek hebben we al eens gevoerd. Wij hebben tijd nodig en die advocaat kan deze zaak maanden traineren.'

Mark nam een trek van zijn sigaar, blies een dikke rookwolk uit en vroeg: 'Heb je al iemand in gedachten?'

'Darrell Cromley.'

'Die klootzak! Ik hoop dat-ie ons nog altijd zoekt.'

'Ik denk aan Phil Sarrano. Toen wij begonnen, was hij derdejaars op Foggy Bottom. Goede vent, werkt bij een klein advocatenkantoor in de buurt van Capitol Hill.'

'Ik herinner me hem nog wel. Wat kan hij vragen?'

'Dat weten we pas als we het vragen. Vijf- tot tienduizend dollar, denk je ook niet?'

'Laten we onderhandelen, oké? We hebben nog altijd weinig geld.'

'Ik bel hem wel.'

Phil Sarrano wilde een voorschot van 10.000 dollar.

Todd hapte naar adem, slikte, stamelde, toonde zich verbijsterd en vertelde dat hij en zijn medeverdachte slechts een paar voormalige rechtenstudenten waren zonder baan en met een gezamenlijke schuld van een half miljoen dollar. Todd verzekerde hem dat de zaak niet voor de rechter zou komen en niet veel tijd zou kosten. Langzaam maar zeker kreeg hij het bedrag omlaag en ten slotte spraken ze een bedrag van 6.000 dollar af, geld waarvan Todd beweerde dat hij dat van zijn oma moest lenen.

Een uur later belde Sarrano terug met het slechte nieuws dat de rechter die de zaak toegewezen had gekregen, eerwaarde Abe Abbott, wilde dat de beide verdachten vrijdag om tien uur 's ochtends voor hem verschenen, in Divisie 6 van de districtsrechtbank. Kennelijk was rechter Abbott geïntrigeerd door de zaak en wilde hij alles tot op de bodem uitzoeken. Met andere woorden: geen uitstel van de eerste zitting.

'Bovendien wil hij weten waar Zola Maal zich nu ophoudt,' zei Sarrano.

'We weten niets van Zola Maal,' zei Todd. 'Probeer Afrika eens.

Haar familie is net het land uitgezet en misschien is ze met hen meegegaan.'

'Afrika? Oké, dat zal ik doorgeven.'

Todd vertelde Mark het nieuws dat ze veel eerder dan verwacht zouden teruggaan naar D.C. Todd was één keer voor rechter Abbott verschenen, net als Mark. Ze werden niet bepaald vrolijk van de gedachte aan hun aanstaande weerzien.

38

De Fraziers woonden in York Street in Dover, Delaware, en de familie Lucero woonde nog altijd in Orange Street in het zuiden van Baltimore. Dus werd York & Orange Traders opgericht via de verbazingwekkend efficiënte vennootschapswetten van Marks geboortestaat. Voor 500 dollar, betaald met een creditcard, werd de akte van oprichting online bevestigd. Het nieuwe bedrijf gebruikte als zakenadres een van de vele beschikbare dienstverlenende bedrijven in Delaware. Zodra York & Orange Traders in de VS was gevestigd begon het meteen uit te breiden. Het ging op zoek in zuidelijke richting en koos voor zijn eerste filiaal het Caribische land Barbados. Voor een bedrag van 650 dollar liet het bedrijf zich registreren in de Kleine Antillen.

Maar het openen van een bankrekening daar zou niet zo eenvoudig zijn als het registreren van een bedrijf.

Na een wekenlange zoektocht op internet wisten Mark en Todd dat ze maar beter geen Zwitserse bank konden uitkiezen. Zodra de Zwitsers vermoedden dat er een luchtje aan de bedrijfswinst zat, zouden ze weigeren zaken te doen. Over het algemeen stonden de Zwitserse banken argwanend tegenover de Amerikaanse toezichthouder, en veel banken weigerden gewoon om nieuwe bedrijven uit de VS als klant te accepteren. In het Caribisch gebied ging alles er iets relaxter aan toe.

Wall Street was erg positief over het nieuws van de voorgestelde schikking. Swift Bank opende veel hoger en de koers bleef tijdens de drukke handel die ochtend stijgen. Woensdag rond twaalf uur was de koers verdubbeld en bedroeg bijna 27 dollar per aandeel.

De advocaten van Swift Bank zetten alles op alles om de goedkeuring te verkrijgen van de zes federale rechters die de groepsvorderingen behandelden. Niet verrassend, in elk geval niet voor Mark en Todd die de gang van zaken elke minuut via verschillende rechtbankvolg-apps volgden, was de rechter in Miami de eerste die de deal voor twee uur 's middags ondertekende, nog geen vierentwintig uur nadat Swift Bank zijn plannen bekend had gemaakt.

Niet lang daarna belde Marvin Jockety Mark. Hij zei, geforceerd beleefd: 'Bel Barry Strayhan alstublieft.'

'Zeker. Het nummer?'

Jockety gaf hem het nummer door en verbrak de verbinding.

Mark belde meteen Strayhan op die zei: 'Wij hebben ons aan onze kant van de afspraak gehouden. Hoe zit het met jullie?'

'Wij hebben onze afspraak met *The Times* afgezegd. We zullen alles aanhouden tot het geld ontvangen is, daarna trekken we ons terug. Precies zoals we hebben beloofd.'

'Wat hebben jullie met die schikking te maken?'

'Harvard Law School, meneer Strayhan, klopt dat? 1984?'

'Klopt.'

'Hebben ze u op Harvard niet geleerd om geen vragen te stellen die niet zullen worden beantwoord?'

De verbinding werd verbroken.

Op woensdagochtend meldde Idina Sanga zich bij de gevangenis. Ze zei tegen de receptionisten dat ze niet zou vertrekken voordat ze haar cliënten had gesproken. Verder had ze de naam en het telefoonnummer van een hooggeplaatste ambtenaar op het ministerie van Justitie bij de hand. Zeker een uur lang maakte ze zoveel herrie als mogelijk was, en ten slotte werd ze naar een vleugel gebracht met kleine kamertjes, waarvan ze de meeste al eerder had gezien, zonder ramen, zonder ventilatoren en zonder enige beweging in de lucht. Daar wachtte ze nog een uur in de dikke en smorende hitte tot Bo naar binnen werd gebracht.

Hij was geboeid, zijn linkeroog was gezwollen en er zat een kleine snee in zijn ooglid. Zijn bewakers vertrokken, maar de handboeien bleven om. 'Het gaat wel goed met me,' zei hij. 'Zeg dit alstublieft niet tegen Zola of mijn moeder.'

'Wat is er gebeurd?' vroeg ze.

'De bewakers hadden gewoon zin in een geintje, weet u.'

'Dat spijt me. Moet ik een klacht indienen?'

'Nee, liever niet. Dan wordt alles alleen maar erger, als dat al mogelijk is. Ik zit in een cel met vijf andere mannen, die allemaal uit de VS zijn gedeporteerd. De omstandigheden zijn niet goed, maar we overleven het wel. Klachten zouden de zaak alleen maar compliceren.'

'Abdou niet gezien?'

'Nee, ik heb mijn vader niet gezien en ik maak me zorgen over hem.'

'Ben je verhoord?' vroeg Idina.

'Ja, vanochtend, door een hogere officier. We waren met z'n tweeën in dat vertrek, verder was er niemand. Zij denken dat mijn zus een rijke Amerikaanse advocaat is en ze willen natuurlijk geld zien. Ik heb geprobeerd uit te leggen dat zij maar een arme rechtenstudent is zonder baan, maar dat gelooft hij niet. Hij noemde me een leugenaar. Zij hebben het bewijs, zij hebben in de kluis het geld in Zola's kistje gevonden. Dat noemde hij een voorschot, hij zei dat hij meer wil.'

'Hoeveel meer?'

'Nog eens 10.000 Amerikaanse dollar voor mijn vader, 8.000 dollar voor mijn moeder en nog eens 8.000 dollar voor mij.'

'Dat is belachelijk!' zei Idina verbijsterd. 'Omkoperij is niet ongebruikelijk, maar dit soort bedragen zijn ongewoon.'

'Nogmaals, hij denkt dat Zola heel rijk is. Als zij hier met een heleboel geld naartoe is gekomen, moet er thuis nog meer zijn.'

'Hoe zit het met die 6.000 dollar die ze al hebben ingepikt?'

'Hij zei dat dat de prijs is voor Zola. Ik zei dat zij een Amerikaans staatsburger is en zich al heeft gemeld bij de Amerikaanse ambassade verderop in de straat. Maar daar was hij niet van onder de indruk. Hij zei dat hij haar en mijn moeder gaat arresteren als dat geld niet wordt betaald.'

'Dit is gewoon te gek voor woorden! Ik heb belangrijke vrienden in de regering en ga hen meteen bellen.'

Bo schudde zijn hoofd en vertrok zijn gezicht. 'Doe dat alstublieft niet. Vorige week zijn hier twee mannen gestorven, is me verteld. Alles kan nog veel erger worden. We horen soms geschreeuw. Nogmaals, wie weet wat er gaat gebeuren als we klagen?' Met zijn polsen aan elkaar veegde Bo onhandig zijn mond af met de rug van zijn hand. 'Ik heb wel vrienden in de VS, maar dat zijn allemaal werkende mensen zoals wij, met weinig geld. Mijn broer Sory woont nu in Californië, maar hij spaart nooit iets en is altijd platzak. Ik kan niemand bedenken die ik kan bellen. Mijn baas, of mijn ex-baas, is een goede man, maar hij zal zich hier niet bij laten betrekken. Niemand wil er iets mee te maken hebben als illegalen worden opgepakt en teruggestuurd. We hebben vier maanden in dat detentiecentrum gezeten en in die tijd is het contact met bijna iedereen verbroken. Zodra je vrienden weten dat je wordt uitgezet, zijn het je vrienden niet meer en moet je het zelf maar uitzoeken.' Hij sloot zijn ogen en fronste alsof hij pijn had. 'Ik ken niemand die ik kan bellen. Dat zult u aan Zola moeten vragen.'

De Mets wonnen de eerste twee wedstrijden in het Yankee Stadium. De volgende twee zouden plaatsvinden bij Citi Field. Weer kochten Mark en Todd de goedkoopste kaartjes en zaten hoog boven het linkerveld, ver boven de actie op het veld. De wedstrijd kreeg veel aandacht, maar het stadion was verre van uitverkocht.

Ze dronken bier, keken naar de wedstrijd, juichten voor geen van beide teams, want Todd was fan van Orioles en Mark van de Phillies. Zacht pratend maakten ze plannen voor de volgende paar dagen. De volgende ochtend zouden ze met de trein naar D.C. gaan voor hun afspraak met Phil Sarrano, die met de openbaar aanklager zou gaan praten om te polsen hoe deze erin stond.

Todd kocht net een zak pinda's toen Marks telefoon zoemde. Het was Zola, die nog steeds in een smerig hotel zat waar niets zeker was. Mark en Todd hadden haar elke dag gesproken, maar wel kort. Ze praatten elkaar bij via de mail, maar zorgden ervoor niet alles zwart-op-wit te zetten. Het onderwerp omkoperij kon je maar het beste telefonisch bespreken.

'Grote problemen,' zei Mark en hij stopte zijn telefoon in zijn zak. Hij vatte samen wat ze hem had verteld en eindigde met: 'Ze heeft 26.000 dollar nodig. Ze heeft 6.000 dollar op haar rekening in D.C. Dus moeten we 20.000 dollar van onze kantoorrekening overmaken.'

Todd dacht even na en zei: 'De oude zakelijke rekening heeft het zwaar te verduren op dit moment. Er gaat heel veel uit en komt niets in.'

'Het saldo is 31.000 dollar, hè?'

'Iets meer. Heb je er wel een goed gevoel bij om 20.000 dollar over te maken naar zomaar iemand in Senegal?'

'Ze wil dat we het overmaken naar de derdenrekening van haar advocaat. Wat er daarna mee gebeurt weten we niet, maar ik weet zeker dat Zola dat wel kan achterhalen.'

'En als ze haar arresteren voor omkoperij?'

'Ik vraag me af of ze daar ooit iemand voor omkoperij arresteren. Dat risico zullen we moeten nemen.'

'We doen het dus? Zomaar? Afscheid nemen van onze zuurverdiende 20.000 dollar die we hebben verkregen door het ronselen van dronkaards in de rechtbanken?'

'Nou, het meeste is afkomstig van de belastingbetalers, weet je nog? We hebben ons geleende geld in de pot gestopt voor de kosten van levensonderhoud. We zitten er met z'n drieën in, Todd, er is niets veranderd. Zola heeft het nodig. Punt uit.'

Todd maakte een pinda open en gooide een paar pinda's in zijn mond. 'Oké. Maar ze kunnen haar toch niet arresteren? Zij heeft zich gemeld bij onze ambassade.'

'Je vraagt mij wat de politie in Dakar wel en niet kan doen?'

'Nee, dat vraag ik je dus niet.'

'Goed. Ze is Amerikaans staatsburger, Todd, net als wij, en wij zitten hier naar een sportwedstrijd te kijken terwijl zij in de piepzak zit in Afrika, een land waar ze nooit eerder is geweest. Wij zien op tegen ons gesprek met een onvriendelijke rechter aanstaande vrijdag, terwijl zij bang is dat ze haar in de gevangenis stoppen, waar van alles kan gebeuren. Kun je je voorstellen wat de bewakers daar doen als ze haar zien?'

'Vertel je me weer iets wat ik al weet?'

'Ik heb geen idee wat ik aan het doen ben, eerlijk gezegd, alleen dat ik bier drink. We zijn haar iets verschuldigd, Todd. Vijf maanden geleden zag haar leven er best goed uit. Zij en Gordy vermaakten zich uitstekend. Ze zou binnenkort afstuderen en gaan doen wat ze wilde gaan doen. Toen kwamen wij in beeld. Nu zit ze in Senegal, doodsbang, platzak, werkloos, pas gedagvaard, binnenkort wordt ze beschuldigd, enzovoort. Arme meid. Ze zal de dag waarop ze ons heeft leren kennen wel vervloeken.'

'Nee, ze houdt van ons.'

'Ze zal nog veel meer van ons houden als we die 20.000 dollar overmaken.'

'Volgens mij is ze kwetsbaarder dan we dachten.'

'Volgens mij heb je gelijk. Gelukkig zijn jij en ik niet kwetsbaar. Gek misschien, maar niet kwetsbaar.'

'Ik hou het op gek, wij zijn een stelletje gekken.'

'Vraag jij je weleens af waarom we dit hebben gedaan?'

'Nee. Jij denkt veel te vaak aan wat er is geweest, Mark, en misschien doe ik dat te weinig. Maar wat gebeurd is, is gebeurd. We kunnen niets ongedaan maken, dus moet je ophouden erover na te denken en proberen er enige logica in te ontdekken. Het is gebeurd. We hebben het gedaan. We kunnen het niet ongedaan maken. Verdomme, in de nabije toekomst hebben we genoeg om over na te denken.'

'Geen spijt?'

'Ik heb nooit ergens spijt van, dat weet je.'

'Ik wou dat ik het gewoon van me af kon zetten.' Mark nam een slok bier en keek naar de wedstrijd. Even later zei hij: 'Ik heb spijt van de dag waarop ik aan mijn studie begon. Ik heb er spijt van dat ik zoveel geld heb geleend. Ik heb spijt van wat er met Gordy is gebeurd. En ik heb overal heel erg spijt van als ze ons zes maanden in de bak gooien en we een strafblad hebben.'

'Geweldig. Nu heb je spijt, maar wat heeft het voor zin om daarover te zeuren?'

'Ik zeur niet.'

'Zo klinkt het wel.'

'Oké, ik zeur. En als jij in de gevangenis wordt gegooid, heb je dan nog steeds nergens spijt van?'

'Mark, we weten allebei dat we niet naar de gevangenis gaan. Discussie gesloten. De een of andere rechter zal misschien een keer een vonnis voor gevangenisstraf ondertekenen, maar dan zitten wij niet in die rechtszaal. Dan zijn we niet in de stad en misschien niet eens in het land. Afgesproken?'

'Afgesproken.'

39

Donderdagochtend om negen uur, zodra hun nieuwe bank aan Fulton Street de deuren opende, liepen Mark en Todd naar binnen. Ze hadden een afspraak met een accountmanager en vertelden haar algauw een verzonnen verhaal over waarom ze dringend 20.000 dollar naar een advocatenkantoor in Senegal moesten overmaken. Zola had de precieze instructies daarvoor gemaild. De manager had in haar korte carrière nog niet eerder iets dergelijks gedaan. Nadat ze een paar telefoontjes had gepleegd wist ze, net als Todd en Mark, dat de wisselkoers Amerikaanse dollar-West-Afrikaanse franc belangrijk was. Nadat de dollars waren ingewisseld voor francs, werd de overboeking goedgekeurd door meneer Lucero, senior partner. Toen was de overboeking een feit, en als alles goed ging was het geld over ongeveer vierentwintig uur in Senegal. De transactie nam een uur in beslag, waardoor Mark en Todd meer dan genoeg tijd hadden om de accountmanager met hun slimme opmerkingen en geweldige persoonlijkheid voor zich te winnen.

Nu het geld onderweg was, wilden Mark en Todd met de trein naar Manhattan en uiteindelijk naar Penn Station. Omdat ze niets te doen hadden en ook helemaal geen haast om terug te keren naar D.C. stapten ze om twaalf uur 's middags in de trein en sliepen de hele weg terug naar huis.

Huis? Ze waren maar vijf dagen weg geweest, maar toch voelde D.C. als een totaal andere wereld. Het was jaren hun uitverkoren plek geweest, de plaats waar ze hun carrière zouden beginnen en de eindeloze mogelijkheden zouden uitbouwen, een stad waar het wemelde van de advocaten en kantoren en jonge professionals die het allemaal ver zouden schoppen. Nu was het de plaats waar ze verschrikkelijk waren mislukt, en waar alle ellende nog lang niet voorbij was. Binnenkort zouden ze D.C. verlaten: gehaast, uit de gratie en terwijl allerlei mensen naar hen op zoek waren. Daardoor hadden ze totaal geen nostalgische gevoelens toen ze vanaf de achterbank van een taxi naar de stad keken.

Phil Sarrano's kantoor zat aan Massachusetts Avenue vlak bij Scott Circle. Hij was een van de vier associates van een kantoor met tien medewerkers dat zich specialiseerde in het verdedigen van verdachten van witteboordencriminaliteit; werk dat meestal leuke honoraria betekende van welvarende politici, lobbyisten en overheidscontractors. Om de een of andere reden was het kantoor bereid tijd vrij te maken voor twee drop-outs die een behoorlijk brutale aanval hadden uitgevoerd op de waardige juridische professie en nu te arm waren om een meer ervaren advocaat in te huren.

Phil was maar één jaar ouder dan Todd en Mark. Hij was in 2011 afgestudeerd aan Foggy Bottom, het jaar waarin zij daar waren begonnen. In zijn kantoor zagen ze echter nergens aan de muren een diploma van deze diplomafabriek. Op de Ego Wall achter zijn bureau hing wel een prachtig ingelijst certificaat van de University of Michigan, waaruit bleek dat hij een graad had in vrije kunsten, maar niets van Foggy Bottom. Het was een leuk kantoor in een leuk klein advocatenkantoor dat een welvarende en prettige indruk wekte en Phil leek echt van zijn werk te genieten.

Waar was alles voor hen zo misgelopen? Waarom waren hun carrières volkomen mislukt?

'Wie is de openbaar aanklager?' vroeg Todd.

'Mills Reedy. Ken je haar?'

'Nee, ben nooit met haar naar bed geweest. Jij wel?' vroeg hij aan Mark.

'Niet met haar.'

'Neem me niet kwalijk?' zei Phil.

'Sorry, een grapje voor ingewijden,' zei Todd.

'Dat kun je ook maar beter zo houden.'

'Is ze een harde tante?' vroeg Mark.

'Ja, een keiharde tante,' zei Phil en hij pakte een dossier. 'Ze heeft het dossier opgestuurd en ik heb het doorgenomen. Ze hebben kopieën van al jullie rechtbankoptredens, onder die andere namen natuurlijk, en ik moet de vraag stellen die ik normaal gesproken nooit stel: hebben jullie ook maar enig verweer tegen deze beschuldigingen?'

'Nee,' zei Mark.

'Helemaal niet,' zei Todd. 'We zijn zo schuldig als wat.'

'Waarom hebben jullie het dan gedaan?' vroeg Phil.

'Is dat niet ook zo'n vraag die je nooit aan een cliënt zou mogen stellen?' vroeg Todd.

'Misschien wel. Ik was gewoon nieuwsgierig.'

Mark zei: 'Daar hebben we het nog wel over, misschien met een biertje erbij. Mijn vraag gaat over het Openbaar Ministerie: willen zij deze onzin echt doorzetten? Dit is immers zo'n onbelangrijk en klein vergrijp. Sterker nog, in de helft van de staten is het zonder vergunning werken als advocaat niet eens een misdrijf, maar een onbelangrijke overtreding.'

'Dit is niet de helft van de staten,' zei Phil, 'dit is D.C en zoals jullie waarschijnlijk zouden weten als jullie wel een vergunning hadden gehad, vat de Orde van Advocaten zijn werk heel serieus op. En het doet zijn werk goed. Ik heb een gesprek gehad met mevrouw Reedy en zij was een en al zakelijkheid. Ze herinnerde me eraan dat de maximumstraf twee jaar gevangenisstraf en 1.000 dollar boete is.'

'Dat is belachelijk,' zei Todd.

'We gaan echt de gevangenis niet in, Phil,' zei Mark. 'En we hebben jou onze laatste 6.000 dollar gegeven, dus zijn we nu zelfs nog meer platzak.'

'Ik heb het van mijn oma moeten lenen,' zei Todd.

'Willen jullie het terug hebben?' vroeg Phil stekelig.

'Nee hoor, hou het maar,' zei Mark. 'We willen je alleen maar laten weten dat we geen cent meer hebben en we niet naar de gevangenis gaan. Schrijf dat maar ergens op.'

Todd zei: 'We kunnen ook geen borgsom betalen.'

Phil schudde zijn hoofd. 'Ik betwijfel of dat zal gebeuren. Jullie hebben dus geen verweer en jullie zijn niet bereid de straf te accepteren. Wat willen jullie dan dat ik precies ga doen?'

'Tijd rekken,' zei Mark.

'De boel vertragen,' zei Todd. 'Laat de zaak slepen, laat het overwaaien. Als je een procesdatum zou vragen, hoeveel tijd zou je dan krijgen?'

'Ten minste zes maanden, misschien een jaar,' zei Phil.

'Geweldig,' zei Mark. 'Zeg maar tegen mevrouw Reedy dat we het proces willen, want dan hebben we meer dan genoeg tijd om een deal te sluiten.'

'Jullie klinken als een stel echte advocaten,' zei Phil.

'We hebben gestudeerd aan Foggy Bottom,' zei Todd.

Zodra het donker was, slopen ze hun appartement boven de Rooster Bar binnen om te kijken hoe het ervoor stond en om er misschien zelfs de nacht door te brengen. Maar het was daar zelfs nog somberder dan ze zich herinnerden, zodat ze een uur later een taxi belden en naar een goedkoop motel gingen. Ze hadden allebei 5.000 dollar op zak, wat betekende dat er op de betaalrekening van Lucero & Frazier nog maar 989,31 dollar stond. Ze vonden een goedkoop steakhouse en gingen zich te buiten aan biefstuk en twee flessen van de beste Californische cabernet.

Toen hun tafeltje was afgeruimd en de wijn bijna op was, vroeg Todd: 'Herinner je je de film *Body Heat* nog? Met Kathleen Turner en William Hurt?'

'Zeker, een geweldige film over een incompetente advocaat.'

'Onder andere. Mickey Rourke speelt een gevangene, en hij zegt die beroemde zin, iets in de trant van: "Als je een moord pleegt, maak je fouten. Als je er acht kunt bedenken, ben je een genie." Weet je dat nog?'

'Misschien. Heb je iemand vermoord?'

'Nee, maar wij hebben fouten gemaakt. Sterker nog, we hebben waarschijnlijk zoveel fouten gemaakt dat we niet eens de helft kunnen bedenken.'

'Nummer één?'

'We hebben het verkloot toen we Rackley vertelden dat onze vriend zelfmoord heeft gepleegd. Dat was echt stom. Zijn beveiliger, hoe heette die ook alweer?'

'Doug Broome, volgens mij.'

'Klopt. Broome joeg ons de stuipen op het lijf toen hij binnenkwam en ons vertelde dat hij iedere Mark Finley en iedere Todd McCain in het land had nagetrokken, ja toch?'

'Ja.'

'Het is dus duidelijk dat Rackley een fanaticus is op het gebied van beveiliging en geheime informatie. Het is echt niet moeilijk om recente zelfmoorden van studenten van zijn law schools te vinden, dus dan duikt Gordy's naam sowieso op. Daarna konden Broome en zijn mannen naar Foggy Bottom gaan en daar heeft iemand onze namen genoemd, die trouwens vorige week in *The Post* stonden. Daarna kon Broome met weinig moeite onze echte namen vinden, die hem natuurlijk naar ons nieuwe advocatenkantoor in Brooklyn zouden leiden.'

'Wacht, ik kan je even niet volgen. Zelfs als hij onze echte namen weet en weet waar we vandaan komen, hoe kan hij Lucero & Frazier in Brooklyn dan vinden? We staan daar niet geregistreerd. We staan niet in het telefoonboek en hebben geen website. Ik snap het echt niet.'

'Fout nummer twee. We hebben te veel risico genomen met de Miami-groepsvordering. Rackley en Strayhan moeten zich hebben afgevraagd waarom we zoveel belangstelling hadden voor de zaak-Cohen-Cutler. Dat is onze invalshoek, dus moeten we daar wel belang bij hebben. Stel dat, en ik weet het niet zeker, maar stel dat Broome kan ontdekken dat Lucero & Frazier dertienhonderd zaken naar Cohen-Cutler heeft doorverwezen?'

'Wacht even, hoor. Wij zijn niet de handelende advocaten en de naam van ons kantoor wordt nergens genoemd, net zomin als de naam van tientallen andere advocaten die hun zaken hebben doorverwezen. Cohen-Cutler heeft die informatie, maar die is vertrouwelijk. Rackley heeft die info onmogelijk van Cohen-Cutler kunnen krijgen. En trouwens, waarom zou hij dat willen?'

'Misschien hoeft hij dat niet te doen. Misschien meldt hij gewoon bij de FBI dat er sprake kan zijn van fraude bij de Swift Bank-schikking.'

'Maar hij wil dat die schikking doorgaat, en het liefst zo snel mogelijk.'

'Misschien, maar ik heb het gevoel dat Rackley een geduchte vijand is als hij zou vermoeden dat we iets van hem stelen.'

'Ik betwijfel of hij zelfs maar in de buurt van de FBI wil komen als het om Swift Bank gaat.'

'Klopt, maar hij kan vast wel een manier bedenken om als klokkenluider te fungeren.'

Mark liet de wijn in zijn glas ronddraaien, nam een slok en likte zijn lippen.

Todd zat nietsziend voor zich uit te staren.

Mark zei: 'Ik dacht dat je nooit ergens spijt van had.'

'Dit zijn fouten, dit heeft niets met spijt te maken. Spijt heb je van dingen die gebeurd zijn en dan is het tijdverspilling om daar lang bij stil te staan. Maar fouten zijn verkeerde beslissingen in het verleden die invloed kunnen hebben op de toekomst. Als we geluk hebben kunnen de fouten misschien binnen de perken worden gehouden of zelfs gecorrigeerd.'

'Je maakt je echt zorgen.'

'Ja, net als jij. We hebben te maken met een paar heel rijke mensen met onbeperkte middelen, en bovendien overtreden wij allerlei verschillende wetten.'

'Dertienhonderd om precies te zijn.'

'Minstens.'

Hun ober kwam naar hen toe en vroeg of ze nog een nagerecht wilden. Ze bestelden een glas cognac.

Todd zei: 'Ik heb Jenny Valdez van Cohen-Cutler vandaag al vier keer gebeld, maar haar niet kunnen bereiken. Ik kan me zo voorstellen dat het daar een enorme chaos is nu ze proberen 220.000 claims te verwerken. Morgen zal ik het weer proberen. We moeten ervoor zorgen dat de naam van ons kantoor niet boven komt drijven, en als iemand erin wil duiken moeten we dat weten.'

'Goed. Denk je dat Broome morgen naar de rechtbank komt?'

'Misschien niet zelf, maar het is wel mogelijk dat hij iemand stuurt.'

'Je maakt me helemaal paranoïde.'

'We zijn op de vlucht, Mark. Dan is paranoia goed.'

40

Om de gangen van de rechtbank – die ze vroeger afstroopten – te vermijden, namen ze een dienstlift vlak bij een achteringang waar maar weinig advocaten het bestaan van kenden. Maar Phil kende die wel, en hij nam zijn cliënten mee door een doolhof van korte gangen met aan weerskanten de kantoren van rechters, secretaresses en griffiers. Mark en Todd droegen een colbert met stropdas, omdat ze zeker wisten dat een paar kranten hen zouden fotograferen. Ze spraken met niemand en probeerden oogcontact met de paar bekende gezichten te vermijden.

Om tien voor tien liepen ze de rechtszaal binnen van rechter Abraham Abbott, Divisie 6, Algemene Zittingen. Om te zien wie de nieuwsgierigen waren, scanden de beide verdachten het publiek. Er waren ongeveer dertig toeschouwers, iets meer dan normaal voor een eerste zitting. Ze gingen aan de tafel van de verdediging zitten met hun rug naar het publiek, en hun advocaat liep naar voren om met de openbaar aanklager te praten. Rechter Abbott zat op de rechtersstoel te lezen.

Opeens kwam de aantrekkelijke Hadley Caviness naar hen toe en boog zich naar hen toe. 'Ben hier om jullie immoreel te steunen, jongens,' fluisterde ze.

'Bedankt,' zei Mark.

'Gisteravond hadden we je bijna gebeld,' zei Todd.

'Ik was bezig,' zei ze.

'En vanavond?'

'Sorry, dan heb ik al een date.'

'Wat weet je van mevrouw Reedy?' vroeg Mark met een knikje naar de andere tafel.

'Volkomen incompetent,' zei Hadley glimlachend. 'En te stom om dat te beseffen. Maar een keiharde tante.'

'Zijn hier ook kranten aanwezig?' vroeg Todd.

'*The Post* zit links, vierde rij, man in een donker colbert. Verder herken ik niemand. Moet ervandoor. Verlies mijn telefoonnummer niet en bel me als jullie weer buiten zijn.' Daarna verdween ze even snel als ze was verschenen.

'Weer buiten zijn? Zoals uit de gevangenis?' vroeg Mark fluisterend.

'Ik hou van die kleine slet,' mompelde Todd.

Helemaal rechts ging een deur open en drie aan elkaar geketende gevangenen in een oranje overall werden naar binnen geleid. Drie jonge zwarte mannen, vers van de straten van D.C., die grote kans hadden jaren de gevangenis in te draaien. Als ze niet al lid van een bende waren, zouden ze zich om beschermd te worden al heel gauw bij een bende aansluiten. Tijdens hun korte carrière als strafrechtadvocaten hadden Mark en Todd genoeg horrorverhalen over de gevangenis gehoord.

Een griffier riep de namen om van Frazier en Lucero. Ze stonden op, liepen met Phil naar de rechtersstoel en keken op in het nietglimlachende gezicht van rechter Abbott.

Zijn eerste woorden waren: 'Kan niet zeggen dat ik jullie herken, ook al is me verteld dat jullie hier al eerder zijn geweest.'

Dat was ook zo, maar ze waren niet van plan hun mond open te doen.

Abbott zei: 'Meneer Mark Frazier, u wordt beschuldigd van overtreding van artikel 54b van het Wetboek van Strafrecht van D.C., het zonder vergunning werken als advocaat. Bent u schuldig of niet schuldig?'

'Niet schuldig, edelachtbare.'

'En meneer Lucero, voor dezelfde beschuldiging?'

'Niet schuldig, edelachtbare.'

'En er is nog een derde verdachte, ene mevrouw Zola Maal, ook bekend als Zola Parker, wat neem ik aan haar professionele naam is. Waar is mevrouw Maal?' Hij keek Mark aan, die zijn schouders ophaalde alsof hij geen idee had.

Sarrano zei: 'Weet u, edelachtbare, het lijkt erop dat ze het land heeft verlaten. Haar familie is teruggestuurd naar Afrika en mij is verteld dat ze daar misschien naartoe is gegaan om hen te helpen. Maar ik vertegenwoordig haar niet.'

Rechter Abbott zei: 'Juist, een vreemde zaak wordt zelfs nog vreemder. Uw zaken zullen worden doorverwezen naar de onderzoeksrechter. Als u in staat van beschuldiging wordt gesteld, hoort u de datum van de voorgeleiding. Maar ik weet zeker dat u dat al weet. Nog vragen, meneer Sarrano?'

'Nee, edelachtbare.'

Mills Reedy was naar voren gekomen. Ze zei: 'Edelachtbare, ik wil u verzoeken een borg vast te stellen voor deze twee verdachten.'

Phil kreunde gefrustreerd en rechter Abbott keek verbaasd. 'Waarom?' vroeg hij.

Ze zei: 'Deze verdachten gebruiken kennelijk verschillende identiteiten, wat zou kunnen betekenen dat ze een vluchtrisico vormen. Het vaststellen van borgtocht zou ervoor zorgen dat ze weer naar de rechtbank komen als ze worden gedagvaard.'

Abbott vroeg: 'Meneer Sarrano?'

'Niet nodig, edelachtbare. Mijn cliënten zijn afgelopen vrijdag gearresteerd en kregen toen te horen dat ze zich hier vanochtend om tien uur moesten melden. Ze hebben mij ingehuurd en wij waren een kwartier voor de genoemde tijd aanwezig. Zeg maar wanneer ze hier moeten zijn en dan zorg ik dat ze hiernaartoe komen.'

Echt niet, dacht Todd. *Kijk nog maar eens goed, Abe, want je ziet me nooit terug.*

Vluchtrisico? dacht Mark. *Wat dacht je van een fantoomachtige verdwijning van de aarde? Als je denkt dat ik mezelf vrijwillig meld voor een leven in de gevangenis, dan ben je niet goed bij je hoofd.*

Mevrouw Reedy zei: 'Hun medeverdachte is het land al ontvlucht, edelachtbare. Ze hebben waarschijnlijk valse identiteiten.'

De rechter zei: 'Op dit moment zie ik geen enkele aanleiding voor borgtocht. Meneer Sarrano, zijn uw cliënten bereid in het District te blijven tot hun zaken voor de onderzoeksrechter worden gebracht?'

Phil keek naar Mark, die zijn schouders ophaalde en zei: 'Natuurlijk, maar ik moet wel naar mijn moeder in Dover. Maar misschien kan ze nog wel even wachten.'

Todd zei: 'En mijn oma in Baltimore is ernstig ziek, maar zij kan misschien ook wel wachten. Wat de rechtbank maar wenst.'

Liegen was heel gemakkelijk.

Sarrano zei: 'Deze mannen gaan nergens naartoe, edelachtbare. Borgtocht voor hen is een onnodige uitgave.'

De ouwe Abe keek gefrustreerd en zei: 'Akkoord. Ik zie er de noodzaak niet van in.'

Mevrouw Reedy bleef aandringen: 'Maar edelachtbare, kunnen we hen dan ten minste dwingen hun paspoort in te leveren?'

Mark lachte en zei: 'Wij hebben geen paspoort, edelachtbare. Wij zijn maar twee arme voormalige rechtenstudenten.' Zijn echte paspoort zat in zijn heupzak en kon niet wachten tot het werd gebruikt. Over een uur wilde Mark een vals paspoort kopen, gewoon voor het geval dat.

De rechter hief een hand om hem de mond te snoeren. 'Geen borgtocht. Ik zie jullie beiden over een maand of twee.'

'Dank u wel, rechter,' zei Sarrano.

Toen ze bij de rechtersstoel vandaan liepen, kwam Darrell Cromley met een paar documenten in de hand door het hekje en zei op luide toon: 'Sorry dat ik stoor, rechter, maar ik moet een dagvaarding betekenen aan deze twee mannen. Dit is een kopie van de aanklacht die ik heb ingediend namens mijn cliënt Ramon Taper.'

Sarrano vroeg: 'Wat doe je in vredesnaam?'

'Ik daag je cliënten voor de rechter,' zei Cromley, die zichtbaar genoot van alle aandacht.

Mark en Todd namen een kopie van de dagvaarding en de procesaanvraag aan, en liepen terug naar de tafel van de verdediging.

Rechter Abbott keek geamuseerd.

Een andere man die op de eerste rij zat, stond op en zei: 'Weet u, rechter, ik moet hun ook een dagvaarding betekenen. Ik vertegenwoordig Kerrbow Properties en deze twee mannen hebben hun huur in januari niet betaald.' Hij zwaaide ook met een paar documenten.

Sarrano liep naar hem toe en nam de papieren aan.

Vier rijen achter de man van Kerrbow stond een andere man op en zei: 'En rechter, ik heb die vent, Mark Upshaw, ingehuurd om een DUI voor mijn zoon af te handelen. Ik heb hem 1.000 dollar contant betaald, maar hij heeft hem laten stikken. Nu is er een arrestatiebevel voor mijn zoon, dus wil ik mijn geld terug.'

Mark keek naar de man, die hem plotseling bekend voorkwam.

In het middenpad stapte Ramon Taper naar voren en zei, op luide toon: 'Deze mannen hebben mijn zaak aangenomen en verkloot, rechter. Ik vind dat ze de gevangenis in moeten.'

Een geüniformeerde bode stapte naar de rechtersstoel om Ramon tegen te houden. Rechter Abbott tikte met zijn hamer en zei: 'Orde, orde in de zaal!'

Phil Sarrano keek naar zijn cliënten en zei: 'Laten we verdwijnen.' Ze liepen snel om de rechtersstoel en vertrokken via een zijdeur.

Vier maanden nadat Mark en Todd hun valse rijbewijzen hadden gekocht en hun mislukte avontuur als straatadvocaten waren begonnen, gingen ze terug naar hun favoriete vervalser in Bethesda om valse paspoorten te kopen. Alweer een strafbaar feit natuurlijk, maar de man adverteerde op internet met valse paspoorten, net zoals tientallen anderen die zich bezighielden met de 'documentenhandel'. Hij beloofde mondeling dat zijn paspoorten iedere douanier en immigratieambtenaar ter wereld kon overtuigen. Todd vroeg hem bijna hoe hij zijn belofte kon bewijzen. Wilde hij echt dat zij geloofden dat hij zich naar het vliegveld zou haasten om een discussie aan te gaan met de beveiligers? Nee. Mark en Todd wisten dat de man, als ze werden betrapt, de telefoon niet zou opnemen.

Nadat ze hadden geposeerd voor de pasfoto's en op de juiste plek hun handtekening van Mark Upshaw en Todd Lane hadden geplaatst, zaten ze een uur te kijken terwijl de vervalser uiterst nauwkeurig al snijdend en puzzelend bezig was met de betreffende bladzijden en er een indrukwekkend aantal douanestempels in zette als bewijs dat ze veel hadden gereisd. Hij koos twee intensief gebruikte omslagen uit van echte paspoorten, en plakte zelfs douanestickers op de achterkant. Ze betaalden hem 1.000 dollar contant en toen ze vertrokken, zei hij: 'Goede reis, jongens.'

Het afstudeerfeest was een spontaan feest in een sportbar in Georgetown. Wilson Featherstone nodigde Mark uit met een berichtje, en omdat hij en Todd die vrijdagavond niets beters te doen hadden, gingen ze er vrij laat naartoe en dronken stevig met een stuk of zes oude studievrienden. Morgen zouden op Foggy Bottom de formaliteiten plaatsvinden van een echte buluitreiking, hoewel die zoals altijd weinig zou worden bezocht. Slechts twee van de aanwezigen waren echt van plan om ernaartoe te gaan om hun vrijwel waardeloze bul in ontvangst te nemen, en alleen omdat hun moeders erop stonden.

Dus dronken ze. Ze waren gefascineerd door de avonturen van Mark en Todd van de laatste vier maanden, en zij vermaakten hen met verhalen over de escapades van Upshaw, Parker & Lane. Iedereen brulde van het lachen toen Mark en Todd samen de verhalen vertelden over Freddy Garcia; Ramon Taper en zijn prachtige proces dat op een mislukking uitliep; hun bezoek aan de kantoren van Trusty Rusty, Jeffrey Corbett en Edwin Mossberg; de arme Zola die rondhing in de restaurants van ziekenhuizen; het ontlopen van deurwaarders in de Rooster Bar; en de mailtjes van hun leningconsulenten. Er waren helemaal geen geheimen meer. Ze waren legendes geworden op Foggy Bottom, en het feit dat ze nu gevangenisstraf konden krijgen en daarom lachten, maakte hun verhalen alleen maar nog leuker.

Toen hun werd gevraagd wat ze van plan waren, zeiden Mark en Todd dat ze overwogen een filiaal van UPL in Baltimore te openen en de rechtbanken daar af te struinen. *Je hebt immers geen vergunning nodig om als advocaat op te treden?* Maar hun echte plan onthulden ze niet.

Van de acht aanwezigen zouden zes over twee maanden het rechtbankexamen afleggen. Drie hadden een baan, hoewel twee van die banen non-profitwerk betrof. Slechts een van hen zou een baan krijgen bij een advocatenkantoor, maar alleen als hij voor het rechtbankexamen slaagde. Allemaal hadden ze een torenhoge studieschuld, dankzij de enorme law school-zwendel die Hinds Rackley in elkaar had gedraaid.

Hoewel ze Gordy's aanwezigheid voelden, werd zijn naam niet uitgesproken.

41

Todd won met tossen en nam zaterdagochtend laat een taxi naar Dulles Airport. Hij betaalde Delta 740 dollar voor een retourticket naar Barbados. Zijn valse paspoort leverde geen enkel probleem op bij de Delta-balie en de veiligheidscontroles. Hij vloog in twee uur naar Miami en sliep het grootste deel van de vlucht. Tijdens de stopover van drie uur in de lounge van de luchthaven sliep hij ook en hij miste daardoor bijna zijn vlucht naar het zuiden. Het was al donker toen hij in de hoofdstad Bridgetown aankwam. Hij nam een taxi naar een klein hotel aan een strand. Hij hoorde muziek, schopte zijn schoenen uit, rolde zijn broekspijpen omhoog en liep over het warme zand naar een feest in een resort naast het hotel. Nog geen uur later flirtte hij met een aantrekkelijke vrouw van een jaar of vijftig uit Houston wier man in een hangmat vlakbij in slaap was gevallen. Tot nu toe was Barbados aangenaam.

Mark stapte op Union Station in de trein en verliet D.C., voor altijd. Hij kwam om vijf uur 's middags aan in New York, nam de ondergrondse naar Brooklyn en ging naar hun suite, die er nog net zo uitzag als toen ze die donderdag waren vertrokken.

Zola's zaterdag was spannender. Halverwege de ochtend kwam er een belangrijke agent, gekleed in colbert met stropdas, het hotel binnen, samen met twee geüniformeerde agenten. Hij liet hen achter in de lobby en ging samen met haar naar haar kamer op de derde verdieping.

Terwijl Fanta tolkte, gaf Zola hem een dikke envelop vol West-Afrikaanse francs met een waarde van 26.000 Amerikaanse dollar. Langzaam telde hij het geld en hij leek tevreden met de transactie. Uit zijn ene jaszak haalde hij haar kaarten en uit de andere een dunnere envelop. Hij zei: 'Dit is uw geld.'

'Wat voor geld?' vroeg ze, zichtbaar verbaasd.

'Het geld uit de kluis van het hotel, ongeveer 6.000 dollar. Daar heeft het hotel een aantekening van.'

Dieveneer, dacht ze en ze wist niet wat ze moest zeggen. Ze nam zijn envelop aan en stopte die in haar zak.

'Over een uur ben ik terug,' zei hij en hij verliet de kamer.

Precies een uur later stopte een politiebusje voor het hotel. Abdou en Bo stapten achter uit het busje, zonder handboeien, en ze liepen als een paar toeristen de lobby binnen. Ze huilden toen ze Zola en Fanta zagen, en even later huilden ze allemaal. Ze liepen naar het café en genoten van een feestmaal bestaande uit eieren en muffins. Toen Idina Sanga binnenkwam, spoorde ze hen aan in actie te komen. Snel pakten ze hun spullen en maakten zich klaar voor vertrek. Zola betaalde de rekening bij de receptie, terwijl Idina twee taxi's aanhield. Gehaast verlieten ze het hotel, zonder achterom te kijken, en reden weg. Drie kwartier later stopten ze voor een groep moderne flatgebouwen. Nadat Idina iemand had gebeld, werden ze in de lobby van het hoogste gebouw opgewacht door een conciërge. Hun tijdelijke appartement bevond zich op de zesde verdieping. Er stonden niet veel meubels, maar dat kon niemand iets schelen. Na vier maanden in een detentiecentrum en een week in een gevangenis in Dakar vond Abdou het appartement een kasteel. Zijn gezin was bij elkaar, vrij en veilig. Idina bracht hen snel op de hoogte van de stand van zaken: het appartement was voor negentig dagen gehuurd; maandag zou ze beginnen met het verzamelen van documenten; binnenkort zouden ze hun Senegalese staatsburgerschap terugkrijgen – ze waren hier immers geboren – en ook Zola zou worden genaturaliseerd. Op basis van de berichten van haar beide collega-advocaten had Zola helemaal geen haast om terug te keren naar de VS.

Todd werd voor de tweede keer op rij 's ochtends wakker met hoofdpijn en een droge mond. Hij leefde weer op met een kop sterke koffie bij het zwembad en was om twaalf uur klaar om te gaan shoppen. Hij nam een taxi naar een nieuwe wijk in het noorden van Bridgetown, een alle kanten op uitgroeiende wirwar van koopflats die er op de website veel aantrekkelijker uitzagen dan in werkelijkheid. Websites... Hij had geen idee waarom, maar als hij in een slechte bui was bekeek hij nog altijd de website van Foggy Bottom en vervloekte dan de glimlachende gezichten van de aantrekkelijke en uiteenlopende studenten die gelukkig de uitdaging van hun rechtenstudie aangingen. *Wie kan ooit een website vertrouwen?*

In elk geval sprak hij met een makelaar die hem twee appartementen liet zien die voor idiote bedragen te koop of te huur waren. Hij koos de kleinste van de twee en nadat ze over het handgeld hadden gesteggeld ondertekende hij het koopcontract en overhandigde de man een ongedekte cheque van Lucero & Frazier voor 5.000 dollar. Met het koopcontract in de hand keerde hij terug naar zijn hotel, hij nam contact op met zijn partners, trok een korte broek aan en ging naar het zwembad, bestelde een frozen daiquiri bij een tikibar en ging zonnebaden.

Zondagmiddag laat kreeg Barry Strayhan opdracht naar het herenhuis van Hinds Rackley te komen aan Fifth Avenue. Ze maakten een fles wijn open en zaten op het terras in de zon, met Central Park onder hen. Doug Broome en zijn team hadden Mark en Todd inderdaad opgespoord en waren nog steeds druk bezig met het in elkaar passen van alle puzzelstukjes. De krantenartikelen over de zelfmoord van Gordy hadden hen naar de Foggy Bottom Law School geleid, waar een detective de vorige dag aanwezig was geweest bij de buluitreiking. Met een lijst van alle afgestudeerden in de hand vonden ze na een paar telefoontjes de namen Frazier en Lucero, twee derdejaarsstudenten die naar de begrafenis waren geweest en in januari met hun studie waren gestopt. Een medestudent vertelde zelfs dat ze waren gearresteerd omdat ze zonder vergunning als advocaat hadden gewerkt. In een kort artikel in *The Post* van de vorige dag stond dat ze die vrijdag voor de rechter waren geleid. Rackley was niet de enige die naar hen op zoek was; zo te zien waren er een heleboel ontevreden cliënten en andere mensen die hen voor de rechter wilden slepen. Hun Facebook-pagina's waren twee maanden geleden verwijderd, maar een door Broome ingehuurde hacker slaagde erin een paar foto's terug te halen. Er was geen twijfel over mogelijk dat Frazier en Lucero dezelfde personen waren als de twee jongemannen die zich volgens Strayhan vijf dagen eerder in Brooklyn hadden voorgedaan als journalisten tijdens het gesprek met Rackley en Strayhan.

Rackley keek naar een paar foto's en vergeleek ze met de foto's van hun valse D.C.-rijbewijzen. Hij smeet ze op tafel en vroeg: 'Wat zijn ze van plan?'

Strayhan zei: 'Tweeënhalve maand geleden heeft Mark Frazier zich aangesloten bij de groepsvordering in Miami als een gedupeerde klant van Swift Bank. In januari heeft hij bij een Swift Bank-filiaal in D.C. een rekening geopend.'

'Niet belangrijk. Dan krijgt hij een paar centen bij de schikking. Er moet meer achter zitten.'

'Todd Lucero heeft zich aangesloten bij de groepsvordering in New York en hun vriendin Zola Maal heeft dat gedaan bij een filiaal in D.C. Geen idee wat ze aan het doen zijn, maar misschien willen ze gewoon zien hoe alles in z'n werk gaat.'

'Er zit meer achter. Ze zouden nooit zoveel moeite doen voor een kleine schikking. Wat weten we over de groepsvordering van Cohen-Cutler?'

'Dat is de grootste van de zes: 220.000 cliënten, doorverwezen door tientallen kleinere advocatenkantoren. De meeste eisers konden we online vinden met een van de procesvolg-apps, maar niet allemaal. Je kunt je wel voorstellen dat het, met zoveel cliënten en nu de schikking zo snel wordt afgehandeld, nogal chaotisch is allemaal. Cohen-Cutler is niet verplicht de lijst met doorverwijzende kantoren bekend te maken. Maar Broome is nog aan het spitten.'

'Hoe kunnen we bij Cohen-Cutler binnenkomen?'

'Dat kunnen we niet. Dat is vertrouwelijk. Maar de FBI kan wel vragen stellen.'

'Ik wil niet dat de FBI gaat rondsnuffelen.'

'Begrepen. Maar er zijn wel manieren om hen te tippen.'

'Bedenk een manier en doe het snel. Wanneer wordt het geld overgemaakt?'

'Al gauw. Deze week, volgens afspraak en een gerechtelijk bevel.'

'Ik zit klem, Barry, en dat bevalt me helemaal niet. Ik wil dat die schikking snel wordt afgehandeld, zodat de bank deze nachtmerrie kan afsluiten. Tegelijkertijd kan ik het niet uitstaan dat ik word uitgekleed. Jij en ik weten dat deze groepsvorderingsadvocaten niet te vertrouwen zijn. Het wordt een gekkenhuis met een miljoen potentiële eisers en er zal natuurlijk sprake zijn van fraude, van een heleboel fraude.'

Op maandagochtend trok Todd zijn netste kleren aan en nam een taxi naar de Second Royal Bank of the Lesser Antilles aan Center Street in de zakenwijk van Bridgetown. Hij had om tien uur een afspraak met ene meneer Rudolph Richard, een parmantige oude man wiens specialiteit het ontvangen van buitenlandse cliënten was. Todds verhaal was dat hij en zijn partners in de procesoorlogen thuis goed hadden gescoord en dat hij nu, op de rijpe leeftijd van zevenentwintig, zijn winst opstreek en naar het Caribisch Gebied verhuisde. Hij sloot zijn advocatenkantoor en wilde zich de komende jaren aan de rand van een zwembad met uitzicht op de oceaan bezighouden met het leiden van zijn nieuwe hedgefonds, York & Orange Traders. Hij liet de man zijn valse paspoort zien, zijn koopcontract voor de flat, een woning die hij nooit meer zou zien, en een nogal overdreven aanbevelingsbrief van de accountmanager van de Citibank in Brooklyn.

Meneer Richard wilde 10.000 dollar hebben om een rekening te openen, maar daar wilde Todd niets van weten. Het grote geld zou pas over een week of twee worden ontvangen, vertelde hij in complexe juridische termen die meneer Richard amper begreep. Verder zei hij dat hij nu maximaal 2.000 Amerikaanse dollar contant kon storten. Als dat niet voldoende was, zou hij gewoon de straat op stappen, waar ten minste honderd andere banken hem met open armen als cliënt zouden ontvangen. Na een uur glimlachen en vleien door Todd was de rekening geopend.

Hij verliet de bank en vond een verlaten terras, waar hij zijn partners een berichtje stuurde met het heerlijke nieuws dat ze nu zakendeden in Barbados.

Thuis bleef Mark Jenny Valdez van Cohen-Cutler lastigvallen. De Swift Bank-schikking was op alle niveaus goedgekeurd, dus waar bleef dat geld verdomme? Dat wist ze niet zeker, deze dingen kostten tijd, legde ze uit, maar ze wachtten op de telefonische overschrijving. Die kwam die maandag niet binnen. Mark dwaalde door de straten van het centrum van Brooklyn, waar het bewolkt was en somber, en hij probeerde niet aan zijn partner te denken die in de zon lag en een aanslag op zijn lever deed. Om alles nog erger te maken stuurde Todd zo ongeveer elk uur een foto van alweer een andere sexy vrouw in een stringbikini.

Dinsdagmiddag laat stapten twee FBI-agenten het kantoor binnen van Cohen-Cutler in het centrum van Miami. Ze werden snel naar het kantoor gebracht van Ian Mayweather, de managing partner. Special agent Wynne deed voornamelijk het woord, en meteen vanaf het begin had het gesprek een gespannen toon. De FBI wilde informatie die vertrouwelijk was en niet openbaar gemaakt mocht worden.

'Hoeveel advocatenkantoren hebben cliënten naar uw groepsvordering doorverwezen?' vroeg Wynne.

'Tientallen, en meer dan dat zeg ik niet,' antwoordde Mayweather, nogal kortaf.

'We willen graag een lijst van deze kantoren.'

'Prima. Laat me een gerechtelijk bevel zien, dan krijgt u die. U vraagt vertrouwelijke informatie, heren, en zonder een gerechtelijk bevel kunnen we u die niet geven.'

'We vermoeden dat er sprake is van fraude bij uw groepsvordering.'

'Dat zou me niets verbazen, want fraude is helemaal niet ongebruikelijk bij deze enorme schikkingen, weet u. Dat hebben we eerder meegemaakt en we doen ons best om dat te voorkomen. Maar nu hebben we te maken met meer dan 200.000 individuele eisers en tientallen advocatenkantoren. We kunnen niet alles controleren.'

'Wanneer gaat u het geld uitbetalen?'

'Onze financiële afdeling werkt vierentwintig uur per dag. De eerste betaling van Swift Bank is vanmiddag ontvangen en morgenochtend vroeg beginnen we met de uitbetaling. Zoals u wel zult begrijpen staan onze telefoons roodgloeiend nu het om zoveel geld gaat, en de rechter heeft ons bevolen het geld zo snel mogelijk door te sluizen.'

'Kunt u dit een dag of twee uitstellen?' vroeg Wynne.

'Nee,' antwoordde Mayweather kwaad. 'De rechter heeft ons opgedragen het geld zo snel mogelijk door te sluizen. Als ik het goed begrijp, heren, is de FBI nog maar net begonnen met een onderzoek en bent u op dit moment eigenlijk alleen maar aan het vissen. Als u me een gerechtelijk bevel kunt laten zien, zal dit kantoor doen wat daarin staat.'

Probeer nooit een blokkade op te werpen tussen een groepsvorderingsadvocaat en zijn geld van een groepsvordering. De FBI wist dat

Cohen-Cutler naar schatting bijna 80 miljoen dollar zou verdienen aan de Swift Bank-schikking.

Wynne stond op en zei: 'Oké, we komen terug met een gerechtelijk bevel,' waarna hij en zijn partner het kantoor zonder verder nog iets te zeggen verlieten.

42

Woensdagochtend om 9.40 uur ontving Mark een mailtje van Cohen-Cutler met de mededeling dat ze een bedrag van ruim 4 miljoen dollar overmaakten op de bankrekening van Advocatenkantoor Lucero & Frazier bij Citibank. Dit bedrag was de schadevergoeding ten bedrage van 3.800 dollar voor de 1.311 cliënten van het kantoor, minus de acht procent die Cohen-Cutler inhield voor de afhandeling van de groepsvordering, om precies te zijn 4.583.256,00 dollar.

Mark rende naar de Citibank en zat in het kantoor van zijn favoriete accountmanager te wachten. Een martelend uur lang, om precies te zijn zesenvijftig minuten, liep hij daar om de tafel heen te ijsberen. Hij kon niet stilzitten en ook niet doen alsof dit zomaar een van de vele schikkingen was. De accountmanager vond het niet prettig, maar ze had al zoveel tijd met Mark doorgebracht dat ze hem aardig was gaan vinden en blij was voor de jonge advocaat. Terwijl de minuten zich voortsleepten vroeg Mark haar om zes cheques klaar te leggen, drie voor de incassobureaus voor studieschulden voor de openstaande schulden van Todd Lucero, Zola Maal en Mark Frazier voor in totaal 652.000 dollar. De vierde cheque stond op naam van meneer Joseph Tanner, Gordy's vader, en bedroeg 276.000 dollar. Een vijfde cheque ten bedrage van 100.000 dollar was voor Marks moeder en een zesde, voor hetzelfde bedrag, voor Todds ouders. De cheques werden klaargemaakt, maar niet ondertekend.

Het bedrag kwam om één minuut over elf binnen. Meteen daarna ondertekende Mark de opdracht om 3,4 miljoen dollar over te maken naar de rekening van York & Orange Traders bij de Second Royal Bank of the Lesser Antilles in Barbados. Hij liet een paar dollar op de rekening van hun advocatenkantoor staan, nam de zes cheques mee, bedankte de accountmanager uitgebreid en stapte in Brooklyn het felle zonlicht in, rijker dan hij ooit had durven dromen. Terwijl hij stevig doorstapte, belde hij Todd en Zola met het opwindende nieuws.

Mark ging naar een FedEx-kantoor aan Atlantic Avenue en vroeg om zes nachtenveloppen en vier binnenlandse luchtpostenveloppen. Op een vel schrijfblokpapier schreef hij een brief aan Gordy's vader:

Beste meneer Tanner,

Bijgaand vindt u een cheque van de Citibank ten bedrage van 276.000 dollar. Dit zou voldoende moeten zijn om Gordy's studieschuld af te lossen.

Met vriendelijke groet,
Mark Frazier

Dit bedrag was niet netto; de belastingdienst zou hier nog iets mee willen met betrekking tot de gift en misschien waren het inkomsten, maar dat was nu het probleem van meneer Tanner. Mark zou er geen seconde meer aan denken. Hij vouwde de brief dubbel met de cheque erin en stopte hem in een envelop. Hij adresseerde de luchtpostenveloppen aan meneer Tanner in Martinsburg, en aan de drie incassobureaus voor studieschulden: Morgana Nash van NowAssist in New Jersey, Rex Wagner van Scholar Support Partners in Philadelphia, en Tildy Carver van LoanAid in Chevy Chase. Deze administratieve handelingen kostten hem een halfuur, en ondertussen slaagde Mark erin rustig te blijven en niet meer achterom te kijken. Hij zei tegen zichzelf dat hij nu al een paar maanden op de vlucht was en dat het echt niet slim was om zenuwachtig te lijken. Toch was hij helemaal opgefokt nu het geld binnen was.

Hij overhandigde de zes enveloppen aan de baliemedewerker, betaalde contant voor de verzending en verliet het kantoor. Buiten stuurde hij Todd en Zola een berichtje met het nieuws dat hun studieschulden helemaal waren afbetaald. In zijn hotelsuite belde hij Jenny Valdez van Cohen-Cutler en vroeg hoe het stond met de overschrijving van hun honorarium. Lucero & Frazier zou nog eens 1.048.800 dollar ontvangen, oftewel 800 dollar voor iedere cliënt. Mevrouw Valdez zei dat dat geld 'morgen zou worden overgemaakt'.

Hij stuurde een mailtje aan zijn studieleningconsulent:

Beste mevrouw Nash,

Ik weet zeker dat u op de hoogte bent van mijn juridische problemen hier in het District. Maakt u zich geen zorgen. Een rijke oom van me is onlangs overleden en heeft me heel veel geld nagelaten. Ik heb net een cheque verstuurd ten bedrage van 266.000 dollar op naam van NowAssist als volledige afbetaling. Bedankt voor onze aangename mailwisseling.

Mark Frazier

Vanuit Barbados schreef Todd:

Beste SS consulent Rex Wagner,

Nou, ik heb uw advies eindelijk ter harte genomen en een baan gevonden. Het is een superbaan, dat kan ik u wel vertellen. Ik verdien nu zoveel geld dat ik het niet eens kan opmaken. Ik kan alles kopen, maar het enige wat ik echt wil is dat u me met rust laat. Morgen ontvangt u via FedEx een cheque ten bedrage van 195.000 dollar, als volledige afbetaling. Ga nu maar iemand anders lastigvallen.

Uw vriend,
Todd Lucero

Vanuit Dakar schreef Zola:

Beste Tildy Carver,

Ik heb net de loterij gewonnen, dus stuur ik je een cheque voor 191.000 dollar. Die zou je morgen moeten ontvangen.

Hartelijke groet,
Zola Maal

Todd was de hele middag in het kantoor van Rudolph Richard van de Second Royal Bank of the Lesser Antilles. Toen het bedrag om 16.15 uur eindelijk binnenkwam, bedankte hij meneer Richard en vertrok om zijn partners te bellen.

Tien minuten later arriveerde een team FBI-agenten bij het kantoor van Cohen-Cutler in Miami. Ze spraken met Ian Mayweather en zijn team advocaten in de grootste vergaderzaal van het kantoor. Special agent Wynne overhandigde een huiszoekingsbevel, dat Mayweather grondig bestudeerde. Daarna gaf hij het aan de advocaat van het kantoor, die elk woord grondig doorlas. Toen hij zeker wist dat hij niet anders kon, knikte Mayweather naar een andere partner, die een lijst tevoorschijn haalde van de tweeënvijftig advocatenkantoren die de 220.000 cliënten van de groepsvordering hadden doorverwezen. Wynne scande de lijst, vond waar hij naar op zoek was en vroeg: 'Dit advocatenkantoor in New York, Lucero & Frazier, wat weet u daarvan?'

Mayweather keek naar zijn eigen kopie van de lijst en zei: 'Zij hebben ons dertienhonderd zaken gestuurd.'

'Had u al eerder met hen te maken gehad?'

'Nee, maar dat geldt voor bijna alle kantoren op deze lijst. Er zijn zes groepsvorderingen tegen Swift Bank, dus kunnen deze kantoren kiezen. Ik neem aan dat dit kantoor ons heeft uitgekozen.'

'En u controleert niet of deze advocatenkantoren echt zijn?'

'Dat zijn we niet verplicht. We gaan ervan uit dat deze kantoren echt zijn, net als hun cliënten. Weet u misschien iets over dit kantoor?'

Wynne negeerde deze vraag en zei: 'We willen graag de namen zien van de dertienhonderd cliënten van Lucero & Frazier.'

'Die staan op internet in het dossier,' antwoordde Mayweather.

'Ja, net als één miljoen andere, en niet gesorteerd per doorverwijzende advocaten. Daardoor is het vrij moeilijk om ieder individu te checken. We willen de namen zien van de cliënten van Lucero & Frazier.'

'Prima, maar dit verzoek wordt niet gedekt door uw gerechtelijk bevel.'

De FBI-agenten aan de ene kant van het vertrek keken strak naar de advocaten aan de andere kant, maar de laatsten hielden voet bij stuk en keken strak terug. Dit was hun territorium, niet dat van de overheid, en als bijzonder rijke advocaten hadden ze de pest aan deze indringers. De FBI zat in hun jackpot te roeren. Maar dat vonden de Feds geen probleem: het was hun werk een onderzoek uit te voeren en dus was elk territorium van hen. Dus keken beide partijen naar elkaar, en wachtten tot de anderen hun blik zouden neerslaan.

Een van de agenten overhandigde Wynne een dossier. Hij haalde er een paar papieren uit en zei: 'Dit is nog een huiszoekingsbevel. De rechter zegt dat we elke verdachte activiteit mogen onderzoeken waarbij Mark Frazier en Todd Lucero zijn betrokken, een paar jongemannen die helemaal geen advocaat zijn.'

'U maakt een grapje,' zei Mayweather knipperend.

'Zien we eruit alsof we een grapje maken?' vroeg Wynne. 'Wij hebben redenen om aan te nemen dat deze twee nepadvocaten een groot aantal valse claims aan uw groepsvordering hebben toegevoegd. Dat moeten we verifiëren.'

Mayweather las het gerechtelijk bevel door, gooide het op de tafel, haalde zijn schouders op en zei: 'Goed dan.'

Mark probeerde een broodje te eten in een deli in Brooklyn, ook al had hij geen trek. Hij werd overmand door tegenstrijdige emoties. Aan de ene kant wilde hij blij zijn met het geld, maar aan de andere kant wist hij ook dat hij snel moest vluchten. Hij genoot van de wetenschap dat ze een prachtige tegenzwendel hadden opgezet tegen de Great Satan, zoals Gordy Rackley had genoemd, en dat ze geld hadden gestolen van een schurk. Maar hij was ook doodsbenauwd dat hij zou worden opgepakt.

Todd zat op een strand, met een koud drankje in de hand, en keek al weer naar een perfecte Caribische zonsondergang. Veilig, voorlopig althans, en hij glimlachte naar de toekomst en probeerde te bedenken wat hij zou gaan doen met zijn aandeel van dit vermogen. Maar de opwinding was verdwenen toen hij aan zijn ouders dacht en aan hun schaamte als hij ooit zou terugkeren naar D.C. Terugkeren? Zou dat ooit mogelijk zijn? Was het de moeite waard? Hij probeerde deze gedachten te verdringen door een andere gedachte, dat zij de perfecte misdaad hadden gepleegd.

Zola genoot van het leven met haar familie in Dakar. Ze zaten te eten op een terras niet ver van de oceaan. Het was een prachtige lenteavond en hun grootste problemen waren verleden tijd.

Geen van de drie had er zelfs maar een vaag vermoeden van dat twaalf FBI-agenten druk aan het telefoneren waren en tot de ontdekking kwamen dat hun Swift Bank-cliënten niet bestonden.

De zon was allang onder toen Todd Mark voor de vierde keer die dag belde. De eerste twee telefoontjes waren opwindend geweest, toen ze het kennelijke succes van hun truc vierden. Maar met het derde telefoontje was de realiteit tot hen doorgedrongen en begonnen ze zich zorgen te maken.

Todd zei kort en bondig: 'Ik denk dat je moet vertrekken. Nu.'

'Waarom?'

'We hebben genoeg geld, Mark. En we hebben fouten gemaakt waar we ons niet eens bewust van zijn. Verlaat het land. Het honorarium wordt morgen overgemaakt, dat is een extra bonus, en de bank weet waar ze het geld naartoe moeten sturen. Ik zou me beter voelen als je in een vliegtuig zat.'

'Misschien wel. Jouw nieuwe paspoort was in orde?'

'Zoals ik al zei heb ik geen problemen ondervonden. Het ziet er zelfs nog echter uit dan mijn oude, dat lang niet zo vaak is gebruikt. Je herinnert je vast nog wel dat we er 1.000 dollar voor hebben betaald.'

'Zeker wel. Hoe zou ik dat kunnen vergeten?'

'Stap op een vliegtuig, Mark, en verlaat het land.'

'Ik zal erover nadenken. Ik hou je op de hoogte.'

Mark stopte zijn laptop en een paar dossiers in een grote aktetas, de tas uit zijn tijd als straatadvocaat, en stopte wat kleren en een tandenborstel in een rolkoffertje. De kamer was een puinzooi en hij was er ziek van. Hij had hier negen nachten geslapen en vond het niet nodig om uit te checken bij de receptie, want hij had de kamer voor nog eens twee dagen betaald. Dus liep hij weg, met achterlating van wat vieze kleren van zichzelf en Todd, stapels ongevaarlijke papieren, een paar tijdschriften, afgedankte toiletartikelen en de gehuurde printer waar hij de geheugenchip uit had gehaald. Hij liep een paar blokken, hield een taxi aan en reed naar JFK, waar hij 650 dollar contant betaalde voor een retourvlucht naar Bridgetown, Barbados. De man van de paspoortcontrole zat half te slapen en keek amper naar zijn documenten. Hij doodde een uur in een lounge, vertrok om 10.10 uur en landde op tijd in Miami, om 1.05 uur. Hij liep naar een bank in een verlaten gate en probeerde wat te slapen, maar het werd een lange nacht.

Tien kilometer verderop liep special agent Wynne met twee collega's het kantoor van Cohen-Cutler weer binnen. Ian Mayweather en een partner zaten op hen te wachten. Nu het kantoor meewerkte, ook al was dat afgedwongen door de gerechtelijke bevelen, was de druk iets minder en de sfeer bijna vriendelijk. Een secretaresse bracht koffie en ze namen plaats aan een kleine tafel.

Wynne begon met: 'Zo, dit is een lange nacht geweest. We hebben de lijst die u ons hebt gegeven doorgenomen, een heleboel telefoontjes gepleegd en de namen vergeleken met onze documenten van Swift Bank. Nu blijkt dat alle dertienhonderd cliënten nep zijn. We hebben een gerechtelijk bevel om elke overschrijving achtenveertig uur op te schorten.'

Dat verbaasde Mayweather helemaal niets. Zijn eigen team had ook de hele nacht doorgewerkt en was tot dezelfde conclusie gekomen. Ze waren ook in het bezit van het dossier van Frazier en Lucero en van de beschuldigingen die in D.C. tegen hen waren geuit. Mayweather zei: 'We zijn bereid mee te werken. Zeg maar wat u wilt. Maar jullie gaan toch zeker niet al onze 220.000 cliënten checken?'

'Nee hoor. De andere kantoren lijken in orde. Geef ons wat tijd en dan verdwijnen we zodra we ervan overtuigd zijn dat deze fraude beperkt is gebleven tot deze kleine groep.'

'Uitstekend. Hoe zit het met Frazier en Lucero?'

'We weten niet waar ze zijn, maar we vinden hen wel. Het geld dat jullie gisteren aan hen hebben overgemaakt is meteen overgemaakt naar een buitenlandse bank; ze zijn er dus nog net in geslaagd om dat het land uit te krijgen. We vermoeden dat ze op de vlucht zijn, maar ze hebben bewezen dat ze, wat zal ik zeggen, naïef zijn.'

'Als het geld in het buitenland is, kunnen jullie het niet in handen krijgen, toch?'

'Klopt, maar die mannen wel. Zodra we hen hebben gevonden en opgesloten, zullen ze maar al te graag een deal willen sluiten. We krijgen dat geld wel terug.'

'Geweldig. Mijn probleem is de schikking. Het gaat nog steeds om heel veel geld en een heleboel advocaten zijn tegen me aan het schreeuwen. Schiet alstublieft op.'

'We doen ons best.'

Om negen uur liep Mark, met alweer een dubbele espresso achter de kiezen, naar zijn gate. Hij stopte een kleine luchtkussenenvelop in een brievenbus en liep door. De envelop was geadresseerd aan een journalist van *The Washington Post*, een stoere onderzoeksjournalist die hij nu al weken volgde. In de envelop zat een van Gordy's USB-sticks. Terwijl Mark bij zijn gate in de rij stond te wachten, belde hij zijn moeder en vertelde haar een verhaaltje over een lange reis die hij en Todd samen zouden maken. Ze zouden een paar maanden wegblijven en telefonisch niet bereikbaar zijn, maar als het mogelijk was zou hij contact opnemen. De puinhoop in D.C. was onder controle *en niets om je zorgen over te maken. Houd vandaag een FedEx-zending in de gaten; er zit wat geld in dat je onopvallend moet uitgeven, maar verspil het alsjeblieft niet aan een advocaat voor Louie. Hou van je, mama.* Hij stapte zonder problemen in het vliegtuig en ging op zijn stoel bij het raam zitten. Hij opende zijn laptop, logde in en zag een mailtje van Jenny Valdez van Cohen-Cutler. De overschrijving van het honorarium had tot nader order vertraging opgelopen door een 'niet-gespecificeerd probleem'. Hij las de mail nog een keer en klapte zijn laptop dicht. Natuurlijk ontstonden er problemen met zo'n gigantische schikking, dus had het niets met hen te maken. Toch? Hij sloot zijn ogen en hapte naar adem toen een stewardess via de speaker meedeelde dat er een korte vertraging was wegens een probleem met bepaalde 'documenten'. Het vliegtuig zat vol vakantiegangers die naar de eilanden wilden, van wie sommigen voor het boarden behoorlijk hadden gedronken. Er werd gekreund, maar ook gelachen en geschreeuwd.

De seconden tikten langzaam weg terwijl Marks bloeddruk steeg en zijn hart op hol sloeg. De stewardessen kwamen langs met het karretje met drinken en de drank was gratis. Mark vroeg om een dubbele rumpunch en dronk zijn glas in twee slokken leeg. Hij wilde net een nieuwe vragen toen het vliegtuig even schudde en achteruitreed. Terwijl het vliegtuig bij de terminal vandaan taxiede, stuurde Mark Todd een berichtje en zei dat ze zo zouden opstijgen. Een paar minuten later zag hij Miami onder het wolkendek verdwijnen.

43

Volgens Todds instructie ging Zola dinsdagochtend naar de Senegal Post Bank, samen met haar advocaat. Idina Sanga was bereid, tegen betaling uiteraard, haar te helpen met het openen van een bankrekening. Ze hadden een afspraak met een onderdirecteur, een prettige dame die geen Engels sprak. Idina legde in het Frans uit dat haar cliënte een Amerikaanse was die naar Dakar verhuisde om bij haar familie te kunnen zijn. Zola overhandigde de vrouw haar paspoort, haar New Jersey-rijbewijs en een kopie van het huurcontract van het appartement. Ze vertelde dat haar Amerikaanse vriend, die heel rijk was, haar geld wilde sturen om haar financieel te steunen en een huis te kopen. Hij reisde de hele wereld over voor zijn werk en was van plan ook tijd in Senegal door te brengen. De kans was zelfs aanwezig dat hij hier een kantoor zou openen. De onderdirecteur geloofde het verhaal doordat ze het zo overtuigend vertelde, maar ook doordat Zola werd vertegenwoordigd door een advocaat met een goede reputatie. Idina gaf aan dat privacy van groot belang was en vertelde dat er algauw veel geld zou worden overgemaakt. Afgesproken werd een inleg ter waarde van ongeveer 1.000 Amerikaanse dollar, waarna Idina alle documenten aandachtig bestudeerde. Binnenkort zouden betaalpassen en creditcards worden verstuurd. De transactie nam nog geen uur in beslag.

Toen Zola weer in het appartement was, mailde ze de bankrekeninginfo naar Todd.

Toen Mark om 13.20 uur in Bridgetown landde, haalde Todd hem op bij de gate. 'Lekker kleurtje,' zei Mark.

'Bedankt, maar ik wil hier nu weg.'

'Vertel.'

Ze liepen naar een bar en bestelden een biertje. Ze namen hun glas mee naar een tafeltje in een hoek.

Mark veegde zijn mond af en zei: 'Je lijkt erg gespannen.'

'Ben ik ook. Ik weet wel dat jij hoopte een paar dagen aan het strand te kunnen doorbrengen, maar we zijn nu op de vlucht. Ik bedoel, echt op de vlucht. De FBI kan de overschrijving naar onze bank achterhalen.'

'Zoals we al tientallen keren hebben besproken.'

'Ja, en verder dan dat komen ze niet, tenminste niet aan de hand van het geld. Maar als ze ons niet kunnen vinden, gaan ze hier misschien naar ons op zoek. We winnen er niets mee als we op dit eiland blijven. Zola heeft vanochtend zonder problemen een rekening in Dakar geopend. Het uitstel van die laatste betaling kan alles of niets met ons te maken hebben, maar waarom zouden we risico's nemen? Het kan zomaar zijn dat de Feds ons vlak op de hielen zitten. Laten we hier vandaan gaan nu ze nog niet dichtbij zijn.'

Mark nam een slok en haalde zijn schouders op. 'Prima. In Dakar kan ik denk ik ook wel zonnebaden.'

'Je hebt daar prachtige stranden, met even fraaie resorts als hier. En het ziet ernaar uit dat we alle tijd hebben om bij het zwembad rond te hangen.'

Ze dronken hun glas leeg, liepen naar buiten het verblindende zonlicht in en namen een taxi naar de Second Royal Bank, waar ze een uur op Rudolph Richard moesten wachten. Todd stelde Mark voor als zijn partner van York & Orange, en vertelde dat ze 3 miljoen dollar van hun rekening wilden overmaken naar hun rekening bij een bank in Dakar. Meneer Richard was nieuwsgierig, maar stelde geen vragen. Hij vond alles wat zijn cliënten wilden uitstekend. Ze namen 20.000 dollar in contanten op en verlieten de bank. Op het vliegveld bekeken ze alle vluchten en zagen dat die bijna allemaal een tussenstop maakten in Miami of op JFK, plaatsen die ze wilden vermijden. Ze betaalden 5.200 dollar cash voor twee enkele vluchten naar Londen Gatwick – 6.760 kilometer en elf uur vliegen daarvandaan. In het vliegtuig controleerde Mark zijn e-mails, en in het mailtje van de accountmanager van de Citibank in Brooklyn stond dat de tweede storting nog niet was ontvangen. 'Dat miljoen aan honorarium kunnen we wel op onze buik schrijven,' mompelde hij tegen Todd.

'Ach, dat hadden we eigenlijk ook niet verdiend,' zei Todd.

Tijdens de tussenstop van twee uur op Gatwick dronken ze een paar biertjes, waarna ze in het vliegtuig stapten naar Algerije, 1.600 kilometer daarvandaan. De tussenstop daar duurde acht uur, een eindeloze tijd op een heet en overvol vliegveld. In het vliegtuig, terwijl de kilometers verstreken en de culturen veranderden, raakten ze ervan overtuigd dat ze de Feds steeds verder achter zich lieten. Om 23.30 uur landden ze – 3.200 kilometer en vijf uur later – in Dakar. Hoewel het laat was, bruiste het vliegveld van luide muziek en agressieve verkopers die sieraden, leren artikelen en vers fruit te koop aanboden. Voor de hoofdingang werden passagiers met een lichtere huid – blanken en Aziaten – aangeklampt door groepjes bedelaars. Mark en Todd werden belaagd, maar slaagden erin een taxi te krijgen. Twintig minuten later stopten ze voor het Radisson Blu Hotel aan het Sea Plaza. Zola had op haar naam twee kamers bij het zwembad gereserveerd en voor een verblijf van een week betaald. Ze had kennelijk een goed verhaal opgehangen, want Mark en Todd werden ontvangen als hoogwaardigheidsbekleders. Niemand vroeg om hun paspoorten. Dit was hun eerste bezoek aan Afrika en geen van beiden had een idee hoe lang ze hier zouden blijven. Hun verleden was een puinhoop, hun toekomst was onzeker. Dus hadden ze besloten dat ze zonder spijt in het heden wilden leven. Het leven had een stuk slechter kunnen zijn; anders waren ze nu aan het studeren geweest voor het rechtbankexamen.

Zaterdagmiddag tegen twaalven, terwijl de zon op de keramische tegelpaden rondom het zwembad en de terrassen brandde, kwam Mark wankelend zijn kamer uit. In het verblindende zonlicht kneep hij zijn ogen halfdicht, wreef in zijn ogen, liep naar de rand van het zwembad en dook erin. Zout water, aangenaam en warm. Hij zwom een paar baantjes op z'n hondjes, maar hield het toen voor gezien. Hij ging in het ondiepe water zitten en met het water tot aan zijn kin probeerde hij zich te herinneren waar hij een week eerder was geweest. Washington, de ochtend na het drankfestijn met zijn studievrienden; de dag nadat hij in de rechtszaal was verschenen met Phil Sarrano en al die boze mensen die achter hen aan zaten; de dag waarop hij had zullen afstuderen aan Foggy Bottom, waarna hij de wereld zou veroveren.

Hij had de wereld niet veroverd, maar de wereld was wel veranderd. Sommige weken sleepten zich voort terwijl er niets gebeurde. Andere weken, zoals deze, waren zo tumultueus dat de dagen gewoon voorbijvlogen. Een week geleden droomden ze nog over het geld. Nu stond het verstopt op een Senegalese bankrekening waar niemand het kon vinden.

Doordat hun lichaam zich nog in dezelfde tijdzone bevond, kwam Todd zijn kamer ook algauw uit. Hij dook in het water, trok geen baantjes, maar wenkte een *cabana boy* en bestelde iets te drinken. Na twee rondjes namen ze een douche en trokken de kleren van de vorige dag aan. Ze moesten meteen andere kleren gaan kopen.

Hun partner droeg echter kleding die ze nooit eerder hadden gezien. Zola liep het restaurant van het hotel binnen in een felrood met gele lange jurk. Met een halsketting van grote kleurrijke kralen en ballen, en een bloem in haar haren, zag ze er heel Afrikaans uit. Ze omhelsden elkaar en gingen weer zitten, maar zorgden ervoor niet te veel de aandacht te trekken. Het restaurant zat halfvol, met bijna alleen maar Europeanen.

Toen ze weer zaten, zei Todd: 'Je ziet er prachtig uit.'

Mark zei: 'Zola, laten we gaan trouwen.'

Todd zei: 'Hé, dat zou ik vragen!'

Zola zei: 'Sorry, geen blanke mannen meer. Veel te veel problemen. Ik ga op zoek naar een leuke Afrikaanse man over wie ik de baas kan spelen.'

'Je speelt al drie jaar de baas over ons,' zei Mark.

'Ja, maar jullie gaan ertegenin en liegen heel veel. Ik wil een man die zijn mond houdt tenzij ik iets vraag en die altijd de waarheid vertelt.'

'Nou, veel succes,' zei Todd.

Er kwam een serveerster naar hen toe en ze bestelden iets te drinken: bier voor de jongens en thee voor Zola. Ze vroegen naar haar familie. Zij waren veilig en gelukkig. Na de eerste schrik van de gevangenis, was alles nu weer rustig. Ze hadden de politie niet gezien en ook niets van de autoriteiten gehoord. Zij en Bo zouden misschien een klein appartement vlak bij hun ouders huren; ze hadden behoefte aan meer vrijheid. Abdou voelde zich thuis in Senegal, een islamitisch land, en wilde weer de baas over hen spelen. Maar hij en Fanta verveelden zich doordat ze niet werkten. Na vier maanden nietsdoen in het detentiecentrum wilden ze weer aan de slag. Over het algemeen was hun leven goed, maar niet helemaal op orde. Hun advocaat was bezig met het regelen van hun staatsburgerschap en de benodigde documenten.

Zola wilde weten wat er de afgelopen twee weken allemaal was gebeurd, met hun arrestatie en hun ontsnapping naar Brooklyn en daarna naar Barbados. Mark en Todd vertelden hun verhaal om beurten en alles was grappig. De serveerster kwam terug met hun drankjes, en Zola zei dat ze echt kip-*yassa* moesten bestellen, een traditioneel Senegalees gerecht van gegrilde kip met uiensaus. Toen de serveerster weer weg was, gingen Todd en Mark door met hun verhalen. Vooral het verhaal over wat er was gebeurd in de rechtszaal van rechter Abbott – toen de halve rechtszaal over het hekje leek te willen springen om hen bij de kladden te grijpen – kostte veel moeite, doordat ze alle drie zo verschrikkelijk moesten lachen.

De mensen aan de andere tafeltjes keken naar hen, waarna ze probeerden het rustiger aan te doen. Ze genoten van de kip-yassa, maar namen geen nagerecht. Nadat ze een kop sterke koffie hadden besteld, praatten ze zachter omdat ze toen over serieuze zaken spraken.

Mark zei: 'Ons probleem is wel duidelijk: wij zijn hier een paar dagen op vakantie en we reizen met valse paspoorten. Als we worden betrapt, smijten ze ons in dezelfde gevangenis als waar ze je vader en Bo naartoe hebben gebracht. Twee blanke jongetjes in een heel gevaarlijke gevangenis.'

Zola schudde haar hoofd. 'Nee hoor, jullie zitten hier prima. Jullie kunnen zo lang blijven als je wilt, niemand zal daar iets van zeggen. Blijf gewoon daar waar de blanken zijn en in de buurt van de stranden. Doe niets waardoor je de aandacht trekt.'

Todd vroeg: 'Hoe denken deze mensen over homoseksuelen?'

Ze fronste en zei: 'Tja, dat heb ik niet gevraagd. Zijn jullie nu opeens gay of zo? Ik ben twee weken weg en dan...'

'Nee, maar een paar mensen keken naar ons toen we gisteravond incheckten. We zijn met z'n tweeën. De mensen trekken hun conclusies.'

Mark zei: 'Ik heb gelezen dat ze homoseksualiteit afkeuren in Afrikaanse landen, vooral in islamitische gebieden.'

'Het is minder geaccepteerd dan in de VS, maar niemand hier

zal jullie lastigvallen. Er zijn tientallen westerse hotels hier aan het strand en heel veel toeristen met een blanke huid, meestal uit Europa. Jullie vallen helemaal niet uit de toon.'

'Ik heb ergens gelezen dat de politie heel lastig kan zijn,' zei Todd.

'Niet bij de stranden in de buurt. Daar is het toerisme te belangrijk voor. Maar vergeet niet dat ze je overal voor kunnen aanhouden en je legitimatie kunnen vragen. Een paar blanke mannen in het verkeerde deel van de stad zou hun aandacht kunnen trekken.'

'Klinkt nogal racistisch,' zei Mark.

'Dat is waar, maar nu zijn de rollen omgedraaid.'

Ze hadden bijna twee uur zitten praten. Nadat het even stil was geweest, leunde Zola dichter naar hen toe en vroeg: 'Vertel, hoe groot is het probleem echt?'

Mark en Todd keken elkaar aan.

Todd was de eerste die antwoordde: 'Dat hangt af van de schikking. Als die wordt afgerond en niemand argwanend wordt, hebben we misschien de perfecte misdaad gepleegd. We blijven hier een paar weken rondhangen, misschien maken we de rest van het geld wel over vanuit Barbados en zorgen ervoor dat alles veilig is weggestopt.'

Mark zei: 'Daarna gaan we stilletjes terug naar de VS, blijven uit de buurt van D.C. en New York, en houden onze oren en ogen nog een hele tijd goed open. Als het Swift Bank-verhaal uiteindelijk geen aandacht meer krijgt, dan zitten we goed.'

Todd zei: 'Maar als iemand wel wantrouwig wordt, zijn we misschien gedwongen over te stappen op plan B.'

'En dat is?'

'Daar werken we nog aan.'

'En de puinhoop in D.C.?' vroeg ze. 'Echt waar, jongens, ik vind het helemaal niet prettig dat ik in staat van beschuldiging ben gesteld, ook al is dat alleen maar omdat ik zonder vergunning heb gewerkt.'

Mark zei: 'We zijn nog niet in staat van beschuldiging gesteld. En vergeet niet dat we een advocaat een enorm voorschot hebben betaald om de zaak te vertragen en aan een deal te werken. Over D.C. maak ik me geen zorgen.'

'Waarover dan wel?'

Daar dacht Mark even over na en toen zei hij: 'Cohen-Cutler. Zij hebben de uitbetaling van ons honorarium uitgesteld en dat zou best eens op gevaar kunnen duiden.'

Na de lunch vertrok Zola. Mark en Todd deden een dutje en dronken iets bij het zwembad. In de loop van de middag werd het daar veel drukker toen een paar jonge stellen uit België arriveerden. De muziek werd luider gezet, er kwamen steeds meer mensen en Mark en Todd keken ernaar en vermaakten zich prima.

Om zeven uur kwam Zola terug met twee grote tassen vol spullen: nieuwe laptops en nieuwe prepaidmobieltjes. Ieder van hen opende verschillende e-mailaccounts. Ze bespraken verschillende scenario's met betrekking tot security en praatten over het geld, maar ze namen geen echte besluiten. Mark en Todd hadden opeens erge last van hun jetlag en moesten slapen. Even na negen uur liet Zola hen alleen en keerde terug naar haar appartement.

44

Het telefoontje kwam binnen op Todds derde telefoon, zijn eerste prepaidtelefoon die hij in D.C. had gekocht op de dag waarop Zola naar Senegal was vertrokken. Nu hij een vierde telefoon had, vroegen hij en zijn beide partners zich af hoe ze die apparaten op elkaar konden aansluiten en of ze ooit weer met één telefoon door het leven konden gaan. Dat leek onwaarschijnlijk.

Het derde telefoonnummer was het nummer dat hij aan Rudolph Richard had gegeven, en het telefoongesprek was afschuwelijk. Richard zei dat hij hem belde omdat hij geen e-mailspoor wilde achterlaten. De FBI had net contact met hem opgenomen in verband met de overschrijving vanaf de rekening van Lucero & Frazier bij de Citibank in Brooklyn. Hij had natuurlijk geen van hun vragen beantwoord en ook niet het bestaan bevestigd van de rekening van York & Orange bij zijn bank. Hij had hun niets verteld, zoals altijd, en volgens de wet van Barbados kon de FBI geen informatie over de rekening verkrijgen. Toch voelde meneer Richard zich verplicht zijn cliënt te melden dat de FBI hun op de hielen zat. Todd bedankte hem en vertelde het vervolgens aan Mark.

Marks eerste opwelling was contact opnemen met Jenny Valdez om naar informatie te vissen, maar dat plan werd snel afgeblazen als een heel erg dom idee. De FBI maakte gebruik van een volledig gerechtelijk bevel, zodat elk telefoongesprek naar Cohen-Cutler zou worden opgenomen en getraceerd.

Zola had een uur nodig om naar het hotel te komen. Ze zaten onder een parasol op het terras en bewonderden de oceaan, ook al hadden ze geen enkele plezierige gedachte. Hun ergste nachtmerrie ontvouwde zich voor hun ogen, en hoewel ze heel vaak hadden nagedacht over wat er kon gebeuren als alles misging, waren ze nu het daar echt op begon te lijken volkomen overdonderd. De FBI was hen op het spoor, en dat betekende natuurlijk dat hun groepsvorderingzwendel was ontdekt, wat weer zou leiden tot tenlasteleggingen, arrestatiebevelen en reisalarmen. Gezien het belang van de strijd tegen terrorisme en drugssmokkelaars konden ze onmogelijk weten hoe serieus de FBI een onbelangrijke groepsvorderingsovertreding zou opvatten, maar ze vonden dat ze moesten uitgaan van het ergste.

Vooral Zola was heel erg bang, en terecht. Zij was met haar echte Amerikaanse paspoort naar Senegal gereisd en had dus een spoor achtergelaten dat zelfs een stekeblinde onderzoeker zou kunnen volgen. De FBI kon haar bewegingen probleemloos natrekken. Bovendien had ze zich, om alles nog erger te maken, twee weken geleden bij aankomst gemeld bij de Amerikaanse ambassade in Dakar.

Ze moesten besluiten nemen. Omdat ze geen idee hadden van wat de FBI van plan was, hoe diep ze wilden graven en hoe dicht ze hun al op de hielen zaten, besloten de drie plannen te gaan maken. Todd zou contact opnemen met meneer Richard in Barbados en het resterende saldo laten overmaken naar de bank in Senegal. Zola zou Bo in vertrouwen nemen en hem alles vertellen; haar ouders niet – later misschien, maar nu niet. Ze zou morgenochtend meteen naar Idina Sanga gaan en haar aansporen haar naturalisatie te bespoedigen. Zodra ze het Senegalese staatsburgerschap bezat was uitzetting naar de VS bijna onmogelijk. Verder wilde ze de vrouw vragen naar mogelijkheden om nieuwe documenten voor een paar vrienden te krijgen.

Die dinsdag en woensdag zaten ze alle drie aan hun laptops gekluisterd op zoek naar relevante informatie over de Swift Bank-schikking. Niets. Hun aandeel van het advocatenhonorarium was niet overgemaakt naar de Citibank in Brooklyn, een vrij duidelijke aanwijzing dat er iets mis was. Ten slotte werd op donderdagochtend op een financiële website verslag gedaan van een kleine kink in de Swift Bank-kabel: een federale rechter in Miami had verdere overschrijvingen stilgelegd in verband met een onderzoek naar beschuldigingen van fraude, en een federale rechter in Houston deed hetzelfde. In de hele VS had Swift Bank al bijna 3 miljard dollar uitbetaald van de schikking van 4,2 miljard, maar er was een probleem ontstaan.

Hoewel de fraude niet werd beschreven, wisten de drie partners precies wat de onderzoekers zouden vinden.

Mark stelde voor het land te verlaten en daarbij de douane en de paspoortcontrole op het vliegveld te omzeilen. Ze hadden zoveel geld dat ze alles konden doen, dus wilde hij een auto met chauffeur huren en vertrekken. Ze konden door heel West-Afrika rijden, het rustig aan doen en genieten van de reis, en uiteindelijk naar Zuid-Afrika gaan. Hij had gelezen dat Kaapstad de mooiste stad ter wereld was, en bovendien spraken ze daar Engels. Todd werd hier niet echt enthousiast van. Hij had weinig zin om een hele maand over slechte wegen in de rimboe te rijden en zijn adem in te houden elke keer als een douanier met een aanvalsgeweer zijn paspoort bekeek. Hij zei het niet, omdat zo'n vlucht ooit misschien noodzakelijk zou zijn, maar hij vond het ook geen goed plan. Zola zei echter nee; ze wilde haar familie niet verlaten na alles wat ze hadden meegemaakt.

Het onderzoek ging door, ook al werd er bijna niets over gepubliceerd. En dus wachtten ze. Zola voelde zich veiliger in Dakar, maar leefde alweer in angst dat iemand op de deur zou kloppen.

De resortstad Saint-Louis ligt aan de Atlantische Oceaan, driehonderd kilometer ten noorden van Dakar. Het heeft 175.000 inwoners en is daardoor veel kleiner en rustiger, maar nog steeds zo groot dat je er gemakkelijk in kunt verdwijnen. Het was ooit de hoofdstad van het land en de Fransen hadden er mooie huizen gebouwd die goed bewaard waren gebleven. De stad stond bekend om zijn koloniale architectuur, zijn ontspannen manier van leven, zijn mooie stranden en de voornaamste jazzfestivals van Afrika.

Zola organiseerde de reis. Ze huurde een SUV met airco en chauffeur, waarna zij, Bo en haar beide partners vertrokken om een paar dagen in Saint-Louis door te brengen. Ze had haar ouders niet uitgenodigd, want zij en Bo voelden zich verstikt door hun vader en wilden er even tussenuit. Waar ze echt behoefte aan hadden was een andere locatie, aan afstand tussen henzelf en hun ouders, en Zola had het gevoel dat Saint-Louis daar precies de juiste plek voor was.

Toen ze Dakar verlieten, merkten ze dat hun chauffeur weinig Engels sprak. Daarom spraken ze na een tijdje opener over wat er de afgelopen maanden allemaal was gebeurd. Bo stelde vragen, soms zelfs bijzonder gerichte vragen. Hij kon bijna niet geloven dat ze echt de dingen hadden gedaan die ze hadden gedaan, en Mark en Todd probeerden dat te rechtvaardigen. Bo was boos omdat ze zijn kleine zusje bij hun zwendel en hun frauduleuze praktijken hadden betrokken en Mark en Todd waren bereid de verantwoordelijkheid daarvoor te accepteren, maar Zola was het daar niet mee eens: zij had haar eigen mening en was goed in staat haar eigen beslissingen te nemen. Natuurlijk hadden ze fouten gemaakt, maar zij was bij al die fouten betrokken geweest en zij gaf alleen zichzelf de schuld.

Bo wist dat er geld op de bank stond, maar niet hoeveel. Hij had moeite met de gedachte aan een toekomst buiten de VS, het enige thuis dat hij ooit had gekend. Hij had zijn vriendin moeten achterlaten en was daar nog altijd kapot van. Hij had ook veel vrienden achtergelaten, jongelui van school en uit de buurt. En hij had een goede baan gehad.

Een paar uur later voelde hij zich minder gestrest. Hij wist ook dat hij nog steeds in de gevangenis zou zitten zonder het geld dat Mark en Todd aan Zola hadden gegeven. Hij kon niet voorbijgaan aan het feit dat de beide mannen zijn zus aanbaden.

Na een rit van zes uur staken ze de Senegal River over via de Faidherbe Bridge, ontworpen door Gustave Eiffel, de man van de beroemde toren. De oude stad stond op N'Dar Island, een smalle strook land met aan weerszijden de oceaan. Ze reden langs prachtige oude gebouwen en stopten uiteindelijk bij Hôtel Mermoz vlak bij het strand. Na een lang diner op het terras, met de oceaan beneden hen, gingen ze vroeg naar bed.

Te koop staande panden waren minder gemakkelijk te vinden dan in de VS en zelfs in Dakar, maar na enige moeite vond Zola wat ze zocht: het huis was in 1890 gebouwd door een Franse koopman en daarna vaak doorverkocht. Het was een villa van drie verdiepingen die er vanbuiten mooier uitzag dan hij vanbinnen was, maar het was een charmant en ruim huis. Op enkele plaatsen bogen de houten vloeren een beetje door. Het meubilair was oud, zat onder het stof en paste niet bij elkaar. De planken stonden vol potten en schalen en oude boeken in het Frans. Niet alle leidingen werkten. De ronde koelkast kwam uit de jaren vijftig. De binnenplaats en het balkon lagen deels in de schaduw door een dikke bougainville en waren ontworpen voor de tropen. In de woonkamer stond een kleine televisie.

Volgens de advertentie was er internet, maar de makelaar zei dat dat traag functioneerde.

Ze verspreidden zich en bekeken het huis waarvoor ze uren nodig zouden hebben om het helemaal te kunnen verkennen. Op een balkon op de eerste verdieping van een kamer die hij nu al claimde, kwam Todd Mark tegen. 'Hier vinden ze ons nooit,' zei Todd.

'Misschien niet, maar het is toch ongelofelijk dat we hier zijn?'

'Ja. Dit is echt onwerkelijk.'

Zola was helemaal weg van het huis en zonder rekening te houden met wat haar partners ervan vonden, ondertekende ze een huurcontract voor zes maanden voor een bedrag dat ongeveer gelijkstond aan 1.000 Amerikaanse dollar per maand. Twee dagen later trokken ze erin. Todd en Mark namen de bovenste verdieping: drie slaapkamers, twee badkamers en een niet-werkende douche. Zola nam de grote slaapkamer op de begane grond. Bo zat ergens tussen hen in met meer vierkante meters dan de anderen. Ze bleven nog twee dagen en nachten, kochten van alles en nog wat, verwisselden lampen en leidingen, en probeerden zo veel mogelijk over het huis te ontdekken. Er hoorde een tuinman bij, Pierre-nog-wat, die geen woord Engels sprak, maar genoeg kon wijzen en grommen.

Het eiland leek op Venetië, een zelfvoorzienende stad omringd door water, alleen had het prachtige stranden. Het zand trok toeristen aan en vlak bij het water stonden tientallen schilderachtige, mooie hotels. Als ze niet in het huis waren om klusjes te doen voor Zola, zaten Mark en Todd aan het strand rumcocktails te drinken en naar meisjes te kijken.

Voordat Zola en Bo met de SUV vertrokken, omhelsden Mark en Todd hen ten afscheid en zeiden dat ze snel terug moesten komen. Zola en Bo wilden een week wegblijven, lang genoeg om een paar dingen in te pakken en afscheid van hun ouders te nemen.

Die avond, in de schemerig verlichte woonkamer van het oude herenhuis dat in een andere eeuw en een andere tijd door Europeanen was gebouwd, dronken ze een fles whisky leeg en probeerden ze alle gebeurtenissen op een rijtje te zetten. Dat was een onmogelijke taak.

Op zondag 22 juni publiceerde *The Washington Post* een voorpaginaverhaal met de kop LAW SCHOOL-ZWENDEL GERELATEERD AAN NEW

YORKSE FONDSENMANAGER en onder de vouw stond een grote foto van Hinds Rackley. Het verhaal was eigenlijk een beter geschreven versie van wat Gordy op zijn muur had geprikt, met tientallen bedrijven en fronts en lege vennootschappen en law schools. Swift Bank kreeg echter weinig aandacht. Het was duidelijk, in elk geval voor Mark en Todd, dat de journalist er niet in was geslaagd door te dringen tot Rackleys buitenlandse bedrijven die aandelen zouden bezitten.

Maar ergens was het verhaal een rechtvaardiging, Gordy's werk was bevestigd. De Great Satan zou nu een pr-nachtmerrie meemaken, en hoewel het verhaal dat niet meldde, was de kans groot dat de FBI zijn pijlen nu op Rackley zou richten. Ze genoten nog een paar dagen na van het verhaal, maar daarna dachten ze er niet meer aan.

Twee dagen later, op 24 juni, werden Mark Frazier, Todd Lucero en Zola Maal beschuldigd van misdadige praktijken door een *grand jury* in Miami. De aanklacht maakte deel uit van een lopend onderzoek naar talloze vermoedens van groepsvorderingsfraude bij de Swift Bank-schikking. Meer beschuldigingen waren waarschijnlijk volgens het eerste verslag op Bloomberg. Mark en Todd zagen dat het verhaal zich over internet verspreidde, maar nooit de koppen haalde. In de wereld van belangrijk zakelijk nieuws was dit niet bepaald een belangrijke gebeurtenis.

Misschien niet voor het land, maar voor de drie verdachten was het wel heel belangrijk. Ook al hadden ze het verwacht, het nieuws was toch angstaanjagend. Maar, ze waren erop voorbereid; ze hadden een geschikte schuilplaats en de FBI had geen idee waar ze zich bevonden.

Voor Zola lag het anders. Mark en Todd betwijfelden of de FBI de moeite zou nemen om haar helemaal naar Dakar te volgen en vervolgens te verwachten dat de politie daar zou meewerken aan een arrestatie en dat de Senegalese rechtbanken haar het land zouden uitzetten, en dat allemaal voor een strafbaar feit dat niets te maken had met terrorisme, moord of drugssmokkel. Ze dachten dit wel, maar ze zeiden dit niet. Inmiddels wisten ze heel goed dat Zola weinig vertrouwen had in wat zij zeiden of dachten, en dat ze daar goede redenen voor had.

Zola maakte haar eigen plannen. Ze liet hen naar Dakar komen voor een belangrijke bespreking, iets waar ze al een tijdje mee bezig was. Met de hulp van een tussenpersoon die haar door Idina Sanga was aanbevolen, had Zola haar contacten langzaam bewerkt tot ze de juiste persoon had gevonden. De deal was even eenvoudig als gecompliceerd. Voor 200.000 dollar per persoon zou de regering nieuwe identiteiten, nieuwe legitimatiebewijzen, nieuwe paspoorten en nieuwe bewijzen van staatsburgerschap verlenen aan de drie voormalige UPL-partners. De man die dit allemaal regelde was een machtige overheidsambtenaar. Zola had hem drie keer ontmoet voordat ze elkaar echt vertrouwden. Het werd nooit duidelijk hoeveel deze man eraan zou verdienen, maar Zola verwachtte dat het bedrag hoe hoger het kwam steeds minder werd.

De deal was eenvoudig omdat het contant geld was in ruil voor staatsburgerschap, een transactie die niet bepaald uniek was in Senegal. De deal was gecompliceerd omdat ze daarvoor afstand moesten doen van wie ze waren en waar ze vandaan kwamen. Een dubbele nationaliteit was wel mogelijk, maar niet onder hun eigen namen. Als zij Senegalezen wilden worden en dus beschermd wilden worden door de regering en verborgen wilden blijven voor de Amerikaanse autoriteiten, dan konden ze niet langer Mark, Todd en Zola blijven. Een dubbele nationaliteit betekende een dubbele identiteit, iets wat geen enkele regering zou goedkeuren.

Ze grepen de deal met beide handen aan, na een korte discussie over de kosten. Hun spaarpotje bedroeg nu nog maar 2,5 miljoen dollar – een leuke buffer, maar de toekomst was heel onzeker.

Ze keerden terug naar Saint-Louis en naar hun in verval zijnde villa, met nieuwe legitimatiebewijzen, nieuwe creditcards en mooie nieuwe paspoorten met een pasfoto waarop ze glimlachten. Meneer Frazier was nu Christophe Vidal, of Chris, en zijn vriend was Tomas Didier, of Tommy zoals hij thuis werd genoemd. Gewoon twee jongemannen van Franse afkomst, hoewel geen van beiden ook maar één woord van hun moedertaal sprak. Het aantal blanke inwoners van Senegal was minder dan één procent, iets waar deze aanvulling van twee extra mannen weinig aan veranderde. Zola heette nu Alima Pene, een echte Afrikaanse naam, en ze noemden haar Alice. Bo, die in de VS niet van een heleboel strafbare feiten werd verdacht, bleef wie hij was. Zijn documenten zouden veel minder duur zijn, maar veel meer tijd in beslag nemen.

Het luie leventje van slapen, lezen, internetten, strandwandelingen, drinken en dinertjes om middernacht aan het strand verveelde al snel. Toen Chris en Tommy ongeveer een maand echte Senegalezen waren, gingen ze op zoek naar werk, deze keer bij voorkeur legaal werk.

Hun favoriete bar was een met riet bedekte hut tussen twee kleine resorts aan het grote strand, vijf minuten lopen van hun villa. Daar brachten ze uren door en speelden dan domino, waren aan het darten, zaten te kletsen met toeristen, genoten van de zon, lunchten en dronken Gazelles, een bier dat het nationale bier van Senegal leek te zijn. De bar was eigendom van een chagrijnige Duitse vrouw wier man onlangs was overleden. Ze kwam af en toe langs om een paar glazen te drinken en de personeelsleden uit te foeteren, die achter haar rug allemaal met hun ogen rolden. Tomas begon met haar te flirten en stelde al snel zijn vriend Christophe aan haar voor. Ze gingen met haar lunchen om haar te paaien en de volgende dag was ze alweer terug. Tijdens hun vierde lunch vroeg Tomas of ze weleens had overwogen de bar te verkopen. Zij hadden zin hun handen uit de mouwen te steken, et cetera. Ze gaf toe dat ze oud en moe was.

Ze kochten de bar van haar en sloten hem om hem te laten renoveren; Alice deed ook mee. Ze betaalden 80.000 dollar voor een mooiere keuken, barattributen en grote televisies, en ze verdubbelden het aantal zitplaatsen. In hun ondernemingsplan stond dat ze er meer een Amerikaanse sportbar van wilden maken, maar met behoud van de Senegalese muziek, gerechten, drankjes en uitstraling. Toen de bar weer openging, had Alice de leiding over de eetzaal, werkten Chris en Tomas in de bar en hield Bo toezicht op een paar mensen in de keuken. De bar werd meteen vanaf het begin goed bezocht, en het leven was weer goed.

En uit nostalgische overwegingen, en uit respect voor een ander leven, noemden ze het de Rooster Bar.

Nawoord

Zoals gebruikelijk heb ik het niet zo nauw genomen met de waarheid, vooral niet met betrekking tot de juridische kwesties. Wetten, rechtbanken, procedures, verordeningen, advocatenkantoren, rechters en hun rechtszalen, advocaten en hun gewoonten, zijn allemaal fictief om in het verhaal te passen.

Mark Twain zei dat hij hele staten en steden had verplaatst om in zijn verhaal te passen. Dat is het voorrecht van romanschrijvers, daar gaan ze in elk geval van uit.

Alan Swanson leidde me door de straten van D.C. Bobby Moak, een onrechtmatige-daadspecialist met een encyclopedische kennis van het recht, heeft het manuscript weer beoordeeld. Jennifer Hulvey van de University of Virginia School of Law heeft me alles verteld over de complexe wereld van studieleningen. Dank jullie wel! Zij mogen niet de schuld krijgen van mijn fouten.

De vraag waar alle auteurs de pest aan hebben is: 'Waar heb je je ideeën vandaan?' Met dit verhaal is het antwoord simpel. Ik las een artikel in *The Atlantic* van september 2014 met de titel 'De Law School-zwendel'. Dat is een uitmuntend artikel van onderzoeksjournalist Paul Campos. Toen ik het uit had, was ik geïnspireerd en wist ik dat ik mijn volgende boek had.

Dank u wel, meneer Campos.